中國學術思想 研究輯刊

四 編

林 慶 彰 主編

第 12 冊

朱子詩教思想研究

彭 維 杰 著

花木蘭文化出版社

國家圖書館出版品預行編目資料

朱子詩教思想研究／彭維杰 著 — 初版 — 台北縣永和市：花
木蘭文化出版社，2009〔民 98〕

目 4+244 面；19×26 公分

（中國學術思想研究輯刊 四編：第 12 冊）

ISBN：978-986-6449-11-6（精裝）

1.（宋）朱熹　2. 詩經　3. 學術思想　4. 研究考訂

831.18　　　　　　　　　　　　　　　　　98001857

ISBN - 978-986-6449-11-6

中國學術思想研究輯刊

四　編　第十二冊　　　　　　ISBN：978-986-6449-11-6

朱子詩教思想研究

作　　　者　彭維杰
主　　　編　林慶彰
總 編 輯　杜潔祥
出　　　版　花木蘭文化出版社
發 行 所　花木蘭文化出版社
發 行 人　高小娟
聯絡地址　台北縣永和市中正路五九五號七樓之三
　　　　　　電話：02-2923-1455／傳眞：02-2923-1452
網　　　址　http://www.huamulan.tw 信箱 sut81518@ms59.hinet.net
印　　　刷　普羅文化出版廣告事業
封面設計　劉開工作室
初　　　版　2009 年 3 月
定　　　價　四編 28 冊（精裝）新台幣 46,000 元

朱子詩教思想研究

彭維杰　著

作者簡介

彭維杰

台灣省苗栗人，1957 年生。中國文化大學中文研究所博士，學術專長：詩經學、宋明理學、語音學、客家語文，現任國立彰化師範大學國文學系與台灣文學研究所副教授。

研究重點在於朱子學、詩經學及客家文學，著作有：《毛詩序傳箋「溫柔敦厚」義之探討》、《朱子詩教思想研究》、《彰化地區民間寺廟教會推動成人教育概況》（與他人合著）、《成人教育研究目錄》（與他人合編）等，並有多篇論文發表於國內學術期刊。

提　　要

　　「詩教」素為儒家所重視，自孔子以「思無邪」稱三百首，謂詩可以「興觀群怨」，初步建立了詩教之觀點；漢儒則指出詩教使人達到「溫柔敦厚」之效果，因此充實了詩教的理論。下至唐代，無不以此為其內涵，而解詩、讀詩亦始終以詩教為核心。

　　至宋，理學倡興，疑經風起，但詩教仍為讀詩之重要目的，只是其中的內涵已與前代有所不同。朱子集理學大成，解詩自成一家，其詩教思想足為有宋之代表。本文旨在研究朱子在詩教方面闡發的內涵，並期望藉此歸納出其詩教思想體系，同時與漢儒之詩教思想比較觀察，以得其特色和價值。除首章緒論說明研究動機目的、方法及檢討前人成果外，重要內容可分三大部分：

　　第一部分（二三四章），以三章篇幅闡述朱子詩教思想之內容。按朱子治詩之歷程，從早期用《序》，經中期反《序》，至晚期以經之本文解詩，探討各階段的思想內涵；又以專章分析朱子提出的「淫詩」說，探索其中的詩教意義。

　　第二部分（五六章），以兩章歸納朱子詩教內涵中格物致知的讀詩工夫，與整體詩教的思想體系。工夫方面，分為格物方法的探討，及致知工夫的分析；體系方面，由經緯兩端歸納其架構與內涵，得出以大學為基架、以中庸為上學之詩教架構；復得其以理學命題為詩教內涵之主軸。

　　第三部分（第七章）為結論，將朱子詩教思想與漢學詩教比較，以呈現朱子詩教之特色；再評論其詩教思想之價值。最後，論述其詩教思想的影響，同時由本研究反思其現代意義，以為研究之總結。

　　朱子詩教思想因以理學為內涵，固不同於孔子以來之傳統詩教，但其以德性倫常為旨歸的詩教觀點則無二致。所以他是從傳統詩教出發，再以其理學思潮之背景論述，開創嶄新的詩教天地。其豐富的內涵實具有下列七點價值：一、繼承《詩經》教化之傳統，二、發揚理學論詩之風氣，三、運用儒學思想使詩教體系化，四、還原《詩經》之文學本色，五、解讀活動由讀者立場主導運思，六、強調文本解讀吟詠之必要，七、將《詩經》教材化等。

　　本書附錄探討孔子詩教與朱子詩教的異同，藉以凸顯朱子的詩教思想特色。

目次

第一章　緒　論

一、研究動機與目的

　　上古詩樂不分之時，先王即以之作爲教化之工具，《尚書》云：「帝曰：『夔，命汝典樂，教冑子，直而溫、寬而栗、剛而無虐、簡而無傲。詩言志，歌永言，聲依永，律和聲，八音克諧，無相奪倫，神人以和。』」（《尚書注疏》卷三〈舜典〉，頁 26）〔註1〕上古以詩樂行於教化，使人陶冶德性，詩教其來有自可知矣。至周公制禮作樂，猶重於聲教。及乎禮樂崩壞，乃專以詩之義理爲教，孔子以下之詩教皆如此。所以《詩經》自成書以來，即與「詩教」之關係密不可分，先秦以六經爲教，《詩經》便居首位，《禮記・經解》云：「孔子曰：『入其國，其教可知也。其爲人也溫柔敦厚，詩教也。』」（《禮記注疏》卷五十，頁 1）據此亦可見詩教的目標在於道德行爲的陶冶。由這些典籍的記載，明白顯示先王以詩作爲政治用途之教化，從未視爲純粹歌謠之吟賞。漢儒繼承詩教傳統，《詩序》以下，毛《傳》鄭《箋》，無不著眼於人倫教化，推求詩義，由簡趨繁，體系漸密。後人解詩遂無出此軌轍。

　　至宋，朱子亦以詩教論詩。朱子說：「《詩》恰如《春秋》，《春秋》皆亂世之事，而聖人一切裁之以天理。」（《朱子語類》卷二十三，頁 541，以下行文簡稱《語類》）《語類》又載曰：「或問思無邪。曰：此詩之立教如此，可以

〔註 1〕 本書引文注釋之體例，引清代以前之古人著作，直接於引文後注明出處，版本則詳記於「徵引參考書目」，以利閱讀，並節省篇幅。引民國以來之著作，則於當頁之「注釋」說明出處。

感發人之善心，可以懲創人之逸志。」（卷二十三，頁 538）以《詩》比之《春秋》，又言「立教」在思無邪，足見朱子原本對《詩經》三百篇即認定具有教化的功能。

對於立教之意，朱子是如何體會？《語類》有一則記載說：

古人胸中發出意思自好，看著三百篇詩，則後世之詩多不足觀矣。（卷八十〈綱領〉頁 2070 木之錄）

此文爲朱子告誡弟子陳器之應深入體會詩義時，說「古人一篇詩，必有一篇意思，且要理會得這箇。」並舉《邶風》〈柏舟〉與〈燕燕〉兩詩謂其情「發而中節」，故爲五倫之典範後，乃說此言。由於朱子極爲贊賞詩中「意思」，所以認爲三百篇之後無如此有「意思」之詩，故言「不足觀」。朱子如此贊譽《詩經》，究其原因，實在是因《詩經》裡每篇詩都蘊涵了義理，可以作爲人倫教化之楷模，藉以申述他的教化思想，闡發他的理學義理。他在〈詩集傳序〉〔註2〕裡把整部《詩經》說得義理俱足，他認爲二《南》之詩皆因聖人教化而成，在詩人作詩之時，自然德在其中，情性必然中正。至於《雅》《頌》之詩，皆朝廷郊廟樂歌之辭，「其語和而莊，其義寬而密，其作者往往聖人之徒，固所以爲萬世法程，而不可易者也。」其義理本具可知也。而變雅「皆一時賢人君子閔時病俗之所爲，而聖人取之，其忠厚惻怛之心，陳善閉邪之意，尤非後世能言之士所能及之。」朱子視變《雅》之詩，具有忠厚之德，亦有惻怛之情，更有陳善境、閉邪思的深衷，可見其義理之深廣。而《邶風》以下，所謂變《風》之詩，其中朱子視爲淫詩者不少。他以爲邪淫之詩，男女情思之所寄，多非止於禮義者，讀者可藉以懲創自警，因此，詩之惡者亦可以作爲教化工具。所以在〈序〉中說：「此詩之爲經，所以人事浹於下，天道備於上，而無一理之不具也。」既然如此，朱子遂言：「詩本人情，該物理，可以驗風俗之盛衰，見政治之得失，其言溫厚和平，長於諷諭，故誦之者，必達於政而能言也。程子曰：窮經將以致用也。世之誦詩者，果能從政而專對乎？然則其所學者章句之末耳。此學者之大患也。」（《四書集注·論語》卷七〈子路〉頁 88）爲免所學有「章句之末」之譏，探討詩教義理便顯得極

〔註2〕 今本〈詩集傳序〉雖爲舊序，然其地位至爲重要，錢穆先生即謂曰：「此序闡詩學，陳治道，歸本於心性義理，證之以歷史實事，治經學文學史學理學於一鑪，此乃治經大綱宗所在。後人即以此序置《詩集傳》前，似亦無傷。」見氏著《朱子新學案》（臺北：三民書局，民國 78 年 11 月三版），第四冊，〈朱子之詩學〉，頁 55。

爲必要。

　　探討朱子詩教思想的內涵，可以瞭解詩教思想在朱子理學體系中的位置和價值，也可以看出《詩經》在朱子治學範疇裡的意義。朱子從《詩經》產生的原因及孔子整理經文的事實，認爲詩含聖人之言，本具義理，且篇篇詩辭皆有其意思。又從理學家讀書方法〔註3〕觀詩，以爲詩中所記無論善惡，皆可以作爲明明德之教材。所以學者戴君仁先生說：「他要用教育觀念講詩，來替代前代以政治觀念講詩，這是他做詩集傳的基本宗旨。」〔註4〕雖然教育不同於政治，但教化的本質相同，所以本論文即以「詩教」名篇。但是既然用途有別，施教對象亦異，則朱子詩教之內涵必然不同於傳統詩教，因此本研究即在闡發朱子詩教思想之內涵，深入分析探索，以呈現其特色，藉爲顯示與傳統詩教之區別。

　　具體而言，本研究期望呈現下列事實，以達成完整性、詮釋性、建構性的目的：〔註5〕

　　一、朱子早期由遵《序》，而間破《序》義，至完全反《序》的過程，所呈現的詩教思想內涵爲何？

　　二、朱子窮畢生之力完成的《詩經》學鉅著《詩集傳》，爲其治詩晚期思想成熟的代表作，其中積蓄的詩教思想內涵爲何？

　　三、朱子標誌「淫詩」之舉，使「淫詩」說成爲《詩經》學史上之一大突破，毀譽參半，到底其中顯示的詩教內涵與目的爲何？

　　四、朱子爲教育家，對於《詩經》之教育當不遺餘力，他對弟子學者提示的讀詩方法，以及體玩《詩經》義理之方式，究竟有何特別之處？

　　五、朱子集宋代理學之大成，對《詩經》所建構的詩教思想體系，究竟其架構與內涵爲何？

　　六、歷代《詩經》學大別爲漢學與宋學，朱子所闡發的詩教思想，與傳統漢學之詩教有何不同，其所展現之特色究竟如何？

〔註3〕《語類》卷一○四載朱子言曰：「讀書之法，須識得大義，得他滋味。沒要緊處，縱理會得也無益。」錢穆先生曾說：「此乃理學家讀書法。」見氏著《朱子新學案》，同前註，頁58至59。

〔註4〕見戴氏著《梅園論學續集》，（臺北：藝文印書館，民國63年11月初版），十四〈朱子的教育興趣與詩集傳〉，頁187。

〔註5〕完整性指朱子詩教思想的全面研究，詮釋性指詩教內涵的分析歸納與綜合，建構性指詩教思想的體系化而言。

七、朱子以一代大儒推闡詩教，其所建構的詩教思想內涵，到底有何價值，對當代或後世有何影響？

八、最終目的，希望藉由本研究，對《詩經》學的教育，在現代意義的體會上，得到一些反思。

二、研究範圍與方法

本論文主題爲朱子之詩教思想，研究範圍包括朱子所有《詩經》學之著作，主要爲早期遵守《詩序》而作的舊本《詩集傳》，此本亡佚，但部分爲同時代的呂祖謙收存在《呂氏家塾讀詩記》中；及中期爲反《序》駁《序》而作的《詩序辨說》；與晚年修訂的《詩集傳》（以下行文簡稱《集傳》）。以上著作皆各成立章節詳爲分析討論，以彰顯朱子詩教之內容及特色。另弟子記錄的《朱子語類》（以下行文簡稱《語類》）有關《詩經》之部分，對於《詩經》之闡述，以及讀詩方法之提示，均甚爲重要，本論文亦以專章研究。其他非《詩經》學之專門著作，而與《詩經》內容相關者，如《文集》、《四書集注》與《四書或問》所論多不成體系，因此分別爲相關章節論述徵引，不另成章節。

本論文透過朱子《詩經》學著作之觀察，以比較、分析，後綜合歸納之方式，將代表性之著作一一詮釋其詩教思想之內涵。各章研究與論述之法略爲歸納於次：

第二章，首先以比較之法，探究早期擁《序》之「朱子舊說」與漢學舊說依違之情形，論述其義理之或申或破，以揭示此一時期之特色。其次以歸納法，對《詩序辨說》之說法，考察《詩序》之謬誤；並以分析法，詳細論述《詩序辨說》之詩教內涵，呈現其反《序》論證的重點。

第三章，則以分析與歸納法並用，考察《集傳》之義理，瞭解晚期詩教之重要內涵，深入其以道德倫常所編織而成的義理世界。大量引用宋代以下朱子學派對朱子詩說申述論證之內容，詳爲推闡，望能曲盡原委，闡明朱子棄《序》之後建構而成的詩教殿堂。本章以及其他各章據以引用之朱派詩說，主要包括宋代輔廣《詩童子問》、元代劉瑾所著《詩傳通釋》、以及明代朱善之《詩解頤》，皆頗具代表性，本研究藉之以深刻論述其間義理，實欲彰顯朱子之詩教。

蓋輔廣著《詩童子問》一書，《四庫提要》《經部‧詩類一》云：「是編大旨，主於羽翼《詩集傳》，以述平日聞於朱子之說，故曰：『童子問』。」（頁 306）

劉瑾《詩傳通釋》，「大旨在于發明朱熹《詩集傳》，與輔廣《詩童子問》相同。對于《詩集傳》的謬誤，瑾亦一一迴護。蓋專爲朱傳而作，則委曲遷就，勢所必然，不足深責。」〔註 6〕《四庫全書總目提要》謂其「徵實之學不足，而研究義理，究有淵源，議論亦頗篤實。於詩人美刺之旨，尚有所發明，未可徑廢。」（〈經部‧詩類二〉，頁 310）元代延祐年間復行科舉制度，於《詩》用朱子《集傳》，兼用古注疏，明初相沿未改。胡廣等奉旨所編《詩傳大全》，修成之後，於永樂十三年頒行於天下，科舉考試皆以之爲準繩，古注疏遂盡廢不用。而其實全書乃據元代劉瑾《詩傳通釋》刪削而成，略增以明代諸儒之說而已。然所引明儒之說，尤以朱善之說最多，頗能發明朱子思想，故本論文亦以采之，以申朱義。至於朱善所著《詩解頤》，《四庫全書總目提要》稱其「大抵推衍朱子《集傳》爲說」，謂「其說不甚訓詁字句，惟意主借詩以立訓，故反覆發明，務在闡興觀群怨之旨，溫柔敦厚之意，而於興衰治亂，尤推求源本，剀切著明，在經解中爲別體，而實較諸儒之爭競異同者，爲有裨於人事。」（〈經部‧詩類二〉，頁 314）因此，本研究自當不能漠視朱善此著。

　　第四章，鉤稽《集傳》及《語類》之中有關「淫詩」之說法，觀察詩中眞實之內容，予之歸類說明，並推論其對「淫詩」之觀點與態度。同時詮釋朱子以「思無邪」，作爲解讀「淫詩「之主軸的內涵，呈顯其中之運作方式與詩教目的。所以如此運用觀察、分類、推論、詮釋等方式，無非對歷代爭訟不已之《詩經》學重要議題，彰顯朱子立教之原始初衷。

　　第五章，以歸納法爲主、分析法爲輔，觀察《語類》當中朱子指導學子讀詩的重要步驟，建構其「循序致精」的讀詩過程。同時分析其體玩詩義的窮理方式，突顯其格物窮理的思惟特點，以觀察朱子不同於傳統詩教的格物致知工夫，顯示其如何達成養心之目標的工夫歷程。

　　第六章，以綜合、詮釋之法，建構詩教思想內涵之體系，將朱子深廣之儒學涵養，以及豐厚之理學哲思，融入詩教體系之中。本研究之重要任務，即在綜合朱子《詩經》學之所有著作，研析其間思想脈絡，透視其若隱若現之義理架構；條分縷析，將之歸納詮釋，期望得其詩教思想體系之經緯輪廓，以呈現本研究之重要價值。

　　第七章結論，以比較觀察與歸納分析之法爲主，歷史法爲輔。漢宋之學，

〔註 6〕引侯外廬等主編《宋明理學史》（北京：人民出版社，1987 年 6 月一版），下卷，頁 37 至 38。

分判已久，所以成此局面之核心人物，即爲朱子；既別爲漢宋二者，必有時代思想寓焉。藉比較之法，觀察漢宋《詩經》學說之異同，必能知其所以，又能歸納特色。使漢宋詩教之分野，因此研究而益得彰顯。最後以歷史之法，觀其詩教之流衍，得其影響，並察之現代，反思其意義，以爲研究之結論。

三、前人研究成果之檢討

　　學者李師威熊先生稱朱子「在兩宋理學發展上是位重要的人物。可說是集邵雍、周敦頤、張載、二程子等之大成，致廣大、而盡精微。而在經學的研究上，同樣也是代表兩宋經學成果的大儒。著述之豐可與東漢的鄭玄相媲美。」〔註7〕所以目前學界研究朱子《詩經》學的著作，質量均十分可觀，成果非常豐碩。對於朱子詩教思想之研究，雖陸續有部分相關之研究，觸及此一主題，但對朱子詩教思想之全貌，始終未能全面而客觀呈現。對這樣一位著有《詩集傳》之鉅著，在《詩經》學史上堪與毛《傳》鄭《箋》並立的大儒，又是宋明理學之一代宗師，學界對他的詩教思想研究可說頗感不足。茲將學者論及朱子詩教之相關研究成果，舉其重要者，略加說明於次。

（一）〈朱子之詩學〉

　　錢穆著，〔註8〕其大要旨在闡述朱子讀詩之法，重理學義理，亦重文學體會，說明其解詩方式在以詩說詩，並及《集傳》廢《序》成書之過程。於詩教未著一辭，然其強調朱子重視涵詠諷誦的「文學家」工夫，有助於瞭解朱子詩教中的精熟工夫。

（二）〈朱熹的詩經學〉〔註9〕

　　賴炎元著，此文指出三項朱子《詩經》學的內涵：一、反對《小序》而不捨棄《大序》；二、訓詁不專毛鄭而兼采三家；三、提出新解而以廿四篇爲淫詩。他說朱子解詩「接受《大序》詩教的說法」，所以「怎能擺脫《小序》的束縛」，因爲大小《序》二者「立論上是一貫的」，換言之，朱子《詩經》

〔註7〕 李威熊：《中國經學發展史論》（臺北：文史哲出版社，1988年12月初版），上冊，頁336。

〔註8〕 錢穆：〈朱子之詩學〉，收在《朱子新學案》（臺北三民書局，民國60年9月，）版）第四冊，頁53至80。

〔註9〕 賴炎元：〈朱熹的詩經學〉，《中國學術年刊》，第二期，民國67年6月，頁43至62，約二萬字。

學部分是承自大小《序》的詩教思想，這個看法並沒有錯，從朱子解二《南》詩篇以德化爲核心的說法，就可以得到確證。此文雖然並非以詩教觀點論述，但已指出朱子詩教思想部分承自漢學之事實。

（三）〈朱子詩集傳「淫詩」說之研究〉〔註10〕

王春謀撰，此文對朱子「淫詩說」的理論背景、淫詩認定之方法及淫詩說之檢討評價，論述具有系統性，對朱子「淫詩說」提出了較爲客觀的說法。所不足的，是未對「淫詩說」在詩教上之理學目的作深入的分析探討。

（四）〈朱子詩經學要義通證〉〔註11〕

李再薰著，與詩教主題相關之章節爲第三章「朱子之詩序說」與第四章「朱子說國風言情詩」等二章，李氏多採錢穆先生〈朱子之詩學〉論點言說，如謂「朱子詩說於文學家所資者較多」。然而所論「朱子反對詩序之論據」中，謂《國風》裡《小序》宣揚后妃之德、文王之化，與朱子以「民俗歌謠」爲風之見解相異，以作爲朱子反《序》之論據，此種說法實未深入朱子詩教義理而致誤解之故，蓋朱子欲申文王德化之詩教，凡《序》所言后妃之德或文王之化者無不附從，最明顯的便是二《南》之詩，朱子以之論述德化思想之詩教，反而頗有守《序》之意。惟李氏之論，也已指出了朱子詩教之然者，其言曰：「朱子淫詩說理論之立，基於道德上之教化也。」惜未論其所以然之理。

（五）〈朱子所定國風中言情諸詩研述〉〔註12〕

程元敏著，其大要旨在說明朱子對淫詩的看法，並析評朱子認定淫詩廿九篇之得失。亦未及詩教一辭，但對淫詩之分析見解，足可知朱子誌淫之詩教用意。

（六）〈朱呂詩序說比較研究〉〔註13〕

林惠勝著，本文雖是比較朱子與呂祖謙對《詩序》的態度，但其中亦有

〔註10〕王春謀：〈朱子詩集傳「淫詩」說之研究〉，國立政治大學中文研究所碩士論文（民國68年12月），約六萬字。

〔註11〕李再薰：〈朱子讀經學要義通證〉，國立臺灣大學中文研究所碩士論文（民國71年6月），約十四萬字。

〔註12〕程元敏：〈朱子所定國風中言情諸詩研述〉，收在《詩經論文集》（臺北黎明文化公司，民國71年10月，再版），頁271至286。

〔註13〕林惠勝：〈朱呂詩序說比較研究〉，臺灣大學中文研究所碩士論文（民國72年6月），約十三萬字。

與詩教主題相關之論述，如第三章第節「朱子的詩序說」、第四章第二節「讀詩法的異同」、第五章「淫詩說」等。所論多以呂氏擁序發揮詩教，而朱子反序自抒己意爲主。言下之意，頗有以朱子詩學乃非詩教之論，謂時人「對朱子的『淫詩說』，多表贊同，且認爲朱子說詩的價值，乃在於擺脫《小序》教化的束縛，獨以文學的慧眼，透視《詩經》的眞面目。」這樣的說法，有值得商榷之處，〔註 14〕尤其無視朱子淫詩說之詩教目的，實未深入理會朱子詩學之理學內涵。

（七）〈朱熹詩集傳研究〉〔註 15〕

許英龍著，與詩教主題相關的章節只有第一章的「反序用序的問題」及第五章「說詩問題檢討」，尤其作者在第五章第貳部分的淫詩問題結論，特別指出「朱子提出淫詩，志在懲創垂戒，發揮詩教，而後人反對朱子的淫詩，無異是反對詩教。」（頁 187～188）把淫詩問題與詩教聯結起來，應是正確的論述方向。可惜該文未能針對這點加以深入分析，僅在結論略爲言之。

（八）〈朱子之詩經學〉〔註 16〕

黃忠慎著，主要論述朱子《集傳》與《辨說》之重要見解，並提出朱子《詩經》學之評價。其中對《集傳》的論述較少，且集中在《集傳》之《序》的討論，但論及詩之所以爲教與學詩之法，說：「朱子所示之學詩法歸本於心性義理，立論正大，又欲學者章句訓詁、諷詠涵濡兼備，能如此，自最爲理想也。」已略指出朱子詩教之特色。對《辨說》則以百則述之，其中對朱子標識淫詩之舉，多不贊同，或謂其「失之『道學』、或言其「太過」、或指其「失之」。此文或因體例之故，而未及於朱子理學內涵與讀詩工夫，無法顯示朱子標注淫詩之內在動機與詩教目的。

〔註 14〕 其一，時人對「淫詩說」多表贊同之言，並未指出所據爲何。其實，部分學者對「淫詩說」，反視爲道學之論，例如何定生先生著《詩經今論》，即視朱子淫詩之說沒有脫離漢人詩教思想體系的影響，見該書（臺灣商務印書館，民國 57 年 6 月）卷三，頁 222 至 229。其二，謂朱子說詩價值，在擺脫《小序》教化之束縛，透視《詩經》的文學眞面目，此言以朱子詩說完全無教化之意論述，非爲事實。蓋朱子還原文學面目之最終用意，即在詩教。本論文旨趣之一便是論述此說。

〔註 15〕 許英龍：〈朱熹詩集傳研究〉，東海大學中文研究所碩士論文（民國 74 年 4 月），約十萬字。

〔註 16〕 黃忠慎：〈朱子之詩經學〉，《南宋三家詩經學》（臺北臺灣商務印書館，民國 77 年 8 月），頁 165 至 289。

（九）〈朱熹「淫詩說」考辨〉〔註17〕

賴炎元著，此文指出朱子淫詩說的淵源與朱呂二人辨淫詩的要點，又分析後人批判淫詩說的情形，復言朱子誤讀孔子「鄭聲淫」爲鄭詩淫邪之意，以及誤將〈桑中〉詩比附爲〈樂記〉之「桑間」，致有衛詩淫的說法。同時更以〈野有死麕〉詩朱子稱美，可見朱子解詩是受《小序》正變說之束縛。最後謂朱子說廿四首詩爲愛情詩，難能可貴；卻又以朱子從道學家立場指這些詩爲淫佚之詩，以爲憾事作結。全文未述及詩教之意，亦即僅述淫詩說之然，而未申論其所以然。從詩教立場觀此文，已能呈現詩教外緣的種種，至於詩教內在的用意，猶爲不足。

（十）〈朱熹與呂祖謙詩說異同考〉〔註18〕

洪春音著[S1]，與朱子詩教相關之論述爲第三章「朱熹詩說先後異同考」，其中對「正變」與「淫詩」問題有深刻討論。作者在結論指出朱子說詩的最終目標乃在詩教，云：「朱子解詩多從毛鄭，與呂氏之宗毛鄭，同樣是爲了瞭解聖賢之『道』。換言之，仍是以詩教爲終極目的。」（頁378）可說是一語中的。然而，屬於理學的論述，則付諸闕如，因此對朱子詩教思想之內涵，未能充分闡發。

綜合觀之，上述十篇著作對朱子詩教思想之內涵，大多未深入加以探討，僅呈現部分詩教方面的相關敘述，對於詩教整體的觀察更付之闕如，此於朱子《詩經》學來說，誠爲憾事。因此而促成本研究之進行。

〔註17〕賴炎元：〈朱熹「淫詩說」考辨〉，《孔孟月刊》第三十一卷第七期（民國82年3月），頁12至18，約一萬字。

〔註18〕洪春音：〈朱熹與呂省謙詩說異同考〉，東海大學中文研究所碩士論文（民國84年5月），約二十萬字。

第二章　由擁《序》至反《序》之詩教思想內涵

　　《詩經》是一部周代詩歌總集，經過儒師解經之後，產生經學化的結果，也使得它的內涵不斷擴充，歷代治詩學者在解說的過程中更賦予新的觀點，三百篇所蘊含的詩義因此益加豐富。漢代齊魯韓毛四家各領風騷，魏晉以後三家漸亡，至唐僅存毛詩一家獨專，而解說詩義便以毛義為宗，是為漢學。直至有宋一代疑經風起，而朱子《集傳》一出，解詩另闢蹊徑，改變了前代治詩專主毛說的局面。但是在今本《集傳》問世之前，朱子《詩經》學實歷經擁《序》與《辨說》駁《序》的過程。

　　朱子《詩經》學思想之演變可大別為三個階段，一為前期的遵《序》；一為中期的反《序》；三為後期的以經文為本。學者潘重規先生說：「朱子說詩，早年用《序》，晚年廢《序》，為詩學數百年之劇變。今行世朱子《詩集傳》，廢斥《詩序》，乃朱子晚年改定之本。其初稿遵用《小序》，今本雖已刪去，然其早年之說，已多為同時學者所采用。」〔註1〕而早年擁《序》以說解詩義的作品，究係與今傳定本《集傳》同名，抑或另名為《集解》，學者各有說辭，錢穆先生即指朱子初稿名為《集解》，〔註2〕但學者糜文開先生對朱子解詩過程演變的看法，認為朱子注詩只作《集傳》一書，由於多次修訂，致前後出版時有依《序》與反《序》之別。〔註3〕而學者束景南先生《朱熹佚文輯考》

〔註1〕　潘重規：〈朱子說詩前後期之轉變〉，《孔孟月刊》二十卷十二期，頁17。
〔註2〕　錢穆先生稱「初稿名《集解》」，於乙未年朱子四十六歲之前即已成書。參氏
　　　　　著《朱子新學案》第四冊，頁55。
〔註3〕　詳參糜氏著〈詩經朱傳本經文異字研究〉一文，收入糜氏與斐普賢合著《詩

一書，曾對朱子《詩經》學早期著作加以輯佚，即根據四部叢刊本《呂氏家塾讀詩記》引「朱氏曰」之文作一整理，並作〈朱熹作《詩集解》與《詩集傳》考〉一文，詳加考訂朱子著作之歷程，他說：

> 朱熹生平解詩有二變：初本毛序，曲爲之說，後轉爲存毛序，間爲辨破，是爲一變；由存毛序再轉爲盡去毛序，盡滌蕩舊說，是爲又一變。考之朱熹文集、語錄，無不相合。所謂「初本毛序曲爲之說」與「存毛序間爲辨破」者，蓋即作《詩集解》階段；而所謂「盡去毛序，滌蕩舊說」者，則爲作《詩集傳》階段也。〔註4〕

無論前後期之著作是否同名，朱子解詩前後期差異的關鍵，在於對《詩序》的用或反。

朱子對於自己讀詩的歷程轉變，曾有一簡要的陳述，他說：

> 某向作詩解，文字初用《小序》，至解不行處，亦曲爲之說，後來覺得不安，第二次解者，雖存《小序》，間爲辨破，然終是不見詩人本意，後來方知，只盡去《小序》，便自可通，於是盡滌舊說，詩意方活。（《語類》卷八十〈論讀詩〉頁 2085 必大錄）

束景南《朱熹佚文輯考》〈詩集解輯存〉云：

> 朱熹早年卻嘗一本《毛序》而作《詩集解》，淳熙以後始黜《毛序》而作《詩集傳》，不啻宋代《詩經》學演變歷史乃具體而微顯現于朱熹一身也。」故由《詩集傳》而上窺《詩集解》，于探討朱熹生平《詩經》學思想演變，乃至有宋一代經學之歷史發展，均具特殊意義。今《詩集解》亡佚，然呂祖謙《呂氏家塾讀詩記》多引《詩集解》之說，朱熹《呂氏家塾讀詩記后序》即云：『此書所謂朱氏者，實熹少時淺陋之說，而伯恭父誤有取焉。』〔註5〕

又說：

> 《呂氏家塾讀詩記》所引『朱氏說』，乃是《詩集解》乾道九年二次

經欣賞與研究》，（臺北：三民書局，民國 76 年 11 月改編版），頁 409～480。李再薰先生亦謂錢穆誤解朱子初稿名爲《集解》，言《語類》所說「熹所集解」中「集解」爲動詞，不爲名詞用。參氏著〈朱子詩經學要義通證〉，（國立臺灣大學中文研究所碩士論文，民國 71 年 6 月），頁 12。

〔註4〕 束景南：《朱熹佚文輯考》（江蘇古籍出版社，1991 年 12 月一版），頁 660～661。

〔註5〕 束景南：《朱熹佚文輯考》頁 341。

修定本，于淳熙二年寄呂祖謙。今朱熹《詩集傳》之序，實爲《詩
集解》淳熙四年三次修定本舊序（序定本），而爲後人誤附，相沿至
今。」

果如束景南先生之言《呂氏家塾讀詩記》所引『朱氏曰』爲乾道九年之作，
時四十四歲，而朱子猶視爲「少時淺陋之說」，則更早之前朱子說詩的見解，
或當爲不成熟之見。因爲呂氏《讀詩記》所引朱子之說，已有部分破《詩序》、
破毛鄭舊說的見解，朱子即曾說：「從《讀詩記》中，雖多說《序》，然亦有
說不行處亦廢之。」（《詩傳遺說》卷二）。而更早之時所寫對詩三百的看法，
較之呂氏書中所引可說更保守、更傳統，如朱子〈答劉平甫〉一文，信中對
〈卷耳〉詩各章之解釋十分詳細，皆爲用《序》之說，完全從漢儒之意解釋，
如謂首章云「言后妃志於求賢審官，又知臣下之勤勞。」（《朱熹集》卷四十，
頁 1833）幾乎是轉述《序》意而已。此信束景南先生謂作於乾道四年，〔註6〕
即朱子三十九歲時，比《集傳》舊說更早。由此可見，朱子對《詩經》的解
釋，在一生之中不斷推陳出新，不斷突破舊說。

　　朱子曾說：「某因作《詩傳》，遂成《詩序辨說》一冊，其他謬戾，辨之頗
詳。」（《語類》卷八十〈綱領〉煇錄）〔註7〕學者賴炎元先生因此說：「可知該
書是朱熹修訂《詩集傳》後，爲了使人更清楚地瞭解《詩序》的謬誤而寫的。」
〔註8〕可見《集傳》先出，《辨說》後成，從《辨說》中多處言「說見本篇」亦
可得證，但今傳《集傳》已是多次修改更易後之定稿，說法與《辨說》已有許
多差異，甚至對《詩序》的說法已部分接受，或有暗合的情形，〔註9〕如《周
頌》〈豐年〉詩，《詩序》云：「秋冬報也。」鄭《箋》：「報者，謂嘗也，烝也。」
《辨說》曰：「《序》誤。」而今本《集傳》卻說：「此秋冬報賽田事之樂歌。蓋
祀田祖、先農、方社之屬也。」用《序》之意甚明。但《四庫全書總目提要》

〔註6〕束景南：《朱熹佚文輯考》，頁 499。另陳來先生則考爲作於紹興二九年，見《朱
　　　子書信編年考證》，（上海人民出版社，1989 年 4 月），頁 17，即朱子三十歲
　　　時。二人所稱時間皆較呂氏《讀詩記》所引朱子舊說爲早。
〔註7〕錢穆的說法恰爲相反，《朱子新學案》云：「《詩序辨說》別出於《詩集傳》之
　　　外，必《詩序》之《辨說》定，而後詩之經文之《集傳》乃可定。」（第四冊，
　　　頁 79）。
〔註8〕賴元炎：〈朱熹的詩經學〉，《中國學術年刊》，第二期，頁 46。
〔註9〕學者左松超先生曾研究朱子《集傳》襲用《小序》之說的詩有八十二首之多，
　　　佔《詩經》總數二七％。詳參氏著〈朱熹論「詩」主張及其所著《詩集傳》〉
　　　一文，《孔孟學報》五十五期，頁 73～87。

對這種現象解釋為「舊稿刪改未盡」，實在是昧於《集傳》初稿成於《辨說》之前的事實，當時《辨說》既是為《集傳》廢《序》之舉而作，何來《集傳》要為《辨說》刪改之論？這個情形更可證明《集傳》成書以來不斷修改，以致與原貌漸行漸遠，而《辨說》則未有改訂的事實。所以學者何澤恆先生說：「《詩序辨說》成書年代，今已無可確考；要之當介於早年詩說與晚年定本《集傳》之間。」〔註10〕，因此依其成書順序，分別考求其詩教思想之內涵，應可顯現朱子詩教思想發展變遷之軌跡。所以由呂氏《讀詩記》引朱子早年詩說，到辨《序》、反《序》以解詩的《詩序辨說》，是朱子一生解詩歷程中，最關鍵，也最轉折、最多采多姿的時期。本章所要研究朱子此一轉變階段的詩教特色，便是以朱子在呂氏《讀詩記》中的早年詩說，以及朱子自作的《詩序辨說》一書，作為分析研究的素材，以對照、比較、分析、解釋等方式，詳為探討，使朱子解詩轉變關鍵期的詩教特色，能在有限的材料裡，呈現出來。

第一節　擁《序》之詩教內涵

　　朱子早年遵序舊作，今已亡佚，幸呂祖謙所著《呂氏家塾讀詩記》〔註11〕一書引述不少朱子遵序說法，《四庫全書總目提要》云：「朱子與祖謙交最契，其初論詩亦最合，此書中所謂「朱氏曰」者，即所採朱子說也。後朱子改從鄭樵之論，自變前說，而祖謙仍堅守毛鄭，故祖謙沒後，朱子作是書〈序〉，稱『少時淺陋之說，伯恭父誤有取焉。既久，自知其說有所未安，或不免有所更定，伯恭父反不能不置疑於其間，熹竊惑之，方將相與反覆其說，以求真是之歸，而伯恭父已下世』云云。蓋雖應其弟祖約之請，而夙見深有所不平，然迄今兩說相持，嗜呂氏書者，終不絕也。」（《經部・詩類一》，頁 303～304）本節即以此書所引朱子早年用《序》之說，作為研究分析之素材，藉以瞭解朱子早期的詩教內涵。為行文方便，本節凡指呂氏《讀詩記》所引朱子之言，皆以「朱子舊說」稱之。

　　本節所要討論的呂氏《讀詩記》引朱子舊說，呈現的是朱子從完全守《序》，到「間為辨破」的階段，〔註12〕這期間的詩教思想，因此除了將此舊

〔註10〕何澤恆：〈朱子說詩先後異同條辨〉《國立編譯館館刊》十八卷一期，頁 195。
〔註11〕本論文所參呂氏著作乃上海商務印書館於民國 23 年出版之四部叢刊續編經部本，是影印上海涵芬樓借常熟瞿氏鐵琴銅劍樓藏的宋刊本，國家圖書館有收藏。
〔註12〕「間為辨破」一語所表示的意義有二種狀況，一是遵守《序》意，但略改其

說與漢儒之說加以對照外，亦要與廢《序》後的詩說予以參照說明，以突顯朱子在早期說詩的特點，並藉以明瞭朱子解詩的歷史進程，使其詩教思想的發展軌跡更爲清晰。

一、舊說詩教對漢學之依違

朱子舊說解詩之主要方式，即在申說《序》意，或者依毛《傳》鄭《箋》解釋詩意，若遇到不得解之處，則爲之曲說，但曲說回護頗費力氣，且常有難週之處，亦自覺不妥，不得不才「間爲辨破」。但「間爲辨破」猶未足以完全解釋詩意，後來始放棄《詩序》解詩之模式，而有《詩集傳》之傳世巨著。所以在舊說之中，朱子闡述之詩教內容，皆在漢儒舊說裡或依或違，呈現兩種主要風貌。

（一）申述漢儒舊說之義理

1. 用《序》說之義理

朱子舊說大多依據《詩序》釋詩的模式，對詩意的解釋，不脫美刺諷諫的範疇。但是《詩序》特別注重詩歌的教化功能，以致忽略詩歌的產生是「情動於中而發於言」（〈大序〉）亦即「人心之感物」（《詩集傳序》）而生，所以在朱子視〈國風〉爲「男女相與詠歌，各言其情」（《詩集傳序》）的觀點下，縱然運用王化的思想解詩，〔註13〕亦難以完全闡明詩意，所以舊說無法契合《詩序》的解詩理論，因此，偶而會從個人視點詮釋詩意的情形，茲分析於後。

2. 完全申明《序》意

《詩經》二〈南〉詩，朱子依循《序》說視爲正風，所以釋詩的方式與內容無不以《詩序》爲依據，如〈周南〉朱子舊說云：

> 周公制禮作樂，于是取文王時詩，分爲二篇：其言文王之化者，繫
> 之周公，以周公主內治故也；其言諸侯之國被文王之化以成德者，
> 繫之召公，以召公長諸侯故也。（卷二，頁 1454）

《詩序》云：「然則〈關雎〉〈麟趾〉之化，王者之風，故繫之周公。〈南〉，

說：另一是完全改變《詩序》之說法。因完全改變《序》說的情形不多，所以朱子以「間爲辨破」說明其釋詩之歷程。

〔註13〕〈詩集傳序〉裡對於二〈南〉受王化影響所以能不淫不傷，〈雅頌〉爲朝廷之辭、聖人之徒所作，所以爲萬世法程。

言化自北而南也。〈鵲巢〉〈騶虞〉之德，諸侯之風也，先王之所以教，故繫之召公。《周南》、《召南》，正始之道，王化之基。」可見朱子早期〈周南〉之注，取自《詩序》之內容而加以申述，是至爲明顯的解詩方式。《序》論〈周南〉，只言化而不言德，朱子謂〈周南〉之詩亦以文王之化別之；序說《召南》，則言先王教之而有德之詩，朱子乃以被化成德者歸之。非但論詩之內容依循《序》意而成，就是論述的結構亦完全襲自《詩序》的模式。

朱子用《序》解詩的情形，其形式頗爲多端，有解釋《序》文詞意者，如〈鄭・山有扶蘇〉詩《序》曰：「刺忽也。所美非美然。」朱子舊說云：「「所美非美」，所謂賢者佞，智者愚也。（卷八，頁 1535）舊說針對《序》文進一層加以解釋，以佞愚之人以爲賢智，實忽所美非美之故。與《集傳》「淫女戲其所私者」大異。又如《齊・敝笱》朱子舊說云：「防所以止水，閑所以扞物，故防閑有禁制之意。」（卷九，頁 1549）此語在注《序》「齊人惡魯桓公微弱，不能防閑文姜，使至淫亂，爲二國患焉。」中的「防閑」之意。今本集傳已無，但首章仍用「防閑」一辭。

朱子舊說不但訓釋詞意，亦有解釋其中文意者，如〈鄭・揚之水〉朱子舊說云：

> 兄弟既不相容，所與親者二人而已，然亦不能自保於讒間，此忽之
> 所以亡也。（卷八，頁 1540）

此詩《序》曰：「閔無臣也。君子閔忽之無忠臣良士，終以死亡，而作是詩也。」舊說乃是解釋《序》中忽所以亡的原因，與集傳「淫者相謂」之說大異。又如像〈召南・羔羊〉之詩朱子舊說云：

> 衣裳有常制，進止有常所，其節儉正直亦可見矣。（卷三，頁 1471）

完全是因《詩序》「召南之國，化文王之政，在位皆節儉正直，德如羔羊。」之中，有「節儉正直」一句。朱子先有「節儉正直」之意存在心中，去解讀〈羔羊〉詩時，自然便從詩中得到服制、居所「有常」的說法，蓋服「有常」則不奢侈浪費，居「有常」則不疏懶循私。

更有深文周納、委委敘述，以明《序》意之深意者，如〈小雅・六月〉詩朱子舊說云：

> 成康既沒，文武之政，侵尋弛壞，至於夷厲，而小雅盡廢矣。蓋其
> 人亡，其政息，雖鐘鼓管弦之聲未廢，然其實不舉，則無所施之，
> 所謂廢也。宣王中興，內修政事，外攘夷狄，北伐南征，以復文武

之境土，故序詩者詳記其所由廢興者如此，以發其端，而小雅之見
於經者，於是變矣。（卷十九，頁1647）

此文申〈六月〉之《序》，除宣王中興至復文武境土移至〈車攻〉首章外，餘
集傳皆無。全文力申《序》所以為長文如此之意。又如〈豳‧鴟鴞〉詩朱子
舊說云：

管蔡流言使成王疑周公，周公雖已誅之，然成王之疑未釋，則亂未
弭也。故周公作此鴟鴞之詩以遺王，而告以王業艱難，不忍毀壞之
意，所以為救亂也。（卷十六，頁1605）

此詩《序》云：「周公救亂也。成王未知周公之志，乃為詩以遺王，名之曰鴟鴞
焉。」舊說乃申述《序》意，故以「救亂」為言。《集傳》則無此語。再如〈豳‧
七月〉詩，《序》云：「陳王業也。周公遭變，故陳后稷先公風化之所由，致王
業之艱難也。」朱子舊說則曰：「使成王知其積累之艱難如此，而思奉承之不易，
且以見己之所以當國而不辭之意。」（卷十六，頁1597）朱子據《序》「王業艱
難」之文，闡明周公遭亂不辭之詩意。《集傳》則曰：「周公以成王未知稼穡之
艱難，故陳后稷公劉風化之所由，使瞽矇朝夕諷誦以教之。」未言遭變，只順
詩文平平解之。又如〈陳‧墓門〉詩《序》云：「刺陳佗也。陳佗無良師傅，以
至於不義，惡加於萬民焉。」朱子舊說云：「陳佗，文公子，桓公鮑之弟也。桓
公疾病，佗殺其太子免而代之，桓公卒而佗立，明年為蔡人所殺。此詩刺佗，
而追咎先君不能為佗置良師傅，以至於此也。」（卷十三，頁1584）所言在在
皆為解釋《序》意之辭，《集傳》全不采舊說，甚至注曰「所謂不良之人，亦不
知其何所指也。」朱子前後期說詩之大別，在此可知其大概。

　　尚有移用《序》文解釋詩意的情形，如〈鄭‧遵大路〉詩朱子舊說云：

君子去其國，國人思而望之，於其循大路而去也，攬持其袪以留之
曰「子無惡我而不留，故舊不可以遽絕也。（卷八，頁1533）

《序》曰：「思君子也。莊公失道，君子去之，國人思望焉。」朱子舊說以《序》
義為是，而與鄭《箋》所云同調，《箋》曰：「思望君子，於道中見之，則欲
攬持其袪而留之。」蓋鄭說全依《序》意成言。而朱子舊說又依《序》《箋》
二者之意解詩。又如〈齊‧猗嗟〉詩首章，朱子舊說云：

極稱其威儀技藝之美，所以刺其不能以禮防其母也，若曰：惜乎其
特少此耳。（卷九，頁1552）

此大部分用《序》文申述詩意，《序》曰：「刺魯莊公也。齊人傷魯莊公有威

儀技藝，然不能以禮防閑其母，失子之道，人以爲齊侯之子焉。」。

朱子解詩不但依循各篇〈小序〉，尚且引詩說以證〈大序〉之義者，如〈邶・谷風〉詩朱子舊說云：

> 皆述逐婦之辭也。宣姜有寵而夷姜縊，是以其民化之，而〈谷風〉
> 之詩作。所謂一國之事繫一人之本者如此。（卷四，頁1487）

《序》曰「刺夫婦失道也。衛人化其上，淫於新昏而棄其舊室，夫婦離絕，國俗傷敗焉。」舊說從化上之意著力申說，並用以證明〈大序〉「一國之事繫一人之本，謂之風。」所言之意無差，其回護《序》意之力可見一斑。後《辨說》去此說法，謂「未有以見化其上之意」，因此《集傳》回歸本文，釋其意曰：「婦人爲夫所棄，故作此詩，以敘其悲怨之情。」

朱子舊說喜引史傳內容解詩，以證《序》意之無誤，此或受《詩序》本身好引史傳解詩所影響。如〈齊・載驅〉詩，朱子舊說云：

> 按《春秋》：魯莊公之二年冬十有二月，夫人姜氏享齊侯於祝丘。五
> 年，夫人姜氏如齊師。七年春，夫人姜氏會齊侯於防。冬，夫人姜
> 氏會齊侯於穀。（卷九，頁1550）

此語在注《序》，《集傳》將此語移至前詩篇末，且略修之。如二年會於禚，四年享於祝丘。《序》云：「齊人刺襄公也。無禮義，故盛其車服，疾驅於通道大都，與文姜淫，播其惡於萬民焉。」又如〈唐・揚之水〉詩，朱子舊說云：

> 按左傳史記，晉穆侯之太子曰仇，其弟曰成師，穆侯薨，仇立，是
> 爲文侯，文侯薨，昭侯立，封成師於曲沃。師服諫曰：吾聞國家之
> 立也，本大而末小，是以能固，故天子建國、諸侯立家，今晉，甸
> 侯也，而建國，本既弱矣，其能久乎？（卷十一，頁1562）

此注據史傳釋《序》之言。而〈唐・羔裘〉朱子舊說云：「在位者不恤其民，故在下者謂之曰：彼服是羔裘豹袪之人。」（頁1565）此說亦申《序》「晉人刺其在位不恤其民也」。據史傳以申《序》意者，又如〈唐・鴇羽〉詩朱子以史傳紀年述《序》「大亂五世」之意，文長，略之。（頁1565～1566）。可見朱子早期釋詩是以「守《序》」及「據史」二大方式解詩。

朱子舊說多以申明《序》意爲主，無論《序》說合理與否，因此有些《序》意明顯錯誤，但朱子猶未能加以指正，甚至還據之解詩而渾然不知其誤，如〈小雅・瞻彼洛矣〉詩，《序》云：「刺幽王也。思古明王能爵命諸侯，賞善

罰惡焉。」朱子舊說首章則注曰：「言諸侯至此洛水之上，受寵錫之厚，而又帥天子之六師，以討有罪也。」此說乃是因《序》文次句「古明王能爵命諸侯」而據以言之。且鄭《箋》稱「君子至止」爲「謂來受爵命者也」，即「諸侯世子也」；孔穎達《正義》則謂「君子諸侯之至止，來見於王，則王爵命之。」朱子始言諸侯受命之義。然而，六師者，即六軍也，乃天子所帥之師，朱子舊說以「寵錫」之故而使諸侯帥之，〔註14〕欲其討有罪者，惟諸侯僭越，不僅綱常盡失，猶有臣下坐大之危，如此不顧君臣之義，何以稱之爲「明王」？且陷臣子於有罪，更不得以明王稱之。所以《集傳》一改舊說之曲謬，指出此詩之本義爲「此天子會諸侯於東都以講武事，而諸侯美天子之詩」，不言諸侯統六師，而說「天子至此洛水之上，御戎服而起六師也。」非特盡去舊說違悖倫常之譏，反更進而突顯君臣綱紀之嚴飭與融洽，這種反刺爲美的解詩方向，正是朱子《集傳》反《序》立說的最大特點。

3. 間破《序》說之意

　　前述朱子舊說對詩《序》的態度，可以說是護《序》有加，大力申明《詩序》的意思。但是朱子有時偶而對《序》意不甚滿意，便會採取二種方式，一是部分採《序》意，部分則發明自己的說法；另一種方式是完全不採《序》意，以自己的看法逕自解釋。如〈邶・擊鼓〉詩，朱子舊說云：

> 伐鄭以結陳宋之成也。按《左傳》：「州吁與宋陳伐鄭，圍其東門，
> 五日而還。」出師不爲久，而衛人之怨如此，身犯大逆，衆叛親離，
> 莫肯爲之用爾。（卷四，頁1483）

《序》曰：「怨州吁也。衛州吁用兵暴亂，使公孫文仲將而平陳與宋。國人怨其勇而無禮也。」朱子舊說部分據《序》說之「怨」字而發，並引《左傳》魯隱公四年之事以說衛人怨州吁之甚，且明其弒君而犯大逆，以致衆叛親離。後來《辨說》則直接駁《左傳》魯衆仲之言以及《詩序》之淺陋，謂此二者皆不明君臣之義故也。〔註15〕細審朱子舊說，猶有未循《序》以申「勇而無

〔註14〕孔穎達正義另有他解，他說：「天子以其賢，任爲軍將，使代卿士將六軍而出也。以軍將命卿，故知代卿士也。天子六軍，一卿將一軍，言將六軍而出者，舉六軍見天子之法，其實六軍之中將一軍耳。」反復言說，欲以曲折其意以圓其難解之辭。見十三經注疏版（臺北：藝文印書館），《詩經正義》卷十四，頁478。

〔註15〕詳參朱子《詩序辨說》，臺灣商務印書館，影印文淵閣四庫全書，六九冊，頁11。及本章第二節「反序之詩教」相關敘述。

禮」之義，改從民怨之強度及州吁大逆之實說解詩義，已有春秋之意存焉，是朱子間破《序》說之例。再如〈豳・破斧〉詩，《序》以美惡言詩，云：「美周公也。周大夫以惡四國焉。」毛《傳》述《序》曰：「惡四國者，惡其流言毀周公也。」朱子舊說則以發明周公之用心解之，去美惡說詩模式。與《集傳》大同略異，其異者，「夫管蔡流言以謗周公而公征之，不知者以爲公之爲是以救其身而已，故爲此詩者，爲之發明其心如此。」周公東征之心，即在救國之危亂。（卷十六，頁 1610）所以《集傳》則直接述明周公東征之用心，且一一明言之。由此二例看出，朱子並未全遵《序》意。

4. 申述毛鄭之義理

《詩序》文字簡要，朱子舊說或不專明《序》意，而以毛《傳》鄭《箋》之意申述詩意，如〈周頌・執競〉詩「執競武王，無競維烈。不顯成康，上帝是皇。」《序》云：「祀武王也。」毛《傳》：「不顯乎其成大功而安之也。」鄭《箋》：「不顯乎其成安祖考之道？言其又顯也。天以是故美之，予之福祿。」朱子舊說則曰：

> 武王持其自強不息之心，故其功烈之盛，天下莫得而競，此其所以成大功而安之。」（卷二十八，頁 1860）

本詩「不顯成康」一句，漢儒皆因《序》言詩旨爲祀武王，以致對「成康」二字皆曲說爲成功安定之意，朱子早期亦循此解詩。蓋既爲祀武王，則詩本文必無記成王康王之事，故「成康」之字義，當從字面釋之。《集傳》則始見此說之曲誤，改以成王康王解釋之。

與此情形相近的，又如〈周頌・昊天有成命〉詩「昊天有成命，二后受之。成王不敢康，夙夜基命宥密。」《序》云：「郊祀天地也。」鄭《箋》云：「周自后稷之生而已有王命也。文王武王受其業，施行道德，成此王功，不敢自安逸。早夜始順天命，不敢解倦，行寬仁安靜之政以定天下。」朱子早期亦隨前人說法云：「天將祚以天下，既有成命矣，文武受之，將成其王業，不敢康寧，夙夜積德，以爲受命之基者，至深遠矣，又續而廣之，盡其心以定天命也。」[註16]（頁 1857、1858）至《辨說》始辨曰：「〈小序〉又以此詩篇首有「昊天」二字，遂定以爲郊祀天地之詩，諸儒往往亦襲其誤，殊不知其首言天命者，止於一句；次言文武受之者，亦止一句；至於成王以下，然後詳說不敢康寧緝熙安靜之意，

〔註16〕此說「既有成命矣」句，束景南《朱熹佚文輯考》則作「既有服命矣」，恐誤植，見該書，頁 484。

乃至五句而後已，則其不爲祀天地而爲祀成王無可疑者。」（頁 39）可見朱子前後期對《詩序》的說法所採取的態度，眞是有天壤之別。其所以如此，則是據毛鄭解詩而產生的結果。詳見下節「串聯上下篇以求義」相關之內容。

又如〈衛・木瓜〉詩，《序》言此詩爲衛人欲厚報齊桓公救亡之恩。〔註17〕朱子舊說云：

> 投我以木瓜，而報之以瓊琚，報之厚矣，而猶曰：非敢以爲報，姑
> 欲長以爲好而不忘爾。蓋報人之施，而曰如是報之足矣，則報者之
> 情倦，而施者之德忘。惟其歉然常若無物可以報之，則報者之情、
> 施者之德，兩無窮也。（卷六，頁 1519）

舊說申鄭《箋》之意，《箋》云：「我非敢以瓊琚爲報木瓜之惠，欲令齊長以爲玩好，結己國之恩也。」朱子所言，乃人情義理之常也。《箋》意以國與國之間互報爲解，朱子舊說依循之，《集傳》則別解爲「疑亦男女相贈答之詞，如〈靜女〉之類。」

朱子早期亦有申毛《傳》之意者，如〈魚麗〉詩，毛《傳》云：「天子不合圍，諸侯不掩群，大夫不麛不卵，士不隱塞，庶人不數罟，罟必四寸，然後入澤梁，故山不童，澤不涸，鳥獸魚鱉皆得其所然。」朱子舊說申之曰：「凡此皆先王之政也。然必有至誠惻怛之心，仁厚愷悌之化，使人不知其所以爲之者，然後可行耳。不然則叢脞已甚矣，豈所恃以爲治者哉。」（卷十七，頁1636）《集傳》則謂此詩爲「燕饗通用之樂歌。」（〈魚麗〉首章）不襲舊說。再如〈周頌・噫嘻〉詩「噫嘻成王，既昭假爾」，《詩序》曰：「春夏祈穀於上帝也」，《序》只言向上帝祈穀，而毛《傳》則說：「成王，成是王事也。」意指上帝助成周王之業，所以鄭《箋》隨《傳》釋曰：「噫嘻乎！能成周王之功，其德已著至矣。」朱子舊說因此遵毛鄭之意解詩，曰：「言我之成其王業，既昭假於爾上帝矣」，（卷二十九，頁 1862）以「成王」爲「成其王業」，但又略改漢說，以我成王業解之，不同於漢儒視所祈之上帝成王之業。廢《序》後則直釋爲「成王」，《集傳》說：「此連上篇（臣工），亦戒農官之詞。「昭假爾」猶言格汝眾庶。蓋成王始置田官，而嘗戒命之也。」

無論申述毛《傳》或鄭《箋》之義，到後來反《序》解詩時，大多亦棄而不用，另創己意。

〔註17〕〈衛・木瓜〉詩《序》曰：「木瓜，美齊桓公也。衛國有狄人之敗，出處於漕，齊桓公救而封之，遺之車馬器服焉。衛人思之，欲厚報之，而作是詩也。」

（二）破漢儒舊說之義理

1. 破《詩序》之意

朱子舊說以遵守《序》意爲主，但遇不合理處，朱子亦偶而會提出己見，上文曾略爲提到，他有「間破」的作法。像〈周頌‧桓〉詩，《序》云：「講武類禡也。桓，武志也。」朱子舊說則案《左傳》楚莊王之語，曰「然則〈桓〉〈賚〉兩篇皆〈大武〉樂中一章也，與此《序》不同。」（卷三十，頁1874），《集傳》亦曰：「《春秋傳》以此爲大武之六章，則今之篇次，蓋已失其舊矣。又篇內已有武王之謚，則其謂武王時作者亦誤矣。《序》以爲講武類禡之詩，豈後世取其義而用之於其事也與？」早期對《序》說提出異議，後來《集傳》猶采其說，可見朱子早年解詩，亦偶有己見，對漢儒舊說顯然有誤者，也能據史傳之言而正其誤說。

又如〈周南‧螽斯〉詩，朱子舊說云：

> 螽斯聚處和一，而卵育蕃多，故以爲不妒忌而子孫眾多之比，非必知其不妒忌也。或曰：古人精察物理，有以知其不妒忌也。（卷二，頁1461）

《詩序》云：「〈螽斯〉，后妃子孫眾多也。言若螽斯不妒忌，則子孫眾多也。」早期解詩已知《序》說之妄，故間破其說曰「非必知螽斯之不妒忌」，指出應是見其卵育蕃多而推言其不妒，僅以「或曰」指出古人精察物理而知其道。這在當時對守《序》極嚴的朱子而言，疑心已開始萌芽，十分難得。至《辨說》時，才對《詩序》之言直接反駁說：「《序》者不達此詩之體，故遂以不妒忌者歸之螽斯，其亦誤矣。」（卷上，頁7），後來《集傳》便曰：「后妃不妒忌而子孫眾多，故眾妾以螽斯之群處和集而子孫眾多比之。言其有是德而宜有是福也。」不直言螽斯不妒忌。《序》意不合理而朱子能指出並加以修改的情形，當不只一二例。如〈秦‧黃鳥〉詩，《序》曰：「哀三良也。國人刺穆公以人從死，而作是詩也。」朱子舊說則不守《序》意解詩，另以批判的語氣說：「三人者不食其言，以死從君，而詩人不以爲美者，死不爲義，不足美也。」（卷十二，頁1576）此說以爲從死不足美，完全與《序》說的同情筆調相左。所以舊說批判三良之行，有破《序》之意。《集傳》更深論其非，措辭更爲犀利。

再如〈豳‧伐柯〉詩，《序》云：「美周公也。周大夫刺朝廷之不知也。」朱子舊說則曰：

> 執柯以伐柯，即此手中之柯，而得其法，以比王欲迎周公，亦不過

返之於吾心，則知所以迎之之道，則我得見公，而陳其籩豆之列，
將有日矣。（卷十六，頁 1611）

朱子以周大夫之立場，言若王欲迎周公，亦不過如「返之於吾心」之易，果
真如此，則大夫我可以準備以禮迎之矣，刺其知迎周公之道，卻不迎之意。
非真不知也，此破《序》說甚明。《集傳》則以東人喜見周公為解。完全不同
《序》「周大夫刺朝廷」之意；《集傳》云：「伐柯而有斧，則不過即此舊斧之
柯，而得其新柯之法。娶妻而有媒，則亦不過即此見之，而成其同牢之禮矣。
東人此言，以比今日得見周公之易。深喜之之詞也。」可見朱子舊說已開啟
《集傳》新說的先河。

　　易刺為美之例，尚有〈小雅・裳裳者華〉詩，《序》曰：「刺幽王也。古
之仕者世祿，小人在位，則讒諂並進，棄賢者之類，絕功臣之世焉。」朱子
舊說則曰：

此詩四章，皆美賢者之類，功臣之世，德譽文章威儀之盛，似其先
人，以見不可廢絕之意。蓋周之先王，於國之子弟，盡其教養之方，
做其成就若此，雖更幽厲之衰而不忘也。（卷二十二，頁 1731）

朱子此說反駁《序》意，言詩皆美賢者，以見不可廢絕之意。可見早期已覺
《序》說不妥。至《集傳》則曰：「此天子美諸侯之辭。」

2. 破毛鄭之意

　　〈周頌・時邁〉詩「我求懿德，肆于時夏，允王保之」，鄭《箋》云：「我
武王求有美德之士而任用之，故陳其功於是夏而歌之。樂歌大者稱夏。信哉！
武王之德，能長保此時夏之美。」朱子舊說曰：「又益求懿德之行而修之，
使廣被乎中國，則信乎能保天下矣。」鄭《箋》解詩之重點，在述明君王治
國之功績；朱子舊說則由君王之修德以保國祚而言。鄭說重外王之治，朱子
破其說，偏轉其義為內聖之修明。這種解釋，與後來《集傳》的說法幾乎沒
有二樣，《集傳》云：「益求懿美之德，以布陳於中國，則信乎王之能保天命
也。」此種解詩方向所以大別如此，顯然與當時學術之思潮有絕大關聯，蓋
朱子生當理學昌明之世，解經自然不出其範疇，且朱子集理學之大成，治學
功夫重格物致知以窮盡事理，使達誠意正心之目的。因此，從〈時邁〉之詩
看來，朱子早期已有從漢儒舊說之中掙脫出來的跡象，用自己的讀詩方式解
說詩義，不同於前代的觀點，對當時《詩經》學的研讀，的確開出了一條新
穎而開闊的大道。

又如〈周南・卷耳〉詩，朱子舊說云：

> 詩有三「周行」：此（杰按：指〈卷耳〉詩）及〈大東〉者，皆道路
> 之道；〈鹿鳴〉乃道義之道。（卷二，頁1460）

此連篇相屬以求詩義。但〈卷耳〉詩毛《傳》云：「思君子，官賢人，置周之
列位。」鄭《箋》釋曰：「周之列位，謂朝廷臣也。」朱子不同毛鄭，而以道
路解之。早期解詩已有間破前說的情形，此可見端倪。

再如〈召南・江有氾〉詩，朱子舊說云：

> 嘯以舒憤懣之氣，言其悔時也。歌則得其所處而樂矣。此兼上兩章
> 之意而言，《易》曰：「震無咎」者，存乎悔，於此見之。〈王風〉云：
> 「條其嘯矣」，《列女傳》云：「倚柱而嘯」，皆悲嘆之聲也。（卷三，
> 頁1474）

鄭《箋》云：「嘯，蹙口而出聲。嫡有所思而為之，既覺自悔而歌。歌者，言
其悔過以自解說也。」鄭玄以嫡悔過自說解以求諒解詩，朱子則破其說，以
妾希望嫡能舒發憤氣，樂而安處。舊說申述此媵妾不怨而忠厚的內涵，應
是朱子所欲張揚上下相待之義的詩教。

又如〈王・大車〉詩，朱子舊說云：

> 民之欲相奔者，畏其大夫，自以終身不得如其志也。故曰：生不得
> 相奔以同室，庶幾死得合葬以同穴而已。「謂予不信，有如皦日。」
> 約誓之辭也。（卷七，頁1526）

此詩《序》云：「刺周大夫也。禮義陵遲，男女淫奔，故陳古以刺今大夫不能
聽男女之訟焉。」鄭《箋》云：「古之大夫聽訟之政，非但不敢淫奔，乃使夫
婦之禮有別。今之大夫不能然，也。刺其闇於古禮。」鄭申《序》之意，而
朱子舊說與鄭相異，鄭以詩人角度解詩，所以有責大夫「反謂我言不信，我
言之信如白日」之言，朱子舊說則由男女淫奔者立場解詩，故謂其相約以誓。
可知早期已有其自己不同於傳統之看法。《集傳》與舊說相同。

雖然破毛鄭之說如此不易，且並非皆能為後來所採納，如〈周頌・雝〉
詩，《序》云：「禘大祖也。」毛《傳》：「禘，大祭也，大於四時而小於祫。
大祖，謂文王。」鄭《箋》亦言：「此禘於文王之詩也。」朱子舊說則不以為
然，另尋典籍為據，曰：「《祭法》：『周人禘嚳』，又曰：『天子七廟，三昭三
穆，與大祖之廟而七。』周之大祖，即后稷也。禘嚳於其廟，以后稷配，所
謂禘其祖之自出，以其祖配之是也。」（卷二十九，頁1865）朱子舊說破漢儒

之說，以爲漢儒謂大祖爲文王誤也，故引《祭法》之言，以后稷爲大祖。但後來《集傳》卻又改從漢儒舊說，爲禘文王之詩，云：「此武王祭文王之詩。」。前後期於此見其相異處。然而，朱子亦未全采漢儒舊說，蓋毛《傳》以詩「既右烈考」之烈考爲武王，以爲此詩爲武王之後之周王祭祀文王之詩，但《集傳》則以爲當是武王祭祀文王之詩，故二者仍有差別。

二、舊說詩教之特色探析

（一）申言美刺之教

　　《詩序》最大特色就是以美刺方式解說詩義，朱子早年舊說亦不脫此種模式，如〈小雅・裳裳者華〉詩，〔註18〕舊說顯與《序》意立場相悖，《序》以刺幽王而言，〔註19〕朱子則以美賢者申說，但是朱子言說之方式，卻以《序》意爲核心，蓋《序》以「絕功臣之世」爲刺意所在，朱說則反其道而美其功臣之世，成就斐然而不可廢絕，二者美刺相反，但仍脫離不了以美刺之範疇論詩。〔註20〕這便是朱子所說「存小序」而「間爲辨破」的解詩之法。但此方式朱子仍以爲不妥，因此《集傳》始改爲「此天子美諸侯之辭，蓋以答〈瞻彼洛矣〉也。」完全屏去舊說繁複曲折之圈套格局，而改趨簡約，以回歸《詩經》本文解釋爲途徑。雖《集傳》仍舊以「美」爲辭，但其詮釋之系統已大異於漢代以美刺作爲詮釋核心的模式。

（二）提示讀詩方法以求義〔註21〕

〔註18〕朱子舊說之文，參考本節一「舊說詩教對漢學之依違」頁69所引。

〔註19〕《序》云：「刺幽王也。古之仕者世祿，小人在位，則讒諂並進，棄賢者之類，絕功臣之世焉。」

〔註20〕舊說沿詩序之意，反刺爲美，故其所美之對象，即是古之仕者與其後世，詩之前三章美功臣之世，末章則美其先世才全德備，說見呂氏《讀詩記》卷二十二〈裳裳者華〉詩（四部叢刊本，頁1731、1732）中所引朱氏之言。新說則異於此，乃直言美當前之諸侯，無論其先後之世。

〔註21〕此處僅以呂氏《讀詩記》所引之文爲探討範圍。其實在反《序》之前，朱子對讀詩的重要主張並不止於此，在〈詩集傳序〉中，或在文集之中也有，如〈答廖子晦〉一文曾曰：「《大序》之文亦有可疑處，而《小雅》篇次尤多不可曉者，此未易考。但聖人之意，使人法其善，戒其惡，此則炳如日星耳。今亦不須問其篇章次序、事實是非之如何，但玩味得聖人垂示勸戒之意，則詩之用在我矣。鄭衛之詩，篇篇如此，乃見其風俗之甚不美，若止載一兩篇，則人以爲是適然耳。大抵聖人之心寬大平夷，與今人小小見識遮前掩後底意思不同。」（《朱熹集》卷四十五）束景南先生以爲此文作於乾道九年，即朱

朱子舊說曾以比較之法示範讀詩的範例，如〈召南・摽有梅〉詩，朱子
舊說云：

> 述女子之情，欲昏姻之及時也。視〈桃夭〉則少貶矣。〈行露〉、〈死
> 麇〉，於〈漢廣〉亦然。（卷三，頁 1472）

《序》云：「男女及時也。召南之國被文王之化，男女得以及時也。」顯然
朱子是以《序》中「及時」一義去推尋詩意，但略異於《序》，而謂此詩為
「女子」之詩，以明其「欲」及時之情，由於是未及時而「欲」及時，所以
稱「少貶」於〈周南・桃夭〉詩的女子「及時」于歸，可知「昏姻及時」的
主題，是朱子早期詩教的重要項目。另一組詩，將〈召南〉之〈行露〉〈野
有死麇〉二詩與〈周南〉之〈漢廣〉詩比較，〈行露〉詩朱子舊說曰：「使貞
女之志得以自伸者，召伯聽訟之明也。」其中所稱之「志」，蓋為詩末句「亦
不女從」之意，鄭《箋》云：「不從，終不棄禮而隨此彊暴之男。」〈野有死
麇〉詩呂氏未引朱子舊說，但鄭《箋》釋首章曰：「貞女思仲春以禮與男會，
吉士使媒人道成之。疾時無禮而言然。」合二詩以觀之，皆有貞女守禮以抗
彊暴之義；而〈周南・漢廣〉詩首章，朱子舊說以為「其幽閒貞靜之女，見
者自無狎暱之心，決知其不可求也。」足見當時「無思犯禮」者。朱子視〈召
南〉二詩少貶於〈漢廣〉，其意蓋在「禮」之風尚雅俗，以〈周南〉為高。
從這則朱子比較各篇之義而求其詩旨的解詩法中，細推之，頗有〈召南〉詩
皆不如〈周南〉之意。

朱子舊說曾由六義之解釋而體會讀詩之態度，如〈邶・匏有枯葉〉詩，
朱子舊說云：

> 或曰：承上章之興以為比也。蓋以〈匏有枯葉〉興濟有深涉，以濟
> 盈興雉鳴，然后雜求其牡比淫亂之人。此亦詩之一體也。夫詩之為
> 體，舒緩宏闊有如此者，而后世學者求之崎嶇蹙狹之中，銖較寸量，
> 如治法律，失之遠矣。（卷四，頁 1486）

此言詩之六義體制以求詩之義。早期朱子對六義標示之體例，已無從考察，
〔註22〕但後期《集傳》標示的比興體例，其方式與漢儒有極大差別，毛《傳》

子四十四歲。參見《朱熹佚文輯考》（江蘇古籍出版社，1991 年 12 月一版），
頁 502。見此文可與〈序〉文對照，以合觀當時的詩教觀點。

〔註22〕雖然標示體例之全貌無從考知，但從本則舊說可以觀察到早期標示義法體例
之一二，一為朱子舊說已在各章分別標示詩之作法。另一現象則為各章之作
法可能不同。

標明興義之例，絕大部分在詩之首章是爲通例，極少部分在二章或三章是爲變例。〔註23〕《集傳》則於每篇各章分別標示賦、比、興，且一詩之中各章可以有不同之義法，甚至各章亦不一定只有一法。〔註24〕朱子所以標示體例如此多樣不一，或許可以從這則舊說中找到他的初衷與用心。讀詩要「舒緩宏闊」，切忌「崎嶇蹙狹」，否則「如治法律」，滋味盡失矣。後來《集傳》已將舊說「或曰」除去，直言其體爲「比」。

　　朱子舊說嘗提示解詩求得詩中忠厚之意的例子，如〈小雅·皇皇者華〉詩《序》云：「君遣使臣也。送之以禮樂，言遠而有光華也。」朱子舊說則曰：「送之以禮樂，歌是詩以遣之也。」申解《序》意之辭至爲明顯。而所歌詩之內容，亦即本詩，其中深含體貼忠厚之情。如詩曰：「駪駪征夫，每懷靡及」朱子舊說云：「惟恐不能宣上之德，而達下情也。此詩若以戒夫使臣者，而托於其自道之辭以發之，詩之忠厚如此。」上位者借臣下之立場，表白戒慎恐懼於溝通上下之使命，實爲有意寓告戒之意於自道之辭中，朱子說這是「詩之忠厚」，也就是前面章節論及的詩的「滋味」、「下落」，讀詩必須到達這種境界，才算眞正讀詩。這是朱子一直強調的讀詩方法，所以《集傳》也持相同意思云：「此駪駪然之征夫，則其所懷思，常若有所不及矣。蓋亦因以爲戒。其詞之婉而不迫如此，詩之忠厚，亦可見矣。」

　　朱子早期解詩實有意於教示學者，故除解析詩意，及觀察詩人筆法之外，猶諄諄提醒學者讀詩當用心之處，如〈大雅·文王〉詩，《序》云：「文王受命作周也。」朱子舊說則曰：

> 文王之德業固美矣，詩人所以稱述之者，又極形容之妙，是以其辭尤粹，學者於此而盡心焉，則凡其德性之蘊皆可見矣。（卷二十五，頁1764）

朱子提醒讀詩之人盡心透過詩人精粹之辭，玩味詩中所被稱述之美德，其德性之蘊藉必定足堪讀者含詠咀嚼。至於如何盡心始能見得精妙之辭背後的義

〔註23〕毛傳以首章標示興體爲通例，以二三章爲變例，如〈秦·車鄰〉於二章下標「興也」，〈小雅·南有嘉魚〉〈魯頌·有駜〉於三音下標「興也」。參施炳華先生《毛傳釋例》，國立政治大學中文研究所碩士論文，民國63年6月，第六章「毛傳興義」四「毛傳興例」，頁85～91。惟其中變例遺漏〈魯頌·有駜〉篇。

〔註24〕朱子標示義法之例繁複，據程克雅先生研究，《集傳》以九組用語分別在詩中各章標注詩之作法，參閱程克雅《朱熹、嚴粲二家比興釋詩體系比較及其意義》，國立中央大學中文研究所碩士論文，中華民國80年5月，第三章「朱熹《詩集傳》中比興釋例的判準與涵義」，頁70～128。

理，這段文字並未指出，但是在其他文獻裡也可以看到朱子當時的主張，在答〈林熙之〉的書信中曾說：「上蔡言學詩要先識六義而諷詠以得之，此學詩之要。若迂迴穿鑿，則便不濟事矣。」（《朱熹集·別集》卷五，頁 5461）束景南先生記爲「此書作于乾道五年」，即朱子四〇歲，爲反《序》以前所寫。其中提示兩個重點：一是讀詩須識得詩之六義，二是要以吟詠諷誦體會詩意。可以看出他主張要透過「諷詠」的工夫去體味義理。這種提示讀詩用心處之方式，《集傳》亦採爲體例，時見朱子叮嚀學者用心之辭。

（三）闡述倫理綱常

朱子〈答何叔京〉第二十書曾說：「〈二南〉篇義但當以程子之說爲正。」（《朱熹集》卷四十，頁 1878）束景南先生記此文爲作於乾道五年，朱子時四十歲。當在呂氏《讀詩記》中所引朱說寫成之前，因此朱子舊說之中可能已含有宋儒說詩的見解。〈二南〉篇義既以程子爲是，朱子極有可能採其說法，而程子最重倫理綱常之教，因此有可能加以採納，融入其本人詩說之中。但呂氏引文僅採片斷，因此無法輯得全貌，本文僅將引文分量較重之君臣與夫婦二類，簡要分析其內涵，以一窺究竟。

1. 君臣之倫

朱子舊說對於君臣之間的倫理綱常，最重視的就是嚴守君臣的分際，尤其是指爲人臣屬者。他所明示的有二點，一是人臣不可逾越本職職分；一是下屬應認清天賦命分。

不逾職分方面，如〈小雅·采薇〉詩，《序》云：「遣戍役也。文王之時，西有昆夷之患，北有玁狁之難，以天子之命，命將率、遣戍役，以守衛中國。故歌〈采薇〉以遣之，〈出車〉以勞還，〈杕杜〉以勤歸也。」朱子舊說則曰：「文王既受命爲西伯，得專征伐。而其征伐也，亦必稱天子之命以行之，此足以見服事殷之實矣。而或者謂文王受命而稱王，則是二天子也，而可乎？」（卷十七，頁 1629），此明顯申《序》「以天子之命」之意，以此顯示文王臣服商殷之事實，反駁後人誤以爲文王曾經受天命以稱王之誤解，朱子所以申明此事，其用意概有兩爲，一是商殷之末雖然不修明德，國命衰微，但猶未終結，苟殷王能雪恥修德，力挽狂瀾於衰頹，則猶有祚命延長。雖當時文王爲西伯之職，修德征伐，民心歸向，亦有成王之勢，惟天命猶在商殷，豈有又命文王而成二天子之理？可見其重君臣分際的倫常思想非常強固。另一

更重要的原因，即是朱子對文王人格之推崇，視其爲明德至善之聖人，因之不可能違天命以稱王。所以〈周南・兔罝〉詩朱子舊說云：

> 此文王時周人之詩，極其尊稱，不過曰「公侯」而已，亦文王未
> 嘗稱王之一驗也。凡雅頌稱王者，皆追王后所作爾。（卷二，頁1463）

一再申明文王未嘗逾人臣之本份，以辨後人之誤謬，實在是深恐後人陷文王於不仁不義之境。〈小雅・出車〉詩亦有此義，朱子舊說曰：「天子命我，城彼朔方者，文王以商王之命命南仲，而南仲語其軍士以天子之命也。」（卷十七，頁1632）從舊說中特別在意文王在世未嘗稱王之辨，即可明白朱子扞衛上下分際的思想非常強烈。

認清命分方面，認爲臣下應認清自己先天的命分，如〈召南・小星〉詩，朱子舊說云：

> 命，所賦之分也。眾妾進御於君，不敢當夕，見星而往，見星而還。
> 故因其所見以起興。（卷三，頁1473）

毛《傳》云：「命，謂禮命貴賤。」又曰：「命不得同於列位也。」鄭《箋》云：「以次序進御者，是其禮命之數不同也。」《集傳》則曰：「由其所賦之分不同於貴者，是以深以得御於君爲夫人之惠，而不敢致怨於來往之勤也。」凡此可見朱子之說前後皆本於漢儒舊義。認爲下對上者必要認清命之貴賤有其所賦之天分在其中，不得怨之。

（1）勸　戒

其次，臣下之職，應時加勸戒其君，如〈秦・終南〉詩，朱子舊說云：「壽考不忘者，欲其居此位、服此服、長久而安寧也，亦勸戒之辭。」（卷十二，頁1576）此說爲申述《詩序》「大夫美之，故作是詩以勸戒之」的意思，但是《序》義本身存有語病，既稱美其君，何以又言勸戒？前後不相諧洽，所以《集傳》一改前說矛盾之解，以美詩釋之，謂「此秦人美其君之詞」，未有勸戒之意。

（2）體恤臣下

〈小雅・四牡〉詩，朱子舊說云：

> 非使臣作是歌也，設言其情以勞之耳。夫使臣將命以賦政於四方，
> 乃其職分之所當然；而先王之意，殷勤惻怛，惟恐勞之不至，乃爲
> 之探其情意之所不能已而未敢言者，於其燕勞而詠歌之。孔子曰：「體
> 群臣，則士之報禮重。」於此其見之矣。（卷十七，頁1618）

此詩《序》曰：「勞使臣之來也。有功而見知則說矣。」毛《傳》曰：「文王

爲西伯之時，三分天下而有其二，以服事殷，使臣以王事往來於其職，於其來也，陳其功苦以歌樂之。」可見舊說是申述漢儒《序》《傳》之意。但朱子特別申述君王對臣要「探其情意之所不能已而未敢言者」，較之漢儒以陳臣下之功苦者，更能體恤臣屬之深衷。他又舉孔子之言，彰顯上下之義，必先爲君者主動體恤，然後臣下始有厚報也。

（3）守制循理

〈王・揚之水〉詩，朱子舊說云：

> 先王有制，諸侯有故，則方伯連帥以諸侯之師討之；王室有故，則方伯連帥以諸侯之師救之。天子鄉遂之民，供貢賦、衛王室而已。平王微弱，威令不行於天下，無以保其母家，而使畿甸之民，遠爲諸侯戍守，周人以非其職而怨思也。況幽王之禍，申侯實爲之，則平王所與不共戴天讎也，乃不能討，而反戍焉。愛母忘父，其悖理也亦甚矣。民之怨也，豈不亦以此歟？（卷七，頁1522）

朱子以爲此詩違反王室有故諸侯救之的制度，反其制而行，是反常之行。又不討父讎，是無義之舉。愛母忘父，是悖理之人，無怪乎民怨乃起。《集傳》與此大同而文字次序略異。

（4）誠信和樂

至於上位者與臣下之間，則應以誠信相交，〈小雅・鹿鳴〉詩，朱子舊說云：「於朝曰君臣焉，於燕曰賓主焉。先王以禮使臣之厚也。」又說：

> 蓋所求於群臣嘉賓者如此，夫如是，是以君臣上下誠意交孚，而莫不一出於正，所以和樂而不流也。（卷十七，頁1615）

所謂「夫如是」，即指君王以禮待下，而臣下則示君以「周行」之意。必先君王之待臣下以誠信，示以厚禮，臣屬才會報以治國大道，如此則上下誠意相交，終使君臣和樂無介。所以「和樂而不流」便是朱子對君臣之義勾勒的最高境界。〔註25〕

2. 夫婦之倫

舊說在夫婦倫理上只存爲妻之道。言爲人妻者，其夫爲國行役於外時，當閔而無怨，並時加思念；或其行事不周時，當予諷勸。略述於下。

〔註25〕《集傳》云：「此其所以和樂而不淫也與？」此與舊說之「和樂而不流」略異。

婦人當深閉而無怨，如〈召南・殷其雷〉朱子舊說：

> 「歸哉！歸哉！」，冀其畢事而還歸也。閉之深而無怨辭，所謂「勸
> 以義也」。（卷三，頁 1472）

此申《序》「其室家能閉其勤勞，勸以義也。」之義，朱子以「閉深而無怨」
明妻室所以能「勸以義」之原因。亦有申鄭《箋》「勸以為臣之義」的意思，
至《辨說》始曰：「此詩無勸以義之意。」《集傳》則直接說：「南國被文王之
化，婦人以其君子從役在外而思念之，故作此詩。」

丈夫行役，為妻者思念不已，以見情篤，如《召南・草蟲》詩首章「喓
喓草蟲，趯趯阜螽。未見君子，憂心忡忡。」朱子舊說注云：

> 〈召南〉之大夫行役在外，其妻獨居，見此二物以類相從，似有陰
> 陽之性，因感時物之變而思其君子，恐不得保其全而見之也。（卷三，
> 頁 1468）

《序》云：「大夫妻能以禮自防」，朱子早期說詩已有別於《序》
意，不由此
說詩之義，直以思君之作言之。今本《集傳》無「見此二物以類相從，似有
陰陽之性」句，及「恐不得保其全而見之」一句，蓋《集傳》以「賦」視之，
若舊說以見物陰陽相從而感者，實屬「興」法，故刪之。

又為妻之道，當諷勸其夫行恩義於人，如〈周南・卷耳〉詩朱子舊說云：

> 極道勤勞嗟嘆之狀，諷其君子當厚其恩意，無窮已之辭也。（卷二，
> 頁 1461）

鄭《箋》云：「此（三）章言臣既勤勞於外，僕馬皆病，而今云何乎？其亦憂
矣，深閉之辭。」《序》亦云：「又當輔佐君子，求賢審官，知臣下之勤勞，
內有進賢之志，而無險詖私謁之心。朝夕思念，至於憂勤也。」朱子此言是
申述漢儒舊說，惟略有變通。言諷勸夫君厚恩於下者，與漢儒直言夫人憂閔
臣下之意不同，已有轉移，由上下關係之陳述，轉而為夫婦之道。今本《集
傳》已直言「后妃以君子不在而思念之，故賦此詩。」憂思之對象已不是臣
下，而是文王，因此《集傳》於篇末說：「此亦后妃所自作，可以見其貞靜專
一之至矣。」更從婦德方面著墨彰顯之。

（四）申明道德禮義

有言德合乎天之義者，如〈大雅・文王〉詩「有周不顯，帝命不時，文
王陟降，在帝左右。」朱子舊說釋云：「德顯命時，間不容息，蓋以文王德合
乎天，一陟一降，常若在上帝之左右，與之同運而無違也。」（卷二十五，頁

1764）今本《集傳》無。此說強調文王之德，與上帝同運無違之義。舊說特別強調文王之德，所以朱子在〈詩集傳序〉中說：

> 〈周南〉〈召南〉親被文王之化以成德，而人皆有以得其情性之正，故其發於言者，樂而不過於淫，哀而不及於傷，是以二篇獨爲風詩之正經。

他認爲〈二南〉之詩皆聖人所化，德在其中，而皆中正。

或申守經達變之義者，如〈鄘・載馳〉詩朱子舊說云；

> 聖人錄〈泉水〉於前，所以著《禮》之經；列〈載馳〉於後，所以盡事之變。夫宗國覆滅，莫大之變，顧以父母既終而不得歸，則事變之微于是者可知矣。夫人父母不在，當使大夫寧其兄弟，夫人欲自歸唁其兄弟，而託以不欲勞其大夫之跋涉也。（卷五，頁 1507）

此說乃申篇章前後之義以見編詩者之用心，〈泉水〉之詩言父母終而不得歸，此詩言宗國滅而不歸。言「著《禮》之經」者，指夫人思歸寧而不得，爲「止乎禮義」之舉。禮制，不得歸者，義也。《集傳》〈泉水〉篇末引楊氏之言曰：「衛女思歸，發乎情也。其卒也不歸，恥乎禮義也。聖人著之於經，以示後世，使知適異國者，父母終，無歸寧之義。則能自克者知所處矣。」故雖欲自歸唁其兄弟，終不能如願。

或明樂而有節之義者，如〈唐・蟋蟀〉詩三章末句「好樂無荒。良士休休」，朱子舊說云：「休休，安閑之貌。樂而有節，不至於淫，所以安也。」（卷十一，頁 1561）良士當好逸樂而又能自我節制，不過分享樂。

（五）說明典章舊制

早期朱子解詩喜愛解釋制度，此亦可視爲用《序》時期之解詩特色。如〈小雅・賓之初筵〉釋首章「舉酬」之義，引《儀禮》內容言「獻」、「酢」、「酬」之禮制言之（卷二十三，頁 1739）。又如〈大雅・緜〉釋七章「皋門」「應門」之義，引《書》《春秋》《禮記》《家語》等內容，以證明此二門爲天子所獨有，而諸侯不得立。（卷二十五，頁 1774）又如〈大雅・靈臺〉釋三章「辟廱」之制，引《禮記・王制》及張載之言說明辟廱與泮宮之別。（卷二十五，頁 1790）〈周頌・振鷺〉亦有「先儒多謂辟廱在西郊，故曰西廱」（卷二十九，頁 1863）之語。而〈魯頌・泮水〉則引說文釋「泮」之義，以明其制（卷三十一，頁 1879）。再如〈大雅・公劉〉釋「京」，而有「岐周之京」「鎬京」「洛邑」之別，（卷二十六，頁 1809）或以所言支離太過，與本文無涉，《集

傳》因而去之。又如〈周頌・臣工〉言暮春在夏正建辰之曆法，及祭用仲月而農事當急之意，（卷二十九，頁 1862）《集傳》則簡言曰：「暮春，斗柄建辰，夏正之三月也。」

　　另外，對於學校教育制度，朱子非常重視，如〈小雅・菁菁者莪〉詩，《序》云：「樂育材也。君子能長育人材，則天下喜樂之矣。」朱子舊說曾詳細述曰：

> 先王盛時，家有塾，黨有庠，術有序，國有學，其制見於《周官》。《孟子》與夫《禮記》漢儒之說者，皆不同也。蓋其詳不可得而考矣。至以爲教之以孝弟忠信，《詩》《書》《禮》《樂》養其良知良能之善，以俟其成德而賴其用焉，則其意未嘗不同也。故孟子曰：「學則三代共之，皆所以明人倫也。」此所謂長育人材者能如是，則天下喜樂之矣。」（卷十九，頁 1645）

朱子舊說乃申《序》樂育材之意，但所言廣及古代學制，又及教學內容，以及教育目標，可以看成是朱子早年的教育思想，至爲寶貴。《集傳》則無此舊文，而言此詩爲「此亦燕飲賓客之詩」，已無關乎教育。

　　其次，五行帝官相配之說，朱子亦嘗云及，〈小雅・甫田〉詩朱子舊說曰：

> 四時迎五行气於郊，以五帝五官配焉：木之帝曰太皞，官曰句芒；火之帝曰炎帝，官曰祝融；土之帝曰黃帝，官曰后土；金之帝曰少皞，官曰蓐收；水之帝曰顓頊，官曰玄冥。」（卷二十，頁 1726）

〈甫田〉詩二章曰「以我齊明，與我犧羊，以社以方」毛《傳》注云：「社，后土也。方，迎四方气於郊也。」朱子以五行之說，言五帝五官相配之制，以申述毛《傳》「迎四方气於郊」之義。此亦可見早期解詩尊《序》申毛之情況，今《集傳》去之。

　　對於古人文體，朱子也略爲提到，〈大雅・江漢〉詩第三章，朱子舊說云：「此下四章，皆述王冊命昭穆公，與公復於王之辭，首尾大抵類今人所藏古器物銘識，蓋古人文字之常體也。再言江漢之滸者，系上事、起下事也。」（卷二十七，頁 1846）此言古人文體之例，《集傳》無，但於第六章詩「虎拜稽首，對揚王休，作召公考，天子萬壽。」下引〈古器物銘〉一段文字之後曰：「語正相類。但彼自祝其壽，而此祝君壽耳。」

（六）據世次正變解詩求義

　　朱子早期解詩大多依據《詩序》，對於詩之前後世次多藉以發明治亂興衰之見解，申言正變之說。今本《集傳》皆加以明確反駁，謂世次不可信。如

〈小雅〉篇首朱子舊說云：

> 舊說自〈鹿鳴〉至〈魚麗〉，文武之世燕勞樂歌之辭，周公之刪定也。
> 〈南陔〉至〈菁菁者莪〉，周公相成王所制之樂歌也。蓋國之常政，
> 每事為詩，以寫其至誠和樂，而被之音聲，舉是事則奏是詩焉。（卷
> 十七，頁 1614）

此段《集傳》非但無載，反稱「其次序時世，則有不可考者矣。」又〈小雅·
常棣〉詩亦有相同情形，朱子舊說云：

> 舊說以〈鹿鳴〉以下至〈魚麗〉，為文武燕勞之樂歌，而此勞之敘，
> 又以為閔管蔡之失道者，何也？曰：文武之際，固有燕兄弟之詩矣。
> 周公以管蔡之為亂也，故制作之際，更為是詩，委曲致意，以申兄弟
> 之好。蓋燕兄弟者，文武之政；而閔管蔡者，周公之心也。夫燕兄弟
> 之詩，當極其和樂，以篤兄弟之好，而此詩專言死喪急難之事，其志
> 切，其辭哀。蓋處兄弟之變，孟子所謂「其兄關弓而射之，則己垂泣
> 涕而道之」之義也。文武燕兄弟之詩雖不可見，然意其詞意和平，必
> 異於此，故敘者以閔管蔡之失道發之。（卷十七，頁 1619～1620）

此言護《序》曲折而不通，《集傳》駁之曰：「《序》以為閔管蔡之失道者得之，
而又以為文武之詩則誤矣。大抵舊說詩之時世，皆不足信。舉此自相矛盾者，
以見其一端，後不能悉辨也。」朱子早年說詩之費力者如此，故《語類》所
言其治詩之過程艱辛，此詩之解，即其例證。

再如〈小雅·車攻〉詩，《序》云：「宣王復古也。宣王能內修政事，外
攘夷狄，復文武之境土，修車馬、備器械，復會諸侯於東都，因田獵而選車
徒焉。」朱子舊說則曰：

> 周之文武，以天保以上治內，以采薇以下治外，而宣王中興，其事
> 亦曰：內修政事外攘夷狄而已，無二道也。苟政事之不修，而囂囂
> 然務以外攘夷狄為功，亦見其弊內以事外，而適所以為亂亡之資也。
> 此詩所賦自修車馬備器械以下，其修政事攘夷狄則前乎此矣。（卷十
> 九，頁 1653）

舊說全申《序》意，仍以世次解詩。此段文字《集傳》所無。此可見朱子早
期詩教中的政治觀，一為內修外攘兼顧，二為內外皆安，則可以會諸侯、事
田獵。

朱子在〈答范伯崇〉一文說：「十五〈國風〉次序，恐未必有意，而先儒

及近世諸先生皆言之，故《集傳》中不敢提起，蓋詭隨非所安，而辨論非所敢也。」(《朱熹集》卷三十九)束景南先生曰：「此書疑作在乾道九年以後。」，〔註26〕猶在以《序》說詩的時期，但已有疑《序》的情形，由此可想而知，當時〈國風〉的注解並未以世次討論詩義。

（七）論世觀俗以釋詩求義

朱子舊說解詩的另一特點，即是以《詩經》當時之世風對照解釋，如《秦》風朱子舊說云：

> 岐豐之地，文王用之以興二南之化。……論之於此，以見厚重強直者之可與有爲，而又以見上之導民不可不謹其所之也。(卷十二，頁1571)

此段文字今本《集傳》在〈秦·無衣〉詩篇末有收錄，文字略異，最大之不同者，在其結語，今本無民厚重強直可爲之意，只有導民不可不審其所之之意。〈秦·無衣〉朱子舊說云：

> 襄公以王命攘戎狄，報君父之仇，故征伐不休，而詩人美之。康公令狐河曲之戰，修私怨逞小忿，故好攻戰亟用兵，而詩人刺之。詩可以觀，於此見矣。(卷十二，頁1578)

此申《序》「秦人刺其君好攻戰，亟用兵，而不與民同欲焉」，今本《集傳》已無此文字，蓋因以美刺論詩之故也。所言「詩可以觀，於此見矣」是觀世變之跡？抑觀用兵之動機？並未明示，但用「觀」以言詩之功用，則是遵孔子詩教「詩可以觀」的遺言。

《呂氏家塾讀詩記》所引朱子舊說並非全貌，以至今日看到的早期詩說僅爲片斷資料，其解詩與詩教之特色已略述於上。對於舊說在解詩方面，除申述《詩序》及毛鄭之義者外，亦有大別於漢儒舊說者。而舊說在詩教方面，人倫綱常的闡述、道德義理的發明、讀詩方法的提示，以及知人論世的釋詩方式，皆顯示舊說的獨有特色。

但朱子舊說在解釋方面，並未周密，因此《集傳》後出逐轉精密。如舊說內容有文辭相互矛盾者，〈大雅·縣〉詩「肆不殄厥慍，亦不隕厥問」，朱子舊說釋云：「大王所慍，謂混夷也。言大王雖不能殄絕混夷，混夷畏之，而奔突竄伏，維其喙息而已。言德盛而混夷自服也。」(卷二十五，頁1775)此

〔註26〕束景南：《朱熹佚文輯考》，頁503。

舊說內容矛盾，言大王慍怒，而混夷逃竄，復言德盛而混夷自服。慍怒之人何德之有？《集傳》則曰：「言大王雖不能殄絕混夷之慍怒，亦不隕墜己之聲聞。蓋雖聖賢不能必人之不怒己，但不廢其自修之實耳。……言德盛而混夷自服也。蓋已爲文王之時矣。」《集傳》平順合理，言混夷初始慍怒不服，然大王修德日盛，終使其自服來歸。這是前修未密而後出轉精的結果。

後出轉精之例尙不僅於此，如〈大雅‧江漢〉詩第六章，朱子舊說注云：「『作召公考』，當缺之以俟智者。」（卷二十七，頁 1847）今本《集傳》則已詳釋云：「言穆公既受賜，遂答稱天子之美命，作康公之廟器，而勒王策命之詞，以考其成。」此召公即召康公奭。非受命者召穆公虎也。又如〈魯頌‧泮水〉詩，朱子舊說注之曰：「或謂僖公未嘗有淮夷之功，而疑此詩之妄。蓋未嘗深參此詩乃頌禱之辭，冀其有是功耳。下章仿此。」（卷三十一，頁 1880）《集傳》則曰：「蓋古者出兵受成於學，及其反也，釋奠於學，而以訊馘告。故詩人因魯侯在泮，而願其有是功也。」前後解詩，文雖有異，而意則相同，且後出之《集傳》更言古制以補前說之不足。

義理方面，朱子舊說於倫理綱常之闡述因遵《序》之故，而與後出之《集傳》有異。如〈大雅‧江漢〉詩第六章末四句「明明天子，令聞不已，矢其文德，洽此四國。」朱子舊說云：「此召虎所以稱願其君之辭。言武功之不可恃，亦所以戒之也。」（卷二十七，頁 1847）《集傳》則曰：「既又美其君之令聞，而進之以不已，勸其君以文德，而不欲其極意於武功。古人愛君之心，於此可見矣。」二相比較，早期釋詩以美刺觀念爲主，所以有臣子戒君王以武功不可恃之言。後期解詩則一改用《序》之言，本於原詩而以修德尊君之態度解之，故有「古人愛君之心於此可見」之辭。又如〈大雅‧瞻卬〉詩第七章「藐藐昊天，無不克鞏」，朱子舊說曰：「言天雖高遠，然仁愛人君，無不鞏固其命。」（卷二十七，頁 1851）《集傳》曰：「惟天高遠，雖若無意於物，然其功用神明不測，雖危亂之極，亦無不能鞏固之者。」詩末句「無忝皇祖，式救爾後」，《集傳》曰：「幽王苟能改過自新，而不忝其祖，則天意可回，來者猶必可救，而子孫亦蒙其福矣。」早期對天之態度，以天命不可改易而尊天敬天，故天對人君無不仁愛之，只要敬順天意即可。後期解詩則一改之，認爲天雖似若無意於物，實則天無時不在萬物之中，但天命不易保，若不持敬修德，使之日新純一，天命將自絕而不起，因此，修德不已則能與天合德，與天心齊一，自然能保天命，使國祚永續不墜。從此處比較即可明白，朱子前後期解詩所以不同，固然與用

《序》廢《序》有直接關係，然亦與其理學思想之成熟有極大關聯。

第二節　反《序》之詩教內涵

　　《詩序辨說》（以下簡稱《辨說》）成書之原因，《語類》曾說：「某自二十歲時讀詩，便覺〈小序〉無意義，及去了〈小序〉，只玩味詩詞，卻又覺得道理貫徹，當初亦嘗質問諸鄉先生，皆云『《序》不可廢』，而某之疑終不能釋。後到三十歲，斷然知〈小序〉之出於漢儒所作，其為謬戾，有不可勝言。東萊不合只因《序》講解，便有許多牽強處，某嘗與之言，終不肯信。《讀詩記》中雖多說《序》，然亦有說不行處，亦廢之。某因作《詩傳》，遂成《詩序辨說》一冊，其他謬戾，辨之頗詳。」（卷八十〈綱領〉，頁 2078～2079，煇錄）。錢穆《朱子新學案》云：「《詩序辨說》別出於《詩集傳》之外，必《詩序》之《辨說》定，而後詩之經文之《集傳》乃可定。」又云：「朱子之為《詩集傳》，則似（與）《詩序辨說》之工作同時進行，直至兩書同時完成，此乃發揮義理與辨訂史實性質不同。凡朱子之著述，皆是大體例相同，而枝節互異。此亦其格物窮理之教之實際應用，所格對象不同，則其窮格之方法亦隨而有變化也。」〔註27〕錢氏之意，即因兩者性質不同，故兩書皆不可不看，此說固不誣。但是今傳《集傳》應是六十五歲以後晚年定本，已非五十五歲時〔註28〕與《辨說》同時完成的舊本，因此，基於《辨說》是專門為《詩序》而作，宜與用《序》舊說置於同章並列，以顯其二者之大別所在；又因與今本《集傳》非同時之作，自亦不宜並章合論。所重者，在於詩教思想變遷之義也。

　　朱子認為《詩序》不可信，《辨說》篇首云：

　　　　計其初猶必自謂出於臆度之私非經本文，故且自為一編，別附經
　　　　後。又以尚有齊魯韓氏之說並傳於世，故讀者亦有以知其出於後
　　　　人之手，不盡信也。及至毛公引以入經，乃不綴篇後而超冠篇端，
　　　　不為注文而直作經字，不為疑辭而遂為決辭。其後三家之傳又絕，

〔註27〕錢穆：《朱子新學案》（臺北：三民書局，民國 60 年 9 月初版），第四冊，〈朱子之詩學〉，頁 79。

〔註28〕據糜文開先生所考，朱子五十五歲完成廢《序》之《集傳》，詳參氏著〈詩經朱傳本經文異字研究〉一文，同本節註二。其後幾經修訂，今傳定本《集傳》已非原來廢《序》本，參閱本論文第三章章首說明。

而毛說孤行，則其牴牾之跡無復可見，故此《序》者遂若詩人先
所命題而詩文反為因《序》以作，於是讀者轉相尊信，無敢擬議。
至於有所不通，則必為之委曲遷就，穿鑿而附合之，寧使經之本
文繚戾破碎不成文理，而終不忍明以〈小序〉為出於漢儒也。愚
之病此久矣。然猶以其所從來也遠，其間容或真有傳授證驗而不
可廢者，故既頗采以附《傳》中，而復并為一編以還其舊，因以
論其得失云。

此言《序》之不可信，一為作者非詩人本身，一為《序》義與本文牴牾。朱
子云：「後世但見《詩序》巍然冠於篇首，不敢復議其非，至有解說不通，多
為飾辭以曲護之者，其誤後學多矣！」（《語類》卷八十，頁 2075，謨錄）因
此朱子屢言廢《序》，他說：「今欲觀詩，不若且置〈小序〉及舊說。只將原
詩虛心熟讀，徐徐玩味，候彷彿見個詩人本意卻從此推尋將去，方有感發。
如人拾得一個無題目詩，再三熟看，要須辨得出來。若被舊說一局局定便看
不出，今雖說不用舊說終被他先入在內，不期依舊從他去，某向作詩解，文
字初用〈小序〉，至解不行處，亦曲為之說，後來覺得不安，第二次解者，雖
存〈小序〉，間為辨破，然終是不見詩人本意後來方知，只盡去〈小序〉便自
可通於是盡滌舊說，詩意方活。」（《語類》卷八十〈論讀詩〉，頁 2085，必大
錄）朱子還是一再提醒弟子說：「詩〈小序〉全不可信。如何定知是美刺那人？
詩人亦有意思偶然而作者。又，其《序》與詩全不相合。詩詞理甚順，平易
易看，不如《序》所云。」（《語類》卷八十，頁 2074，無記何人錄）

　　雖然如此，但朱子還是稱因《序》所傳久遠，其中部分真有所傳自前賢
者，便采納其意附於《集傳》之中。其采納舊說的標準為「真有傳授證驗而
不可廢者」，但是朱子如何認定何者為傳授有據？考之《辨說》，其認定方式
不外二端：一為符合詩本文文意者；另一則為符合其德化思想之說法者。因
此〈小序〉首句或首句以下之文，朱子並未有一定采納的規則，他曾說：「先
儒嘗謂《序》非出於一人之手者，此其一驗。但首句未必是，下文未必非耳。
蘇氏乃例取首句而去其下文，則於此類兩失之矣。」（《辨說》卷上，頁 7～8）
只要合於前述兩種條件，朱子便采之以支持其詩說。

一、反《序》之主要因素

　　從詩教的觀點來看，朱子不信《序》的主要原因大致有下列幾點：

（一）有害於溫柔敦厚之教

　　朱子以爲《詩序》說解詩義「其爲說必使詩無一篇不爲美刺時君國政而作，固已不切於情性之自然。」朱子因說：「使讀者疑於當時之人，絕無善則稱君，過則稱己之意，而一不得志，則扼腕切齒、嘻笑冷語以懟其上者，所在而成群，是其輕躁險薄尤有害於溫柔敦厚之教，故予不可以不辨。」（《辨說》〈邶‧柏舟〉，頁 10）朱子之辨《詩序》，乃是《詩序》以美刺論詩，有失溫厚之旨，不符詩教所求之故。平常的詩只是描述當時的情形，表現自然之情性，不至於心存刺意，他說：「某以爲古人非是直作一詩以刺其王，只陳其政事之失，自可以爲戒。」（《語類》卷八十一，頁 2132，時舉錄）例如〈小雅‧綿蠻〉詩，《辨說》云：「此詩未有刺大臣之意。蓋方道其心之所欲耳，若如《序》者之言則褊狹之甚，無復溫柔敦厚之意。」（《辨說》，頁 34）此詩《序》曰：「微臣刺亂也。大臣不用仁心，遺忘微賤，不肯飲食教載之，故作是詩也。」朱子以詩人道其心之所欲解說，是就詩本文之意而言，《集傳》注此詩曰：「此微賤勞苦而思有所託者，爲鳥言以自比也。」強調思託之意，而無刺意。

　　然而，《詩序》當美而不美之，如〈鄭風‧羔裘〉之詩，《序》曰：「刺朝也。言古之君子以風其朝焉。」《辨說》謂：「《序》以變風不應有美，故以此爲言古以刺今之詩。今詳詩意，恐未必然，且當時鄭之大夫如子皮子產之徒，豈無可以當此詩者？但今不可考耳。」（頁 18）足見《詩序》論詩之美惡，沒有倫序，當美而不美之，不當刺反卻刺之，朱子以其有傷溫柔敦厚之教，故反之也。

（二）失是非之正，害義理之公

　　如〈鄭‧有女同車〉詩，《序》以《春秋左氏傳》太子忽辭齊侯之請昏，故刺之。朱子則辨曰：

> 以今考之，此詩未必爲忽而作。《序》者但見孟姜二字，遂指以爲齊女而附之於忽耳。假如其說，則忽之辭昏未爲不正而可刺。至其失國，則又特以勢孤援寡不能自定，亦未有可刺之罪也。《序》乃以爲國人作詩以刺之，其亦誤矣。後之讀者又襲其誤，必欲鍛鍊羅織文致其罪而不肯赦，徒欲以徇說詩者之謬，而不知其失是非之正，害義理之公，以亂聖經之本旨，而壞學者之心術，故予不可以不辨。（頁 19）

此詩《集傳》謂「此疑亦淫奔之詩」，蓋其詩文有「彼美孟姜，洵美且都」「彼美孟姜，德音不忘」之言，「美都」「德音」皆淫奔者眼中之女，非眞善也，

故朱子疑之爲淫詩。若爲淫詩，於世人猶有戒警之意。然《序》以刺忽解詩，則其刺不分是非，大害公理，已失詩教之義理。較之淫詩，猶有害於世道。故朱子稱其不得不辨，其意在此。

　　朱子申明辨說之初衷可謂不餘遺力，例如〈唐・無衣〉詩《辨說》云：

> 《序》以《史記》爲文，詳見本篇。但此詩若非武公自作以述其賂王請命之意，則詩人所作以著其事而陰刺之耳，《序》乃以爲美之，失其旨矣！且武公弑君篡國大逆不道，乃王法之所必誅而不赦者，雖曰尚知王命之重而能請之以自安，是亦禦人於白晝大都之中而自知其罪之甚重，則分薄贓餌，貪吏以求私有其重寶而免於刑戮，是乃猾賊之尤耳！以是爲美，吾恐其獎姦誨盜而非所以爲教也。〈小序〉之陋固多，然其顛倒順逆、亂倫悖理未有如此之甚者！故予特深辨之，以正人心，以誅賊黨，意庶幾乎〈大序〉所謂正得失者，而因以自附於《春秋》之義云。（頁23～24）

此說明示讀者其著《辨說》之本意，蓋本於春秋之義以行之。然而〈小序〉以惡爲美，悖亂人倫，顛倒是非，朱子深恐讀者不察而受其蠱惑，則詩將無以爲教，是以辨之急切如此。劉瑾《詩傳通釋》對朱子此說贊曰：「朱子此論足以正人心於千載之後，誅亂賊於千秋之上矣。然則此義行而亂臣賊子懼！」（《詩傳通釋》卷六，頁435）他對綱紀壞亂之痛心，可從《集傳》所說：「王綱於是乎不振，而人紀或幾乎絕矣。嗚呼痛哉！」知其對於晉武公狡猾倨慢無禮之甚而失臣下之倫者，深惡痛絕！而周釐王貪寶，不顧天理民彝之行徑，亦讓朱子深感絕望。此種臣不臣、君不君的亂世頹風，看在朱子眼裡，當然要力加撻伐，更有甚者，《序》說反以美之，無怪其大呼「嗚呼痛哉」！

（三）詩意難明則隨文生說

　　《詩序》時以詩意無法明求而以內文片言隻字申說詩義，以致失其大本者，其例不少。如〈小雅・甫田〉詩，《序》曰：「刺幽王也。君子傷今而思古焉。」《辨說》則云：「此《序》專以『自古有年』一句生說，而不察其下文『今適南畝』以下亦未嘗不有年也。」（頁32）朱子《辨說》以爲「今適南畝」以下皆述農人之勤、黍稷之茂，是又將有豐年也，《詩序》謂傷今者，反與詩意相悖，故駁之。

　　再如〈王・女曰雞鳴〉詩，《序》曰：「刺不說德也。陳古義以刺今不說德而好色也。」朱子《辨說》則曰：「此亦未有以見陳古刺今之意。」弟子輔

廣申其師此說云：「詩詞正是說德而不昵於色。《序》者意鄭國之風不宜有此，故強以爲陳古意以刺今，其思窄狹固滯甚矣。鄭風雖曰淫亂，而天理民彝豈容遂殄滅哉！惟其鄭風而有此詩，此聖人之所以錄之也。」（《詩童子問》卷二）《集傳》以爲此詩乃賢夫婦相警戒之詩，其和樂而不淫可知，毫無刺意。朱子雖言鄭風多淫詩，但並非爲淫而淫，此詩有風教之義存之，朱子之意蓋欲以之正夫婦之倫也，尤其婦人之德，本詩朱子特重其婦人成家業、助夫德之善行，這是朱子深體聖人編詩以爲教化之用意。

　　《詩序》說詩亦不明舊時古人爲文常例，致隨文妄生歧義，如《小雅‧頍弁》詩，《序》曰：「諸公刺幽王也。暴戾無親，不能宴樂同姓，親睦九族，孤危將亡，故作是詩也。」《辨說》則云：「《序》見詩言『死喪無日』，便謂『孤危將亡』。不知古人勸人燕樂多爲此言，如『逝者其耋，他人是保』之類，且漢魏以來樂府猶多如此，如『少壯幾時，人生幾何』之類是也。」明白古人爲文之例，不必如文詞表面之意，而其意在勸人即時，《詩序》不明，故妄生詩義如此。

　　雖然《詩序》有三大缺失如上所述，〔註29〕但朱子並不輕率反對，一概否定之，他完全以客觀的立場加以取捨。像〈召南‧騶虞〉詩，朱子就說：「《序》以〈騶虞〉爲〈鵲巢〉之應，而見王道之成，其必有所傳矣。」（《集傳》〈騶虞〉篇末注）此言顯示朱子部分贊成《詩序》之說法，以爲它是上有所承。與他反《序》的主張顯然矛盾，可知朱子對《詩序》的態度並不是一概否認廢棄不用，《集傳》中如此明說《詩序》之義得詩本旨的地方不少，且他用《詩序》之義解詩而不明說者更多，或者說詩之義雖未明言取自《詩序》，但與《序》相同者更不少，所以雖然朱子反《序》主張，從《詩序辨說》可以明顯看出，其實際的解詩態度卻又如此相反，《四庫全書總目提要》雖發現了這種情形，但以爲是朱子對早年之作刪修未盡的結果。《提要》曰：「〈周頌‧豐年〉篇，〈小序〉，《辨說》極言其誤，而《集傳》乃仍用〈小序〉說，前後不符，亦

〔註29〕尚有其他缺失，如《詩序》傅會書史依託名諡，鑿空妄語以誑後人者。〈邶‧柏舟〉詩《序》曰：「言仁而不遇也。衛頃公之時，仁人不遇，小人在側。」《辨說》駁云：「如〈柏舟〉，不知其出於婦人而以爲男子，不知其不得於夫而以爲不遇於君，此則失矣。然有所不及而不自欺，則亦未至於大害理也。今乃斷然以爲衛頃公之時，則其故爲欺罔以誤後人之罪，不可揜矣。」（頁10）因此《集傳》乃言：「婦人不得於其夫，故以柏舟自比。」並且說：「考其辭氣卑順柔弱，且居變風之首，而與下篇相類，豈亦莊姜之詩也歟？」是一例。

舊稿之刪改未盡者也。」（卷十五經部〈詩類一〉，頁 301）然而舊說歷經至少二次以上之修訂，〔註30〕又據左松超先生研究，《集傳》襲用《序》意者計八十二首，佔《詩經》總數達 27%，〔註31〕且朱子治學嚴謹，應不致發生「刪修未盡」的情形。因此要瞭解朱子對《詩序》的態度，應從其早期建立的舊說觀點出發，循其思想之發展變化而依違之情況亦有所調整，當深入剖析觀察，才能知道他從完全擁《序》說詩，經反《序》，到晚年定本部分用《序》的真實發展。

朱子用《序》說之例，又如〈鄘・柏舟〉詩首章，《集傳》云：「舊說以為衛世子共伯蚤死，其妻共姜守義，父母欲奪而嫁之，故共姜作此以自誓。」《辨說》早就說：「此事無所見於他書，《序》者或有所傳，今姑從之。」可以明顯看出，朱子雖主張廢《序》，但卻非一味為廢《序》而廢《序》，如果他自己沒有定見，則不敢妄廢前人之說，其說詩態度可謂謹慎之至。《詩序》說：「〈柏舟〉，共姜自誓也。衛世子共伯蚤死，其妻守義，父母欲奪而嫁之，誓而弗許，故作是詩以絕之。」此對重天理倫常之理學而言，應是最佳發揮的題材，劉瑾《詩傳通釋》卷三廣引諸家之說云：「范氏曰：衰亂之世，淫風大行，共姜得禮之正而能守義，故以首〈鄘風〉也。孔叢子曰：於〈柏舟〉見匹婦執志之不可易也。或問：有孤孀貧窮無託者，可再嫁否？程子曰：只是後世怕寒餓死，故有是說，然餓死事極小，失節事極大。真氏曰：〈柏舟〉之不再適，蓋婦人之大節，故孔子別（列）之，使萬世取法焉，程子之論可為後世深戒。陳壽翁曰：衛之淫風流行，而有共姜特立之節，真可遏人欲之橫流矣，讀此詩者，豈不可以感發人之善心乎？」范氏與程子皆先於朱子，所言得禮守義之說，後出之朱子當可據以申其理學宏義，但他卻頗為節制，不妄立己說，申論義理，而僅將《序》說略述一過，又可見其審慎之一斑。

二、《詩序辨說》之詩教

（一）尊重詩經本文之意

《詩序》出於漢儒且曲解詩義之處頗多，後人卻又只知有《序》而不知有詩，因此朱子積極回歸原詩內容，探求本義。

朱子認為《詩序》害詩之本義，他說：「今人不以詩說詩，卻以《序》解

〔註30〕據糜文開先生考一次為五十五歲，另次為六十五歲。
〔註31〕同本章〔註6〕。

詩，是以委曲牽合，必欲如《序》者之意，寧失詩人之本意不恤也，此是《序》者大害處。」（《語類》卷八十〈綱領〉，頁 2077，賀孫錄）〈衛・考槃〉詩《辨說》云：

> 此爲美賢者窮處而能安其樂之詩，文意甚明。然詩文未有見棄於君之意，則亦不得爲刺莊公矣。《序》蓋失之，而未有害於義也。至於鄭氏遂有誓不忘君之惡、誓不過君之朝、誓不告君以善之說，則其害義又有甚焉。於是程子易其訓詁，以爲陳其不能忘君之意，陳其不得過君之朝，陳其不得告君以善，則其意忠厚而和平矣。然未知鄭氏之失，生於《序》文之誤。若但直據詩詞，則與其君初不相涉也。（頁 15）

由此可見朱子以《序》說不得詩本意，其後之作，如鄭《箋》，又據《序》以發揮者，則更害詩之本義，至宋儒猶有據漢儒以說詩者則必不得詩意矣。朱子以爲《詩序》乃漢衛宏所作，明載於《後漢書》中，且「計其初，猶必自謂出於臆度之私，非經本文。」（《詩序辨說》，頁 3）既出於漢儒且杜撰處多，後人卻又只知有《序》而不知有詩，因此，《詩序》有失本旨，自當盡去，而舊說亦且置之，先看原詩本文，沈潛虛心，逐一精熟誦讀，漸次理會玩味，如此尋繹詩人本義，自能有所起興。這是朱子廢《序》解詩之後的見解。然而部分學者對朱子治學之方法未能深究，以致因此謂朱子棄《序》論詩是「憑臆測解詩」，如林葉連先生便稱如此憑臆測解詩將造成百人百說之狀況。〔註32〕其實朱子積極回歸原詩內容，無非是要探求本意。他說：「讀書如《論》《孟》，是直說日用眼前事，文理無可疑。先儒說得雖淺，卻無穿鑿壞了處。如《詩》《易》之類，則爲先儒穿鑿所壞，使人不見當來立言本意。此又是一種功夫，直是要人虛心平氣，本文之下打疊交空蕩蕩地，不要留一字先儒舊說，莫問他是何人所說，所尊所親，所憎所惡，一切莫問，而唯本文本意是求，則聖賢之指得矣。若於此處先有私主，便爲所蔽而不得其正。此夏蟲井蛙所以卒見笑於大方之家也。」（《朱熹集》卷四十八〈答呂子約〉（第三六封））

　　朱子《辨說》喜從本文詞意辨《序》說之非，如〈鄭・風雨〉詩，《辨說》曰：「《序》意甚美，然考詩之詞，輕佻狎暱，非思賢之意也。」（頁 20）又如〈鄭・子衿〉詩《辨說》亦曰：「疑同上篇，蓋其詞意儇薄，施之學校尤不相似也。」（頁 20）

〔註32〕詳參林葉連：〈論《詩經》之興義及其影響〉，《詩經論文》（臺北：臺灣學生書局，民國 85 年 5 月初版），頁 126～127。

　　朱子主張以詩之本文解其義，當無失矣，且可據以論《序》之非，如：〈伯兮〉詩，《辨說》云：「舊說以詩有「爲王前驅」之文，遂以此爲《春秋》所書從王伐鄭之事。然詩又言「自伯之東」，則鄭在衛西，不得爲此行矣，《序》言爲王前驅，蓋用詩文，然似未識其文意也。」朱子舉此說，以明本義之求，必當細究，以免矛盾。再如〈魏·伐檀〉詩，《辨說》曰：「此詩專美君子之不素餐。《序》言刺貪，失其旨矣。」（頁 22）《詩序》曰：「刺貪也。在位貪鄙，無功而受祿，君子不得進仕爾。」《詩序》以刺言者，明作詩之意；《集傳》以美言者，申詩文本意，二者並未衝突。若合而觀之，則更能盡詩之意涵，蓋以美君子之不素餐，以刺在位者之貪鄙，詩之多義在此可見，新舊二說其旨未悖。然朱子不喜以刺言詩，以爲有害溫柔敦厚之教，此前文已述，是故凡《序》有刺意者，例皆以失詩之本旨言之，〔註 33〕此爲朱子釋詩之慣例，明白此特色，必能輕易獲得朱子解詩之本意，亦能對比出傳統說詩之特色，二相比較，當不難解析漢宋二大詩教理論之大別所在。

　　然而《詩序》乃漢以前人所作，較之宋代去古近多矣，其言或有所傳，其文亦有近古人之意者，朱子並非一意去之，許英龍先生說：「朱子反《序》卻又用《序》，也與治學方法有密切關係的原因。朱子因嚴謹的治學，發現〈小序〉僞謬，反客爲主，……乃堅決反《序》。但也因爲正確的讀書方法，發現〈小序〉仍有部分可取與尊重之處，實不宜全盤否定，……這正表現出朱子極具理性與溫柔敦厚的一面。」〔註 34〕這段話從其治學方法的立場來探討朱子未能盡去《詩序》的根本原因，十分中肯。

　　對於《詩序》之取捨，完全取決於《詩經》本文，合則取，乖則去之。如〈周南·卷耳〉詩《辨說》云：

> 此詩之《序》，首句得之，餘皆傅會之鑿說。后妃雖知臣下之勤勞而
> 憂之，然曰「嗟我懷人」，則其言親暱，非后妃之所得施於使臣者矣。
> 且首章之我獨爲后妃，而後章之我皆爲使臣，首尾衡決，不相承應，
> 亦非文字之體也。（頁 7）

此說從本文用辭及結構，辨明《序》說之誤。是朱子證明廢《序》原由的典

〔註33〕刺淫之說除外，如〈鄘風〉〈鶉之奔奔〉及〈蝃蝀〉，〈牆有茨〉雖以「舊説以爲」刺淫，但又說「理或然也」。因此，朱子不以譏刺解詩，是爲通例；刺淫則爲變例。

〔註34〕許英龍：《朱熹詩集傳研究》，東海大學中國文學研究所碩士論文，民國 74 年 4 月，頁 27。

型方式：本詩之旨，《集傳》將《序》「后妃閔使臣之勤」之義，改釋爲后妃思文王在外之詩，即由君臣之義轉而爲夫婦之情。《集傳》本詩篇末云「此亦后妃所自作，可以見其貞靜專一之至矣。」劉瑾《詩傳通釋》卷一申曰：「后妃託言方采卷耳而適思君子，則遂不能復采，欲望君子而僕馬不前，則且飲酒解憂，可見其心之貞靜而不動於邪，情之專一而不失其常矣。至其自言不永懷傷者，又合所謂「哀而不傷」之意，乃其性情之正發現于一端者，參之〈關雎〉首章「樂而不淫」，則又可備見其情性全體也。」（頁 298）劉氏此言頗能發明朱子視〈關雎〉詩最能得性情之正的說法。從這個例子也可得知，朱子就詩之本文求義的解詩方式是前後一致，且義理通貫的。

從本文求義，除應明瞭六義之外，猶須透過吟詠工夫，始能通貫全文，咀嚼出滋味所在，如〈大雅・行葦〉詩，《辨說》云：

> 此詩章句本甚分明，但以說者不知比興之體、音韻之節，遂不復得
> 全詩之本意而碎讀之，逐句自生意義，不暇尋繹血脈、照管前後。
> 但見「勿踐行葦」，便謂仁及草木；但見「戚戚兄弟」，便謂親睦九
> 族；但見「黃耇台背」，便謂養老；但見「以祈黃耇」，便謂乞言；
> 但見「介爾景福」，便謂成其福祿。隨文生義，無復倫理。諸《序》
> 之中此失尤甚。覽者詳之。（頁 36）

這是「碎讀」造成「隨文生義」的結果，其所以碎讀，根本原因在於不知詩歌比興之體、及音韻節奏，以致失去首尾一貫的體會。本詩《序》曰：「忠厚也。周家忠厚仁及草木，故能內睦九族，外尊事黃耇，養老乞言，以成其福祿焉。」而《集傳》則謂「疑此祭畢而燕父兄耆老之詩」。朱子認爲全詩以興體入手，前四句所興者乃下四句之意，所謂興者，《語類》卷八十〈綱領〉云：「興是以一箇物事貼一箇物事說，上文興而起，下文便接說實事。」（頁 2069，僩錄）又說「比是以一物比一物，而所指之事常在言外。興是借彼一物以引起此事，而其事常在下句。但比意雖切而卻淺，興意雖闊而味長。」（頁 2069～2070，賀孫錄）因此首章前四句「敦彼行葦，牛羊勿踐履，方苞方體，維葉泥泥。」是興下四句「戚戚兄弟，莫遠具爾。或肆或筵，或授之几。」乃以行葦興兄弟，以勿踐言莫遠之意。如此讀詩，前後血脈一貫，文理通達；《序》則不知興體而有「仁及草木」等說法，其分裂瑣碎，旁支雜衍，難以聚集詩辭之焦點，故朱子謂其「無復倫理」。從此一例可知，朱子讀詩注重掌握綱領，尋繹全篇血脈，以通貫前後，達到文本的全面照管，這是朱子詩教最爲基礎

的工夫。若不確實做去，便有可能如《序》文之「隨文生意」，以致有「無復倫理」之譏，玩理不得其精義，如何成其養心之目的！作《序》者固不知比興，而尤不知音韻，以至血脈不通。所以朱子特重吟詠諷誦之功，吟詠再三，音韻協律，全篇自然通貫，始能知詩之滋味。

（二）重視客觀證據，明辨是非

前文已述朱子對《序》並非全盤否定，他以客觀的立場，依據經籍史傳加以判斷。他所依據之典籍，包括《書經》《周禮》《春秋》《孟子》《國語》等，據此，或證成，或辨非，或述明原委不加斷定，可以看出朱子治學言必有據的嚴謹態度。

1 以史傳輔證《序》說

如〈邶·凱風〉詩，《詩序》云：「〈凱風〉，美孝子也。衛之淫風流行，雖有七子之母猶不能安其室。故美七子能盡其孝道，以慰其母心而成其志爾。」《辨說》云：「以《孟子》之說證之《序》說亦是。但此乃七子自責之辭，非美七子之作也。」（頁 11）朱子《辨說》雖正《序》說美七子之誤。然《集傳》則有諫母之意，三章《傳》云「於是乃若微指其事，而痛自刻責，以感動其母心也。母以淫風流行，不能自守，而諸子自責，但以不能事母，使母勞苦為詞。婉詞幾諫，不顯其親之惡，可謂孝矣。」朱子之所以有此說，乃本於前賢之說解。《孟子》云：「〈凱風〉，親之過小者也。」所以不怨。又說「親之過小而怨，是不可磯也。」不可磯乃不孝也。唐孔穎達《正義》言「云磯者，蓋磯激也。若微切以感激之以幾諫者也。譬如石之激水，順其流而激之耳。」（《孟子注疏》卷十二上〈告子下〉，頁 211）此即朱子所言「婉詞幾諫」之意，其方式便是「自責」，所以朱子於〈凱風〉各章皆強調七子自責之深切，以表其孝行。這也就是《序》說的「成其志」，唐代孔穎達釋說：「成言孝子自責之意」（《毛詩注疏》卷二〈凱風〉，頁 85）。由此見朱子《辨說》皆有所本。

2. 以史傳反駁《序》說

如〈衛·有狐〉詩，《序》意失之，《序》云：「刺時也。衛之男女失時，喪其妃耦焉。古者國有凶荒則殺禮而多昏，會男女之無夫家者，所以育人民也。」朱子《辨說》則曰：「男女失時之句未安。其曰「殺禮多昏」者，《周禮·大司徒》以荒政十有二，聚萬民十曰，多昏者是也。《序》者之意，蓋曰衛於此時不能舉此之政耳。然亦非詩之正意也。長樂劉氏曰：『夫婦之禮，雖

不可不謹於其始，然民有細微貧弱者，或困於凶荒，必待禮而後昏，則男女之失時者多無室家之養，聖人傷之，寧邦典之，或違而不忍失其昏嫁之時也。故有荒政多昏之禮，所以使之相依以爲生而又以育人民也。《詩》不云乎『愷悌君子，民之父母』？苟無子育兆庶之心，其能若此哉？此則《周禮》之意也。」（頁 16）朱子以《周禮》反駁《序》說之非，以爲政雖荒亂如衛國者，男女當無失時之事，且如詩文所言「心之憂矣。之子無裳」、「之子無帶」、「之子無服」等，朱子《集傳》則謂詩之意爲「國亂民散，喪其妃耦，有寡婦見鰥夫而欲嫁之，故託言有狐獨行，而憂其無裳也」，當其憂之，則無失時之慮。

又如〈周頌・昊天有成命〉詩，《辨說》云：

> 此詩詳考經文而以《國語》證之，其爲康王以後祀成王之詩無疑。而毛鄭舊說定以爲成王之時周公所作，故凡〈頌〉中有成王及成康字者例皆曲爲之說，以附己意，其迂滯僻澀不成文理，甚不難見。而古今諸儒無有覺其謬者，獨歐陽公著時世論以斥之，其辨明矣。然讀者狃於舊聞，亦未遽肯深信也。……又況古昔聖王制爲祭祀之禮必以象類，故祀天於南、祭地於北，而其壇壝樂舞器幣之屬亦各不同，若曰合祭天地於圜丘，則古者未嘗有此瀆亂厖雜之禮。若曰一詩而兩用，如所謂「冬薦魚、春獻鮪」者，則此詩專言天而不及地。若於澤中方丘奏之，則於義何所取乎？《序》說之云反覆推之皆有不通，其謬無可疑者，故今特上據《國語》、旁采歐陽，以定其說，庶幾有以不失此詩之本指耳。（頁 39）

歐陽修《詩本義》卷十四〈時世論〉辨毛鄭以〈周頌〉篇中凡「成康」皆謂成此王功不敢康寧解之，言毛鄭迂曲而學者不敢辨之。（通志堂經解本，頁 4）朱子據《國語》及《詩本義》以辨《序》說之誤。其實朱子另從禮制辨說，使得〈小序〉「郊祀天地」之誤說益加明白。

3. 以史傳申明事理，不評斷其是非

朱子解詩辨《序》，雖以經籍史傳爲據，或證其是，或言其非。然而亦有所據二說無以斷其何是何非者。如〈小雅・常棣〉詩，《序》曰：「燕兄弟也。閔管蔡之失道，故作〈常棣〉焉。」《辨說》云：「《序》得之，但與〈魚麗〉之《序》相矛盾，以詩意考之，蓋此得而彼失也。《國語》富辰之言以爲周文公之詩，亦其明驗；但《春秋傳》爲富辰之言又以爲召穆公思周德之不類，故糾合宗族于成周而作此詩。二書之言皆出富辰，且其時去召穆公又未遠，

不知其說何故如此。」

又如〈小雅‧何人斯〉詩，《辨說》云：

> 鄭氏曰：「暴蘇皆畿內國名。」世本云：「暴辛公作塤，蘇成公作箎。」
> 譙周〈古史考〉云：「古有塤箎尚矣，周幽王時二公特善其事耳。」
> 今按《書》有司寇蘇公，《春秋傳》有蘇忿生戰國，及漢時有人姓暴，
> 則固應有此二人矣。但此詩中只有暴字而無公字及蘇字，不知《序》
> 何所據而得此事也。世本說尤紕繆，譙周又從而傅會之，不知適所
> 以章其繆耳。

《序》云：「〈何人斯〉，蘇公刺暴公也。暴公爲卿士而譖蘇公焉，故蘇公作是
詩以絕之。」由於此說詩中無明文可考，故朱子「未敢信其必然」，且考之《尚
書》與《春秋左氏傳》皆無所據以駁之，是以朱子解詩，姑從《序》意爲言。

（三）以德化觀點貫通二〈南〉之義

先從「風」的定義看，《詩序》云：「風之始也」，《辨說》則曰：「所謂『〈關
雎〉之亂，以爲風始』是也。蓋謂〈國風〉篇章之始，亦風化之所由始也。」
再由詩篇內涵看，《詩序》云：「〈關雎〉〈麟趾〉之化，王者之風，故繫之周公；
言化自北而南也。〈鵲巢〉〈騶虞〉之德，諸侯之風也先王之所以教。故繫之召
公。」《辨說》則云：「〈關雎〉〈麟趾〉言化者，化之所自出也。〈鵲巢〉〈騶虞〉
言德者，被化而成德也。以其被化而後成德，故又曰『先王之所以教』，先王即
文王也。」朱子都是以德化的觀點順釋《詩序》的意思。（頁5）《詩序》曰：「〈周
南〉〈召南〉，正始之道，王化之基。」《辨說》則云：「王者之道，始於家，終
於天下，而二〈南〉正家之事也。王者之化，必至於法度彰、禮樂著、〈雅〉〈頌〉
之聲作，然後可以言成。然無其始則亦何所因而立哉？基者，堂宇之所因而立
者也。程子曰：『有〈關雎〉〈麟趾〉之意，然後可以行周官之法度。』其爲是
歟？」（頁6）朱子將德化觀點隱藏在《大學》齊治思想之中。

各篇詩《辨說》，朱子的德化觀點也非常突出清楚，如〈鵲巢〉詩《辨說》
云：「文王之時，〈關雎〉之化行於閨門之內，而諸侯蒙化以成德者，其道亦
始於家人，故其夫人之德如是，而詩人美之也。」（頁 8）朱子說夫人之德是
受文王之化而成，此說最能表現朱子「夫爲妻綱」思想的論點。又如〈騶虞〉
詩《辨說》云：「此《序》得詩之大旨。然語意亦不分明。楊氏曰：〈二南〉
正始之道，王化之基，蓋一體也。故〈召南〉之終至於仁如〈騶虞〉，然後王
道成焉。夫王道成非諸侯之事也，然非諸侯有〈騶虞〉之德，亦何以見王道

之成哉！」（頁9）《集傳》自〈周南‧桃夭〉篇以下皆從文王德化的角度解說，對《序》說稱后妃之德者，《辨說》均予辨正，〔註35〕因此描述后妃之德的詩篇僅〈周南〉前五篇，不同於舊說的八篇。〈桃夭〉詩《辨說》謂「蓋此以下諸詩，皆言文王風化之盛由家及國之事。而《序》者失之，皆以爲后妃之所致。」（頁7）細推朱子此說，頗有此篇以上皆王化於家之意，而以下則王化於國也。所以〈二南〉之詩的主要思想骨幹即在「德化」，由此貫穿上下，明顯看出朱子以《大學》的修身齊家治國平天下思想作爲解詩的義理依據，其企圖至爲彰顯。

（四）注重倫理綱常之申論

朱子讀詩特別注重「意味」的體會與感發，而詩中的「意味」經常是指倫理綱常，如朱子在《語類》中對〈邶‧柏舟〉詩的贊歎即是。〔註36〕因此倫常的思想經常被朱子運用在讀詩解詩時，玩味義理的重要項目。如〈邶‧擊鼓〉詩《辨說》云：

> 《春秋》隱公四年，宋、衛、陳、蔡伐鄭，正州吁自立之時也。《序》蓋據詩文「平陳與宋」而引此爲說，恐或然也。……按：州吁篡弒之賊，此《序》但譏其勇而無禮，固爲淺陋，而眾仲之言亦止於此，蓋君臣之義不明於天下久矣，《春秋》其得不作乎？（頁11）

《辨說》兼批《詩序》與《左傳》魯眾仲之言，以申君臣之義。又如〈鄭‧狡童〉詩《辨說》云：

> 昭公嘗爲鄭國之君而不幸失國，非有大惡使其民疾之如寇讎也。況方刺其不能與賢人圖事，權臣擅命，則是公猶在位也，豈可忘其君臣之分而遽以狡童目之耶？（頁19）

朱子以鄭昭公在位，臣下不得失其倫常，而以「狡童」視其君。故《序》刺忽之言不得詩之本意，而以「淫女見絕而戲其人之詞」說之。朱子重人倫綱常之教，而此《序》失之，朱子豈有不辨之哉！因此以淫詩爲說，反有戒警

〔註35〕《辨說》於〈桃夭〉詩辨序曰：「序首句非是，其所謂男女以正，婚姻以時，國無鰥民者得之。」於〈兔罝〉詩辨序曰：「此《序》首句非是，而所謂莫不好德，賢人眾多者得之。」於〈芣苢〉《序》雖無辨，然於下篇〈漢廣〉序則辨曰：「《序》者謬誤，乃以德廣所及爲言，失之遠矣。然其下文復得詩意，而所謂文王之化者，尤可以正前篇之誤。」前篇即〈芣苢〉詩。可見四詩首句以下之序意，朱子《辨說》皆采之，蓋藉以申其德化思想。

〔註36〕詳見本論文第五章第二節「詩教之窮理工夫」。

懲創之教寓焉。

（五）明辨詩中義理

1. 言明事理之正

〈關雎〉詩《序》曰：「后妃之德也。」《辨說》云：

其詩雖若專美大姒而實以深見文王之德。《序》者徒見其詞而不察其意，遂壹以后妃為主，而不復知有文王。是固已失之矣。至於化行中國三分天下，亦皆以為后妃之所致，則是禮樂征伐皆出於婦人之手，而文王徒擁虛器以為寄生之君也。其失甚矣。唯南豐曾氏之言曰：先王之政必自內始。……古之君子未嘗不以身化也。故家人之義歸於反身，二〈南〉之業本於文王，豈自外至哉！世皆知文王之所以興，能得內助，而不知其所以然者，蓋本於文王之躬化，故內則后妃有〈關雎〉之行，外則群臣有二〈南〉之美，與之相成。其推而及遠，則商辛之昏俗，江漢之小國、兔罝之野人，莫不好善而不自知，此所謂身修，故國家天下治者也。竊謂此說庶幾得之。（頁4～5）

此辨經文當中事理之正者，非后妃之功，實文王躬化所致，《集傳》亦同此說。〔註37〕朱子舉曾氏之說，蓋藉以證成其《大學》思想體系論詩之義也。由修身而齊家、治國、平天下，則文王之德必至善，而後乃可躬化也。此事理至明，不可不辨也。

又如〈桑中〉詩《辨說》云：

而或者以為刺詩之體，固有鋪陳其事不加一辭，而閔惜懲創之意自見於言外者，此類是也。豈必譙讓質責，然後為刺也哉？此說不然！夫詩之為刺，固有不加一辭而意自見者，〈清人〉〈猗嗟〉之屬是已。然嘗試玩之，則其賦之之人，猶在所賦之外，而詞意之間猶有賓主之分也。豈有將欲刺人之惡，乃反自為彼人之言，以陷其身於所刺之中而不自知也哉！其必不然也明矣。又況此等之人安於為惡，其於此等之詩，計其平日固已自其口出而無慚矣。又何待吾之鋪陳而後始知其所為之如此，亦豈畏我之閔惜而遂幡然遽有懲創之心耶？以是為刺，不惟無益，殆恐不免於鼓之舞之，而反以勸其惡也。（頁13）

朱子此言〈桑中〉為淫詩也。蓋其中無刺意也。而夫子所以存淫詩，其態度

〔註37〕詳見本論文第三章第二節有關夫婦之倫中「夫為妻綱」之論述。

是「於《鄭》《衛》蓋深絕其聲於樂以爲法，而嚴立其詞於詩以爲戒。如聖人固不語亂，而《春秋》所記無非亂臣賊子之事，蓋不如是，無見當時風俗事變之實而垂戒於後世，故不得已而存之，所謂道並行而不相悖者也。」（《辨說》，頁 14）又說「夫子之言（杰按：指思無邪）正爲其有邪正美惡之雜，故特言此以明其皆可以懲惡勸善，而使人得其性情之正耳，非以〈桑中〉之類亦以無邪之思作之也。」（同書，頁 14）朱子同時亦爲荀子所謂「詩者中聲之所止」者，辨曰：「荀卿之言固爲正經而發」。至於史遷所指三百篇夫子皆絃歌之以求合於韶武之音者，朱子則謂「若史遷之說，則恐亦未足爲據也。豈有哇淫之曲而可以強合於韶武之音也邪？」（頁 14）因之，對於淫詩，實不必諱其鄭衛桑濮之實而文之以雅樂之名。以上皆是朱子對於淫詩之說的主張，可知其辨說之用力。〈桑中〉詩《辨說》全篇之義有三：其一，辨刺詩之體，絕無詩中無一刺言，而自有懲創之意者。其二，辨夫子存淫詩以爲戒之意，一者明「放鄭聲」；一者釋「思無邪」。其三，辨「中聲所止」之謂僅指正經。而朱子詩教之深意，亦寄乎其中。

又如〈鄭・狡童〉詩《辨說》云：

> 昭公爲人柔懦疏闊，不可謂狡；即位之時年已壯大，不可謂童。以是名之，殊不相似。而《序》於〈山有扶蘇〉所謂狡童者，方指昭公之所美，至於此篇則遂移以指公之身焉。則其舛又甚而非詩之本旨明矣。大抵《序》者之於〈鄭〉詩，凡不得其說者則舉而歸之於忽，文義一失而其害於義理有不可勝言者：一則使昭公無辜而被謗；二則使詩人脫其淫謔之實罪，而麗於訕上悖理之虛惡；三則厚誣聖人刪述之意以爲實，賊昭公之守正而深與詩人之無禮於其君。凡此皆非小失，而後之說者猶或主之，其論愈精，其害愈甚，學者不可以不察也。（頁 19～20）

朱子此辨昭公爲人與年歲皆不可謂狡童，且比較前後篇義之矛盾舛誤，以明《序》說之非。若如《序》說之義，則其失大矣，朱子指出其害理之實有三，一爲謗昭公，一爲除詩人之罪，一爲誣聖人。如此謬誤之甚，無怪朱子大力辨駁也。

再如〈曹・下泉〉詩，《詩序》曰：「思治也。曹人疾共公侵刻，下民不得其所，憂而思明王賢伯也，」《辨說》駁云：

> 曹無他事可考，《序》因〈候人〉而遂以爲共公，然此乃天下之大勢，

非共公之罪也。

《序》以一人喪邦解詩，未見天下局勢之必然，朱子遂辨之。《集傳》〈下泉〉篇末引程子與陳君舉之言，可見其大道衰微之勢，及衰世望治之理，在變風之末尤有其必然而無可抵擋之運勢，即使共公勵精圖治，亦將難挽其狂瀾也。程子由〈剝〉卦見諸陽雖已削盡，然卻無可盡之理，故推曰：「陰道極盛之時，其亂可知，亂極則自當思治，故眾心願戴於君子，君子得輿也。詩〈匪風〉〈下泉〉所以居變風之終也。」君子得輿則變於上而生於下，治道可期也。又引陳氏之言以明此義曰：「亂極而不治，變極而不正，則天理滅矣，人道絕矣。聖人於變風之極，則係以思治之詩，以示循環之理，以言亂之可治，變之可正也。」（頁89）輔廣最明朱子引文釋詩之義，其言曰：「〈匪風〉，「下泉」二詩，雖皆思周道之詩，然〈匪風〉作於東遷之前，其意尚覬乎周道之復興，故曰：『誰將西歸，懷之好音』，若〈下泉〉則作於齊桓之後，不復有覬望之意矣。直慨嘆想慕之而已。程子因解〈剝〉卦而及〈匪風〉〈下泉〉二詩居變風之終之說，可謂得聖人之意矣。陳氏所謂以示循環之理，以言亂之可治、變之可正，尤足以補程子之說，故並載之。」（《詩童子問》卷三）程子從《易》卦言，陳氏從天理言，皆可見勢之變，亦可見變之可轉，非一人之所能致之，所以朱子辨《序》之非，其實為申明事理之真切。

又如〈大雅·韓奕〉詩，《序》曰：「尹吉甫美宣王也。能錫命諸侯。」《辨說》云：

> 同上。其曰：尹吉甫者，未有據。下二篇同。其曰：能錫命諸侯，
> 則尤淺陋無理矣。既為天子，錫命諸侯乃其常事，春秋戰國之時，
> 猶有能行之者，亦何足為美哉！（頁38）

所謂「同上」，即與〈崧高〉與〈烝民〉二詩之《辨說》相同，即非專為美宣王而作之詩。此詩《集傳》以為「韓侯初立，來朝，始受王命而歸，詩人作此以送之。」是就詩本文之辭意而言，未有贊美宣王之意。

2. 述風俗之實

〈鄭·溱洧〉詩，《序》云：「刺亂也。兵革不息，男女相棄，淫風大行，莫之能救焉。」《辨說》則曰：

> 鄭俗淫亂，乃其風聲氣習流傳已久，不為兵革不息，男女相棄而後
> 然也。（頁20）

此說實駁《序》說，弟子輔廣申其師說曰：「鄭國之土地寬平，人物繁麗，情

意駘蕩，風俗淫泆，讀是詩者可以盡得之。詩可以觀，詎不信然。」（《詩童子問》卷二）。又如〈唐・蟋蟀〉詩，《序》云：「刺晉僖公也。儉不中禮，故作是詩以閔之。欲其及時以禮自虞樂也。此晉也，而謂之唐，本其風俗，憂深思遠，儉而用禮，乃有堯之遺風焉。」《辨說》則云：

> 河東地瘠民貧，風俗勤儉，乃其風土氣習有以使之，至今猶然，則在三代之時可知矣。《序》所謂「儉不中禮」，固當有之。但所謂刺僖公者，蓋特以證得之，而所謂欲其即時以禮自娛樂者，又與詩意正相反耳。況古今風俗之變，常必由儉入奢，而其變之漸又必由上以及下，今謂君之儉反過於初，而民之俗猶知用禮，則尤恐其無是理也。獨其憂深思遠有堯之遺風者為得之。（頁22）

《集傳》此詩首章云：「蓋其民俗之厚，而前聖遺風之遠如此。」其民方燕樂而又遽相誡不過於樂，樂而有節，可見民俗之厚如此。而《序》則欲僖公及時以禮自娛樂，蓋以僖公過儉又不中禮，因此勸之。二者解詩不同，朱子以民間風俗淳厚釋詩，舊說則以儉不中禮言其君，前者美之，後者刺意明顯。於理，朱說前後統一，《序》說則相駁矣，以朝中反較民間尤儉而無禮節，實難成理。朱子之辨說，理路清楚且具說服力。

3. 申詩中理學之義

〈關雎〉詩，《辨說》云：

> 按：《論語》孔子嘗言：『關雎樂而不淫，哀而不傷』，蓋淫者樂之過，傷者哀之過。獨為是詩者得其性情之正，是以哀樂中節而不至於過耳。而序者乃析哀樂淫傷各為一事而不相須，則已失其旨矣。至以傷為傷善之心，則又大失其旨，而全無文理也。（頁6）

此言以理之義辨〈關雎〉之《序》義為非，明《中庸》之義也。

《辨說》以理學申述詩義頗多，如〈大雅・文王〉詩，《辨說》與《大學》、《集傳》相互發明。本詩《辨說》尚曰：

> 《書》所謂「天視，自我民視；天聽，自我民聽」，所謂「天聰明，自我民聰明；天明畏，自我民明威」，皆謂此耳。豈必赤雀丹書而稱王改元哉！稱王改元之說，歐陽公、蘇氏、游氏辯之已詳。去此而論，則此《序》本亦得詩之大旨，而於其曲折之意有所未盡，已論於本篇矣。（頁35）

朱子以理學之理以論文王之詩，文王之德上當天心者，天理在文王之心也。

人心各有一理，當其以是非爲問而無一毫私意，則其心自有天理存之，這是純德，即天理，可見天、文王、民三者合一在天理之下，朱子論詩之一大特色在此。其詩教重心亦在此。至於稱王改元之辯，雖稱前賢有論，〔註38〕實爲非其論詩之大體，故略之。又《序》文未得詩中曲折，已明於本篇者，蓋爲周公作此詩以戒成王之意也。《集傳》此詩首章云：「周公追述文王之德，明周家所以受命而代商者，皆由於此，以戒成王。」雖然如此，朱子《辨說》乃是以《序》文爲其基礎，而開展出以理爲核心的解說內容，所以他說《序》「亦得詩之大旨」。

其實朱子解詩辨《序》之誤，已如前述所陳，其多端解說，詳略不一。要之，無不本之原文，據以史傳，使詩人本意不致爲舊說所誤。若〈大雅‧抑〉之詩，朱子巨細靡遺，詳爲陳述，所論雖爲讀詩之訣，但其最終目的乃是要尋得意味。《辨說》云：

此詩之《序》有得有失。蓋其本例以爲非美非刺，則詩無所爲而作。又見此詩之次，適出於宣王之前，故直以爲刺厲王之詩。又以《國語》有左史之言，故又以爲亦以自警。以詩考之，則其曰刺厲王者失之，而曰自警者得之也。夫曰刺厲王之所以爲失者，《史記》衛武公即位於宣王之三十六年，不與厲王同時，一也；詩以「小子」目其君，而爾汝之無人臣之禮，與其所謂「敬威儀，愼出話」者自相背戾，二也；厲王無道貪虐爲甚，詩不以此箴其膏肓，而徒以威儀詞令爲諄切之戒，緩急失宜，三也；詩詞倨慢，雖仁厚之君有所不能容者，厲王之暴何以堪之？四也；或以《史記》之年不合，而以爲追刺者，則詩所謂「聽用我謀，庶無大悔」，非所以望於既往之人，五也。曰自警之所以爲得者，《國語》左史之言，一也；詩曰「謹爾侯度」，二也；又曰「曰喪厥國」，三也；又曰「亦聿既耄」，四也；詩意所指與〈淇澳〉所美、〈賓筵〉所悔相表裡，五也。二說之得失，其佐驗明白如此，必去其失而取其得，然後此詩之義明。今序者乃欲合而一之，則其失者固已失之，而其得者亦未足爲全得也。然此猶自其詩之外而言之也。若但即其詩之本文，而各以其一說反復讀之，則其訓義之顯晦疏密、意味之厚薄淺深，可以不待考證而判然

〔註38〕朱子所舉歐陽修、蘇軾及游酢之言，詳見《欽定詩經傳說彙纂‧詩序》，（臺北：臺灣商務印書館，影印文淵閣四庫全書），卷下，第八三冊，頁836所引。

　　於胸中矣。此又讀詩之簡要直訣，學者不可以不知也。（頁 37～38）
此詩《辨說》兼從各方為說，或言本文，或據史傳，或明前後連屬之義，或述其理之不直，或示讀詩之法等，以論其得失之實。朱子不憚辭費為文以辨，除深辨《詩序》之得失，以示其客觀治學嚴謹求義的態度，更欲以之教學者讀詩之道，避免受前儒舊說之害，僅就《詩經》本文反復精熟，文義訓解必能通釋暢曉，其中意味也能涵詠興發，則詩之本旨自可因此而盡得之。這便是朱子一貫主張的就本文求本義的讀詩方式。

第三章　定本《詩集傳》之詩教思想內涵

　　《集傳》之〈序〉作於宋淳熙四年丁酉冬十月，即朱子四十八歲時，其孫朱鑑編《詩傳遺說》稱此〈序〉爲舊本之序。糜文開先生謂「〈序〉，是爲未主張廢〈小序〉時所撰《詩傳》而寫，此書未曾問世。現存廢《序》的《集傳》又有新本舊本之分。新舊本內容一致，而新本更爲簡約，並又改定了若干異字。舊本撰寫於淳熙十一年他五十五歲時，新本則爲紹熙五年他六十五歲以後所刪改。」〔註1〕《集傳》成書後不斷修訂，至朱子五十九歲以後仍有異動，如《語類》八十一卷記載：

> 問：「神保是饗」，《詩傳》謂神保是鬼神之嘉號，引楚辭語「思靈保
> 兮賢姱」。但詩中既説「先祖是皇」，又説「神保是饗」，似語意重複，
> 如何？曰：近見洪慶善説，靈保是巫。今詩中不説巫，當便是尸。
> 卻是向來解錯了此兩字。

此條是朱子五十九歲以後，陳文蔚錄其所聞，〔註2〕言〈小雅・楚茨〉一詩「神保」之義。依糜先生所言，則當時所讀爲二十卷本，而八卷本尚未問世，所以二十卷本解釋「神保」的意思應是「鬼神之嘉號」，八卷本才可能如《語類》之記載改爲「尸之嘉號」。但今本《集傳》無論二十卷本或八卷本，皆爲「尸之嘉號。」而非「鬼神之嘉號」。可見今本已不同於陳文蔚當時所讀之《集傳》，

〔註1〕 糜文開先生云：「舊本即現存二十卷本集傳，新本即現存八卷本集傳。」詳
　　　參氏著《詩經欣賞與研究》改編版（四）（臺北：三民書局，民國76年11
　　　月），〈詩經朱傳本經文異字研究〉，頁478。

〔註2〕 本書所言《語類》記錄之年代，悉依臺北文津出版社，民國75年12月出
　　　版之《朱子語類》所刊〈朱子語錄姓氏〉一文記載之干支而定，頁13～20。

換言之，朱子五十五歲時所著的《集傳》，極可能非今日所傳二十卷本，而今日傳本應是朱子晚年改定的本子。《四庫全書》《集傳》之〈提要〉就說：「《宋志》作二十卷，今本八卷，蓋坊刻所併。」（卷十五，頁 10）麇先生的看法或許有待商榷。研究朱子之詩學思想，今本《集傳》最足以代表其晚年成熟之思想內涵。朱子曾對於《集傳》寫作的方法與態度說：

> 某所著《詩傳》，蓋皆推尋其脈理，以平易求之，不敢用一毫私意。
>
> 大抵古人道言語，自是不泥著。某云：「詩人道言語，皆發乎情，又不比他書。」曰：「然。」（《語類》卷八十一，頁 2098，可學錄）

錢穆先生謂：「蓋朱子爲學，博涉多方。其爲《詩集傳》，實是兼會經學、文學、理學之三者而始有此成就。」又云：「朱子《詩集傳》之所以能卓出千古，盡翻前人窠臼，無復遺恨者，蓋以其得力於文學修養方面者爲大。然詩中究非無理，盡捨訓詁考據，亦固不足以說詩。而僅務於詩文辭章之末，縱能自詠詩篇，亦不能勝說詩之任而感愉快也。」〔註3〕足見《集傳》兼賅各方面之成就。

第一節　論詩以德性爲本宗

　　朱子著《集傳》，一改前代宗《序》之說法，自立新說。然而並非完全一空依旁，前代學者之確說，朱子並未因一心求新而棄置舊說，反而以舊說爲其立論之基礎而加以擴充轉化，使其有所承又有所立。例如〈召南・行露〉詩首章，《集傳》云：「南國之人遵召伯之教，服文王之化，有以革其前日淫亂之俗。故女子有能以禮自守，而不爲強暴所污者，自述己志，作此詩以絕其人。」此詩《序》云：「召伯聽訟也。衰亂之俗微，貞信之教興，彊暴之男不能侵陵貞女也。」朱子《詩序辨說》於《序》無所辨。此詩應是爲召伯聽訟理政而作，朱子據《詩序》亂俗衰微與教化興起以致貞女自守之意，申述詩義。更從文王之化行於江漢，使淫亂之俗得以革除，這個方向，擴展詩義之基礎，進而明示女子因此能自述以禮自守抗拒彊暴之心志於召伯。所以弟子輔廣解說道：「前章室家不足，責之以禮也；此章亦不女從，斷之以義也。貞女之志守禮執義如此，則被化而成德者深矣。」（《詩童子問》卷一〈行露〉）但是文王之教化既然南行，何以猶有彊暴之事？朱子曾說明其原因曰：「召南

〔註3〕錢穆：《朱子新學案》（臺北：三民書局，民國 60 年 9 月初版），第四冊，頁 72、73。

非一國，其被化必有淺深，此詩之作，其被化之未純者歟？故未免有強暴侵陵之患，必待聽之明而後察，若〈周南〉則固無是詩。然〈騶虞〉純被之後，〈召南〉亦不宜有是詩矣。」（同前）劉瑾也為此補述云：「此詩之貞女猶〈周南・漢廣〉之貞女也。而彼之出遊，人自不犯；此雖早夜自守而猶有強暴之訟，是又被化有遠近，作詩有先後，未可遽分優劣也。」（《詩傳通釋》卷一，頁 313）由此可以看出朱子解說〈行露〉之詩，實是依據舊說加以延伸轉化，詩義也因此更為豐富。這個例子同時也顯示朱子說解《詩經》特別注重道德人倫之教化，這是承襲漢儒舊說而來，〔註4〕並加以擴展或深耕而建立的特色。

　　朱子《集傳》對道德教化的闡發可謂不遺餘力，較之毛鄭不遑多讓。細審全書，其於敘明己身敬德修業之事以及推言以德教化之功兩方面最為用力。

　　《詩序》曾曰：「詩者，志之所之也。在心為志，發言為詩。」（《毛詩鄭箋》，頁 1）詩是為言志而作。但是所謂的「志」究何所指？解詩讀詩必要加以探討，朱子對於「志」的體會有別於前代，學者王曉平曾經說：「朱熹所謂的志，主要是就道德之修養而言的。〈詩集傳序〉說：『察之性情隱微之間，審之言行樞機之始』，涉及到心行方面的問題，最終要求詩歌成為統治者教化臣民與詩人自我修養的教材。」〔註5〕王氏指出朱子將《詩經》視為一種自我修養的教材，因此解讀詩中之志時，便要從道德修養的方向上著力，這個說法頗能正確顯示朱子以勸善懲惡為主的詩教觀點。因此朱子對《詩經》的解讀所呈現的最大特色即在「明德」意義的闡明，與「明明德」工夫的發揚。如〈豳風・狼跋〉詩首章，《集傳》注曰：「夫公之被毀，以管蔡之流言也。而詩人以為此非四國之所為，乃公自讓其大美而不居耳。蓋不使讒邪之口得以加乎公之忠聖，此可見其愛公之深、敬公之至，而其立言亦有法矣。」此詩以狼跋之行申周公之德，《詩序》說：「美周公也。周公攝政，遠則四國流言，近則王不知，周大夫美其不失其聖也。」鄭《箋》則注之曰：「不失其聖者，聞流言，不惑；王不知，不怨。終立其志，成周王之功，致太平，復成王之位，又為之大師，終始無愆，聖德著焉。」這是「聖德無玷缺」也。宋

〔註4〕漢儒毛鄭承孔子「溫柔敦厚」詩教的主張，注詩多申道德人倫教化之義，詳文請參閱拙作《毛詩序傳箋「溫柔敦厚」義之探討》，文化大學中文研究所碩士論文，民國 81 年 6 月。

〔註5〕見王氏著〈朱熹勸善懲惡詩經說與詩歌論在日本的際遇〉，收入《第二屆詩經國際學術研討會論文集》，中國詩經學會編，北京：語文出版社，1996 年，8 月，一版，頁 39。

儒程子亦曾說：「周公至公無私，進退以道，無利欲之蔽，故雖危疑之地安於舒泰赤舄儿儿然安也。」又說「周公之處己也，夔夔然存恭畏之心。其存誠也，蕩蕩然無顧慮之意。所以不失其聖，而德音不瑕也。」（《二程集》〈河南程氏經說〉卷三，頁 1069）。周公道德隆盛，處變行常，其至善之德，先賢已極言如前。朱子於此德行，雖亦闡明於《集傳》之中，但是他更進一步從讀者客觀的立場解讀此詩的寫作特色，他認為詩人是敬愛周公至深而立言有度，才會寫出周公自讓大美而不居功之言，點出詩人之用心在於維護周公之清譽。因此朱子解讀此詩有二層內容，一是就詩之本文申明其中的義理，另一則是從作詩的觀點分析作者的用心，而這二層說解，皆從道德層面著墨，無論是周公之美德，抑是作者之善意，都是朱子有意向讀者顯示《詩經》的詩教內涵。

　　朱子著《集傳》一書對此德性及其工夫的解釋趨向至為明顯，綜覽全書尋繹其中較為突出的論點，主要是君德與婦德二個要目。其次，由修德之闡發，進而論述德化思想的影響，使三百篇統攝在以德為核心的架構之中，從教材的義意來看，這顯示了朱子在解釋的目的上有其背後的詩教用意。茲詳述於後。

一、君德之倚重

　　朱子對君德內涵的闡述，無論是德義的內涵、修德的重要、修德的方法以及成德後的功能等，由定義至功效，觸及的範圍可說至為廣泛，論述也頗為深入，是朱子解說《詩經》的一個至為突出明顯的主題範疇。《集傳》對君德的詮釋中，最突顯的人物應是周文王和衛武公兩人，周文王的部分較為廣泛，而衛武公的部分則篇幅較少。茲就君德之重要、修德之方法及修德之功能三方面，加以分析論述。

（一）君德之重要

1. 有德始能永保祚命

　　修德至善才能保有國祚。三百五篇之中，敘述君王之德者，以〈雅〉〈頌〉為多，而君王中又以文王著墨最多，如〈周頌・賚〉詩《集傳》注云：

> 凡此皆周之命，而非復商之舊矣，遂嘆美之。而欲諸臣受封賞者，繹思文王之德而不忘也。〔註6〕

〔註6〕本書引《集傳》注文，出處皆本民國汪中斠補之《詩經集傳附斠補》，（臺北：

詩中「時周之命，於繹思」句，鄭《箋》云：「勞心者，是周之所以受天命，而王之所由也。於女諸臣受封者陳繹而思行之，以文王之功業來力勸之。」鄭釋詩以功業爲重，朱則重其德業。廣輔釋朱說之意云：「武王之封賞功臣，人見其爲武王之恩也。自武王之心言之，乃是文王功德之在人心而可思繹者耳，非己之恩也。以是而往求天下之安定，則乎其可矣。然則受其封賞者又可以不思繹文王之德哉！時周之命，《集傳》以爲『凡此皆周之命，而非復商之舊』者，是矣。此又提起來說，以興起人心也。大封功臣于廟而歌此詩，其言只止於此，而都不及車服錫予之物，蓋以是爲重，而不以物爲重也。」（《詩童子問》卷十二〈賚〉）又如〈大雅・大明〉詩篇末《集傳》云：

> 一章言天命無常，惟德是與。二章言王季太任之德，以及文王。三
> 章言文王之德。四章五章六章言文王太姒之德，以及武王。

此詩朱子承鄭《箋》而言，以爲文王之德乃上有所承也。弟子輔廣曰：「君有明德則天有明命，有王季、文王則有大任、大姒。」又說：「讀〈大明〉之詩則當知天人、夫婦、父子、君臣之際，安危、治亂、廢興、存亡之機，如影響形聲之相似，皆非苟然也。」（《詩童子問》卷六〈大明〉）輔廣一方面說出有明德才有天命的關聯，一方面也強調倫理綱常的維繫在行「德」與否，換言之，「德」是一切制度維繫之根本，這是朱子所以如此重視「德」的首要因素。輔廣之言最能深體師說的微言大義。

2. 修德合理才能得眾

修德既盛，天命可保無虞，而四方混夷亦必自行歸附，〈大雅・綿〉詩第八章，《集傳》曰：

> 大王雖不能殄絕混夷之慍怒，亦不隕墜己之聲聞。蓋雖聖賢不能必
> 人之不怒己，但不廢其自修之實耳。……言德盛而混夷自服也。蓋
> 已爲文王之時矣。

弟子輔廣說：「"肆不殄厥慍"不責夫人之厲己也；"亦不隕厥問"唯盡夫自治之道而已。若專於治人而不反之身，與雖務反身而不免責於人者，皆非聖人事也。自修之實而但言其聲問者，有其實則有其名也。其與後世所謂以虛聲恐喝之者不同矣。」（《詩童子問》卷六〈綿〉）輔氏所發明的「盡其在我」意思，頗能與朱說浹洽，蓋朱子以爲修德之事但問於己，不因人之慍怒不解

<hr>

蘭台書局，民國 68 年 1 月初版），排印本。本論文引《集傳》時，一律於正
文直接指出篇名，不錄頁次。

而廢止，日久德聲必然聞於天下，當其德盛時也，仇人歸附亦是自然之理。

再如〈大雅・文王〉詩第六章，《集傳》說：「欲念爾祖，在於自修其德，而又常自省察，使其所行無不合於天理，則盛大之福，自我致之，有不外求而得矣。又言殷未失天下之時，其德足以配乎上帝矣，今其子孫乃如此，宜以爲鑒而自省焉，則知天命之難保矣。大學傳曰：得眾則得國，失眾則失國。此之謂也。」朱子引《大學・傳》第十章之意，蓋謂欲得眾而不失國，則當自修其德，且自省不已，使所行皆合於天理，天命才能常保不易。宋儒李迂仲曰：「成王之欲念爾祖，則在乎聿修厥德而已，能修德則可以長配天命，而福祿日（自）來矣。」（《毛詩李黃集解》卷三十，頁9）天命常保，自然福祿亦自長在，否則如殷商之不保，宋儒嚴粲也說：「德者民心之所歸，得民斯得天。故殷未失其民之時能配天矣。配命，言其用；配天，言其體，其意一也。後人不修厥德則失其民而天命去之。宜以殷爲鑒，則知大命之難矣。」（《詩緝》卷二五，頁10）。殷之滅，固爲周之鑒，然而當商之開國，湯王之德聖敬不息，故得天命而有天下，一如周之有天下，如〈商頌・長發〉詩第三章，《集傳》云：「商之先祖，既有明德，天命未嘗去之，以至於湯。湯之生也，應期而降，適當其時。其聖敬又日躋升，以至昭假于天，久而不息，惟上帝是敬，故帝命之，使爲法於九州也。」朱子之言商王持敬明明德，敬上帝不已，是以帝命爲王。此與毛《傳》說「至湯與天心齊」，鄭《箋》所言：「帝命不違者，天之所以命契之事，世世行之，其德浸大，至於湯而當天心。」及「湯之下士尊賢甚疾，其聖敬之德日進，然而以其德聰明寬暇天下之人遲遲然，言急於己而緩於人，天用是故愛敬之也，天於是又命之使使事於天下。」之漢儒說法不同。毛鄭謂商湯德聖同天，且下士尊賢，故天乃敬湯而命之。而朱子《語類》曾云：「湯降不遲，聖敬日躋。天之生湯，恰好到合生時節，湯之修德又無一日間斷。」（卷八十一〈詩二〉〈長發〉）朱用明明德之意說詩甚明。輔廣所言最能道出朱子本意，輔氏說：「聖敬云者，言湯之敬乃聖人之敬也。無一毫虧缺，無一息間斷，故能昭假於天，與天爲一也。以此觀之，則敬之一字，乃入聖之門，而學者成始成終之道可見矣。」（《詩童子問》卷八）。由漢宋比較可知，漢說重外王，宋說重內聖之德。無論如何，湯王有聖德而有天下，即天命降於商湯也，此德盛之君必然得天命，其理不易。至商後代明德漸微，人心背離，而天命不復存在，終致傾覆。此殷鑒，對周王而言，必深記於心，使免於重蹈復轍。

3. 修德才能維繫綱常不墜

　　修德固乃個人之事，是內修之功，但由前述所舉可知，君德之隆衰關乎天命之短長，亦即決定國祚之興亡，所以其重要不言可喻。然而何以如此重要？這可從下列幾篇詩的《集傳》注文中窺其原由。如〈周頌・思文〉詩，《集傳》云：「后稷之德，真可配天。蓋使我烝民得以粒食者，莫非其德之至也。且其貽我民以來牟之種，乃上帝之命，以此遍養下民者。是以無有遠近彼此之殊，而得以陳其君臣、父子之常道於中國也。」這是朱子以明明德而親民之《大學》之道說詩之範例。鄭《箋》則著重后稷之功業，曰：「周公思先祖有文德者，后稷之功能配天。昔堯遭洪水，黎民阻飢，后稷種植百穀，烝民乃粒，萬邦作乂，天下之人無不於女時得其中者，言反其性。」又說：「武王渡孟津，白魚躍入王舟，出涘以燎，後五日，火流為烏，五至，以穀俱來，此謂遺我來牟。天命以是循存后稷養天下之功，而廣大其子孫之國，無此封竟於女今之經界，乃大有天下也。用是故陳其久常之功，於是夏而歌之。」《集傳》與鄭《箋》對詩「陳常于時夏」之解釋相異，鄭《箋》以功業之久常解釋，《集傳》以三綱之常道為言。可知朱子蓋以盛德之君可使國內三綱五常之道維繫不墜解釋詩義。

　　又如〈大雅・烝民〉詩首章《集傳》注曰：

> 天生眾民，有是物必有是則。蓋自百骸九竅五藏而達之君臣、父子、夫婦、長幼、朋友，無非物也，而莫不有法焉。如視之明、聽之聰、貌之恭、言之順、君臣有義、父子有親之類是也。是乃民所執之常性，故其情無不好此美德者。而況天之監視有周，能以昭明之德感格于下，故保祐之，而為之生此賢佐仲山甫焉。則所以鍾其秀氣，而全其美德者，又非特如凡民而已也。昔孔子讀詩至此而贊之曰：「為此詩者，其知道乎？故有物必有則，民之秉彝也，故好是懿德。」

> 而孟子引之，以證性善之說。其指深矣！讀者其致思焉。

朱子的意思乃指「德」是一切人倫之根基。鄭《箋》曾說：「天之生眾民，其性有物象，謂五行、仁、義、禮、知、信也；其情有所法，謂喜、怒、哀、樂、好、惡也。然而民所執持有常道，莫不好有美德之人。」鄭說以性情之法象有其常道，而常道則賴德美者維持於不墜。再傳弟子真德秀言曰：「盈天地之間莫非物也，人亦物也，事亦物也。有是物則具此理，是所謂則也。則者，準則之謂，一定而不可易也。彝而言秉者，渾然一理具於吾心，不可移

奪，若秉執然。為其有此，故於美德無不知好之者，仁義忠孝，所謂美德也，人無賢愚莫不好之也。」（《詩傳通釋》卷十八引）真氏明白地以理學說解詩義，最能申朱子之深意。

（二）修德之方法

1. 道學與自修並進

首先看《集傳》對衛武公之德的說明，〈衛風‧淇奧〉詩首章，《集傳》云：

> 衛人美武公之德，而以綠竹始生之美盛，興其學問自修之進益也。《大學‧傳》曰：「如切如磋者，道學也。如琢如磨者，自脩也。」

朱子曾分析「切磋琢磨」的意思說：「切琢皆裁物使成形質也。磋磨皆治物使其滑澤也。切而復磋，琢而復磨，言治之有敘而益致其精也。」弟子輔廣也曾說：「以綠竹始生之美盛，興武公道學自修之進益，遂言其威儀之盛，而盛德至善，民不能忘，固已極其始終而言之矣。」（《詩童子問》卷二〈淇奧〉）《大學》之傳引〈淇澳〉詩首章，朱子解釋其意說「道，言也。學謂講習討論之事。自脩者，省察克治之功。」（《四書集註‧大學章句》，頁5）朱子〈經延講義〉也說：「夫如切如磋，言其所以講於學者已精而益求其精也。如琢如磨，言其所以脩於身者已密而益求其密也。此其所以擇善固執，日就月將而得止於至善之由也。」（《朱熹集》第二冊卷十五，頁587）弟子陳淳說：「所以如切而又磋琢，是克去物欲之私，使無瑕纇。磨，是磨曨至那十分純粹處，所以如琢而又磨。」（《詩傳通釋》卷三，頁368）輔廣也說：「觀《大學‧傳》曾子所以解此詩首章後六句之說，字義明白而旨意詳備，愈讀愈有意味，此方可謂之善說詩。蓋後之說詩者，詳於訓詁，則或略於旨意；泥於旨意則或遺於訓詁。惟曾子則於字義旨意兩皆極其至也。」（《詩童子問》卷二〈淇奧〉）從輔廣的話可知朱子解釋此詩引用《大學‧傳》第三章之用意，非僅如此而已，朱子更有意藉《大學》之義申明衛武公德業至善之深意，《集傳》只說「興其學問自修之進益」，但進至何種境地卻未明說，其後則引《大學‧傳》第三章附之，朱子想將詩義與《大學》思想結合，以發明深意的用心，確實是其解詩一大特色。

2. 戒慎恐懼

朱子強調修德必須戒謹恐懼，才能不愧屋漏。如〈大雅‧抑〉詩第七章，《集傳》曰：

言視爾友於君子之時，和柔爾之顏色，其戒懼之意常若自省。曰：
豈不至於有過乎？蓋常人之情，其修於顯者，無不如此。然視爾獨
居於室之時，亦當庶幾不愧於屋漏，然後可爾。無曰：此非明顯之
處而莫予見也。當知鬼神之妙，無物不體，其至於是，有不可得而
測者。不顯亦臨，猶懼有失，況可厭射而不敬乎！此言不但修之於
外，又當戒慎恐懼乎其所不睹不聞也。子思子曰：君子不動而敬，
不言而信。又曰：夫微之顯，誠之不可揜如此。此正心誠意之極功，
而武公及之，則亦聖賢之徒矣。

弟子廣輔曾闡述之云：「輯柔爾顏，言其顏色之溫柔也。不遐有愆，言其心思
之警懼也。有是心則有是顏，此亦內外之符也。常能如是，則豈至於有過失
乎？然人心操則存、舍則亡。天理存亡只在敬肆之間，須當於暗室屋漏之中，
不睹不聞之際，常在十手所指、十目所視，兢兢業業之心，不可有一息之間
斷，方可。若曰：此非顯明之處，人莫予見也。此心一萌，則便間斷矣。所
以如此者，蓋鬼神體物而不遺，洋洋乎如在其上、如在其左右，其至也尚不
可測度，況可厭射之乎？唯不敢有所厭斁，則此心始無間斷也。」（《詩童子
問》卷七〈抑〉）朱子曾說：「相在爾室以下，只是做存養工夫。」（《詩傳通
釋》卷十八引）可見廣輔是據朱子此言而發揮人心操存舍亡一段之義。朱子
對這種慎敬的工夫十分重視，曾說：「君子之戒謹恐懼無時不然，不待言動而
後敬信也。」弟子陳安卿也解釋說：「屋漏，人跡不到之地，須是戒懼方無愧
怍，君子不待於動而應事接物方始敬，未接物之前已無非敬矣，不待發言而
後信實，未發言之前本來真實，無非信矣。」（《詩傳通釋》卷十八引）陳安
卿此說甚為深入，有理學工論的義理。

　　劉瑾從存養工夫解釋云：「不遐有愆者，是省察之功，所以遏人欲於將萌，
即中庸之內省不疚而慎獨之事也，能慎獨則意無不誠矣。不愧屋漏者，是存
養之功，所以存天理之本然，即中庸之不睹不聞而戒懼之事也，能戒懼則心
無不正矣。所謂正心誠意之極功者也。蓋由武公本亦聖賢之徒，宜其所言合
乎聖賢之道也。」（《詩傳通釋》卷十八）此說較陳安卿之言更為周延。

　　上述以朱子解說〈大雅・抑〉詩的例子，便足以顯示朱子在說詩重心上，
對道德的修養與其內涵發揮得相當賣力，衛武公是當時在位的諸侯，朱子藉
他來申說一番自己對君王修己之道的看法，同時對君王治國有極為深刻的期
許，隱喻在其中。因此，只要遇到有關聖王明君的詩篇，朱子便盡其全力闡

發進德修業的義理。

朱子對於德的修持，要求時刻都不懈怠，也無論身處何地，都不可休止，這樣才有「德盛」之時。簡言之，修德乃自身之事，時刻都要自我要求才能達於精純之境，正如〈大雅・思齊〉三章《集傳》曰：「文王在閨門之內則極其和，在宗廟之中則極其敬，雖居幽隱，亦常若有臨之者，雖無厭射，亦常有所守焉。其純亦不已蓋如是。」嚴粲解此章曰：「平居在宮中則見其離離然和，有事在宗廟則見其肅肅然敬，隨所寓而形見也。不顯之處，人所不見而亦若有所臨，洋洋乎如在其上也。無厭之時，踐履已熟而亦自保守悠久無疆也。」（《詩緝》卷二十六，頁4）朱子言文王修德無時無刻不踐履之，或和或敬，皆順其自然而行之，無人看見之時亦不鬆懈，而且沒有自滿之時。第四章《集傳》又說：「文王之德如此。故其大難雖不殄絕，而光大亦無玷缺，雖事之無所前聞者，而亦無不合於法度，雖無諫諍之者，而亦未嘗不入於善。《傳》所謂『性與天合』是也。」輔廣申之曰：「此章則摭其所遭之實事言之，如昆夷玁狁之伐、羑里之囚，皆所謂戒疾也。大難之來是亦定數，雖聖人有所不能免特處之有道爾。故言其大難雖不能殄絕之而使無，而在我光大之德終無瑕玷焉。此樂天之事，非聖人不能也。不聞亦式，從心所欲不踰距之事。不諫亦入，所謂不思不勉，從容中道也。文王之德至是則無以復加矣。」（《詩童子問》卷六〈思齊〉）朱子舉毛《傳》所言「性與天合」作為修德的最高境界，說明修德必須克服逆境，亦無需旁人之監察督促，時刻自我惕勵，則必然能臻至此境界。就像李迂仲所說：「蓋其德性可謂不勉而中，不思而得矣，豈待於有所聞有所諫而後中道哉！」（《毛詩李黃集解》卷三十一，頁6）李氏此番「中道」之說與前引輔廣的「從容中道」相契，甚符朱子意思。

3. 純一不已

君王修德必須精純無一雜質，而且無一息間斷。文王之修德如此勤勉不懈，因此其德必然精純，而且沒有間斷。如〈周頌・維天之命〉詩所云：「維天之命，於穆不已。於乎不顯，文王之德之純。」《集傳》釋曰：「言天道無窮，而文王之德純一不雜，與天無間，以贊文王之德之盛也。子思子曰：『維天之命，於穆不已。蓋曰：天之所以為天也。於乎不顯，文王之德之純。蓋曰：文王之所以為文也，純亦不已。』程子曰：『天道不已，文王純於天道亦不已。純則無二無雜，不已則無間斷先後。』」朱子舉《中庸》二十六章子思子以「純亦不已」之言，解釋文王修德的情形；也以程子對「純」與「不已」

之解釋補充說明天命不已與文王之德二者之關係。宋儒嚴粲更明白說:「凡言聖人如天者,以此擬彼,天與聖人猶為二也。此詩但以天命之不已與文德之純對立而並言之,天之為文王邪?文王之為天邪?蓋有不容擬議者,子思子發明之,曰:『天之所以為天也。』又曰:『文王之所以為文也。』,其旨深矣。」(《詩緝》卷三二,頁 4)朱子再傳弟子真德秀也曾說:「純是至誠無一毫人偽,惟其純誠無雜自然能不已,如天之春而夏、夏而秋、秋而冬,晝而夜、夜而晝,循環運轉,一息不停,以其誠也。聖人之自壯而老,自始而終,無一息之懈,亦以其誠也,既誠,自然能不已。」(《詩傳通釋》卷十九所引)真氏以人之德純即是至誠,與自然界運行不息之誠相同,所以能純便能不已,換言之,人之修德至「純一」的境界,自然便與天道不已一樣,永不間斷,真氏之說,甚能發明朱子之意。

4. 小心持敬

　　諸德之中朱子特別強調「敬」德。〈商頌‧那〉詩《集傳》說:「恪,敬也。言恭敬之道,古人所行,不可忘也。」對朱子而言,敬德非但不可忘,更是他時時闡述先王成聖成德的重要基石。如〈大雅‧文王〉詩,朱子於篇末云:

> 此詩之首章言文王之昭於天,而不言其所以昭,次章言其令聞不已,而不言其所以聞,至於四章,然後所以昭明而不已者,乃可得而見焉。然亦多詠歎之言,而語其所以為德之實,則不越乎敬之一字而已。然則後章所謂脩厥德而儀刑之者,豈可以他求哉,亦勉於此而已矣。

弟子輔廣解釋說:「敬之一字,聖學之所以為始終者,又可見於此。二程先生挈出此一字以詔後學,其有功於聖學多矣。學者舍是,實無以為進德之階也。」(《詩童子問》卷六,頁 3)劉瑾也申論「敬」義說:「敬者,千聖傳心之法,即所謂欽也。虞書五篇言欽者十有三,言敬者七,唐虞君臣相傳相戒固惟在於此也。故仲虺告湯亦曰:欽崇天道。尚父告武王亦曰:敬勝怠者吉,是創業垂統者固在於此敬,而持盈守成者尤在於此敬也。然則成王所以念祖修德、儀刑文王之事者,誠不可以他求,亦唯法文王之敬德而已。……成王之為令主也宜哉。」(《詩傳通釋》卷十六)輔廣雖然從學者的角度切入,說明「敬」德的可貴,但是聖學賴以承傳,王位賴以賡續者,必此德也;劉氏則直接引《書經》明說「敬」德對王業承傳與守成之重要,點明文王所以文王者即在

於此德，而成王承繼王位者，當亦存此敬德。

然而朱子在《詩經》中所闡述的「敬」德之內涵到底為何？〈大雅·大明〉詩第三章，他說：

> 小心翼翼、恭慎之貌，即前篇之所謂敬也。文王之德於此為盛。

明白指出「小心翼翼」就是敬，宋人嚴粲說：「三章言文王之德，天人所與也，文王小心翼翼然恭敬以明事上帝，至誠之運與天周旋也，遂能懷來多福。」（《詩緝》卷二五，頁 13）嚴氏之言，敬有至誠之義。輔廣申其師說曰：「前篇釋厥猶翼翼為勉敬，此篇說小心翼翼為恭慎，其義雖一，而有在臣在君之不同，此須是以心體之，則自見其有廣狹也。『昭事上帝』言文王之敬，洞洞屬屬，終日對越上帝也。如此則盛大之福自然來集，而文王之敬直上直下，更无回曲之時，所以又能受四方來附之國也。一有回曲則此心便息，此理便絕，天人上下皆不相管攝矣。」（《詩童子問》卷六，頁 4）以為前篇〈文王〉詩第三章的「厥猶翼翼」與本詩的「小心翼翼」都是「敬」的意思，只是二者之含義則有別焉。前者言治國，本詩言事上帝之神，一敬事，一敬神。可見朱子以為無論是對人、對事、對神，在位之人都應小心翼翼敬慎為之。「敬」的內涵如此豐富，在朱子眼中，文王皆能具備無失。

5. 不暴不作

修德工夫最重不暴形跡、不作聰明。修德如文王者，其聖德自然而深微，其德行之形跡不明顯，又不故作聰明，這是順天理自然的結果，是至誠的表現，四方人民無不順理歸向之，但是仍有蠻夷之邦未能如此，於是上帝便命文王伐之。〈大雅·皇矣〉詩第七章，《集傳》曰：

> 上帝眷念文王，而言其德之深微，不暴著其形跡，又能不作聰明，
> 以循天理。故又命之以伐崇也。呂氏曰：此言文王德不形而功無跡，
> 與天同體而已。雖興兵以伐崇，莫非順帝之則而非我也。

朱子引宋儒呂大臨之說，以明文王之德所以不著形跡，實是與天同體之故。蓋文王之作為皆順天而行，所以伐崇之舉乃是天命帝意也。程子說：「帝謂文王，予懷爾之明德，不大其聲色而人化。夫聖人之誠，感無不通，故所過者化，所存者神，豈暴著於形跡也哉？是不發見其大聲色也。故聖人曰：『聲色之於化民，末也。』」（《二程集》〈河南程氏經說〉卷三，頁 1084）程子以盛德為誠，化人存神皆無形跡可徵驗。反之若以形跡行化民之功，便是末流治術。誠如呂東萊說：「不大聲以色，則不事外飾矣；不長夏以革，則不縱私意

矣，此明德之實也。」（《呂氏家塾讀詩記》卷二十五，頁 1787）因此盛德必
不事外飾、不放縱私意。劉瑾言曰：「明德者，文王之德所得乎天之本體也。
不大不長者，文王之心不暴其德之形跡也。」嚴粲所謂：「不識不知，不作聰
明也，此明德之實。天理之自然謂之則，即有物有則乃見天則，謂理之不可
踰也。」（《詩緝》卷二六，頁 16）又曰：「文王之伐崇也，若天實親命之。蓋
由此心純乎天理，故喜怒皆與天合，所仇者非私怨，所同者非苟合也。」（同
前，頁 17）弟子輔廣也說：「文王之明德，上則與天爲一，下則三分天下有其
二，可謂至矣。然未嘗暴著於聲色之間，其所云爲但不識不知，順帝之則而
已。此天所以又命之使伐仇方也。夫文王之以崇爲仇，蓋亦天理之當然也。」
（《詩童子問》卷六，頁 12）輔廣所說「與天爲一」與呂大臨之言「與天同體」
以及毛《傳》所謂「性與天合」，三者內涵可以說是同義之辭，不論是性與天
合，抑或是體與天同，皆是指文王之德與天帝之意是二而一的情形。而下文
將提到的湯德「與天心齊」，亦與此意相同，乃德高至與天心齊一而無二致。
德高如此，則視四方蠻夷之不順德者爲仇，必以伐之，使其歸附於文王、湯
王，若其順於天帝一般。所以伐崇一事，以此觀之，實是「循天理」之舉，
而既是依天理行事，自然不必暴著其形跡，且能不作聰明。

6. 剛柔並濟

「德」，既有繫綱常於不墜之強大力量。然則它本身性質是否陽剛至極始
能不輟？朱子《集傳》於〈大雅・烝民〉詩五章曾提到說：

不茹柔，故不侮矜寡。不吐剛，故不畏強禦。以此觀之，則仲山甫
之柔嘉，非軟美之謂，而其保身未嘗枉道以徇人可知矣。

其意即言德的剛柔並濟，而非只是軟美，或只是陽剛，若偏一隅，皆非入德
之方。《語類》云：「人之資稟自有柔德勝者，自有剛德勝者。如本朝范文正
公、富鄭公輩，是以剛德勝。如范忠宣、范淳夫、趙清獻、蘇子容輩，是以
柔德勝。只是他柔，卻柔得好。今仲山甫『令儀令色，小心翼翼』，卻是柔。
但其中自有骨子，不是一向如此柔去。便是人看文字，要得言外之意。若以
仲山甫『柔嘉維則』必要以此爲入德之方，則不可。人之進德，須用剛健不
息。」（卷八一，頁 2137，文蔚錄）剛健是指其精神，其外顯之象則以柔爲嘉
善，但以剛爲骨幹。上蔡謝氏曾曰：「柔不茹、剛不吐，此強之寬、仁之勇，
柔嘉維則者也。」輔廣也說：「二章既稱仲山甫之德柔嘉，故此章又以其剛亦
不吐不畏強禦者言之，柔而不過乎則，則時當剛而剛矣。先生謂柔嘉非軟美

保身不枉道者，上章以保其身而言之也。」(《詩童子問》卷七，頁 14）劉瑾
綜合各家說法云：「周子以柔善為慈、柔惡為懦弱；剛惡為強梁、剛善為嚴毅。
山甫不茹不侮，則有柔善而無剛惡也；不吐不畏，則有剛善而無柔惡也。有
柔善而復有剛善，故其柔嘉不為軟美，無剛惡又無柔惡，故其保身不至枉道，
蓋其剛柔合德而發皆中節也。」(《詩傳通釋》卷十八，頁 712～715）劉瑾以
「剛柔合德」可謂得折衷之義。

　　德之質有柔有剛，惟其如此，才能在君王治國的政治領域裡，左右逢源，
所以〈大雅・板〉詩第七章，《集傳》說：「是六者皆君之所恃以安，而德其
本也。有德則得是五者之助；不然則親戚叛之而城壞，城壞藩垣屏翰皆壞而
獨居，獨居而所可畏者至矣。」輔廣亦言曰：「維以德懷之，則王得其所恃以
為安。不惟如是，而同姓宗子亦且為我之城矣。言城則藩垣屏翰之功皆包之
矣。王若不務德以為本，則城壞矣，城壞而藩垣屏蔽亦皆傾圮而禍亂至矣。」
(《詩童子問》卷六，頁 27）懷德治國，才能安宗定邦。由此觀之，修德之事，
其始固屬個人內業，及其用之邦國，則成外王之基，安國之本矣。無怪乎朱
子注詩著意以德為宗。

（三）修德之功能

1. 內外相稱

　　持敬修德，毫不間斷，則能寬廣自如、和易中節。〈淇奧〉詩第二章，《集
傳》曰：「以竹之堅剛茂盛，興其服飾之尊嚴，而見其德之稱也。」〈大雅・
抑〉詩第一章，《集傳》亦從「德」的表現說解詩義曰：

> 言抑抑威儀，乃德之隅，則有哲人之德者，固必有哲人之威儀矣。
> 而今之所謂哲者，未嘗有其威儀，則是無哲而不愚矣。夫眾人之愚，
> 蓋有稟賦之偏，宜有是疾，不足為怪。哲人而愚，則反戾其常矣。

朱子以為有其盛德亦必有其威儀，內涵必定會形諸外貌，即內外相稱之意。
所以他在本詩三章亦云：

> 以竹之至盛，興其德之成就，而又言其寬廣而自如、和易而中節也。
> 蓋寬綽無斂束之意，戲謔非莊厲之時，皆常情所忽，而易致過差之
> 地也。然猶可觀而必有節焉，則其動容周旋之間，無適而非禮，亦
> 可見矣。

弟子輔廣曾申此說云：「寬廣而自如則無勉強矯拂之意，和易而中節則有從容

自得之意，非盛德者不知此味也。」（《詩童子問》卷二〈淇奧〉）沒有一絲勉強，而又能從容自得，輔氏以爲必是盛德之人始能之。這種由「德」的觀點解詩，完全承其師說，而更加推廣延伸。劉瑾也說：「綠竹自始生猗猗，以至盛多如簀，則成其生矣。武公由學問自修如金錫之出于鍛鍊，如圭璧之成於琢磨則成其德矣。興之取義蓋如此，若其寬綽而居重較則自如而猶可觀也，戲謔而不爲虐、和易而必有節也。所以能然者，由其德之全備也。」（《詩傳通釋》卷三）從「興」法的取義，深求本詩之旨即在於「德」備。明代朱善解此詩曰：「首章以竹之美盛興其德之進脩，卒章以竹之至盛興其德之成就，故讀詩者又當合二章而並觀之，所以能有是鍛鍊之精純者，由其知行之並進也。所以能全其生質之溫潤者，由表裡之相符也。寬廣者，矜莊之反，矜莊而又寬廣，則是寬而有制也。和易者，威嚴之反，威嚴而又和易，則是嚴而能泰也。此所以爲德之成也，果能是則其謂之睿聖也，亦可以無愧矣。」（《詩解頤》卷一，頁25）朱善之說頗能據朱子《集傳》以綜合出之，因此所說「睿聖」之意，可與劉氏「德備」之說相互爭輝，而益添朱子原著之內涵。宋以後元明兩代受朱子《詩經》學說以德論詩之影響，亦由此可以見其一斑。

2. 四方歸服

　　文王之德既然如此精純不已，周圍的人皆受其教化感召，自然而然會依附來歸。如〈大雅・思齊〉詩第五章，《集傳》云：「文王之德見於事者如此，故一時人材，皆得其所成就，蓋由其德純而不已。」輔廣釋其師說曰：「此章則遂言其德盛而無斁，故天下人才無小無大皆有所觀感而蒙其成就，是以令其爲士者，得有名譽於天下，而成其俊乂之美也。以上三詩（杰按指〈綿〉、〈旱麓〉、〈思齊〉）皆言文王之德之盛，而皆及於作成人才之事，以是觀之，則聖人之德必見於作成一世之人才者，然後爲至。」（《詩童子問》卷六，頁10）盛德如此猶能無斁，則必純而不已，其感化之力亦自強大，故能成就他人，作育人才。嚴粲亦曰：「五章言至誠爲能化也。」（《詩緝》卷二六，頁4）文王之德已至「至誠」的境界，而「誠」當能感人，所以能化育人才。〈大雅・棫樸〉詩《集傳》曰：

> 此亦以詠歌文王之德。言芃芃棫樸，則薪之槱之矣。濟濟辟王，則左右趣之矣。蓋德盛而人心歸附趣向之也。（一章）……蓋眾歸其德，不令而從也。（二章）……此詩前三章言文王之德，爲人所歸，後二章言文王之德有以振作綱紀天下之人，而人歸之。……（篇末）

輔廣分析說：「四章言振作，五章言綱紀。振作謂變化鼓舞之，不容怠廢也。綱紀謂統括維繫之，不容渙散也。此天下之人、奉璋之士、六軍之眾、四方之民，所以無不歸附趣向之也。」（《詩童子問》卷六，頁 8）劉瑾解釋說：「然歸向之者不離於前後左右，則其振作綱紀於人者無不至也。振作綱紀之者至于久遠，則其歸向之者益以眾也。」（《詩傳通釋》卷十六）劉氏的看法認為，德化的根基與方式，其基本首在於文王有德，其後民乃趨附。據輔氏之言，其歸向方式與次序為：先振作鼓舞之，次以追琢金玉之，最終以綱紀之。雖然文王有盛德，人心必自然歸附，但是文王仍積極振作人民，又使其文章顯著，四方便能綱紀久長，國祚自然緜延不絕。

3. 國祚久長

天命並不是恆久不易的，除非修德不已，日新又新，才能代代相傳。像〈大雅‧皇矣〉詩第四章，《集傳》所說：「言上帝制王季之心，使有尺寸，能度義，又清靜其德音，使無非閒之言，是以王季之德，能此六者。至於文王，而其德尤無遺恨，是以既受上帝之福，而延及於子孫也。」嚴粲則曰：「比及文王，其德無有可悔。人有過則悔恨，靡悔則無過。從容中道無毫髮之慊也。言王季之德傳於文王而益盛也，故能受天之福而延於子孫。」（《詩緝》卷二六，頁 11）明儒朱善說：「此章專美王季之德，故言之特詳，至於文王則但言其德之靡悔而已，然謂之靡悔，則其德之純一無間，亦可見矣。惟其德之無間，是以其福之無窮也。」（《詩解頤》卷三，頁 14）朱子說王季有聖德所能治其國，至文王德行日益，純一不已，所以能受福澤及子孫，與朱善的德無間而福無窮之義，是相同的。所以〈大雅‧旱麓〉詩第二章，朱子言：「則知德盛必享於祿壽，而福澤不降於淫人矣。」「祿壽」則天命不絕，國祚自然久長。從另一面看來，詩之本文並無提及「淫人」一詞，淫人相對於盛德者，是無德之人，此或朱子以德說詩的本心，藉此申明以淫詩懲誡讀者的用心。

二、婦德之闡揚

朱子對「德」的重視，由前述君德可知其一端。除此之外，《集傳》對婦德的說解亦頗為用力，惟其解釋的對象並不如君德固定，或后妃、或大夫之夫人、或一般民婦及女子，但以后妃及夫人為多。說解后妃之「德」者，如〈周南‧關雎〉首章《集傳》云：

> 周之文王生有聖德，又得聖女姒氏以為之配。宮中之人，於其始至，

見其有幽閒貞靜之德，故作是詩。

呂祖謙曾解此詩曰：「后妃之德，坤德也。唯天下之至靜爲能配天下之至健也，萬化之原一本諸此。未得之也，如之何其勿憂，既得之也，如之何其勿樂。」（《呂氏家塾讀詩記》卷二，頁 1458），明儒朱善言曰：「淑者，善也，是女德之至者也。凡溫恭慈惠端莊敬一皆在其中矣。文王聖人也，而詠其德者一言以蔽之不過曰敬而已，大姒聖女也，而詠其德者一言以蔽之不過曰淑而已，蓋能敬則能自強不息，純亦不已，所以爲乾之健也；能淑則足以配至尊奉宗廟所以爲坤之順也。故曰窈窕淑女君子好述，言能體坤道之順以承乾也。」（《詩解頤》卷一，頁 1），朱善以后妃爲淑女，有坤順之至德，故能承文王之乾德；呂氏則后妃有至靜之德，可以配文王至健之乾德。因此可以說后妃之德爲女德之至，即朱子所說「幽閒貞靜」之德，這也便是婦女之德的最高境界。

這種貞靜之德，不只在〈關雎〉詩裡明示，〈周南‧卷耳〉篇亦曾提出，《集傳》曰：「此亦后妃所自作，可以見其貞靜專一之至矣。」劉瑾云：「后妃託言方采卷耳而適思君子，則遂不能復采，欲望君子而僕馬不前，則且飲酒解憂，可見其心之貞靜而不動于邪，情之專一而不失其常矣，至其自言不永懷傷者，又合所謂哀而不傷之意，乃其性情之正發現于一端者，參之〈關雎〉首章『樂而不淫』，則又可備見其情性全體也。」（《詩傳通釋》卷一，頁 298）明儒朱善亦申曰：「卷耳，易得之物；頃筐，易盈之器。其采之非必難且勞也，然采之又采而不盈頃筐何也？則以其心在乎君子而不在乎物也，於是舍之而置彼大路之旁焉，其心之專一而不暇於他可知也。此詩見后妃之于君子，思之切、憂之深、望之至，然有懇惻至到之意，而無悲愁悽愴之懷，蓋所以憂思者情也，雖憂而不至於傷，雖思而不至於悲者，后妃之所以性其情也。」（《詩解頤》卷一，頁 3）后妃這種貞靜之德的表現，主要在於心思專一而又能不傷不悲，應是婦德至高之表現。此最高至善之德是爲婦女諸德的理想，爲達此理想，則應落實在日用生活之婦德中加以實踐，《集傳》中所闡發的婦女之德，細考之，可得下列諸德：

（一）端莊敬一

〈周南‧漢廣〉首章《集傳》云：

> 文王之化，自近而遠，先及於江漢之間，而有以變其淫亂之俗。故其出游之女，人望見之，而知其端莊靜一，非復前日之可求矣。因以喬木起興，江漢爲比，反復詠歎之也。

輔廣解云：「女者未嫁之稱，未嫁而出遊，亦非禮，故先生引大堤之曲以見江漢之俗，其女好游甚，當詩人必以遊女爲言者，出遊之女猶如此，況于閨闈之內乎？自豐鎬而南，即今興元府京西湖北等路，皆江漢之所經由也。此章是其始見之時，知其容貌之端莊、性情之靜一，非復如前日之可求也。」（《詩童子問》卷一，頁9〈漢廣〉）又曰：「悅之至敬之深，則可見其性情之正也；悅之不敬，則便放佚矣。」（同前）嚴粲也說：「南有喬竦之木，其陰不及下，故不可休息，興女之高潔不可求也。」又說：「漢水之廣不可潛行而泳之，江水之長不可乘泭而方之，見其正潔之意，使人望之而暴慢之志不作矣。」（《詩緝》卷一，頁32～33）明儒朱善則曰：「漢之廣者不可泳，江之永者不可方，以比女德之端莊靜一者不可求也，言今日之不可求，則知前日之可求矣。前日之可求，衰世之俗也。今日之不可求，聖人之化也。夫觀聖人之化不於其他，而必於江漢之游女，何也？曰：天下之治，正家爲先，錄一漢廣，以見天下之家正也。天下之家正而天下治矣，非被聖人之化而能若是哉？」（《詩解頤》卷一，頁4～5）以上各說可見者二：一爲德可脩，由俗而正也；一爲聖人化行則天下治。故此亦可互見於君道之倫。

（二）貞信自守

〈召南・摽有梅〉首章《集傳》云：

> 南國被文王之化，女子知以貞信自守，懼其嫁不及時，而有強暴之辱也。故言梅落而在樹者少，以見時過而大晚矣。求我之眾士其必有及此吉日而來者乎？

輔廣申之云：「先生之說當矣。此乃女子自言其心事之實而已，無隱情、無愿志，非文王之化，其能臻此哉？東萊先生曰：『其辭汲汲如將失之，豈習亂而喜始治者邪？或謂若以此詩爲女子自作，恐不足以爲風之正經。』先生曰：『以爲女子自作亦不害，蓋里巷之詩，但如此已爲不失正矣。』其辭雖若汲汲，然必待夫士之求也……懼時之過者，情也；待士之求者，禮也。發乎情，止乎禮義，蓋不獨變風爲然矣。」（《詩童子問》卷一，頁15）朱子與呂東萊所持意見相反，輔廣以情與禮兼顧，闡述朱子以「貞信自守」贊美詩中女子，劉瑾曰：「《周禮》仲春令會男女，梅落之時則四月矣，故曰時過而大晚。」又曰：「此詩懼昏姻之過時，固不若〈桃夭〉之樂得及時矣，然〈召南〉之有此詩則猶〈周南〉之有〈桃夭〉也。」（《詩傳通釋》卷一，頁315）亦稱守禮，黃實夫曰：「『迨其謂之』予以爲男女固欲及時，而亦必以正，雖盛年之當嫁，

亦必待父母之命，媒妁之言也。」（《毛詩李黃集解》卷三，頁 30）所言亦同。

又如〈召南‧野有死麕〉首章《集傳》云：「南國被文王之化，女子有貞潔自守、不爲強暴所污者。故詩人因所見以興其事而美之。」呂祖謙曰：「此詩三章皆言貞女惡無禮而拒之，其詞初猶緩，而後益切，曰：有女懷春，吉士誘之，言非不懷昏姻，必待吉士以禮道之，雖拒無禮，其詞猶異也。曰：有女如玉，則正言其貞潔不可犯矣，其辭漸切也。至於其末，見侵益迫，拒之益切矣。」（《讀詩記》卷三，頁 18）劉瑾按曰：「〈召南〉有此詩，亦猶〈周南〉有〈漢廣〉，但〈漢廣〉則男女各得其正，而〈行露〉、〈死麕〉二詩方作之時，則女已貞而男未正耳。」（《詩傳通釋》卷一，頁 318）已將男女之行加以對照以申朱說。

（三）勤儉敬孝

如〈周南‧葛覃〉篇末《傳》曰：

> 此詩后妃所自作，故無贊美之詞。然於此可以見其已貴而能勤，已富而能儉，已長而敬不弛於師傅，已嫁而孝不衰於父母，是皆德之厚而人所難也。小序以爲后妃之本庶幾近之。

朱子對后妃稱其「德厚」，蓋因其雖已富貴而猶能秉持「勤、儉、敬、孝」之德，是一般人所難以做到之事，所以厚之也。輔廣申師說曰：「勤儉孝敬固婦人之懿德，又能不以勢之貴富、時之久遠而有所變遷焉。則尤見其德厚有常而人所難及也。」（《詩童子問》卷一）劉瑾則云：「后妃之富貴而勤儉者二章可見也；長嫁而孝敬者，三章可見也。」（《詩傳通釋》卷一，頁 297）明儒朱善亦析曰：「讀詩者即爲絺爲綌之辭，而知其能勤，即澣濯無斁之辭，而知其能儉，因其言告師氏而知其能敬，因其歸寧父母而知其能孝。前〈關雎〉之所謂淑，指其德之全體言也；此所謂勤儉孝敬，又各就其一事言之也。」（《詩解頤》卷一，頁 2）朱氏所言「澣濯無斁而知其能儉」之意，即本詩二章《集傳》所謂「（后妃）親執其勞，而知其成之不易，所以心誠愛之，雖極垢弊而不忍厭棄也。」

（四）不嫉妒

如〈周南‧樛木〉首章《集傳》曰：「后妃能待下而無嫉妒之心，故眾妾樂其德而稱願之。」輔廣云：「其美夫人也無夸辭，其禱夫人也無侈說，此又可見眾妾性情之正也。」（《詩童子問》卷一，頁 7，〈樛木〉）〈周南‧螽斯〉

首章《集傳》云：「后妃不妒忌而子孫眾多，故眾妾以螽斯之群處和集而子孫眾多比之。言其有是德而宜有是福也。」明儒朱善曰：「〈樛木〉美后妃不妒忌而眾妾有祝願之誠，〈螽斯〉美后妃不妒忌而子孫有眾多之盛。蓋正家之道始於閨門，尊卑之分雖不可以不嚴，而必均其施於房帷之間；貴賤之位雖不可以不定，而必需其澤於袵席之際。故上無嫉妒之心，則下無怨恨之意，和氣充溢，瑞慶流衍，福履之綏，子孫之眾，自有不期然而然者矣。」（《詩解頤》卷一，頁3）這段話語申說了朱子有德才有福的解釋。

（五）順：無儀非是

〈小雅‧斯干〉詩第九章，《集傳》曰：

> 寢之於地，卑之也。衣之以裼，即其用而無加也。弄之以瓦，皆其所有事也。有非，非婦人也；有善，非婦人也。蓋女子以順為正，無非是矣，有善則亦非其吉祥可願之事也。唯酒食是議，而無遺父母之憂，則可矣。易曰：「無攸遂，在中饋，貞吉。」而孟子之母亦曰：「婦人之禮，精五飯，羃酒漿，養舅姑，縫衣裳而已矣。」故有閨門之修，而無境外之志，此之謂也。

古代女子之地位，生來即卑下，家事以外的是是非非，皆非婦人應該過問之事，一切由男人當家做主，所以朱子說：「女子以順為正」，這是婦人最重要的美德。程子曰：「柔順中正，婦人之道也。婦人居中而主饋者也，故曰中饋。」不問是非而以中饋為職，便是婦人之責，因此只有酒食之事當議，如此才能使父母無憂。這種「有閨門之修，而無境外之志」的婦人就是朱子眼中具有婦德的女子，也是傳統社會裡的標準婦女形象，其所事者蓋「精五飯，羃酒漿，養舅姑，縫衣裳」而已。劉瑾申《集傳》，舉《易》卦之意說：「婦人於事無所敢自遂，正位乎內事，在饋食之間而已。六二陰爻，居陰位則柔順得正，居下體之中則得中，故其象為无攸遂在中饋，而其占者能如此，則為得正而吉，无攸遂即無非無儀也，在中饋即唯酒食是議也。列女傳曰：『孟子曰：今道不用而母老是以憂也。母曰：夫婦人之禮云云，易曰：在中饋无攸遂；詩曰：無非無儀。以言婦人無擅制之義也。子行乎子義，吾行乎吾禮而已。君子謂孟母知婦道。』」（《詩傳通釋》卷十一，頁541）李迂仲云：「惟酒食是議，蓋女人之職，惟議其酒食而不遺父母之憂也。男子則宜其君王，女子則宜其室家，蓋祝頌之辭也。」（《毛詩李黃集解》卷二十三，頁5）依李氏之言，前述所論男女之職者，皆祝辭而已，但是詩中占夢吉祥之兆如此，則雖為祝

辭，必是當時社會所認同的價值觀點，且漢代學者注經亦顯示婦德當以此為美，朱子解經乃據鄭《箋》之意加以發揮，因此，嚴守中饋之職而無是非之問，已是數千年來傳統婦女應從的婦德標準。

（六）循序有常

前述唯酒食是議的中饋之職，即是婦女「閨門之修」的常職，做飯釀酒、奉長縫衣，將尋常日用之職一一循序做去，使之循序有常，家庭乃能和樂，父母則無憂矣。〈召南‧采蘋〉詩二章，《集傳》注：「此足以見其（杰按：指大夫妻）循序有常、嚴敬整飭之意。」本詩二章詩言大夫妻準備祭祀之容器，因用途之不同而有別。朱子因以解詩謂其如此，亦可見其對婦德要求之標準，在於循序有常、嚴敬整飭也。

（七）無他適之志

這種價值標準對婦女而言，不只是職責的規範而已，也使傳統社會對婦女的限制無限延伸，更進一步箝制了婦女的道德操守，如〈鄘‧君子偕老〉首章《集傳》云：

> 女子之生，以身事人，則當與之同生、與之同死。故夫死稱未亡人，
> 言亦待死而已，不當復有他適之志也。

這種同生共死的道德觀念，便是「以順為正」之下的產物，使得貞女不事二夫的貞節牌坊，正當合理的扛在婦女身上。女子「以身事人」之後，與夫同生共死的節操觀念，也旁生了出嫁之女不得歸寧的規定，又如〈衛‧河廣〉首章《集傳》云：

> 宣姜之女為宋桓公夫人，生襄公而出歸于衛。襄公即位，夫人思之
> 而義不可往。蓋嗣君父之重，與祖為體，母出與廟絕，不可以私反，
> 故作此詩。言誰謂河廣乎？但以一葦加之，則可以渡矣。誰謂宋國
> 遠乎？但一跂足而望，則可以見矣。明非宋遠而不可至也，乃義不
> 可而不得往耳。

《集傳》於本詩篇末引范氏之言曰：「夫人之不往，義也。天下豈有無母之人歟？有千乘之國而不得養其母，則人之不幸也。為襄公者，將若之何。生則致其孝，沒則盡其禮而已。衛有婦人之詩，自共姜至於襄公之母六人焉，皆止於禮義而不敢過也。夫以衛之政教淫僻、風俗傷敗，然而女子乃有知禮而畏義如此者，則以先王之化猶有存焉故也。」輔廣申述詩義說：「但言非河之廣而不可渡，非

宋之遠而不可見，以極其情思焉，而終不明，言其義之不得往也。此意最可玩。范氏以爲知禮而畏義者，得之矣。」（《詩童子問》卷二，頁 9）婦人知禮畏義故不敢歸寧省親，此種理由看來似乎牽強，省親之舉何以被視爲違禮背義？原來朱子點出其關鍵在「母出與廟絕」，即出嫁之女便與祖廟斷絕了關係，因此娘家種種已與之無涉，甚而至國破家亡的地步也都不得返家歸寧悼唁。這一切都是「以順爲正」的婦德規範造成的結果。經過這種道德觀念合理化之後，便可以「義不得歸」，便在夫亡後貼上「未亡人」的標籤。

朱子《集傳》中詮釋的一般婦女的道德內涵，不外「端莊靜一」、「貞信自守」、「貞潔自守」、「循序有常、嚴敬整飭」、「以順爲正」、「唯酒食是議，而無遺父母之憂」、「不當復有他適之志」、「不可以私反」等。由后妃的國母之德與一般婦德略爲比較，可知二者皆重視貞節的操守，以及端莊閒靜的內外涵養，和勤儉持家、孝敬長輩之美德，所不同的是后妃有「不妒忌」的婦德，而一般婦女則有「以順爲正」的美德，前者之不妒是對眾妾，後者之順是對夫家，前者屬待下之道，而後者偏侍上之道，但皆是對待他人的美德。

三、德化之重視

《集傳》在對《詩經》詮釋的主軸中，「德」義的標舉與論述，是相當明顯的一環。其中君德的敘述最多，其次是婦德的提示，這二大項目或許是朱子在摒除舊說建立自己的詩教思想時，有意標舉的二大訴求。朱子在〈答潘恭叔〉的書信中曾說：「凡言『風』者，皆民間歌謠，採詩者得之，而聖人因以爲樂，以見風化流行，淪肌浹髓而發於聲氣者如此。其謂之風，正以其自然而然，如風之動物而成聲耳。如〈關雎〉之詩，正是當時之人被文王、太姒德化之深，心膽肺腸一時換了，自然不覺形於歌詠如此。故當作樂之時，列爲篇首，以見一時之盛，爲萬世之法，尤是感人妙處。」（《朱熹集》卷五十，頁 2433）如此，〈國風〉之詩無不具有「自然發見活底意思」，故能達「移風易俗之效」（同前），足見風詩與德教關係之密切。

（一）承《詩序》以著二〈南〉德化之風義

朱子對詩具德化之教的說法，在《集傳》裡也直接明示，他在〈周南〉首章解〈周南〉之詩的由來時，說：

> 文王昌辟國寖廣，於是徒都于豐，而分岐周故地以爲周公旦召公奭

之采邑，且使周公爲政於國中，而召公宣布於諸侯。於是德化大成
於內，而南方諸侯之國，江沱汝漢之間，莫不從化。蓋三分天下而
有其二焉。至子武王發，又遷于鎬，遂克商而有天下。武王崩，子
成王誦立，周公相之，制作禮樂，乃采文王之世風化所及民俗之詩，
被之筦弦，以爲房中之樂，而又推之以及於鄉黨邦國，所以著明先
王風俗之盛，而使天下後世之修身、齊家、治國、平天下者，皆得
以取法焉。

以德化作爲詩歌內容的主要特性，顯現朱子對詩經之看法，著重在德的發
揚。〈周南〉如此，〈召南〉亦是，〈召南〉篇末說：「〈鵲巢〉至〈采蘋〉言
夫人大夫妻，以見當時國君大夫被文王之化，而能修身以正其家也。〈甘棠〉
以下又見由方伯能布文王之化，而國君能修之家以及其國也。」因此，〈召
南〉完全以文王德化的觀點解說。這個看法，其實是承襲《詩序》的論述而
來，《集傳·周南》題首云：「小序曰：關雎麟趾之化，王者之風，故繫之周
公。南，言化自北而南也。鵲巢騶虞之德，諸侯之風也。先王之所以教，故
繫之召公。斯言得之矣。」，《朱子語類》解釋這段話說：「只看那『化』字
與『德』字及『所以教』字，便見二〈南〉猶〈乾〉〈坤〉也。」（卷八十一
詩二，頁 2094，文蔚錄）〈小序〉以二〈南〉爲德化之風，致使其在《詩經》
之地位就如〈乾〉〈坤〉卦之於《易經》一般關鍵。因此《集傳》對《詩序》
的肯定在德化的共同主張下，可以說非常明顯。又如〈召南·騶虞〉篇末《集
傳》云：

文王之化始於關雎而至於麟趾，則其化之入人者深矣。形於鵲巢而
及於騶虞，則其澤之及物者廣矣。蓋意誠心正之功，不息而久，則
其薰蒸透徹、融液周遍，自有不能已者。非智力之私所能及也。故
序以騶虞爲鵲巢之應，而見王道之成，其必有所傳矣。

此段文末以「必有所傳」來肯定《詩序》的價值，完全是因朱子以德化的觀
點論詩形成的評價，這種評價對照朱子辨序之說就顯得非常醒目，非常特殊。
朱子此言之重點：一爲王化入人深刻，二爲王化澤廣及物。所以能如此者，
實文王聖人之德純一不已之故。亦即《大學》所謂誠意正心之功夫，日新又
新，德行得以修明，故此天地之性乃上帝之命，實「不能已」，非人之私意所
能達到或控制。從另一觀點來說，王化之基礎在於文王個人之德，故朱子才
會論及「意誠心正之功」，這裡最能看出朱子詩教思想側重養心的情況。

（二）以大學中庸之義申德化之功

朱子《集傳》說解二〈南〉之詩時，也結合《大學》《中庸》思想之體系，加深詩旨的論述。〈周南〉《集傳》注曰：

> 按此篇首五詩，皆言后妃之德。〈關雎〉舉其全體而言也，〈葛覃〉、
> 〈卷耳〉言其志行之在己。〈樛木〉、〈螽斯〉美其德惠之及人。皆指
> 其一事而言也。其詞雖主於后妃，然其實則皆所以著明文王身修家
> 齊之效也。至於〈桃夭〉、〈兔罝〉、〈芣苢〉則家齊而國治之效，〈漢
> 廣〉、〈汝墳〉則以南國之詩附焉，而見天下已有可平之漸矣。若〈麟
> 之趾〉則又王之瑞有非人力所致而自至者，故復以是終焉，而序者
> 以為〈關雎〉之應也。

朱子曾說：「〈關雎〉如《易》之〈乾〉〈坤〉，如何得恁地無方際！如下面諸篇，卻多就一事說。這只反覆形容后妃之德，而不可指說道甚麼是德，只恁地渾淪說，這便見后妃德盛難言處。」（《語類》，頁 2095～2096，賀孫錄。杰按此錄於辛亥後，朱子六二歲）由於〈關雎〉舉全體三百五篇之義，若《易經》中之〈乾〉〈坤〉為六十四卦之津梁，所以渾淪難言，而后妃之德自然深廣，非一言之可盡。后妃之德固不能盡言也，然非文王無以使其致此，故后妃德盛則文王之德必更勝之。其實后妃之德雖如朱子所謂只能「渾淪說」，但是以大學之道觀之，亦不難明白，而朱子在〈周南〉篇後以《大學》體系分析的簡要說明，正可說明后妃之德的表現，乃是大學之道的基石，作為治國平天下的基礎，當然深廣而無以言喻。所以弟子輔廣言曰：「張子謂今之言詩者，文為之訓，句為之釋，未有全得一篇之意者。而先生于詩非止全得一篇之意者，至於此論則又全得周公集此〈二南〉之旨，句句有事實意味可玩，無一毫穿鑿牽合之私。熟讀之，自見與《大學》《中庸》二解同功，是豈拘于《序》說者所能及哉？」輔廣當然是因為看見了朱子用《大學》《中庸》解釋《詩經》的初衷與用心，所以能道盡師說之精華。〈召南‧鵲巢〉首章《集傳》注：

> 南國諸侯被文王之化，能正心修身以齊其家，其女子亦被后妃之化，
> 而有專靜純一之德，……此詩之意猶周南之有關雎也。

《語類》曾載云：「問：〈關雎〉言窈窕淑女，則是明言后妃之德，〈鵲巢〉三章皆不言夫人之德如何？曰：鳩之性靜專無比，可借以見夫人之德也。」（卷八十一，頁 2099～2100）朱子以興法之義推得夫人之德，實際上是因為德化思想的影響，使得朱子在解釋對等系列的詩篇時，朝向道德架構去思惟而產生的結果。

宋儒張南軒曰：「惟其能專靜而端然享之，是乃夫人之德；有所作爲，則非婦道矣。」算是爲夫人之德的特性作了一個界說，讓朱子的「專靜純一」有一個合理性的解釋。輔廣申師說曰：「專靜純一，婦人之庸德也。后妃惟有幽閑貞靜之德，故既得之也，則琴瑟鐘鼓以樂之。夫人惟有專靜純一之德，故其來歸也，則百輛之車以迎之。此詩之意如周南之有〈關雎〉者說得最好，便見周公當時集此二〈南〉詩意，蓋欲人知夫治國平天下之道，自修身齊家始也。」（《詩童子問》卷一，頁11）這是德化思想的另一個重要的用意。

（三）德化之結果

1. 思婦有忠君之義行

〈周南・汝墳〉詩三章，《集傳》云：

蓋曰雖其別離之久，思念之深，而其所以相告語者，獨有尊君親上之意，而無情愛狎昵之私，則其德澤之深，風化之美，皆可見矣。

朱子以婦人勸其夫能盡忠國君，故知其地受文王德化之深美。在這種標準下，私情便應該要犧牲，這也是理學論述下必然的結果。〔註7〕這種德化論詩的方式，與朱子自己所主張的以人情之自然作爲解詩之方法，雖然有所牴牾，〔註8〕但是，朱子以德化論詩的主張，在他整體的解詩系統中是非常重要的範疇，應從詩教體系中去觀察與思考這個問題，相關論述詳見第六章第一節。

2. 野人可以爲國家之干城

如〈周南・免罝〉詩首章，《集傳》云：

化行俗美，賢才眾多，雖免罝之野人，而其才之可用猶如此。故詩人因其所事以起興而美之，而文王德化之盛，因可見矣。

本詩是贊美獵人之作，但朱子從德化的論點解釋，強調如此更顯出文王德化之盛。輔廣爲此解說道：「文王之時固多賢者，此特言武夫者，見其無所不備也。且文王于武事尚矣。觀此及域樸所謂六師及之者，亦可見當時俗尚之萬一。夫三分天下有其二，雖是德化之盛而天下歸之，然遏密侵阮，伐崇戡黎之役，其於武事大略可觀矣。」（《詩童子問》卷一，頁8）明儒朱善更從文王作育人才的方向述曰：「肅肅言其敬，赳赳言其勇。曰干城，以其才之著於外

〔註7〕理學視「私」爲人欲，朱子倡「存天理，滅人欲」，是故因〈汝墳〉「無情愛狎昵之私」，朱子乃贊之曰「德澤之深，風化之美，皆可見矣。」
〔註8〕如論〈鴟鴞〉之詩，朱子則依人情之自然看兄弟閱牆之事，曰：「詩人之言，只得如此，不成歸怨管蔡。周公愛兄，只得如此說，自是人情是如此。」

者言也；曰好仇、曰腹心，則以其德之蘊於中者言也。以武夫之賤，而才可以干城，德可以為好仇、為腹心，是何人才之盛若此哉！蓋幸而遇聖人之世，又幸而生聖人之國，則其親炙聖人之化，固宜其成就之若此也。〈棫域〉之詠文王曰「豈弟君子，遐不作人」，〈旱麓〉之詠文王曰「周王壽考，遐不作人」，是人才之作興，固本之文王之德，尤本之文王之壽也。有文王之德，故其造就之也速；有文王之壽，故其涵養之也深，雖以罝兔之野人，而凝然可以為公侯之良輔，則其在官使者從可知矣。」（《詩解頤》卷一，頁 4）所言罝兔野人亦成良輔，當然德化必深始能致之。

3. 子孫蒙化而仁厚

《集傳》更以動物之仁性，以示德化之境界者，〈周南・麟之趾〉詩首章，《集傳》曰：

> 文王后妃德修於身，而子孫宗族皆化於善，故詩人以麟之趾興公之
> 子。言麟性仁厚，故其趾亦仁厚。文王后妃仁厚，故其子亦仁厚。

朱子言所化深者根於德盛也。輔廣言之曰：「上二句是興下一句，亦有比意。振振，毛傳以為信厚，然詩內初無信意，故先生從程子以為仁厚。麟趾不踐生草、不履生蟲，有仁厚意也。文王身修家齊，后妃又有賢德，而子孫宗族皆化而為善，則文王雖不王，而不害其為有王者之道也，有王者之道則有王者之瑞，故以麟之趾為興。」（《詩童子問》卷一，頁 10）宋儒嚴粲云：「公子生長富貴，未嘗憂懼，況當殷末流俗世敗之時，宜其驕淫輕跳也。今乃信厚，豈非關雎風化之效歟？公子猶信厚，則他人可知。」（《詩緝》卷一，頁 36）張南軒亦曰：「麟出於上古之時，蓋極治之日也，以紂之在上，而周之公子振振信厚不減於極治之日，故詩人歌之，以為是乃麟也，周公取之以為關雎之應。」（《詩傳通釋》卷一，頁 306 引）按此詩朱子之意或以為王德之極境當如此，其德化之最高境界，以及德治的至善之境即在於此。德盛之徵，在於麟趾，德盛之實，在於子孫之化善仁厚。

4. 仁及庶類

德化之盛更有見於大自然者，如〈召南・騶虞〉詩首章，《集傳》曰：

> 南國諸侯承文王之化，修身齊家以治其國，而其仁民之餘恩，又有
> 以及於庶類。故其春田之際，草木之茂、禽獸之多，至於如此。而
> 詩人述其事以美之，且歎之曰：此其仁心自然，不由勉強。是即真
> 所謂騶虞矣。

朱子所言仁心即天地之性，本於自然，無所驕飾，所以當其所發，無論人與物也，皆遍及之。德化之作用在朱子看來，確實非常深遠，非但內聖得以修之，外王之功亦可由此立之，更可及於庶類，蓋儒家民胞物與之精神，即在於此，這是自然之本性發用，流於萬物也，此正《序》所謂「王道之成」。

5. 四方歸服

德化爲文王治國之方，其德盛則四方自然歸服，〈大雅・召旻〉詩七章，《集傳》云：

> 所謂「日闢國百里」云者，言文王之化自北而南，至於江漢之間，
> 服從之國日以益眾，及虞芮質成，而其旁諸侯聞之，相帥歸周者四
> 十餘國焉。

這是朱子以德論詩最終所展示的成果。其實從德化成果的類別分析，文王德化的結果有三方面的具體收穫：一是子孫受蔭而仁厚，二是庶物受化而繁殖，三是江漢諸侯歸附臣服。但是這些外在的治國成果，皆是文王自我內在修德而創造的績業，績業是因文王德盛而自然呈現的，不是有意求之，換言之，不是爲治國而修德，修德不是有目的而爲，它是自自然然在修德日益精進的情形下，出現的成果，因此朱子從明明德的方向解詩，完全是希望將詩經作爲讀者修德的教材，藉讀詩學詩的過程體會修德至德盛之境界後，必然會有意想不到的收穫。

第二節　說詩以倫常爲依歸

前節述及，個人修身以及齊家，甚至治國平天下，皆是《詩經》重要的義理內容，《集傳》〈周南〉篇首曰：

> 武王崩，子成王誦立，周公相之，制作禮樂，乃采文王之世風化所
> 及民俗之詩，被之筦弦，以爲房中之樂，而又推之以及於鄉黨邦國，
> 所以著明先王風俗之盛，而天下後世之修身齊家治國平天下者，皆
> 得以取法焉。

由〈周南〉注解中提到，可資取法的除個人以德爲本之修身外，其他推己及人之功夫，亦即個人與眾人之關係，《詩經》所言皆足爲表率。所以朱子云：「先王以詩爲教，使人興於善而戒其失，所以道夫婦之常，而成父子君臣之道也。」（《詩傳通釋》〈詩傳綱領〉，頁 26 引）

　　其實朱子對於倫常的教育本就極為重視，他在白鹿洞書院所揭示的學規，開頭便舉五倫之教，他說：

> 「父子有親、君臣有義、夫婦有別、長幼有序、朋友有信」，右五教
> 之目，堯舜使契為司徒，敬敷五教，即此是也。學者學此而已。（〈白
> 鹿洞書院揭示〉《朱熹集》卷七十四，頁 3893）

謂「學者學此而已」，足見五倫之道在朱子教育思想中的地位。所以《集傳》對倫理綱常的導引論述，分量亦顯得極重，本節將詳為探討。

　　朱子解詩大多喜從倫理道德著墨發揮，如釋〈邶・柏舟〉詩曰：

> 所以雖為變風，而繼二南之後者以此。臣之不得於其君，子之不得
> 於其父，弟之不得於其兄，朋友之不相信，處之皆當以此為法。（《語
> 類》卷八十一〈詩二〉，頁 2102）

〈柏舟〉之詩，朱子云：「婦人不得於其夫，宜其怨之深矣。」但是詩中之怨卻「止乎禮義而中喜怒哀樂之節」（《語類》同前），因此足以為君臣、父子、兄弟與朋友等其他倫常之表率。〈柏舟〉此詩為變風之首，其雖是衰世之風，但朱子從倫理綱常之角度去體味，發現它在倫常上具有甚大的義意，所以所論旁及其他倫理之範疇，這種以夫婦為五倫之首的看法，在《集傳》中特別明顯。程子也說：「天下之治，正家為先。天下之家正，則天下治矣。二南，正家之道也，陳后妃夫人大夫妻之德，推之庶士人之一家也。故使邦國至於鄉黨皆用之。自朝廷至於委巷，莫不謳吟諷誦，所以風化天下。」（《二程集》〈河南程氏經說〉卷三，頁 1046）朱子〈答何叔京〉一文曾云：「二〈南〉篇義，但以程子之說為正。」（《朱熹集》卷四十，頁 1878）亦即朱子贊同程子以齊家之義說解二〈南〉，而家若得正，妻德必彰，則夫婦之道必振。由此可以看出倫常義理是朱子解詩的一大主題。

　　本節嘗試從《集傳》中去抽繹五倫的義理，加以分析探討。

一、夫婦之倫

　　朱子向來對夫婦之道極為重視，認為惟有夫婦之常道能維持不墜，社會風俗才能得以正常。他在任官職時曾寫過〈申嚴昏禮狀〉一文奏呈，文中對當時轄地無昏禮之儀式，以致影響善良風俗有所批評，其文曰：

> 竊惟禮律之文，昏姻為重，所以別男女、經夫婦，正風俗而防禍亂
> 之原也。訪聞本縣自舊相承，無昏姻之禮，里巷之民貧不能聘，或

至奔誘，則謂之引伴爲妻，習以成風。其流及於士子富室，亦或爲
之，無復忌憚。其弊非特乖違禮典，瀆亂國章而已，至於妒媚相形，
釀成禍釁，則或以此殺身而不悔，習俗昏愚，深可悲憫。欲乞檢坐
見行條法，曉諭禁止。仍乞備申使州，檢會〈政和五禮〉士庶昏娶
儀式行下，以憑遵守，約束施行。（《朱熹集》卷二十，頁 800～801）
婚姻之禮不行，便無以成其室家，夫婦之倫就無法建立，五倫之首既無法運
行，則其他綱常必然散亂，儒家眼中的國家便有名無實。但是違禮亂章固然
可憂，殺身不悔之昏愚，才是朱子感到悲閔的「禍釁」，爲革此陋俗，建立當
地家庭倫理，朱子才書狀請命以求頒行法律。朱子爲政尚且如此關懷倫常之
施行，其教育後學之時必傾力講學，以推行倫常思想，維護正道。尤其夫婦
倫常更是朱子詩教的重要範疇。所以《集傳》〈關雎〉篇末引康衡之言曰：「婚
姻之禮正，然後品物遂而天命全。」朱子於夫婦倫常之重視，不言可喻。

（一）夫為妻綱

　　〈周南〉篇末《集傳》以《大學》體系分析各篇之精義，由〈關雎〉至
〈騶虞〉可以對應修身齊家治國平天下之大義，可見〈周南〉之詩涵義深廣。
文王所以能成此德、致其功，后妃之功不可沒也。因之《集傳》說：

> 夫其所以至此，后妃之德，固不爲無所助矣。然妻道無成，則亦豈
> 得而專之哉。今言詩者，或乃專美后妃而不本於文王，其亦誤矣。

朱子以爲〈周南〉前五篇詩皆言后妃之德，但是「其詞雖主於后妃，然其實
則皆所以著明文王身修家齊之效也。」對傳統說詩者以后妃之德解詩的看法
不以爲然，劉瑾因此按曰：「以上十一篇詩，原其所以作皆本於文王之身，蓋
〈關雎〉至〈螽斯〉五篇，則刑於寡妻之效也；〈桃夭〉以下六篇所謂至於兄
弟御於家邦者也。后妃之德固在其中矣。然而，妻者陰道也。陰道無成，有
終則后妃豈得專成功之名哉？此所以一國之事係一人之本而謂之風也。」（《詩
傳通釋》卷一，頁 307）劉瑾「陰道無成」之說亦頗得朱子本意。

　　夫婦一倫，朱子特別強調「夫爲妻綱」的主張。從夫婦之倫來看，若夫婦
之道無成，縱然有后妃之盛德，亦無以治國平天下，是以文王之德明，而夫婦
之道才能有成，然後后妃之德才得以助其齊家、治國。所以一國之君，其個人
之修身是齊家之基礎，也是一切外王之根本，一切綱常之所繫，故在位者不可
不愼其行，這是朱子的《大學》思想，他在經筵講座中一再強調的主張（《朱熹
集》卷十五〈經筵講義〉，頁 572～596），在此亦表露無遺。此乃朱子不同於前

代的詩教主張，前賢皆以后妃之德說解二〈南〉之詩，獨朱子持此根於文王之
德的見解，足證朱子有意將《大學》思想融入於詩教之中，藉詩歌之教學講述，
申言其警醒當世在位者之本意，此其一。父權至上的觀點亦是此一思惟的本源，
家欲齊，則夫當正，縱爲妻者有善德，亦無以獨自爲德，成其善行。是故五倫
之本在夫婦，夫婦之本在其夫，此所謂夫爲妻綱之意也。

（二）婦　道

朱子對婦道的要求較之夫道爲切，就《集傳》內容而言，男性僅有極微
的表現在夫婦相處之道中，因此爲夫之道可說闕如。相對而言，婦道的闡揚
在朱子詩教內涵中，顯得醒目耀眼。

1. 和以持家

朱子所闡示的婦道裡，最受重視的當屬以「和」持家，或和而敬，或和
而順，皆以「和」爲婦道之核心，蓋能敬其夫則必和樂於夫，能順夫家亦必
和樂全家。〈召南‧何彼襛矣〉詩首章，《集傳》云：

> 王姬下嫁於諸侯，車服之盛如此，而不敢挾貴以驕其夫家，故見其
> 車者，知其能敬且和以執婦道，於是作詩美之。

朱子強調夫婦之道中，婦人能敬且和以執婦道的主旨，何以見其「和」「敬」
之德？蓋以其能不挾貴以驕其夫家故也。如此則王姬應能棄尊貴之身段，以
和順爲德，敬其夫婿，成夫婦之道，所以詩人作詩贊美。朱子明言婦道爲「敬」
與「和」，頗能洽於〈關雎〉詩的夫婦相處之道。其次，應「和而順」，夫婦
之道中，婦人之賢至爲重要。朱子以爲和順最能表現婦人之賢。〈周南‧桃夭〉
詩首章「之子于歸，宜其室家」，《集傳》云：

> 宜者，和順之意。文王之化，自家而國，男女以正，婚姻以時。故
> 詩人因所見以起興，而歎其女子之賢，知其必有以宜其室家也。

〈桃夭〉詩中「宜」字最爲關鍵，朱子以「和順」釋之，其弟子輔廣則云：「婦
人之賢，莫大於宜家，使一家之人相與和順，而無一毫乖戾之心，始可謂之
宜矣。」（《詩童子問》卷一）明儒朱善申述其意云：「宜者，和順之意。和則
不乖，順則無逆，此非勉強所能致也。必孝不衰於舅姑，敬不違於夫子，慈
不遺於卑幼，義不咈於夫之兄弟，而後可以謂之宜。」（《詩解頤》卷一，頁3
～4）婦人和順於其室家，則她必有孝、有敬、有慈、有義諸德，其賢可謂至
矣。所以朱子用「和順」，表面看來平易，行於日用卻是艱苦。故朱子說「歎

其女子之賢」，用「歎」以表詩人敬佩之意。

2. 勸　勉

首先，要能以義勸夫。夫婦之道中，婦人當要能秉大義而卻私昵之情。〈周南・汝墳〉詩三章，《集傳》云：

> 《序》所謂「婦人能閔其君子，猶勉之以正」者，蓋曰：雖其別離之久，思念之深，而其所以相告語者，獨有尊君親上之意，而無情愛狎昵之私，則其德澤之深，風化之美，皆可見矣。

朱子之意以為，由於文王德澤風化的結果，使夫婦之間，縱然因行役別離甚久，思念甚深，及其歸家，本當抒其情愛之意，狎其宴昵之私，但是二人相語之內容並非兒女私情，而是表現出尊君親上的大愛。尊親君上屬君臣之義，可見夫婦雖是五倫之首，然而它只是齊家之道，家齊之後，更要治國平天下。所以夫婦一倫之健全，則是君臣、朋友之倫的基礎，夫婦不亂，則可更求上下之義，國家之道。朱子雖然重視夫婦之倫，但是他在夫婦和樂之外，更強調摯而有別之道，即不宴私狎昵，這是朱子對夫婦之道的重要見解。

其次，要能親賢。〈鄭・女曰雞鳴〉詩三章，《集傳》云：

> 婦又語其夫曰：我苟知子之所致而來，及所親愛者，則將解此雜佩以送遺報答之。蓋不唯治其門內之職，又欲其君子親賢友善，結其驩心，而無所愛於服飾之玩也。

為婦之道除了於國家征伐時勸夫行義外，平時亦要勉勵夫君多多親近賢能之士，廣結善緣，使其勵德行善，無昵於私愛。輔廣申言曰：「一意而三疊之，以見其情之不能自已也。夫勤勞以成業，和樂以宜家，此婦人之賢德，然情猶未已也，故無所愛於服飾之玩，而欲其君子之親賢，以輔成其德，是又加於人一等矣。」（《詩童子問》卷二）可謂贊譽已極。

3. 憂　思

《詩經》多丈夫行役在外而其婦思念之作，如〈召南・殷其雷〉詩首章，《集傳》云：

> 南國被文王之化，婦人以其君子從役在外而思念之，故作此詩。言殷殷然雷聲則在南山之陽矣，何此君子獨去此而不敢稍暇乎？於是又美其德，且冀其早畢事而歸還也。

此婦人雖其夫行役在外，思念其行役之苦，猶能美其夫君之德者，無怨也。又如〈王・君子于役〉詩第二章，《集傳》云：

君子行役之久，不可計以日月，而又不知其何時可以來會也，亦庶
幾其免於飢渴而已矣。此憂之深而思之切也。

「君子」，朱子首章注曰「婦人目其夫之辭」，此詩朱子以為「大夫久役于外，
其室家思而賦之」。《詩序》謂「君子于役，刺平王也。君子行役無期度，大
夫思其危難以風焉。」與朱子從夫婦解詩不同，《詩序辨說》謂曰：「《序》說
誤矣，其曰刺平王亦未有考。」見詩文有雞畜之言，當以朱子由室家之論為
宜。且先言思之，次言其「苟無飢渴」作結，可見其思之無奈，只好祈求其
溫飽平安，非室家之人無此語氣。但是由此更見其思念之深切矣，朱子實能
深體詩人之心也。輔廣言曰：「可以日月計則思有節也，知其會期則思猶有止
也。『不日不月』則不可計以日月也。『曷其有佸』則不知其何時可以來會也。
『苟無飢渴』則不敢必其歸而但幸其不至於飢渴而已，其憂思之情益甚矣。」
（《詩童子問》卷二）憂思深切，此婦道之情深而無奈者，亦人情之常也。

4. 遇　暴

朱子對婦人遭遇婚姻暴力，以致妣離之時，所持的看法，最肯定婦道之
作法是秉持厚意，以望其夫之自悔。若仍未得其悔意，則或傷、或悲、或怨、
或痛，多方抒情。

有遇暴猶厚望之者，〈邶・終風〉詩首章，《集傳》云：

莊公之為人狂蕩暴疾，莊姜蓋不忍斥言之，故但以終風且暴為比。
言雖其狂暴如此，然亦有顧我而笑之時。但皆出於戲慢之意，而無
愛敬之誠，則又使我不敢言而心獨傷之耳。蓋莊公暴慢無常，而莊
姜正靜自守，所以忤其意而不見答也。

二章又說：

雖云狂惑，然亦或惠然而肯來，但又有莫往莫來之時，則使我悠悠
而思之，望其君子之深，厚之至也。

此詩《序》云：「衛莊姜傷己也。遭州吁之暴，見侮慢而不能正也。」鄭《箋》
亦以為州吁之為不善，對莊姜無敬心之甚。州吁為莊公嬖妾之子，屬晚輩，因
此漢儒於此詩不以夫婦解之。朱子《集傳》則以為此詩是莊公狂暴，而其妻莊
姜正靜自守，不忍斥之。所以見其妻道敦厚之意。又如〈邶・谷風〉詩二章，《集
傳》云：「蓋婦人從一而終，今雖見棄，猶有望夫之情，厚之至也。」二詩皆可
見其婦人平日待夫之情，深切專一，不幸遇此逆境，猶有厚望於其夫也。

然亦有遇暴而悲怨者，婦人一旦為夫所棄，望之再三，猶未能得其夫之

悔意，則內心必悲悽不已，〈邶・谷風〉詩首章，《集傳》云：

> 婦人爲夫所棄，故作此詩，以敘其悲怨之情。言陰陽和而後雨澤降，
> 如夫婦和而後家道成。故爲夫婦者，當黽勉以同心，而不宜至於有
> 怨。又言採葑菲者，不可以其根之惡，而棄其莖之美。如爲夫婦者，
> 不可以其顏色之衰，而棄其德音之善。

此詩鄭《箋》云：「不可以顏色衰，棄其相與之禮。」以禮之不可棄絕解之，
《集傳》則從妻之德音善而不可棄，亦即從恩義之角度言詩，朱說當較近情
理，然而終究棄其恩情而離絕，故婦人悲怨之情，誠可憐也。

　　及其怨恨至極，則有呼號之舉。婦人爲夫所離棄，其情憂苦至極，乃難
掩其悲苦，欲呼號痛哭以抒其情，如〈邶・日月〉詩四章，《集傳》云：

> 不得於夫，而歎父母養我之不終。蓋憂患疾痛之極，必呼父母，人
> 之至情也。述，循也。言不循義理也。

此詩首章朱子謂「莊姜不見答於莊公，故呼日月而訴之」，而釋此章詩句「報
我不述」爲「不循義理」，其意蓋指夫婦之道，夫當循義理以待其妻。但事實
與此相違，故呼父母而訴之，朱子說這是「人之至情」，婦道受侮至此，豈不
令詩人悲痛！

（三）相處之道

　　朱子對夫婦相處之道，莫不以「和樂」爲最高境界。無論是〈王・君子
陽陽〉、或〈鄭・女曰雞鳴〉、或〈周南・關雎〉，所標舉的夫婦相處的氣氛，
都是瀰漫著和樂的氛圍，在和樂的情境裡，夫婦之間相互欣賞讚美，或互勉
不昵於私欲，或彼此相敬如賓，皆爲朱子所贊頌。

1. 和樂相契

　　〈王・君子陽陽〉詩首章，《集傳》云：

> 此詩疑亦前篇婦人所作。蓋其夫既歸，不以行役爲勞，而安於貧賤
> 以自樂，其家人又識其意而深歎美之，皆可謂賢矣。豈非先王之澤
> 哉？或曰序說亦通，宜更詳之。

《序》云：「君子陽陽，閔周也。君子遭亂，相招爲祿仕，全身遠害而已。」
毛《傳》云：「祿仕者，苟得祿而已，不求道行。」漢說皆不從夫婦之倫解詩。
弟子輔廣申其師說云：「謂此詩疑亦前篇婦人所作者，蓋兩篇之首皆以君子爲
言，而又相聯屬，此固不害於義，然亦安知其非偶然而然也，故又取或者之

說，以爲《序》說亦通，宜更詳之。蓋欲仍舊也。」（《詩童子問》卷二）但是仔細深研朱子之意，當無輔廣所謂「欲仍舊」之意，蓋朱子之疑，乃疑其作詩之人耳，至其詩義則無有疑焉，甚至認爲是先王德澤使夫婦皆賢。至於云「或曰序說亦通」，朱子之意，蓋指當世之人有謂序義亦通者，朱子乃言之曰「宜更詳之」，望其能再深思。從夫婦之道觀之，朱子謂此二人皆賢，實爲此倫之極致也，蓋夫者安貧自樂，妻者相契歡美，夫唱婦隨，固人倫之美境，亦綱常賴以不墜之基石。

2. 和樂不淫

〈鄭・女曰雞鳴〉詩《集傳》云：

> 此詩人述賢夫婦相警戒之詞。……則不留於宴昵之私可知矣。（首章）
> 射者男子之事，而中饋婦人之職。故婦謂其夫既得鳧雁以歸，則我當爲子和其滋味之所宜，以之飲酒相樂，期於偕老。而琴瑟之在御者，亦莫不安靜而和好。其和樂而不淫可見矣。（二章）

《語類》說：「〈鄭〉詩雖淫亂，然〈出其東門〉一詩，卻如此好。〈女曰雞鳴〉一詩，意思亦好。讀之，眞箇有不知手之舞、足之蹈者！」（卷八十，頁2086，僩錄）可見朱子諷誦體味之功夫，對詩義贊同者欣喜如此。輔廣申言曰：「觀此詩則鄭國之俗雖曰淫亂，然在下之人，夫婦之間猶知禮義、勤生業，不昵於宴私，相安於和樂，而又能贊助其君子親賢樂善，以輔成其德，此可以觀先王之澤，與民性之善矣。」（《詩童子問》卷二）夫婦如此和樂不淫，在淫風如熾的鄭國，可說是污泥中之奇葩，故朱子讀到此詩便要「手舞足蹈」了。由此見朱子對夫婦相處之道，特別重視「不昵於宴私」的表現。

3. 和樂恭敬

朱子以爲夫婦相處必須和樂而恭敬，如〈周南・關雎〉詩首章，《集傳》曰：

> 言彼關關然之雎鳩，則相與和鳴於河洲之上矣。此窈窕之淑女，則豈非君子之善匹乎？言其相與和樂而恭敬，亦若雎鳩之情摯而有別也。

〈關雎〉詩首章，朱子釋爲文王與其妃大姒二人相與和樂而恭敬，有如雎鳩和鳴之情，深摯而有別。朱子又說：「周之文王生有聖德，又得聖女姒氏以爲之配。宮中之人，於其始至，見其有幽閒貞靜之德，故作是詩。」是以由雎鳩起興，所興者，二人和樂而恭敬相處。和樂，言其情意融洽篤厚；恭敬，

言其以敬相待，即夫婦有別之意。二者當是夫婦相處之大道，但又格外強調其「有別」之義，換言之，夫婦相處必以和樂爲善，更進而猶須相敬以對，如雎鳩之情摰而有別。朱子於《詩經》之首申此義理，其意深矣。

二、父子之倫

　　《集傳》對父子之道甚少申述，合而言之，不外父母有惡行應婉詞幾諫；離親則當悲其情；父母恩大，必報之無已。茲略舉其說於下：

（一）婉詞幾諫

　　〈邶・凱風〉詩三章，《集傳》云：

諸子自責。……於是乃若微指其事，而痛自刻責，以感動其母心也。
母以淫風流行，不能自守，而諸子自責，但以不能事母，使母勞苦爲詞。婉詞幾諫，不顯其親之惡，可謂孝矣。下章放此。

「婉詞幾諫，不顯其親之惡，可謂孝矣」這當是朱子對父子倫常的內涵所下的最爲具體的定義。本詩之孝子以連續自責的方式，間接諷諫其母之將棄己，逐淫風而去，朱子對此表示肯定。認爲尊親縱然有惡行，子女亦不可彰顯其惡，使其蒙羞，當婉詞幾諫，才可謂之孝順。

（二）悲離情

　　〈豳・七月〉詩二章，《集傳》云：

故其許嫁之女，預以將及公子同歸，而遠其父母爲悲也。其風俗之厚，而上下之情，交相忠愛如此。

朱子所謂「上下」之意，當是指君臣，而非父子。〔註9〕然而此詩當先明父子之義，然後始及於上下之情，才符人情之常，故以將遠父母爲悲。《集傳》中又言「治蠶之女感時而傷悲」者，應是指男女婚嫁之「時」也，當其嫁時，必將遠其父母，故以爲悲。非如毛《傳》之謂「傷悲，感事苦也」，亦非如鄭《箋》之所云「是其物化，所以悲也」，此朱《傳》之不同於毛鄭也。可見朱子強調倫常義理之情如此。劉瑾按曰：「後章言爲公子裳、爲公子裘者，固皆可見其俗之厚，而有忠愛公子之情。但此章因念及公子同歸，而爲離親之悲，

〔註9〕　《呂氏家塾讀詩記》卷十六，頁1599，引朱子舊說云：「朱氏曰：殆及公子同歸，見其上下之情交相忠愛如此。」雖是早年申《序》之說，但爲後說之《集傳》所承。

亦無非忠愛其上之心也。」(《詩傳通釋》卷八)其為離親而悲之孝行,甚為明顯。然而劉氏之言終仍強調上下之情,此蓋與朱子相同,皆對君臣上下忠愛之義,較之父子之情,更為強調重視。因此在詩教之思想上,朱子重視君臣之義較之父子之倫更甚,由此或可見出其大略。

(三)報父母恩

〈小雅‧蓼莪〉詩,《集傳》云:

> 人民勞苦,孝子不得終養,而作此詩。言昔謂之莪,而今非莪也,特蒿而已。以比父母生我以為美材,可賴以終其身,而今乃不得其養以死。於是乃言父母生我之劬勞,而重自哀傷也。(首章)言缾資於罍而罍資缾,猶父母與子相依為命也。故缾罄矣乃罍之恥,猶父母不得其所,乃子之責。(三章)言父母之恩如此,欲報之以德,而其恩之大,如天無窮,不知所以為報也。(四章)

鄭《箋》云:「我欲報父母是德,昊天乎!我心無極。」以釋詩「欲報之德,昊天罔極」之意,輔廣解之曰:「此章則賦父母之恩,末乃歎其如天之無窮,無物可以為報之意。」(《詩童子問》卷五)朱子以天之無窮比恩之大,而漢儒以無極言欲報之心,二者迥異。

至於親上待子之行,則甚少言及,僅〈魏‧陟岵〉二章《集傳》云:「尤憐愛少子者,婦人之情也。」此言母親憐愛少子特甚。

三、兄弟之倫

《集傳》所述兄弟之道,可別為二:一是親兄弟相處之道;一是宗族相處之道。茲明於下。

(一)兄弟之道

1. 友兄讓弟

〈大雅‧皇矣〉詩三章,《集傳》云:

> 特言王季所以友其兄者,乃因其心之自然,而無待於勉強。既受大伯之讓則益脩其德,以厚周家之慶,而與其兄以讓德之光。猶曰彰其知人之明,不為徒讓耳。其德如是,故能受天祿而不失,至於文武而奄有四方也。

兄弟之間,長者為兄以讓為德,幼者為弟以友為義。此詩言大伯有讓德,王

季能益修其德而自然友於大伯。真德秀曰:「王季之友太伯,蓋其因心之本然,非以其遜己而後友之。」又曰:「夫王季之友,不過盡其事兄之道耳,豈有心於求福哉!閨門之內敬順休洽,固產祥隤祉之基也,故厚其慶而錫之光,受天之祿而有天下,天之報施其亦明矣。」(《詩傳通釋》卷十六,頁 650 引)真氏釋朱子之言頗洽於人情,蓋兄弟手足真心相處,本人情之自然,友讓同德,亦自然行之於彼此。

2. 相恤相求

〈小雅·常棣〉詩二章,《集傳》云:

> 言死喪之禍,他人所畏惡,惟兄弟為相恤耳。至於積尸衰聚於原野之間,亦惟兄弟為相求也。此詩蓋周公既誅管蔡而作,故此章以下,專以死喪急難鬥鬩之事為言。其志切,其情哀,乃處兄弟之變,如孟子所謂其兄關弓而射之,則已垂涕泣而道之者。

情志哀切,可見兄弟之情。弟子輔廣釋之曰:「二章至四章雖是周公處管蔡之變,故以死喪急難鬥鬩之事為言,然兄弟真切之情,亦惟于此際而後見分曉。若于安平之時觀之,則人或以為朋友與兄弟等耳,先王之制,朋友之服視兄弟,故特言之。」(《詩童子問》卷四)《集傳》言第四章之義說:「其所以言之者,雖若益輕以約,而所以著夫兄弟之義者,益深且切也。」兄弟之義深切如此,故其相恤於面臨死喪之時,而相求於置身原野之際,乃是極其本然自發之情。

3. 相戒免禍

〈小雅·小宛〉詩,《集傳》云:

> 此大夫遭時之亂,而兄弟相戒以免禍之詩。(首章)言齊聖之人雖醉,猶溫恭自持以勝,所謂不為酒困也。……時王以酒敗德,臣下化之,故此兄弟相戒,首以為說。(二章)中原有菽,則庶民采之矣,以興善道人皆可行也。……戒之以不惟獨善其身,又當教其子使為善也。(三章)言當各務努力,不可暇逸取禍,恐不及相救恤也。夙興夜寐,各求無辱於父母而已。(四章)言王不卹鰥寡,喜陷之於刑辟也。然不可不求所以自善之道。(五章)

簡言之,此詩兄弟相戒之事有四:一不為酒困,二教子為善,三不辱父母,四求自善之道。此相戒於遭亂之時,皆為免禍之道,非但要使自身免禍,亦要不使父母受辱、子女受累。兄弟平時友讓,亂時恤求,並戒以安定上下二

代，所述簡約，而略以兼賅矣。

（二）宗族之道

至於長幼之道猶及於宗族相處之道，概述於下。

1. 行少長之義

〈豳・七月〉詩六章，《集傳》云：

> 此章果酒嘉蔬以供老疾、奉賓祭，瓜瓞苴茶以爲常食。少長之義、
> 豐儉之節然也。

程子曰：「果蔬棗酒，皆爲養老之具。『七月食瓜』以下，皆爲壯者之食。」（《二程集》〈河南程氏經説〉卷三，頁 1065）陳少南曰：「取貛以爲私，取豣以獻公，上下之分著矣。以美者養老，惡者自養，長幼之義明矣。」（《詩傳通釋》卷八，頁 47 引）劉瑾云：「以美者養老，惡者常食，是亦可見其愛敬於上之無已。猶四章終無褐之意也，抑又可見其豐於供老奉賓，而儉於自養也。」（同前）以好的食物奉養長輩，較差的留給自己食用，此豐儉之節，實爲遵行少長之義。

2. 盡骨肉之情

〈小雅・楚茨〉詩五章，《集傳》云：

> 祭畢既歸賓客之俎，同姓則留與之燕，以盡私恩。以尊賓客、親骨
> 肉也。

劉瑾云：「拜賓於門外而不敢留，歸賓俎而不敢後，所以尊賓也。主人以阼俎豆籩及尸祝兄弟之庶羞宴族人於堂，主婦以祝豆籩及姑姊妹之俎宴內兄弟於房，所以親親也。」（《詩傳通釋》卷十三）對宗族之人，當有別於他人，所謂「盡私恩」也，此詩雖爲祭祀後之燕飲，但骨肉之情不論時地，應時加親近。

3. 責己愛人

〈小雅・角弓〉詩四章，《集傳》云：

> 相怨者各據其一方耳。若以責人之心責己、愛己之心愛人，使彼己
> 之間交見而無蔽，則豈有相怨者哉。

輔廣申曰：「即大學絜矩之道也。」（《詩童子問》卷五）朱子先言一般人如此，則族人亦更當如此。劉瑾有言：「堯之『協和萬邦』必以親九族爲本，《中庸》之『九經』必以親親爲先，所係之大如此，而其道則惟在于尊其位、重其祿、同其好惡，此先王所以有〈常棣〉、〈伐木〉、〈頍弁〉、〈行葦〉諸詩之深仁厚

澤也。」（《傳通釋卷》十四，頁614）宗族之間相怨，如能以朱子所言「以責人之心責己、愛己之心愛人」，化解彼此對立之情形應不是難事。蓋責人容易而責己為難，愛人難於愛己，所以當一方能責己而不責於人，愛己更愛別人時，宗族之間便能和樂共處，不至於相怨。至於親愛宗族之道，劉瑾所言之「尊其位、重其祿、同其好惡」，是從《詩經》中舉出而可參用的方法。

四、君臣之倫

　　朱子對君臣之倫常非常重視，尤其強調上位者待下之道，無論是君王對臣下，或是君王對百姓，無不竭誠以待，以達上下和樂之境。如〈小雅‧鹿鳴〉詩，《集傳》云：

> 燕饗賓客之詩也。蓋君臣分以嚴為主，朝廷之禮以敬為主。然一於嚴敬，則情或不通，而無以盡其忠告之益。故先王因其飲食聚會，而制為燕饗之禮，以通上下之情。而其樂歌又以鹿鳴起興，而言其禮意之厚如此，庶乎人之好我，而示我以大道也。《記》曰：私惠不歸德，君子不自留焉。蓋其所望於群臣嘉賓者，唯在於示我以大道，則必不以私惠為德而自留矣。嗚呼，此其所以和樂而不淫也與？（首章）言安樂其心，則非止養其體，娛其外而已。蓋所以致其慇懃之厚，而欲其教示之無已也。（三章）

《詩序》言此詩為「燕群臣嘉賓」，《語類》釋此詩曰：「〈鹿鳴〉之詩，見得賓主之間相好之誠，如德音孔昭，以燕樂嘉賓之心。情意懇切，而不失義理之正。」（《語類》卷八十一詩二）朱子棄《序》就文求義曰：「此燕饗賓客之詩」，不由君臣之義申言，有意將君臣關係導向朋友之倫，蓋特重其情意之交融。玩味其詩，見其上下之誠，乃知其義理之不失其正也。劉瑾《詩傳通釋》卷九按云：「先王之宴臣下，食之以賓客之禮，樂之以琴瑟之樂，將之以筐篚之實，而其求之之誠則又燕樂其心而欲其示我以周行，此其多儀之及物，所以為王公之尊賢也。」說明君王以尊賢之意宴樂臣下。而謝疊山亦曰：「古之聖賢無一時而忘學問，無一事而非道德。〈鹿鳴〉之具樂將幣，人見其和樂而已。不知吾君所望於嘉賓者，有愛我之心則當示我以至道也。講聖人之道德，談先王之禮樂，皆相示以道也。」（《詩傳通釋》卷九引）這是另從望臣下愛君之意解釋。輔廣釋師說曰：「言人若以私意為惠而不本歸于德義，則君子不肯自留處也。今其所望于群臣嘉賓者，唯在于示我以大道，則群臣嘉賓之受

宴也，決非以其私意而不顧德以自留處也，故曰此其所以和樂而不淫也歟。」
（《詩童子問》卷四）爲君之道，當養臣之體，安樂其心，以求臣之教示不已，
誠心求教如此，可謂聖王矣。朱子申述君臣之倫所以特別強調君道之意，蓋
因君爲臣綱，君王有心尊賢，臣下便會樂道周行，竭智盡忠。

（一）君臣之道

首先看朱子闡述的爲君之道，可歸納說明於下：

1. 好賢有德

在位之人最要緊的是能好賢，且時時刻刻惟恐不足，才能得到賢才的輔
助，如〈唐風・有杕之杜〉詩首章，《集傳》云：「此人好賢而恐不足以致之。……
夫以好賢之心如此，則賢者安有不至，而何寡弱之足患哉。」在位者如有親
賢好善而恐懼不足之心，則天下賢才皆願歸附，爲其效命。雖寡弱不足以恃
賴，賢者必以其有向善尊賢而努力致之之心，當不計待遇厚薄，以輔佐其治
國。弟子輔廣說：「好賢而自恐不足以致之，則凡可以致之者必無不用也。中
心好之而自恐其不得飲食之，則凡可以養之者必無所吝也。好賢之心如此，
則在彼之賢安有不至？而在我之勢又曷患於寡弱哉！」（《詩童子問》卷三）
強調戒愼恐懼之心的重要，最能申言朱子之意。因此，在位者當要有好賢之
心，又要有惟恐不足以致之之心，然則國焉有不治者哉！

好賢且有德之君必能得助而久安，不至孤獨無援，〈大雅・板〉詩七章，
《集傳》云：

> 言是六者，皆君之所恃以安，而德其本也。有德則得是五者之助；
> 不然則親戚叛之而城壞，城壞藩垣屏翰皆壞而獨居，獨居而所可畏
> 者至矣。

輔廣闡明師說曰：「自价人維藩至大邦維屏，是自內說及外；大宗維翰宗子維
城，又自疏說及親。自价人至大宗皆王所恃以爲藩垣屏翰者，然維德之懷則
王得其所恃以爲安。不惟如是，而同姓宗子亦且爲我之城矣。言城則藩垣屏
翰之功皆包之矣。王若不務德以爲本，則城壞矣，城壞而藩垣屏蔽亦皆傾圯
而禍亂至矣。」（《詩童子問》卷六）李迂仲曰：「王所恃以爲藩籬屏翰，蔽其
國家者在此數者，苟以德懷之，則無有不寧矣。」又「詩人以懷德惟寧間於
中，則宗子惟城亦當以德懷之也。」（《毛詩李黃集解》卷三十三，頁 37）德
盛之君，四方天下人民必定前來歸附。

2. 體慰臣下

當臣下奔波於外，爲國守戍，辛勞備至，爲人君者亦當體其勞頓，慰其內心，上下情志相通無礙，自然臣下無有不盡其心力者，所以〈小雅·皇皇者華〉詩首章，《集傳》云：

> 此遣使臣之詩也。君之使臣，固欲其宣上德而達下情；而臣之受命，亦唯恐其無以副君之意也。故先王之遣使臣也，美其行道之勤，而述其心之所懷。

對出使於外之臣下贊美，又能代言其心志，則爲臣者必恐己之不能成王命也。輔廣述曰：「惟恐無以副君之意，此所以每懷靡及也。苟存此意則詢謀度詢必咨于周自不容已也。」（《詩童子問》卷四）程子曰：「天子遣使四方，以觀省風俗，采察善惡，訪問疾苦，宣道化于天下，下國蒙被聲教，是有光華。……惟恐不能宣達，是『每懷靡及』也。」（《二程集》〈河南程氏經說〉卷三，頁1071）朱子重君之使臣之道，而程子與輔氏則偏爲臣之道。

除〈皇皇者華〉詩言君王待下之義外，〈小雅·四牡〉詩亦有同類說法，首章《集傳》云：

> 此勞使臣之詩也。夫君之使臣、臣之事君，禮也。故爲臣者奔走於王事，特以盡其職分之所當爲已，何敢自以爲勞哉。然君之心則不敢以是而自安也。故燕饗之際，敘其情以閔其勞。……臣勞於事而不自言，君探其情而代之言，上下之間，可謂各盡其道矣。

此處可見君臣之分際，二者互動之方式，臣者被動，而君則主動恤閔以得其心。本詩次章朱注曰：「今使人乃苦於外，而不遑養其父，此君人者所以不能自安，而深以爲憂也。」《集傳》又引范氏之言曰：「忠臣孝子之行役，未嘗不念其親。君之使臣，豈待其勞苦而自傷哉，亦憂其憂如己而已矣。此聖人所以感人心也。」輔廣申述師意曰：「君之于臣能體悉之如此，則臣之所以報上者，又當如何哉！古人事君得以展布四體而死生以之者，亦以人君感之者無不盡其道也。」（《詩童子問》卷四）輔廣所言可說左右兼顧，兩相得宜。

3. 警戒臣下

對於新任諸侯有責任告誡，如〈小雅·蓼蕭〉詩，《集傳》云：

> 諸侯朝于天子，天子與之燕以示慈惠，故歌此詩。（首章）
> 蓋諸侯繼世而立，多疑忌其兄弟，如晉詛無畜群公子、秦鍼懼選之類。故以宜其兄弟美之，亦所以警戒之也。（三章）

《序》曰：「澤及四海也。」鄭《箋》云：「四海之諸侯亦國君之賤者。」朱子則以繼世之諸侯視之，懼其疑忌其同族兄弟，故於燕飲嘉美其德之時，寓勸戒於其中。輔廣在本詩三章末云：「言既見君子相與厚爲燕飲，以嘉其樂易之德，則又推言能以是樂易之德而宜其兄弟焉，則其令德將既壽而且樂矣。」（《詩童子問》卷四）依輔氏之言，朱子所言之戒意，當隱於燕樂之德中。爲君者，除燕樂其臣以美其德外，並當有所戒之，使其和樂家族兄弟，無與爭鬥也。而所勸「宜兄宜弟」者，劉瑾謂之爲「不爽其德之本而所以爲教國人者也」（詩傳通釋卷九，頁515），所戒者，欲其臣下之德久隆，並以之教其國人，使其諸侯之國長治無災。

4. 順於義理

有德之君，必順義理。〈大雅‧桑柔〉詩八章「維此惠君，民人所瞻」，《集傳》云：

> 惠，順也，順於義理也。……言彼順理之君所以爲民所尊仰者，以其能秉持其心，周遍謀度，考擇其輔相，必眾以爲賢，而後用之。彼不順理之君則自以爲善而不考眾謀。自有私見而不通眾志，所以使民眩惑，至於狂亂。

《鄭箋》云：「維至德順民之君，爲百姓所瞻仰者，乃執正心，舉事遍謀於眾，又考誠其輔相之行，然後用之，言擇賢之審。」鄭謂順民，朱言順理，可見二人解經基礎大異。朱子擇臣，必順於義理，考之眾謀，不以私見爲是，則其用人必善。由於君王順理，天下無不歸治，則天命必長。由於君王德盛，臣民無不忘死盡心，則天下和樂太平。

其次，略說朱子所述的爲臣之道，雖然對臣道申論之篇幅不多。但並非以爲君王有盛德，即可以獨力治國，〈大雅‧緜〉詩《集傳》云：

> 九章言昆夷既服，而虞芮來質其訟之成，於是諸侯歸服者眾，而文王由此動其興起之勢。是雖其德之盛，然亦由有此四臣之助而然，故各以予曰起之。其辭繁而不殺者，所以深歎其得人之盛也。

文王之德固然已盛，但猶需臣下相助，始能得人而盛。明儒朱善曰：「虞芮之質成，是訟獄者不之商而之文王也。歸者四十餘國，是朝覲者不之商而之文王也。文王之德其孚於人也久矣，至是而始動其興起之勢者，譬之弩機之既張，是惟無發，發則沛然而不可禦矣。詩人推本言之，以爲是雖文王之德之盛，而亦由此四臣之助而然，蓋舜之德雖非五臣之所能及，而非五臣則亦

無以佐其治也。文王之德雖非四臣之所能及，而非四臣則亦無以宣其化也。《書》亦曰：『無能往來，茲迪彝教，文王蔑德，降於國人。』知此則知文王得人之盛，而人材之爲聖化之助亦大矣。」（《詩解頤》卷三，頁8～9）朱氏之言當是發明《集傳》意思，所以有盛德之君，猶須有善臣之助，此蓋朱子之意也。

1. 修　德

朱子以爲，君王既修德不輟，爲臣者自應時時惕勵修德，〈大雅·烝民〉詩六章《集傳》云：

> 人皆言德甚輕而易舉，然人莫能舉也。我是謀度能舉之者，則惟仲山甫而已。是以心誠愛之，而恨其不能有以助之。蓋愛之者，秉彝好德之性也。而不能助者，能舉與否，在彼而已，固無待於人之助，而亦非人之所能助也。至於王職有闕失，亦惟仲山甫能補之。蓋惟大人然後能格君心之非，未有不能自舉其德，而能補君之闕者也。

修德爲本分之事，非他人能助也。廣輔言之云：「德者人之固有，自一身而言之，隨用而足，故舉之甚易，不啻如一毛之輕。只爲氣質物欲爲之遮蔽，故懵然不知，非知至意誠者莫能舉也。」修德在己，但有未能行致知誠意工夫者，則無以修其德，輔廣又云：「舉，在我之德；補，在君之德。此亦非強立者不能。」（《詩童子問》卷七）明儒朱善言曰：「舉己之德者，所以立本。補君之闕者，所以致用。即上章所謂能保身而後能事君也。」（《詩解頤》卷三，頁46）爲人臣者當先修德成善，才可以輔助君王，以行諷諫之責。

2. 勸　君

君王當以爲德爲其要務，〈大雅·江漢〉六章詩「明明天子，令聞不已。矢其文德，洽此四國」，《集傳》云：

> 既又美其君之令聞，而進之以不已。勸其君以文德，而不欲其極意於武功。古人愛君之心，於此可見矣。

輔廣言曰：「穆公本以平淮夷而受賜，今乃不言其武功，而但願天子陳其文德以洽四方之國，則用兵豈聖人之得已哉！而穆公愛君之忠誠亦至矣。」（《詩童子問》卷七）勸君偃武修文之意，蓋在愛其君王，爲忠誠之表現。劉瑾申曰：「上章王命穆公，則欲其於召公是似而肇敏戎功；此章穆公祝君，則欲其長保令聞而陳其文德。上下之情可謂交相愛矣。」（《詩傳通釋》卷十八）所以寓其忠愛之心於勸戒，實有意使其長保國祚也。

（二）治民之道

朱子《集傳》對治道之辭頗多闡發，主要之論點，即是在位之人當立於正道，以化其百姓，〈大雅‧板〉詩六章，《集傳》釋云：

> 天之牖民，其易如此，以明上之化下，其易亦然。今民既多邪辟矣，豈可又自立邪辟以道之邪？

陳壽翁曰：「上之於下牖其本明之天性者固甚易，導之以邪僻之人僞者亦不難，因牖之易而謹導之方可也。豈可導以邪僻邪！」（《詩傳通釋》卷十七引）在位者化民成俗，非常之易，必導民以正道，使其遠離邪辟，自然和合安定。非但如此，且其待下之辭也應和柔愉悅，以述明先王之道，〈大雅‧板〉詩二章，《集傳》云：「辭輯而懌，則言必以先王之道矣，所以民無不合、無不定也。」輔廣申之曰：「又教以先謹其言，而不妄發。爾辭能和，則民自合；爾辭能悅，則民定。辭和與悅，則合乎理而異於不然者矣。」（《詩童子問》卷六）可見朱子所言之治道，其本在君之能治否，不在民之可治否。茲略述朱子之治道於後。

1. 歸美於下

待下民應歸美之、親愛之。〈小雅‧甫田〉詩《集傳》云：「其上下相親之甚也。（三章）其歸美於下而欲厚報之如此。（四章）」此詩第三章言曾孫及田畯皆與農夫甚親，第四章言農夫敏於事而農官欲厚報之也。歸美之，又與之和樂相親，是臣者最佳之治道。能如此，則下民必當回報其德，〈小雅‧大田〉詩《集傳》云：

> 此詩爲農夫之詞，以頌美其上。若以答前篇之意也。（首章）然前篇上之人以我田既臧爲農夫之慶，而欲報之以介福；此篇農夫以雨我公田，遂及我私，而欲其享祀以介景福。上下之情，所以相賴而相報者如此，非盛德其孰能之。（篇末注）

輔廣曰：「上之欲報其下者如此，則是君以民爲體也；下之欲報其上者如此，則是民以君爲心也。上下之情相類以爲一，則君之德固厚，而民之德亦厚也。」（《詩童子問》卷五）這便是朱子所稱之「盛德」，上下有盛德，則雖處亂局而猶能共赴無悔。

2. 閔勞下情

對部下應序其情而閔其勞苦，使其忘死歸附。如〈豳‧東山〉詩篇末，《集傳》云：

愚謂完謂全師而歸，無死傷之苦。思謂未至而思，有愴恨之懷。至
於室家望女、男女及時，亦皆其心之所願而不敢言者。上之人乃先
其未發而歌詠以勞苦之，則其歡欣感激之情為如何哉。蓋古之勞詩
皆如此，其上下之際情志交孚，雖家人父子之相語，無以過之。此
其所以維持鞏固數十百年，而無一旦土崩之患也。

《序》曰：「東山，周公東征也。周公東征，三年而歸，勞歸士。大夫美之，
故作是詩也。一章言其完也；二章言其思也；三章言其室家之望女也；四章
樂男女之得及時也。君子之於人，序其情而閔其勞，所以說也。說以使民，
民忘其死，其唯東山乎！」《辨說》則駁曰：「此周公勞歸士之詞，非大夫美
之而作也。」（頁27）朱子辨《序》之非，蓋指此詩乃周公自作，故其詩才能
真切表現出在上之人體貼部屬勞苦之情，如此自然，下之人感激無已，上下
情志交融，周王朝始能屹立不搖。朱子所強調的是上下關係中，上位者如能
先體察部下之情且又能盡其義，則上下必能交切。換言之，上下關係是否融
洽緊密，端看上位者是否能體察下情。要民忘其勞，甚至民忘其死，必待上
位如此，方能成其功。又如〈豳・破斧〉詩首章，《集傳》云：

從軍之士以前篇（按：指東山詩）周公勞己之勤，故言此以答其意。
曰：東征之役，既破我斧而缺我斨，其勞甚矣。然周公之為此舉，
蓋將使四方莫敢不一於正而後已。其哀我人也，豈不大哉！然則雖
有破斧缺斨之勞，而義有所不得辭矣。

朱子將〈東山〉和〈破斧〉兩詩合說，以申閔下之情。《語類》云：「〈破斧〉
詩，看聖人這般心下，詩人直是形容得出。這是答〈東山〉之詩，古人做事，
苟利國家，雖殺身為之而不辭。」（《語類》卷八十一，頁2114）輔氏亦曰：「〈東
山〉之詩周公能得歸士之心也。〈破斧〉之詩歸士能得周公之心也。所謂上下
交而其志同者也。」（《詩童子問》卷三）閔勞下屬以得衷情，才能得如此民
心。再如〈大雅・靈臺〉詩首章，《集傳》也說：

文王之臺，方其經度營表之際，而庶民已來作之，所以不終日而成
也。雖文王心恐煩民，戒令勿亟。而民心樂之，如子趣父事，不召
自來也。孟子曰：「文王以民力為臺為沼，而民歡樂之，謂其臺曰靈
臺，謂其沼曰靈沼。」此之謂也。

此見上下有仁義也。陳壽翁曰：「不欲其急而過於勞者，愛民之仁。子來而
忘其勞者，事君之義。未有上好仁而下不好義也。」，張南軒曰：「文王則勿

亟，庶民則子來，君民之相與如此。」（《詩傳通釋》卷十六引）李迂仲曰：
「速成者，出於民之意則可，出於君之意則不可。出於君之意則爲剚民，出
於民之意則爲愛君。」（《毛詩李黃集解》卷三十一，頁 16）上位者體恤下
情，不欲其過勞，民反忘其勞苦，樂在其中。又如〈小雅・采薇〉詩首章，
《集傳》云：

> 此遣戍役之詩。以其出戍之時采薇以食，而念歸期之遠也，故爲其
> 自言，而以采薇起興曰：采薇采薇，則薇亦作止矣。曰歸曰歸，則
> 歲亦莫止矣。然凡此所以使我舍其室家而不暇啓居者，非上之人固
> 爲是以苦我也，直以獵狁侵陵之故，有所不得已而然耳。蓋敘其勤
> 苦悲傷之情，而又風以義也。

輔廣申述云：「〈采薇〉之作是始出戍時也。歲之莫是來歲歸時也。此章言其
始行之情，故云靡室靡家，不遑啓居，知其爲獵狁之故，則上之遣我者出于
不得已，而我之義亦有所不容已也。此所謂風之以義。」（《詩童子問》卷四）
此上下相處體貼以仁義，《集傳》引程子言曰：「毒民不由其上，則人懷敵愾
之心矣。」輔廣曰：「程子此言萬世用兵之定法，順之則吉；悖之則凶。」
劉瑾云：「此（二）章曰歸而心憂載飢復載渴，其私情亦甚苦矣，然我戍未
定而靡使歸聘，則公義以爲重也。」（《詩傳通釋》卷九，頁 502）此詩《集
傳》又曰：

> 此見士之竭力致死，無還心也。（三章）

> 此章又設爲役人預自道其歸時之事，以見其勤勞之甚也。程子曰「此
> 皆極道其勞苦憂傷之情也。上能察其情，則雖勞而不怨，雖憂而能
> 勵矣。」范氏曰「予于采薇見先王以人道使人，後世則牛羊而已。」
> （六章）

輔廣申師說云：「憂心孔疚，切于仁也；我行不來，安于義也。情與理並行不
相悖也。」又云：「既言其情，又言其義，則體之者切，而風之者深矣。夫所
謂風之者，亦非是當時之人初無此意，而上之人特爲此以風勵之也。此亦皆
戍卒之本情，但聖人能通其志耳。上之人能通其志如此，則下之人亦皆以上
之心爲心可知矣。」（《詩童子問》卷四）胡庭芳曰：「今歌詩遣之，述其勤苦，
則人不知其哀而上知之，此君子能盡人之情，故人忘其死也。」（《詩傳通釋》
卷九引）劉瑾自按曰：「此章後四句，既風以義而敘其情，又敘其情而風以義。」
（同前）諸說皆是申明風義與敘情兼施，則上下交融。

3. 施以德，使以義

〈召南‧甘棠〉詩首章，《集傳》云：

> 召伯循行南國，以布文王之政，或舍甘棠之下。其後人思其德，故
> 愛其樹而不忍傷也。

以德治民，則人民敬愛之如此，不以日久而忘，反而更因時日之久遠而愛之
愈深，人民感戴德化之功，心誠愛之，故能久遠。

至於使民之道，朱子亦嘗明言之。〈秦‧小戎〉首章《集傳》云：

> 西戎者，秦之臣子所與不共戴天之讎也。襄公上承天子之命，率其
> 國人往而征之，故其從役者之家人先誇車甲之盛如此，而後及其私
> 情。蓋以義興師，則雖婦人亦知勇於赴敵而無所怨矣。

朱子之言云「襄公報君父之仇，其所以不自已者，豈忿忿之心哉？乃大倫之
正、天理之發，以大義驅其人而戰之，此襄公所以能用其人，而秦人所以樂
為之也。」（詩傳通釋卷六引）征伐固民所怨所厭，然以義出師，則循天理以
滅非理之國，民雖不好戰，但仍以義勸其家人，故上位使民必以義也。

（三）君臣之道的特色

1. 重君臣尊卑之分際

〈周南‧汝墳〉詩三章「魴魚赬尾，王室如燬。雖則如燬，父母孔邇。」
《集傳》云：

> 王室指紂所都也。燬，焚也。父母，指文王也。孔，甚。邇，近也。
> 是時文王三分天下有其二，而率商之叛國以事紂，故汝墳之人猶以
> 文王之命供紂之役。

朱子以父母指文王，乃是由德化之義解詩。張南軒亦早有此論，言曰：「玩此
詩，則民心雖怨乎紂，而尚以周之故未至於泮散也。是文王以盛德為商之方
伯，與商室係民心而繼宗社者也。其德可不謂至乎？」（《詩傳通釋》卷一引）
程子亦云：「文王之德如父母，望之甚邇，被文王之德化，忘其勞苦也。」（《二
程集》〈河南程氏經說〉卷三，頁 1049）文王因盛德教化而有三分之二之天下，
民心歸向至為明顯，但朱子重君臣之分際，當時殷商未亡，故解詩雖以父母
指文王，而猶言其「事紂」之實。

> 今眾妾反勝正嫡，是日明更迭而虧。是以憂之至於煩冤憒眊、如衣
> 不澣之衣，恨其不能奮起而飛去也。

所欲明示的是倫常之正，當守的是尊卑之制，嫡妾之常道才能維持。但今反
其常道而妾失其守，正嫡遂起飛離之思。與此詩相同的，尚有〈邶‧綠衣〉
之詩，《集傳》云：

> 閒色賤而以爲衣，正色貴而以爲裡，言皆失其所也。莊公惑於嬖妾，
> 夫人莊姜賢而失位，故作此詩。言綠衣黃裡，以比賤妾尊顯而正嫡
> 幽微，使我憂之而不能自已也。（一章）我思古人有嘗遭此而善處之
> 者，以自屬焉。使不至於有過而已。（三章）

此詩夫人憂妾之尊顯，而己之失位，尊卑失次，無以正其道，故思古人以自勉。
與前詩不同者，本詩作者憂而無恨，且無思飛之心，乃欲以古人之道自屬，其
寬厚之德當是朱子最爲稱道者。蓋嫡妾之間以和爲貴，因之有賢德之人才能致
之，若〈邶‧燕燕〉之詩，嫡妾同賢，和樂相處，是朱子所欲表彰不失其守之
詩，其詩四章《集傳》云：「言戴嬀之賢如此，又以先君之思勉我，使我常念之
而不失其守也。」本詩朱子《集傳》以爲是「戴嬀大歸于陳，而莊姜送之，作
此詩也。」夫人與媵妾之間相處和樂，才有相送贈別之舉，末章專美妾賢，亦
顯夫人寬大和順之德，因之能「不失其守」，所守者，當是尊卑倫常之正也。嫡
妾如皆有賢德，能嚴守尊卑之序，而以和樂共處，則朝廷綱常便得以維持不墜。

2. 重德性之修養

朱子於君道與臣道之述中，皆提出修德之要求。從前面所引〈大雅‧烝
民〉詩六章《集傳》之注文，便可以看出他非常強調爲臣者修德在己，且有
德始能正君之心、補君之闕的主張；對於君王修德更認爲是恃安之根本，前
引〈大雅‧板〉詩七章《集傳》所云：「六者，皆君之所恃以安，而德其本也。
有德則得是五者之助；不然則親戚叛之而城壞。」即是朱子重視君德之明證。
朱子曾明說：「德與政非兩事。只是以德爲本，則能使民歸。」（《語類》卷二
十三〈論語五〉，頁 533，義剛錄）又說：「『爲政以德』不是欲以德去爲政，
亦不是塊然全無所作爲，但德修於己而人自感化。然感化不在政事上，卻在
德上。」（同前，銖錄）將此對照《集傳》朱注之言，即可確知「修德」一事
在君臣之道中，是一件非常根本的工夫。

3. 重情感之交融

朱子在上下關係的闡述中，除了嚴於君臣分際的主張外，亦非常重視君
臣上下情感之交融，前文所舉〈小雅‧皇皇者華〉詩及〈小雅‧四牡〉詩上
位者對出使之臣的體恤，使得「臣勞於事而不自言，君探其情而代之言，上

下之間，可謂各盡其道」，而君王所盡之道，即是勞臣之辛勤，設言其心情；為臣者因得到體貼的關懷，自然銘感五內，為國忘死。又使民之道，依朱子《集傳》所述，或歸美於下，或閔勞下情，皆以盛德待下，使上下親愛而情感融洽，無論是務農或行役，都因上位者之隆德，而「義有所不得辭」或「勞而無怨」，更有樂意為之者。

五、朋友之倫

（一）不計有無，飲酒相樂

朱子對朋友之倫所述及的文字不多，朋友之間但求真誠與寬厚，〈小雅・伐木〉三章《集傳》云：

> 言人之所以至於失朋友之義者，非必有大故，或但以乾餱之薄不以分人，而至於有愆耳，故我於朋友，不計有無，但及閒暇則飲酒以相樂也。

朋友因細故而失其恩義，不是常道，應彼此真誠親愛，所以當不計自己有無，只要閒時與之飲酒和樂共處。程子以為此乃欲篤朋友之恩義也，他說：「有盛具，籩豆成列，當以燕樂兄弟，無相疏遠。兄弟，朋友也。民之失德，故不能修親睦之道，厚朋友故舊之禮，乾餱不相及，蓋人之失德也。……有酒則我酤之，無酒則我酤之，以至鼓舞我為之，我及暇時，則相與宴飲，以篤恩意。」（《二程集》《河南程氏經說》卷三，頁 1073）蘇轍也云：「民之失德，乾餱相讓，故君子于其朋友故舊無所愛者，有則湑之，無則酤之，不以有無為辭也。奏之以鼓，重之以舞，盡其有以樂之也。」（《詩傳通釋》卷九引）蘇氏之言較為積極，對朋友當盡其有以樂之，亦可補朱子「不計有無」之意。輔廣說：「民之失德乾餱以愆。曰民，則自上言下之辭，言細民之相失，或以薄物飲酒不以相分之故，蓋前章既言其厚，故此章又以薄者言之，且乾餱之愆亦微過耳，于微過而尤不敢不謹，則其大者可知矣。」（《詩童子問》卷四）輔氏所說朋友之間微過不敢不謹，則大道必不相失，頗能表明朱子言朋友失道非有大故而引為自警之意。所以在〈小雅・谷風〉詩《集傳》說：

> 此朋友相怨之詩。（首章）

> 習習谷風，維山崔嵬，則風之所被者廣矣。然猶無不死之草，無不萎之木，況於朋友，豈可以忘大德而思小怨乎？（三章）

輔廣闡述師說之義曰：「大德，謂朋友之義出於天者；小怨，謂戲語忿色生於人者。忘大德思小怨，必是當時人有如此實事，故末章因風以為比而明言之，以戒其不可如是也。」（《詩童子問》卷五）朱子之意蓋以為朋友當思大德而忘其小怨也。呂與叔說：「急則相求，緩則相棄，恩厚不知，怨小必記，皆小人之交也。」（《詩傳通釋》卷十二，頁 576 引）不可忘朋友之大德而思其小怨，否則便是小人之交。以〈伐木〉與〈谷風〉二詩並看，知朱子蓋以此為朋友之義。

（二）男女當量度禮義

朱子對朋友之義述及的範圍僅男女與同僚二者。男女方面，如〈周南‧漢廣〉之詩，朱子《集傳》於首章曰：「出遊之女，人望見之，而知其端莊靜一，非復前日之可求矣。」二章復言詩曰：「以錯薪起興而欲秣其馬，則悅之至。以江漢為比而歎其終不可求，則敬之深。」此詩因女子之端莊靜一而使男子悅之敬之，朱子的說解不難看出他對男女之間相處之道的看法，當在女子先有其德，男子才會尊重敬悅。又如〈邶‧匏有苦葉〉詩，《集傳》云：

> 此刺淫亂之詩。言匏未可用，而渡處方深，行者當量其深淺而後可渡。以比男女之際，亦當量度禮義而行也。（一章）今濟盈而曰不濡軌、雉鳴而反求其牡，以比淫亂之人不度禮義，非其配偶，而犯禮以相求也。（二章）言古人之於婚姻，其求之不暴而節之以禮如此，以深刺淫亂之人也。（三章）以比男女必待其配偶而相從，而刺此人之不然也。（四章）

對於男女關係，朱子以古人「求之不暴，節之以禮」的原則為標準，不合者即是淫亂，應當予以深刺。與《集傳》釋〈漢廣〉之意合觀，朱子認為女子有德，男子有禮，待成配偶然後相從，是男女朋友之義的大道。

（三）同僚相戒

至於同僚之間，朱子之意，見〈大雅‧板〉首章《集傳》云：

> 《序》以此為凡伯刺厲王之詩，今考其意，亦與前篇相類（杰按：前篇為〈民勞〉詩，朱子謂其為「同列相戒之詞耳，未必專為刺王而發，然其憂時感事之意亦可見矣」），但責之益深切耳。此章首言天反其常道，而使民盡病矣。而女之言皆不合理，為謀又不久遠，其心以為無復聖人，但恣己妄行而無所依據，又不實之於誠信，豈其謀之未遠而然乎？世亂乃人所為，而曰「上帝板板」者，無所歸

咎之詞耳。

嚴粲之言云：「朱子以此詩爲切責僚友用事之人而義歸於刺王，與上篇同，味詩意，信然。」（《詩緝》卷二八）輔廣言曰：「正者常道也，道其常則民安，反其常則民病。今天既盡反其常道，則民亦安得而不盡病乎？」（《詩童子問》卷六）李迂仲批評說：「愛民者天之常道耳。今天使下民皆病，則反其常道矣。」（《毛詩李黃集解》卷三三，頁 33）謝疊山曰：「朱子初解云人苟知聖人之度則必戰戰兢兢，不敢苟作。此心若無聖人矣，則管管然無所依據，矯誣詐僞何所不至，其出言行事不以眞實而歸於誠道。」（《詩傳通釋》卷十七，頁 687 引）按朱子以同僚「言不合理」、「謀不久遠」、「妄行無據」、「不誠信」而責之，所行失其常道，以致民病，誠責之意相當之深。又如〈大雅・民勞〉三章詩「無縱詭隨，以謹罔極，式遏寇虐，無俾作慝，近愼威儀，以近有德」」《集傳》云：「罔極，爲惡無窮極之人也。有德，有德之人也。」五章詩「王欲玉女，是用大諫」《集傳》云：「言王欲以女爲玉而寶愛之，故我用王之意，大諫正於女。蓋託爲王意以相戒也。」漢儒皆以爲此詩刺厲王也，《箋》釋「罔極」爲「無中」，謂「所行不得中正」，釋「近有德」爲「求近德也」，是戒王修德之意。而朱子則非由此著意，乃是防小人而親賢人之意。廣輔最能申朱子之本意，輔廣之言曰：「無縱詭隨，式遏寇虐，是防禁小人也；近愼威儀，以近有德，是親近賢者也。徒欲防禁小人，而不知親近有德，則無以增益其知識開廣其心志矣。然欲近賢者則先謹其威儀，威儀不謹則賢者將望望然去之矣，豈可得而親之乎？」（《詩童子問》卷六）朋友相誡，當防小人而近有德之賢人，所言至爲務實而懇切。

第三節　解詩以教化爲旨趣

〈魯頌〉篇首，《集傳》云：

> 成王以周公有大勳勞於天下，故賜伯禽以天子之禮樂，魯於是乎有頌，以爲廟樂。其後又自作詩以美其君，亦謂之頌。舊說皆以爲伯禽十九世孫僖公申之詩，今無所考。獨閟宮一篇，爲僖公之詩無疑耳。夫以其詩之僭如此，然夫子猶錄之者，蓋其體固列國之風，而所歌者，乃當時之事，則猶未純於天子之頌。若其所歌之事，又皆有先王禮樂教化之遺意焉。則其文疑若猶可予也。況夫子魯人，亦

　　安得而削之哉。然因其實而著之，而其是非得失、自有不可揜者，
　　亦春秋之法也。

此文爲朱子解釋〈魯頌〉成篇之原由，其中對〈魯頌〉本爲僭樂而聖人猶將之
編入三百篇的原因有一番說明，最大的因素即在詩裡含有「先王禮樂教化之遺
意」，所以有春秋之法存焉。這是在朱子解說下，《詩經》顯現可以爲「萬世法
程」的義法，讀者在其中即可體會先王禮樂教化之遺意。不只是〈魯頌〉，其他
〈風〉、〈雅〉、〈頌〉各篇皆在朱子自成體系的說解方式裡顯示了教化讀者的意
思。這是朱子講學十分重要的用意，他藉解詩的過程達到教化學子修養身心的
目的。因此在《集傳》之中，朱子運用各種方式來說解經義，期望透過讀詩的
活動，讓學者玩味義理、興起感發，以端正情性，達成涵養心性的最終目標。

　　朱子推闡詩義的方式可說變化多端，本節主旨即在分析說明其中幾種重
要的方式，看他從形式與內容兩端如何詮釋詩中義理。許英龍先生曾對《集
傳》說詩之方法提出「二南相配法」、「類比推理法」、「聯篇判定法」、「旁徵
補充法」說明朱子解詩求義之方式。〔註 10〕這四種方式，對於瞭解朱子在義
理詮釋上的方法，極有幫助，藉之論述朱子詩教之內涵，助益不少。如朱子
以「二南相配法」解〈騶虞〉之詩，從漢儒舊說，定「騶虞」爲不食生物之
獸，以配〈周南‧麟之趾〉。由此推衍促成朱子對二〈南〉之詩，建立以「德
化」論詩的體系，〔註 11〕它是《大學》《中庸》體系的詩教論點，其詩教之用
心，於此顯露無遺。本文所論偶采其說，但更深求其中之詩教義理。

　　以詩教爲著眼，本節由《集傳》中鉤稽得出六種主要的論詩方法，包括
「由篇章之聯結求義」、「類推文辭旨意以求義」、「申述典章制度以求義」、「從
溫柔敦厚立場釋義」、「以理學觀點深求詩義」、「以知人論世之法求義」等六
種，其中前三者是從形式之意義闡發，後三者則是由義理之內涵去詮釋，由
此可知朱子之論詩教，可謂多方求義。

一、由篇章之聯結求義

　　首先，朱子釋詩好從篇章結構上之聯結探索詩義，所求之義多爲王道、

〔註 10〕　該文提出之方法，雖非以詩教爲著眼，但不離求義之範疇，因此，仍可藉以
　　　　探索朱子詩教之用意。詳見許氏著《朱熹詩集傳研究》（東海大學中國文學研
　　　　究所碩士論文，1985 年 4 月），第五章（壹），頁 137～169。
〔註 11〕　朱子以德化論詩的情形，詳見本章第一節「三、德化之重視」所述。

善道、德化等等。如〈大雅・常武〉詩六章，《集傳》云：

> 前篇召公帥帥以出，歸告成功，故備載其褒賞之詞。此篇王實親行，
> 故於卒章反復其辭，以歸功于天子。言王道甚大，而遠方懷之，非
> 獨兵威然也。《序》所謂因以爲戒者是也。

前篇〈江漢〉之詩末章《集傳》云：「勸其君以文德，而不欲其極意於武功。
古人愛君之心，於此可見矣。」既以「文德」作結，本篇便以「王道」申其
詩義，聯結前後。輔廣申其師說曰：「言由王道之信大，故徐夷自然來服，非
獨兵威使然也。甫得其不相違悖，王則振旅而歸，無求多之意，既盡歸美之
義，而又寓規戒之忠焉。」（《詩童子問》卷七，頁 19）而劉瑾亦述朱子闡明
結構之意，云：「此言王師成功而歸，因戒之以"王猶允塞"，亦若上篇卒章
言"矢其文德也"。」因爲朱子認爲二詩前後關聯，所以釋「猶」爲「道」，
並申說王道之義。這就與漢說大異矣；鄭《箋》以「善戰」說詩，曰：「王重
兵，兵雖臨之，尙守信自實滿，兵未陳而徐國已來告服，所謂善戰者不陳。」
孔穎達申曰：「《箋》以徐方畏威，望軍而服，不由計謀所致，故易《傳》以
「猶」爲「尙」。兵法，臨敵設權。王尙守信自實，所以爲美也。」比較朱說，
顯見朱子說詩之重心偏向德化，而漢學則以武服。由於結構上的聯結，使得
詩義更爲強化，更可以窺見朱子以「道德」作爲論詩核心的用心。

再看〈鄘・干旄〉詩篇末，《集傳》云：

> 以上三詩，〈小序〉皆以爲文公時詩。蓋見其列於〈定中〉、〈載馳〉
> 之間故爾，他無所考也。然衛本以淫亂無禮、不樂善道而亡其國。
> 今破滅之餘，人心危懼，正其有以懲創往事而興起善端之時也。故
> 其爲詩如此，蓋所謂生於憂患、死於安樂者，〈小序〉之言，疑亦有
> 所本云。

朱子因他無所考故從《序》說，〈干旄〉以前〈蝃蝀〉〈相鼠〉二詩，或刺淫亂、
或惡無禮，此詩則有尊賢之意，皆「善端」之所在，朱子乃由詩之次第連屬，
申言詩義，得出「生於憂患、死於安樂」的結語，此正是朱子詩教之主旨。劉
瑾申之曰：「衛俗淫亂無禮，不好善道以致亡國。君臣上下蓋嘗溺於三者之中而
不知矣。逮其滅亡之餘，懲往事而興善念，於是淫亂者，有〈蝃蝀〉之刺；無
禮者，有〈相鼠〉之惡；樂善道者，又有〈干旄〉之詩。非文公之更化，何以
臻此！」（《詩傳通釋》卷三，頁 365）亦能申朱子德化詩教的本意。

另外，雖未表明是篇第結構的關係，但其釋義之法實因此之故而得者，

如〈召南・何彼襛矣〉詩首章,《集傳》云:

> 此乃武王以後之詩,不可的知其何王之世。然文王太姒之教,久而
> 不衰,亦可見矣。

明言未知其作詩之世,〈召南〉篇末《集傳》更說:「唯〈何彼襛矣〉之詩爲
不可曉,當闕所疑耳。」雖然如此,猶曰可見其受先世之教化久而未衰,何
以知其如此?蓋朱子由詩中本文及其篇第屬〈召南〉而得。清初顧炎武《日
知錄》卷三〈何彼襛矣〉條亦謂此爲美詩,言曰:「此必東周之後,其詩可以
存二〈南〉之遺音,而聖人附之於篇者也。」又云「且其下嫁之時,能猶修
周之舊典,而容色之盛,禮節之備,有可取焉。聖人安得不錄之,以示興周
道於東方之意乎?」可申朱子義也。(《日知錄集釋》卷三上冊,頁 52)足見
朱子在未知詩義之情況下,仍從德化之教申說,意圖示範於學者多方求義之
道外,更顯示他由教化觀點申論詩義之特點。

二、類推文辭旨意以求義

以〈邶・柏舟〉和〈綠衣〉詩爲例,即可見朱子求義之方,〈柏舟〉詩首
章,《集傳》云:

> 婦人不得於其夫,故以柏舟自比。言以柏爲舟、堅緻牢實,而不以
> 乘載,無所依薄,但汎然於水中而已。故其隱憂之深如此,非爲無
> 酒可以遨遊而解之也。《列女傳》以此爲婦人之詩。今考其辭氣卑順
> 柔弱、且居變風之首,而與下篇相類,豈亦莊姜之詩也歟?

「下篇」即指〈邶・綠衣〉詩,《集傳》云:

> 莊公惑於嬖妾,夫人莊姜賢而失位,故作此詩。(一章)我思古人有
> 嘗遭此而善處之者,以自屬焉,使不至於有過而已。(三章)絺綌而
> 遇寒風,猶己之過時而見棄也。故思古人之善處此者,眞能先得我
> 心之所求也。(四章)

這兩篇詩,由於朱子從「辭氣」之類比,而推言〈柏舟〉與〈綠衣〉同爲莊
姜失位之詩。〈柏舟〉詩以柏舟比婦人之堅貞,堅貞猶不得於其夫,則內心之
憂深而欲奮起飛去。既不能去之,但思古人善處之道以自屬,使己不至有過
失。如此貞婦,無怪朱子讀詩至此,要大呼「這般意思卻又分外好!」〔註12〕

〔註12〕朱子曰:「聖賢處憂患,只要不失其正,如〈綠衣〉「言我思古人,實獲我心」
　　　　這般意思卻又分外好!」,見《語類》卷八十一,〈邶柏舟〉,頁2103,錢木之錄。

朱子以爲二詩所寫之莊姜，其失位不得於莊公，應是可以怨之事，但是她雖怨卻能思古人以自屬無過，所以有中庸之德，朱子說：「如〈柏舟〉之詩，只說到『靜言思之，不能奮飛』，〈綠衣〉之詩說『我思古人，實獲我心』，此可謂『止乎禮義』。所謂『可以怨』，便是『喜怒哀樂發而皆中節』處。」（《語類》卷八十〈綱領〉，頁 2070，木之錄）〈綠衣〉以下，言〈燕燕〉詩「不失其守」、解〈日月〉詩「見棄如此而猶有望之之意焉，此詩之以爲厚」，一再申言婦人守節之義，詩教意圖至爲明顯。可見朱子致此之道，即在以文辭相類，類推詩義。其深衷不可不知。

三、申述典章制度以求義

　　朱子《集傳》經常從各種制度說明詩義，有從禮制，也有從封建制度，或從詩制，或從詩制，或從天文等等闡發，分述於下：

（一）由禮制言夫婦君臣之道

　　朱子解詩每每從制度的說明來探索詩中的眞義。如〈召南〉詩篇末，《集傳》云：

> 《儀禮》、〈鄉飲酒〉、〈鄉射〉、〈燕禮〉，皆合樂〈周南·關雎〉、〈葛覃〉、〈卷耳〉、〈召南·鵲巢〉、〈采蘩〉、〈采蘋〉。〈燕禮〉又有房中之樂。鄭氏注曰：弦歌〈周南·召南〉之詩而不用鍾磬。云房中者，后夫人之所諷誦以事其君子。

朱子以《儀禮》制度說解二〈南〉合樂的情形，以顯示二〈南〉屬正風之義，使其有助於德化理論的成立，且更富正當性。雖說「先儒以爲正風，今姑從之」，但既引禮制於此，當有以表示信其正風之說。因此而述及房中之樂的用途，並以申夫婦之道。

　　如〈小雅·鹿鳴〉詩，是從禮制之規矩述詩之義理，此詩篇末《集傳》云：

> 按《序》以此爲燕群臣嘉賓之詩，而〈燕禮〉亦云工歌〈鹿鳴〉、〈四牡〉、〈皇皇者華〉，即謂此也。〈鄉飲酒〉用樂亦然。而〈學記〉言「大學始教，宵雅肄三」，亦謂此三詩。然則又爲上下通用之樂矣。豈本爲燕群臣嘉賓而作，其後乃推而用之鄉人也歟。然於朝曰君臣焉，於燕曰賓主焉，先王以禮使臣之厚，於此見矣。

朱子此言，重點有二，一爲推言詩樂之作用沿革，一爲玩味詩之內容，以見爲

君之道。讀詩玩理可由多方求之，朱子注詩之法，或可視為其詩教之道也。蓋窮理以致其知，由知至而誠其意正其心，此詩之注即窮理之方也。《語類》卷八十一〈詩二〉曰：「嘗見古人工歌《宵雅》之三，將作重事。近嘗令孫子誦之，則見其詩果是懇至。如〈鹿鳴〉之詩，見得賓主之間相好之誠；如「德音孔昭」，「以燕樂嘉賓之心」，情意懇切，而不失義理之正。〈四牡〉之詩古注云：「無公義，非忠臣也；無私情，非孝子也。」此語甚切當。如既云「王事靡盬」，又云「不遑將母」，皆是人情少不得底，說得懇切。」（《語類》卷八十一〈詩二〉，頁2117，營錄）朱子是從詩辭本文中體味出人情懇切的意思。

（二）由禮制明詩之篇次

如〈小雅·魚麗〉詩篇末，《集傳》云：

> 按《儀禮》〈鄉飲酒〉及〈燕禮〉，前樂既畢，皆閒歌〈魚麗〉，笙〈由庚〉，歌〈南有嘉魚〉，笙〈崇丘〉，歌〈南山有臺〉，笙〈由儀〉。閒，代也。言一歌一吹也。然則此六者，蓋一時之詩，而皆為燕饗賓客上下通用之樂。毛公分〈魚麗〉以足前什，而說者不察，遂分〈魚麗〉以上為文武詩，〈嘉魚〉以下為成王詩，其失甚矣。

朱子依《儀禮》之制來改動篇次，將〈南陔〉置〈鹿鳴〉之什末尾。〈白華〉、〈華黍〉置〈魚麗〉之前，而〈魚麗〉之後置〈由庚〉，〈南有嘉魚〉之後置〈崇丘〉，〈南山有臺〉之後置〈由儀〉，以〈白華〉之什攝之。一改毛詩之次。毛詩以〈南陔〉、〈白華〉、〈華黍〉置〈魚麗〉之後，皆歸〈鹿鳴〉之什；以〈由庚〉、〈崇丘〉、〈由儀〉置〈南山有臺〉之後，屬〈南有嘉魚〉之什。毛《傳》謂此六篇乃「遭戰國及秦之世而亡之，其義則與眾篇之義合編，故存。」，而朱子卻以為六篇本皆笙詩而無辭，其於〈華黍〉篇名注引〈鄉飲酒禮〉「鼓瑟而歌〈鹿鳴〉〈四牡〉〈皇皇者華〉，然後笙入堂下，磬南北面立，樂〈南陔〉、〈白華〉、〈華黍〉。」又引〈燕禮〉「鼓瑟歌〈鹿鳴〉〈四牡〉〈皇華〉，後笙入立于縣中，奏〈南陔〉、〈白華〉、〈華黍〉。」而曰：「〈南陔〉以下，今無以考其名篇之義。然曰笙、曰樂、曰奏、而不言歌，則有聲而無詞明矣。所以知其篇第在此者，意古經篇題之下必有譜焉，如投壺魯薛鼓之節而亡之耳。」這樣的改動，可以顯示朱子不守舊說的精神，而且是據《儀禮》而改，使其言而有據，新的篇次得以確立。這也是朱子在解詩上一個極好的示範，使批評朱子憑臆測解詩的人，給予無言的教訓。

（三）由封建制度明君臣之道

對於單篇詩義的探索，朱子亦嘗從制度上申說，如〈王·揚之水〉詩，朱子從君王與諸侯雙方制度之衰微申言詩義，詩之篇末《集傳》云：

> 申侯與犬戎攻宗周而弒幽王，則申侯者，王法必誅，不赦之賊，而平王與其臣庶不共戴天之讎也。今平王知有母而不知有父，知其立己爲有德，而不知其弒父爲可怨，至使復讎討賊之師，反爲報施酬恩之舉，則其忘親逆理，而得罪於天已甚矣。又況先王之制，諸侯有故，則方伯連帥以諸侯之師討之。王室有故，則方伯連帥以諸侯之師救之。天子鄉遂之民，供貢賦，衛王室而已。今平王不能行其威令於天下，無以保其母家，乃勞天子之民，遠爲諸侯戍守，故周人之戍申者，又以非其職而怨思焉。則其衰懦微弱而得罪於民，又可見矣。嗚呼，詩亡而後春秋作，其不以此也哉。

此文顯示讀詩之法，其要有三：一爲由歷史事實之引述爲基礎；二爲配合倫理綱常之對照；三爲由先王之制度明其所以之原委。終以三者綜論其得失。乃謂「嗚呼，詩亡而後春秋作，其不以此也哉。」朱子解詩窮理如此，詩教之義昭然若揭矣。程子從天子出兵的立場說：「諸侯有患，天子命保衛之，亦宜也。平王獨思其母家耳，非有王者保天下之心也，人怨宜也。況天子當使方伯鄰國保助之。」（《二程集》《河南程氏經說》卷三，頁1056）李迂仲則從公私之判說：「人君之行事當以公爲先，以公存心則如〈采薇〉，詩人美之；以私存心則如〈揚之水〉刺之，其遣戍則同，而其美刺則不同也。」（《毛詩李黃集解》卷八，頁26）輔廣申其師說曰：「忘親逆理以賊人之秉彝，非法枉道以使民之勞役，此民之所以怨思也。欲其悉力致死以報其上難矣哉！所謂民至愚而神，於此可見先王之所以畏而敬之也。此正平王之詩，故曰『詩亡而後春秋作』，其不以此也哉。」（《詩童子問》卷二，頁12）張南軒則從《春秋》之義說：「胡文定云：按〈邶〉〈鄘〉而下，多春秋時詩，而謂《詩》亡然後《春秋》作，何也？自〈黍離〉降爲〈國風〉，天下無復有〈雅〉，而王者之詩亡，《春秋》作於隱公，適當雅亡之後。夫〈黍離〉所以爲〈國風〉者，平王自爲之也。平王忘讎，於是王者之跡熄而詩亡，天下貿貿焉，日趨於徇私滅理之塗，故孔子懼而作《春秋》。」（《詩傳通釋》卷四，頁387引）劉瑾則云：「以上兩節觀之，則王跡所以熄，〈雅〉所以亡，而《春秋》所以作者，皆平王忘親逆理而衰懦微弱之所致也歟！」（同前）二者皆能指出朱子釋詩的

途徑，而有春秋之義的闡明。

（四）由詩之正變言君臣之道

二〈雅〉之詩義，朱子亦從名義的考辨上申說，如〈小雅〉篇首《集傳》云：

> 雅者，正也，正樂之歌也。其篇本有大小之殊，而先儒說又各有正變
> 之別。以今考之，正〈小雅〉，燕饗之樂也；正〈大雅〉，會朝之樂，
> 受釐陳戒之辭也。故或歡欣和說，以盡群下之情，或恭敬齊莊，以發
> 先王之德，詞氣不同，音節亦異，多周公制作時所定也。及其變也，
> 則事未必同，而各以其聲附之。其次序時世，則有不可考者矣。

此說明〈雅〉詩之制，言其音樂、詞氣，以辨明詩的形式所表示的義意，所
述皆君臣之事，然則詩教存乎其中矣。

（五）從天文現象申綱常之盛衰

另有從自然界之變化比類推言詩義者，如〈小雅・十月之交〉詩首章，《集
傳》云：

> 王者修德行政，用賢去姦，能使陽盛足以勝陰，陰衰不能侵陽。則
> 日月之行，雖或當食，而月常避日，故其遲速高下，必有參差而不
> 正相合、不正相對者，所以當食而不食也。若國無政，不用善，使
> 臣子背君父、妾婦乘其夫、小人陵君子、夷狄侵中國，則陰盛陽微，
> 當食必食。雖日行有常度，而實為非常之變矣。

朱子這段注解是用天文變化，申言「修德行政，用賢去姦」之常與「國無政、
不用善」之變。以陰陽之盛衰，比言君臣、父子、夫婦三綱之常變及夷夏之
強弱。《集傳》本章亦引蘇氏之言曰：「彼月則宜有時而虧矣，此日不宜虧而
今亦虧，是亂亡之兆也。」謝疊山亦曾曰：「陰盛陽微而日為之食，幽王之時，
臣欺君、妾惑主、小人陵君子、犬戎侵中國，陰道長、陽道消，人事所感，
天象示之，此日所以微也。」（《詩傳通釋》卷十一，頁 553 引）蘇、謝二氏
皆以日月之盛衰說明亂亡之兆象，而謝氏以陰陽盛衰之變化使人事有所感、
天象有所示，但是朱子更以王者之修德行政足使陰陽產生變化，用賢去惡則
陽盛，陽盛則當食不食；反之則陰盛而當食必食。這是從以人為主導變化的
立場說明天象之變化，是以理學思想為基礎的論述，在這裡，朱子以詩為教
的用意非常明顯，其勸善修德以治國的主張，藉日月運行自然產生日食的天

文現象，說明陰陽盛衰的結果。這種用心的確非常特殊，更顯出朱子念慮之間對君王治國修德用善的期待。

四、從溫柔敦厚立場釋義

由於朱子對《詩經》的解讀常常著眼於詩教的用心，所以在說解本文義理之時，喜歡站在溫柔敦厚的詩教立場上進行闡釋，他曾說：

> 《詩》雖或主於諷諫，然其識是人也，亦必優游含蓄，微示所以譏
> 之之意，然後其人有以覺悟而懲創焉。若但探其隱匿而播揚之，既
> 無陳善閉邪之方，又無懇切諷諭之誠，則正恐未能有益於其人，而
> 吾之言固已墮於媟慢刻薄之流，而先得罪於名教矣。夫子亦何取乎
> 爾哉。（《四書或問》卷七《論語・爲政》，頁318）

他認爲《詩》中必有「陳善閉邪之方」、「懇切諷諭之誠」，否則夫子整理《詩經》之時定將之刪去不用。所以他說：「溫柔敦厚，詩之教也，使篇篇皆是譏刺人，安得溫柔敦厚？」（《語類》卷八十〈綱領〉，頁2065，璘錄）基於這樣的信念，朱子才會認定「學詩，則心氣平而事理明。」（《四書或問》卷二十一《論語・季氏》，頁487）的效果。

（一）詩具忠厚之義

朱子秉持傳統「溫柔敦厚」的詩教原則，進行詮釋的工作時，字裡行間便時時透露教學的企圖，如〈邶・日月〉詩首章，《集傳》云：

> 莊姜不見答於莊公，故呼日月而訴之。言日月之照臨下土久矣，今
> 乃有如是之人，而不以古道相處，是其心志回惑，亦何能有定哉，
> 而何爲其獨不我顧也。見棄如此，而猶有望之之意焉。此詩之所以
> 爲厚也。

這是探求詩義的示範，其讀詩之法蓋如此。本詩朱子以莊姜不怨，所以認爲是詩的忠厚表現，其推求義理之深由此可知也。

〈小雅・皇皇者華〉詩首章，《集傳》也云：

> 先王之遣使臣也，美其行道之勤，而述其心之所懷曰：彼煌煌之華，
> 則于彼原隰矣，此駪駪然之征夫，則其所懷思，常若有所不及矣。
> 蓋亦因以爲戒，然其詞之婉而不迫如此，詩之忠厚，亦可見矣。

輔廣申曰：「以爲戒者，即穆子所謂君教使臣之意，夫欲以爲教戒，而不遂直

言之，乃設言（其）使臣之情自如此，所謂婉而不迫也。」（《詩童子問》卷四）朱子讀詩之精熟如此，體味之深切，實讀詩之最佳示範。由〈四牡〉之詩君使臣代言其情，以感其心，至〈皇皇者華〉詩設言使臣奔走之勤而猶恐不及，皆爲君之道也，〈皇〉詩本可直言爲臣之道，以爲君命之意，然詩人下筆設言，轉而由臣之惶恐赴命出之，以暗示君之命意初衷如此，以此戒臣之當黽力從公，其委婉曲折以陳大道之用心，固爲君上之道也，然亦可見詩人作詩之厚道，詩之溫柔敦厚如此，其性情之正，讀者當可體玩省察，以之爲正心誠意之工夫。

此外，朱子雖未直言該詩溫厚之意，但由其說辭亦可明白其意指者，如〈大雅·文王〉詩五章「厥作祼將，常服黼冔。王之藎臣，無念爾祖」，《集傳》云：

> 蓋先代之後，統承先王，修其禮物，作賓于王家，時王不敢變焉。
> 而亦所以爲戒也。……殷之士助祭於周京而服商之服也。於是呼王
> 之藎臣而告之曰：得無念爾祖文王之德乎？蓋以戒王而不敢斥言，
> 猶所謂敢告僕夫云爾。

「戒王而不敢斥言」故知此詩亦忠厚也。蔡九峰曰：「修其先王典禮文物不使廢壞，以備一王之法也。賓，以客禮遇之也。」熊去非也說：「此見周家忠厚之至。一代之興，雖改正朔、易服色，以示作新之政。然考之詩書，則一代之禮樂固未嘗廢也。」嚴粲也曰：「不以文王爲念，則將墜厥緒，周之孫子臣士又將服周之服而助祭於他人之廟矣。此章述殷士祼將之事以爲戒也。」（《詩緝》卷二五）左傳襄公四年注也有「告僕夫，不敢斥尊也。」之說，劉瑾曰：「呼藎臣、告僕夫，其皆因卑達尊之義乎？」可見這種溫厚的表現，即是倫常精神的發揮。

（二）詩人心存忠厚

如〈小雅·我行其野〉詩末章，《集傳》云：

> 言爾之不思舊姻而求新匹也，雖實不以彼之富而厭我之貧，亦祇以
> 其新而異於故耳。此見詩人責人忠厚之意。

朱子由詩之詞婉而思詩人秉性之忠厚，其感發有以興起者，或自省以趨忠厚，或若欲樹楷模以教，使人師之。輔廣申明師說云：「常人之情有不得已來依親舊而不見收恤，則怨怒形於色辭，苟責痛詆無所不至。而此詩但言爾不我畜則復我邦家而已，至其末章則又原其情實而歸之忠厚焉，此情性之正，而詩之所謂可以怨者，於此可見矣。」（《詩童子問》卷四）另外，〈小雅·北山〉

詩二章「溥天之下，莫非王土。率土之濱，莫非王臣。大夫不均，我從事獨賢。」《集傳》云：

> 言土之廣，臣之眾，而王不均平，使我從事獨勞也。不斥王而曰大
> 夫，不言獨勞，而曰獨賢，詩人之忠厚如此。

饒氏曰：「無才者多逸，有才者多勞，以其能任事故也。言凡爲王臣者皆當任
王事，何獨使我爲賢而勞之乎？」謝疊山亦曰：「自古君子常任其勞，小人常
處其逸。君子常任其憂，小人常享其樂。雖曰役使不均，我獨賢勞，然君子
本心亦不願逸樂也。」（《詩傳通釋》卷十三，頁 583 引）君子雖不願逸樂，
但也不要獨勞，其中有怨意存焉，而詩人不直接責怪於王，朱子說這是忠厚
的表現。〈陳·株林〉詩首章，《集傳》云：

> 靈公於夏徵舒之母，朝夕而往夏氏之邑，故其民相與語曰：君胡爲
> 乎株林乎？曰：從夏南耳。然則非適株林也，特以從夏南故耳。蓋
> 淫乎夏姬，不可言也，故以從其子言之，詩人之忠厚如此。

此解亦由詩辭之不直言其淫行，而有以探知詩人之忠厚。

　　對於詩人之用心，朱子常以客觀立場去體會，如〈豳·狼跋〉詩首章，《集
傳》云：

> 周公雖遭疑謗，然所以處之不失其常，故詩人美之。言狼跋其胡，
> 則疐其尾矣。公遭流言之變，而其安肆自得乃如此，蓋其道隆德盛、
> 而安土樂天有不足言者，所以遭大變而不失其常也。夫公之被毀，
> 以管蔡之流言也。而詩人以爲此非四國之所爲，乃公自讓其大美而
> 不居耳。蓋不使讒邪之口得以加乎公之忠聖，此可見其愛公之深、
> 敬公之至，而其立言亦有法矣。

朱子以〈狼跋〉之行申周公之德，以其道德隆盛處變行常，言其明明德之止
於至善，又言詩人能以愛敬言之，以示作詩讀詩之法，其教不亦多方也。《語
類》云「問：『公孫碩膚』，注以爲此乃詩人之意，……看來詩人此意，也回
互委曲，卻大傷巧得來不好。曰：自是作詩之體當如此，詩人只得如此說。
如春秋『公孫于齊』，不成說昭公出奔，聖人也只得如此書，自是體當如此。」
所以嚴粲亦言曰：「詩人以赤烏儿儿見周公之聖，其善觀聖人矣。」（《詩緝》
卷一六）朱、嚴二氏皆以聖人入詩而看出詩人寫詩的特點。

（三）辭意懇切有味

　　讀詩當詳玩詩中言外之情意，如〈大雅·行葦〉詩首章，《集傳》云：

疑此祭畢而燕父兄耆老之詩。故言敦彼行葦，而牛羊勿踐履，則方
苞方體，而葉泥泥矣。戚戚兄弟而莫遠具爾，則或肆之筵，而或授
之几矣。此方言其開燕設席之初，而懇勤篤厚之意，藹然已見於言
語之外矣。讀者詳之。

此言朱子提示讀者深味詩裡宗族之間篤厚之情。呂祖謙曰：「敦彼行葦，方苞方
體，維葉泥泥，其可使牛羊踐履之乎？戚戚兄弟，其可疏遠而不親近之乎？忠
厚之意藹然，蓋見於言語之外矣。下章之燕樂皆所以樂乎此也。毛氏以戚戚為
內相親，唯體之深者為能有識之。」又曰：「學者讀此詩，當深挹順弟和樂之風，
以自陶冶。若一一拘牽禮文，則其味薄矣。」（《呂氏家塾讀詩記》卷二十六，
頁 1801）朱子提醒讀者詳之之意，或如呂氏之言。輔廣申曰：「兄弟親戚恩意
本厚，其所以至薄者，只緣相遠而相疏故耳。若常使相近相見，情意浹洽，則
相親相敬相與燕樂，其於肆筵授几之事，自然有不容已者矣。此為首章，一篇
之意皆具於此，最當玩味。」（《詩童子問》卷六）這種細推詩義的方式，《集傳》
中經常出現，如〈大雅・文王有聲〉詩篇末，《集傳》云：

此詩以武功稱文王，至於武王則言「皇王維辟」「無思不服」而已。
蓋文王既造其始，則武王續而終之，無難也。又以見文王之文，非
不足於武，而武王之有天下，非以力取之也。

這是朱子仔細體味詩中文義而得之見解，看出詩人對文王之有天下亦有武
功，而武王能繼之者亦有文德之意，讀詩諷誦以玩其義理者如此，始能得其
詩人本旨，朱子教人讀詩之道，所得蓋在於此。

因此，當舊說有違背溫厚的倫常之義時，朱子就直接加以辨駁，甚至加
以改定，如〈小雅・小宛〉詩篇末，《集傳》云：

此詩之詞最為明白，而意極懇至。說者必欲為刺王之言，故其說穿
鑿破碎，無理尤甚。今悉改定，讀者詳之。

本詩毛《序》云：「大夫刺幽王也。」毛《傳》曰：「亦當為刺厲王。」輔廣
說：「兄弟相戒以免禍，而上念其父母，下慮及其子，則其意可謂懇至矣。」
（《詩童子問》卷五）《語類》載曰：「今人看文字，敏底一揭開板便曉，但於
意味卻不曾得。便只管看時，也只是恁地。但百遍自是強五十遍時，二百遍
自是強一百遍時。『題彼脊令，載飛載鳴，我日斯邁，而月斯征。夙興夜寐，
無忝爾所生！』，這箇看時，也只是恁地，但裡面意思卻有說不得底。解不得
底意思，卻在說不得地意思裡面。」（卷八十詩一〈論讀詩〉，頁 2087，義剛

錄）朱子以此詩意極懇至，未有刺意，要讀者詳細玩味。

（四）存懲戒以解淫詩

〈衛‧氓〉詩五章，《集傳》云：

> 蓋淫奔從人，不爲兄弟所齒，故其見棄而歸，亦不爲兄弟所恤，理
> 固有必然者，亦何所歸咎哉，但自痛悼而已。

本詩朱子以淫詩目之，淫奔者爲人所不齒，其人無所歸咎而只有痛悼自省，
這是朱子解詩之重要方式。他對讀淫詩之態度，認爲當懲創自警，所以見詩
中有自悼之言，乃以之申言悔意，以便讀者亦有以警誡也。輔廣說：「〈谷風〉
與〈氓〉二詩皆怨。然〈谷風〉雖怨而責之，其辭直，蓋其初以正也。〈氓〉
之詩則怨而悔之耳，其辭隱，蓋其初之不正也。」（《詩童子問》卷二）輔氏
所謂「初之不正」，當是指朱子所言「淫奔從人」。劉執中曰：「夫婦者五品之
本，匹配雖自於人謀，義理實根于天地。順其道者足以安于其位，逆其理者
無以保于其生。蓋肇有人倫以來，未有違理犯義終其身而弗悔者，此氓詩之
所由作也。」（同前）申說人倫綱常之不可犯，而淫奔之過乃是違理犯義之舉。
淫則不正而必然悔之，輔氏與劉氏由此立論，有以補朱子之言。

五、以理學觀點深求詩義

〈小雅‧鶴鳴〉詩首章，《集傳》云：

> 此詩之作，不可知其所由，然必陳善納誨之詞也。蓋鶴鳴于九皋，
> 而聲聞于野，言誠之不可揜也。魚潛在淵，而或在于渚，言理之無
> 定在也。園有樹檀，而其下維蘀，言愛當知其惡也。他山之石，而
> 可以爲錯，言憎當知其善也。由是四者引而伸之，觸類而長之，天
> 下之理其庶幾乎。

不知詩之作意，還說必爲陳善納誨之詞，朱子所以敢如此肯定，乃是基於「溫
柔敦厚」的詩教主張，朱子曾說：「〈鶴鳴〉做得巧，含蓄意思全不發露。」（《詩
傳通釋》卷十，頁533引）輔廣曰：「所以風王力去私欲之蔽也。夫必能去私
欲之蔽，然後可以明善而誠身，此其序則由大以至小也。」（《詩童子問》卷
四）朱善也說：「知誠之不可揜，則知念慮方萌而鬼神已知，形跡欲掩而肺肝
已見，所以不可無誠身之功也。知理之無定在，則知事有精粗而理無精粗，
事有大小而理無大小，所以不可無明善之功也。知愛當知其惡，憎當知其善，

則知親愛賤惡之不可以或偏，哀矜敖惰之不可自恣，所以於應接之間尤不可不去其私欲之蔽也。能是數者，則知行並進，而明誠兩立；好惡不偏，而人已兼盡。其於治天下不難矣。此所以爲陳善納誨之辭也歟！」（《詩解頤》卷二，頁 15～16）朱氏之言從理學出入，用以申朱子《集傳》之意，頗爲浹洽。看來朱子「溫柔敦厚」的詩教立場，在理學義理的發明上，十分有利。二者的結合，便是朱子詩教理論的精華，也是朱子詩教體系的骨架。此說詳見第六章「朱子詩教思想之體系」。

（一）天人一理

對於理的掌握，他篇亦有觸及，如〈小雅・節南山〉詩五章，《集傳》云：

> 言昊天不均，而降此窮極之亂。昊天不順，而降此乖戾之變。然所以靖之者，亦在夫人而已。君子無所苟而用其至，則必躬必親，而民之亂心息矣。君子無所偏而平其心，則式夷式已，而民之惡怒遠矣。傷王與尹氏之不能也。夫爲政不平以召禍亂者，人也。而詩人以爲天實爲之者，蓋無所歸咎而歸之天也。抑有以見君臣隱諱之義焉，有以見天人合一之理焉。後皆放此。

朱子之意以爲雖天降災禍，而當政者應平息民怒，然今者不能如此，則詩人責之於天而不指其君，蓋以示君臣之義在焉，人之所行合於天理則無禍，故曰天人合一。此朱子所示讀詩探求義理之法。輔廣推崇師說曰：「初言天而後止言人者，天人一理，人心悅則天意解矣。先生發明『有以見君臣隱諱之義，有以見天人合一之理』之說，先儒所不及，施之變雅刺詩皆可通也。」（《詩童子問》卷四）朱善曰：「大抵人事之有得失、氣化之有盛衰，此皆治亂之所由，惟君子爲能以人合天，不諉於天；以義制命，不諉於命。則可以轉禍而爲福，轉災而爲祥，轉凶而爲吉，轉亂而爲治。天也，有人焉，君子不純以爲天也，使王能平其心以任尹氏，尹氏能平其心以用在朝之君子，而不以小人間之，則豈至於危亡而不可救哉，故善爲國者亦反求諸己而已矣。」（《詩解頤》卷二，頁 15～16）輔廣所言「天人一理」「人心悅則天意解」之意，猶未能徹底表示「人」在其間的義意，而朱善的解說反而較能表現人合於天而不諉於天的自主性，由於人具有自主性，所以歸結到在位者應反求諸己，這當是朱子闡釋本詩時的根本義意。這種探求詩理的表現正是朱子詩教思想的重要特色。

對於「天人一理」的探討，朱子嘗有以「與天同德」的方式解說者，如〈大雅・文王〉詩七章，《集傳》云：

> 子思子曰：「『維天之命，於穆不已』。蓋曰：天之所以為天也。『於
> 乎不顯，文王之德之純。』蓋曰：文王之所以為文也，純亦不已。」
> 夫知天之所以為天，又知文王之所以為文，則夫與天同德者，可得
> 而言矣。是詩首言文王在上，於昭於天，文王陟降，在帝左右，而
> 終之以此，其旨深矣。

文王修德精純而不已，其最終可達之善境，即是與天同德。此是朱子理學理
一分殊的思想，朱子所謂的天人合一之意，即基於這種思想。

（二）以敬修德

〈大雅·文王〉詩篇末，《集傳》云：

> 其於天人之際、興亡之理，丁寧反覆，至深切矣。故立之樂官，而
> 因以為天子諸侯朝會之樂，蓋將以戒乎後世之君臣，而又以昭先王
> 之德於天下也。《國語》以為兩君相見之樂，特舉其一端而言耳。然
> 此詩之首章言文王之昭於天，而不言其所以昭。次章言其令聞不已，
> 而不言其所以聞，至於四章。然後所以昭明而不已者乃可得而見焉，
> 然亦多詠歎之言。而語其所以為德之實，則不越乎敬之一字而已。
> 然則後章所謂修厥德而儀刑之者，豈可以他求哉，亦勉於此而已矣。

朱子七章所謂「其旨深矣」，即題末所申之言。此注主旨有三：一為文王修德
不已而與天同德；一為文王成德之因蓋在乎敬；一為勉後王法文王之敬以修
其德。此「敬」的義蘊在於朱子於《中庸》二六章所注「引此以明至誠無息
之意」，《中庸》所引之詩即〈周頌·維天之命〉篇：「維天之命，於穆不已。
於乎不顯，文王之德之純。」綜合觀之，朱子在此〈大雅·文王〉之詩「儀
刑文王，萬邦作孚」之注，引《中庸》子思子之言，而子思子之言乃出自《中
庸》二六章，朱子在二六章所注「至誠無息」之意，當即〈大雅·文王〉詩
所謂「儀刑」之對象。如此說來，「敬」是儀刑之功夫，而「至誠無息」是儀
刑之內涵精神。由此可知朱子詩教思想與朱子解《中庸》之思想二者當可相
互參照，以求融通。劉瑾曰：「天高在上，而文王之神亦在上，帝為天之主宰，
而文王之神則升降乎帝之左右，是天帝所在即文王所在也。何以知文王之能
然哉？以其與天同德而已。天之德於穆不已，所以為天；文王之德純亦不已，
所以為文。於穆不已者天之誠也；純亦不已者文王之誠也。是文王之德即天
之德，儀刑文王即儀刑於天也，天與文王一而已矣。」（《詩傳通釋》卷十六，
頁 630）弟子輔廣說：「天人之際指文王與天而言也。反覆丁寧言七章相粘綴

而說不一而足也。周公作此本以戒成王，立之樂官而因以爲天子諸侯朝會之樂，則又將以戒乎後世之君臣也。」（《詩童子問》卷六）劉瑾復申之云：「周公既以文王之德播之聲詩以戒成王矣，而復協之音律，以爲朝會通用之樂，則又以告成王者，告諸天下後世焉，其意遠矣哉。」（《詩傳通釋》卷十六，頁631）文王有「敬」德，又達「至誠無息」之境，而周公欲以之告諸後世，朱子或有意效法周公之行，以此申其詩教思想。

（三）中庸大學之義

〈周頌・烈文〉詩「無競維人，方其訓之。不顯維德，百辟其刑之。於乎！前王不忘。」《集傳》云：

> 言莫強於人、莫顯於德，先王之德所以人不能忘者，用此道也。此戒飭而勸勉之也。《中庸》引「不顯惟德，百辟其刑之」，而曰：「故君子篤恭而天下平」。《大學》引「於乎！前王不忘」，而曰：「君子賢其賢而親其親，小人樂其樂而利其利，此以沒世不忘也。」

《中庸》三十三章引〈烈文〉詩後，朱子注曰：「此借引以爲幽深玄遠之意。承上文言天子有不顯之德而諸侯法之，則其德愈深而效愈遠矣。」（《四書集註》《中庸》，頁30）《四書集註》《大學》三章引〈烈文〉此詩後，朱子注曰：「此言前王所以新民者，止於至善，能使天下後世無一物不得其所，所以既沒世而人思慕之，愈久而不忘也。」（《四書集註・大學章句》，頁5）《四書或問》云：「賢其賢者，聞而知之，仰其德業之盛也。親其親者，子孫保之，思其覆育之恩也。樂其樂者，含哺鼓腹而安其樂也。利其利者，耕田鑿井而享其利也。此皆先王盛德至善之餘澤，故雖已沒世而人猶思之，愈久而不能忘也。」，又云：「此引〈烈文〉，以新民之得所止言之，而著明明德之效也。」（卷二，頁229）朱子以《中庸》所申之德深效遠，與《大學》所言之盛德至善愈久不忘，兩義以說明詩人作此詩戒飭勸勉之意。這是朱子以《大學》《中庸》爲其詩教思想體系的重要而明顯的範例。

六、以知人論世之法求義

（一）論人物

〈大雅・瞻卬〉詩三章，《集傳》云：

> 蓋其言雖多，而非有教誨之益者，是惟婦人與奄人耳，豈可近哉！

　　　上文但言婦人之禍，末句兼以奄人爲言，蓋二者常相倚而爲姦，不
　　　可不并以爲戒也。歐陽公常言宦者之禍甚於女寵，其言尤爲深切，
　　　有國家者可不戒哉！

這段文字看得出朱子對時君的直接建言，毫無保留。歐陽修言曰：「女，色而
已。宦者之害非一端也。女色之惑，不幸而不悟，則禍斯及矣，使其一悟，
猝而去之可也。宦者之爲禍，雖欲悔悟而勢有不得而去也。唐昭宗之事是矣。」
（《詩傳通釋》卷十八，頁725引）朱子舉歐氏此言，可見他對小人壞政的憂
慮，更甚於婦人誤國。孔氏言曰：「奄人，防守門閽、親近人主，庸君以其少
小慣習，朝夕給使顧訪，無猜憚之心，恩狎有可悅之色，且其人久處宮掖，
頗曉舊章，探知主意，或乃色和貌厚、挾術懷奸；或乃捷對敏才、飾巧亂實。
遂能迷罔視聽，愚主信而任之，國之滅亡多由此作。」（同前）本詩第三章「亂，
匪降自天，生自婦人。匪教匪誨，時維婦寺。」毛《傳》：「寺，近也。」鄭
《箋》：「今王之有此亂政，非從天而下，但從婦人出耳，又非有人教王爲亂，
簒王爲惡者，是維近愛婦人，用其言故也。」朱子《集傳》則云：「寺，奄人
也。」與毛鄭所釋相異，《周禮・天官》鄭注：「奄，精氣閉藏者，今謂之宦
人。」朱子特別釋爲「奄人」，又言「有國家者可不戒哉」，其注詩用意偏於
教化，由此可知。而警醒當世以說教之意至明，又不直言人主，可見忠厚也。
　　朱子亦常評論歷史人物之功過，以示讀者。如〈秦・黃鳥〉詩篇末《集
傳》引《春秋傳》批評秦穆公死後以三良陪葬之言後，按曰：

　　　穆公於此，其罪不可逃矣。但或以爲穆公遺命如此，而三子自殺以
　　　從之，則三子亦不得爲無罪。今觀臨穴惴慄之言，則是康公從父之
　　　亂命，迫而納之於壙，其罪有所歸矣。又按《史記》，秦武公卒，初
　　　以人從死，死者六十六人。至穆公遂用百七十七人，而三良與焉。
　　　蓋其初特出於戎翟之俗，而無明王賢伯以討其罪，於是習以爲常，
　　　則雖以穆公之賢而不免。論其事者，亦徒閔三良之不幸，而歎秦之
　　　衰。至於王政不綱、諸侯擅命、殺人不忌至於如此，則莫知其爲非
　　　也。嗚呼！俗之敝也久矣。其後始皇之葬，後宮皆令從死，工匠生
　　　閉墓中，尚何怪哉！

朱子此段文字甚長，其論之如此不憚辭費者，蓋讀詩至此深有所感而不得不
發者。對於三良從死，認爲秦穆公與康公皆有罪也，但是歷史上評論此事未
能切中要害，他說「論其事者，亦徒閔三良之不幸，而歎秦之衰」，當是指《春

秋傳》而言。〔註13〕朱子則指出此歷史之癥結乃在於周王朝之衰敗，無法指揮諸侯，以制其不仁。敝俗所以久行未廢，以致從死者眾，其非即在於此。朱子所論非僅知人而已，更由此而及於論世之是非。讀詩有感而不得不發者，當如此也，朱子所強調的讀詩之滋味，蓋指此而言。

其次，為達成養心的目的，朱子解詩求義莫不時時提示學者玩味詩義，體玩詩中人物之心，更深探詩人之心，如〈豳‧破斧〉詩首章，《集傳》云：

> 今觀此詩，固足以見周公之心大公至正，天下信其無有一豪自愛之私。抑又有以見當是之時，雖披堅執銳之人，亦皆能以周公之心為心，而不自為一身一家之計，蓋亦莫非聖人之徒也。學者於此熟玩而有得焉，則其心正大，而天地之情真可見矣。

《集傳》引「范氏曰：象日以殺舜為事，舜為天子也，則封之；管蔡啟商以叛，周公之為相也，則誅之。跡雖不同其道則一也。蓋象之禍及舜而已，故舜封之。管蔡流言將危周公以間王室，得罪於天下，故周公誅之，非周公誅之，天下之所共誅也。周公豈得而私之哉？」范祖禹之言，可以說明周公正大之心，黃直卿說：「詩人洞見聖人之情，以為破斧缺斨者，蓋欲誅管蔡而正四國也。《集傳》曰：『學者於此熟玩而有得焉。則其心正大而天地之情真可見矣。』今人須是存得箇正大之心，不然則是邪小底人，焉得謂之大丈夫。」黃氏因此勉人存正大之心。游氏則辨舜與周公之事皆為天理人倫之至，曰：「象之志不過富貴而已，故舜得以是而全之；周公愛兄宜無不盡者，管叔之事，聖人之不幸也。封之誅之，此天理人倫之至，其用心一也。」（《詩傳通釋》卷八，頁 480～481 引）弟子輔廣也說：「舜與周公皆處聖人之不幸，使其易地而處，則皆然也。此乃是以天理處人倫之極至處。」（《詩童子問》卷三）明儒朱善說「：戮一人而天下服，則向之不正者，復反於正矣。蓋其匡四國即所以哀我人，匡四國者，以其功言也；哀我人者，以其心言也。惟其心即天地生物之心，故其功即天地成物之功也。是詩雖作於軍士，然亦可謂知聖人者矣。」（《詩解頤》卷一，頁 44）秉天理以處人倫，即是以天地之心正天下，來發揮天地之情。讀詩便是要如此慎思明辨，求其正大之心以自勵，才

〔註13〕 《集傳》解〈黃鳥〉詩篇末引《春秋傳》之文云：「君子曰：秦穆之不為盟主也宜哉，死而棄民。先王違世，猶遺之法，而況奪之善人乎！今縱無法以遺後嗣，而又收其良以死，難以在上矣。君子是以知秦之不復東征也。」其所論及者，即是朱子所稱之閔三良而歎秦衰。

能收養心之功，達成學詩之本。

（二）觀世變

朱子解詩多方，亦有從風俗論之者，如〈唐・蟋蟀〉詩，《集傳》云：

> 唐俗勤儉，故其民間終歲勞苦，不敢少休。及其歲晚務閒之時，乃
> 敢相與燕飲為樂。而言今蟋蟀在堂，而歲忽已晚矣，當此之時而不
> 為樂，則日月將舍我而去矣。然其憂深而思遠也。故方燕樂而又遽
> 相戒曰：今雖不可以不為樂，然不已過於樂乎。蓋亦顧念其職之所
> 居者，使其雖好樂而無荒，若彼良士之長慮卻顧焉，則可以不至於
> 危亡也。蓋其民俗之厚，而前聖遺風之遠如此。（首章）樂而有節，
> 不至於淫，所以安也。（三章）

此言從風俗一端論之，亦讀詩之法。且讀詩之法，可以聯結前後觀之，以推
其詩義，下篇為「山有樞」，《集傳》曰：「此詩蓋以答前篇之意而解其憂。故
言山則有樞矣，隰則有榆矣，子有衣裳車馬而不服不乘，則一旦宛然以死，
而他人取之以為己樂矣。蓋言不可以不及時為樂，然其憂愈深而意愈蹙矣。」
劉瑾申云：「自堯而至於周蓋千餘年矣，而其風化流傳固結於唐人之心，故其
民間質實勤儉之習、親愛和樂之恩、警戒忠告之情，備見於詩，此其俗之所
以為厚也。」（《詩傳通釋》卷六，頁 426）於〈山有樞〉首章又云：「宛其死
矣，而衣裳車馬徒為他人之樂，是其憂遠及深於身後，其意欲盡樂於生時，
則雖解前篇深遠之憂，而憂反愈深，雖答前篇為樂之意，而意則愈蹙矣。」
由詩之時空背景去解說詩義，增加解詩的廣度，可見朱子解詩不是一意從文
辭中去推敲。

朱子讀詩，時以客觀的讀者立場來看詩中世態的演變，如〈王・大車〉
詩首章，《集傳》云：

> 周衰，大夫猶有能以刑政治其私邑者，故淫奔者畏而歌之如此。然
> 其去二南之化則遠矣。此可以觀世變也。

「觀世變」乃朱子承襲前代之詩教觀，詩之功能有所謂「觀」者，此之謂也。
輔廣申曰：「漢廣之遊女端莊靜一，人見而知其不可求；野有死麕之女子貞潔自
守，人見而知其不可犯，此所以為二南之化也。豈至於有淫奔之心，待有所畏
而後不敢哉！今觀此詩，則世變之愈下可知矣。」（《詩童子問》卷二）呂東萊
曰：「蓋唯能止其奔，未能革其心，與行露之詩異矣，亦僅勝於東遷之時而已。」
（《呂氏家塾讀詩記》卷七，頁 14）以詩文探世變之跡，這是朱子詩教的另一

重點。對於詩中的遞變常有所感，如〈唐・無衣〉詩首章，《集傳》云：

> 蓋當是時，周室雖衰，典刑猶在。武公既負弒君篡國之罪，則人得
> 討之，而無以自立於天地之間，故略王請命，而爲說如此。然其倨
> 慢無禮，亦已甚矣，釐王貪其寶玩，而不思天理民彝之不可廢，是
> 以誅討不加，而爵命行焉。則王綱於是乎不振，而人紀或幾乎絕矣，
> 嗚呼痛哉！

此批判綱紀壞亂，不足爲訓者。嚴粲言：「聖人致嚴於名分之際，陳成子之事
至沐浴而請討，蓋以人倫之大變，天理所不容，人人得而討之。〈無衣〉之詩
不刪者，所以著世變之窮，傷周之衰也。」（《詩緝》卷一一）朱子以「嗚呼
痛哉」表明其讀詩內心之感受，也是讀詩活動的典型示範。由於感受深切，
所以常有批判意見陳述，如〈秦・無衣〉詩篇末，《集傳》云：

> 秦人之俗，大抵尚氣概、先勇力、忘生輕死，故其見於詩如此。然
> 本其初而論之，岐豐之地，文王用之以興二〈南〉之化，如彼其忠
> 且厚也。秦人用之，未幾而一變其俗至於如此，則已悍然有招八州
> 而朝同列之氣矣，何哉？雍州土厚水深，其民厚重質直，無鄭衛驕
> 惰浮靡之習。以善導之，則易以興起而篤於仁義；以猛驅之，則其
> 強毅果敢之資，亦足以強兵力農而成富強之業，非山東諸國所及也。
> 嗚呼！後世欲爲定都立國之計者，誠不可不監乎此。而凡爲國者，
> 其於導民之路，尤不可以不審其所之也。

此言當設身處地明之，當時朱子主戰，批判議和，此註頗有警醒當道，而欲
振人心於積弱，圖強兵力於委靡。其意以爲前鑒於史可徵，不必自毀長城，
但看朝廷導民於何也。讀詩窮理如此，治國之道不必他求矣。弟子輔廣申其
師說曰：「先生發秦人厚重質直之意，與夫強悍果敢之質，及周秦所以導之者
不同，而皆易於有成，先儒之所未及也。」（《詩童子問》卷三）謝疊山曰：「〈無
衣〉一詩毅然以天下大義爲己任，其心忠而誠，其氣剛而大，其詞壯而直，
吾乃知歧豐之地被文武周公之化最深，雖世降俗末，人心天理不可泯滅者，
尚異於列國也。」（《詩傳通釋》卷六，頁 446 引）明儒朱善說：「岐豐之地雖
已屬秦，然猶有先王之遺民焉，故其所以相告語者如此。然曰『王于興師』，
則非從其君之私也，誠欲其君奉王命而爲討賊復讎之舉也。惜也，周既不能
以此而令諸侯，秦復不能以此而匡王室，卒之數傳之後，討賊復讎之志既衰，
貪功謀利之心益勝，而其囂然好戰之習，非復先王之民，眞秦之民也。」（《詩

解頤》卷一，頁 36～37）謝氏以爲秦人受到王化而使天理存之人心，所以有
〈無衣〉之詩。朱善則以爲王化漸衰而人欲乃起，貪功謀利之心已失天理，
形成後來好戰之秦國。二人解詩固然落入理學範疇，此與朱子理學本就無悖，
但其知人論世的讀詩之法則更能契合朱子讀詩論詩之初衷。

第四章 「淫詩」說之詩教內涵

　　朱子對淫詩的提出與解讀，在《詩經》學史上相當具有獨特性，也別具時代性。他的淫詩說，有其理論上的基礎，他曾說：「溫柔敦厚，詩之教也，使篇篇皆是譏刺人，安得溫柔敦厚？」（《語類》卷八十〈綱領〉，頁 2065，璘錄）以此說明他解詩的主張。他之所以提出「溫柔敦厚」這樣的主張，是因為唐代以前都以男女情詩作為譏刺之用，而失去教化的精神，更失去聖人編詩的用意，所以他否定漢代以來以「美刺」論詩的傳統，以為詩本人情，詩之所以產生乃在於心有所感，而感發必有善惡，此乃人情之常，所以朱子嘗說：「詩中因情而起則有思欲」（《詩傳遺說》卷三，頁 11，徐寓錄）。其中男女情愛之詩亦為人情之詩，其相與歌詠以示情好之意，歷代皆以刺筆解之，實有違常理，因此提出「淫詩」的說法，認為這是民間男女自然表現出的情意，直接表達而不加掩飾，看不出有刺意存在。而《詩序》多從美刺角度說詩，所以朱子才曰：「《詩序》作，而觀詩者不知詩意。」（《語類》卷八十〈綱領〉，頁 2074，節錄）也因此提出廢《序》的主張。這種善惡並存的實際情形，說明了《詩經》三百篇不可能完全毫無邪淫的內容，朱子因此說：「只是思無邪一句好，不是一部詩皆思無邪。（《語類》卷八十〈綱領〉，頁 2065，振錄）如此看來，朱子一方面站在「溫柔敦厚」的立場，主張詩人不以美刺作詩，另一方面，又站在理學立場，認為內容是善惡並存的，這二方面的見解，建構了朱子淫詩說的基礎。

　　因此既然有淫詩，而且「分而言之，三百篇各是一箇思無邪，合三百篇而言，總是一箇思無邪。」（《詩傳遺說》卷三，頁 10～11，徐寓錄）〔註 1〕

〔註 1〕　朱子所謂三百篇各有一思無邪，其意在於讀詩之人可在各篇中求得一個無邪思，非指詩本身篇篇為思無邪之作。

當然，淫詩便有了存在的事實與空間。清儒顧炎武在《日知錄》卷三〈孔子刪詩〉條說：「淫奔之詩，錄之不一而止者，所以志其風之甚也。一國皆淫，而中有不變者焉，則亟錄之，〈將仲子〉畏人言也；〈女曰雞鳴〉相警以勤生也；〈出其東門〉不慕乎色也；〈衡門〉不願外也。」（上冊，頁51）顧氏以「志其風之甚」說明淫詩不少的原因，但又衛道心起，替聖人辯護，謂其盡收非淫之詩。其用心處，同於孔子「詩可以觀」的見解，自然與朱子從讀者角度論述淫詩的看法大異。

朱子淫詩之說，或取義於宋前諸儒之作，如《左傳》、毛《序》、鄭《箋》、孔《疏》等；或取義於宋初諸儒之作，如歐陽修《詩本義》、鄭樵《詩辨妄》、王質《詩總聞》、蘇轍《詩集傳》；或朱子自創新義。要之，或有所承，或有所比，或有所創，出入古今，始有淫詩說之規模，而成一家之論。

第一節　《詩集傳》中「淫詩」之內容與觀點

朱子視〈國風〉之詩為「多出於里巷歌謠之作，所謂男女相與詠歌，各言其情者也。」（〈詩集傳序〉，頁 1）是「閭巷風土男女情思之詞」（《詩傳遺說》卷三，頁 6）。其中男女情思而語意不莊之篇，朱子皆以淫者自道之辭視之。據此，元人馬端臨《文獻通考》卷一七八〈經籍五‧詩序〉列舉二十四篇朱子所謂淫詩，其中〈出其東門〉為惡淫奔者之詞，非朱子所稱之淫詩，故計二十三篇，含〈木瓜〉、〈有女同車〉二篇疑淫之詩在內。加上今人王春謀先生〈朱熹詩集傳淫詩說之研究〉一文所考得變風詩中朱子所定淫詩七篇，〔註2〕共計三十篇。

對於朱子判定淫詩的方法，王春謀先生分析認為有三種：一為以相鄰淫詩之次第而定，次為視篇中我、予自稱之辭而定，三為以篇中情款而定。其中以情款判定者，較為複雜，王氏以會遇迎送、饋遺結好及言詞誘挑等見諸形跡表現者朱子多定為淫詩，又存諸內心而思情過甚或衷情不莊者亦被定為淫詩。〔註3〕王氏的分析客觀上說明了朱子從形式與內容二方面去解讀淫詩的情形。就《集傳》所呈現的淫詩詮釋內容來看，淫詩所表現的主要是人情之

〔註 2〕據王氏所考，朱熹所定之淫詩尚有〈氓〉、〈有狐〉、〈大車〉、〈叔於田〉、〈東門之枌〉、〈防有鵲巢〉、〈澤陂〉七篇。見王春謀：《朱熹詩集傳淫詩說之研究》（臺北政治大學中文研究所碩士論文，民國 68 年 12 月），頁 45。

〔註 3〕同〔註2〕，詳見王著第四章，頁 67～82。

自然，包括兩情相悅、約會饋贈、戲謔調情、贊美、思念抒情、悔恨相棄等，與一般男女情感交流的過程並無特別差異，所以朱子認為這種情形當是人情之自然。

朱子以淫詩為淫人自道之辭，為「發乎情」之作，所自道者乃人情之自然。從創作的立場看，朱子以為詩的最高表現，當是自然的呈現。他在〈答蘇晉叟〉（五）一文中曾說：「示及自警詩，甚善。然頗覺有安排湊合之意。要須只就日用分明要切處，操存省察，而此意油然自生，乃佳耳。」（《朱熹集》卷五十五，頁 2814）這或許是朱子作詩理論的基本要求，意思是說，創作乃是基於修養之自發，並非安排湊合而成，應將為文的內容與生活日用合一，才能表現最佳的境界。要之，朱子視淫詩多為淫人自作者，或本於這個觀點。蓋淫詩為淫人日用情感之所自生，雖無道德而有邪思，然而其情意油然自生，當無安排造作之用心。前面引文當中謂作詩以自警，故須操存省察以生其詞，始為佳作。但是淫詩之作，非為自警，故所作乃其情感之自然而生，男女真情之流露記實耳。就創作之基礎言之，二者相通，就為文之立意言之，二者相違。然而操存者、省察者，宋代理學之工夫也，而先秦詩人為文，當非特別因日用工夫之修持而作詩。故淫詩所記者，乃自發之情，日用之行，而無關乎修持，此亦自然之理。因之，朱子目男女之詩為自然，乃有淫詩之說，是平常而合理之事。

一、「淫詩」之主要內容

由《集傳》所詮釋之內容分析，淫詩呈現的，主要有下列幾種情形：

（一）相　愛

男女之間相愛，表現互信的情形，如〈鄭‧揚之水〉詩首章，《集傳》曰：

> 淫者相謂，言揚之水則不流束楚矣，終鮮兄弟，則維予與女矣。豈可以他人離間之言而疑之哉。彼人之言特誑女耳。

《爾雅》注云：「古人皆謂婚姻為兄弟。」（《爾雅注疏》卷四，頁 19）。《禮記‧曾子問》篇《正義》曰：「夫婦有兄弟之義。」（《禮記注疏》卷十八，頁 15）因此，本詩朱子也注曰：「兄弟，婚姻之稱。」朱子之意或謂，淫者相愛不需昏姻，互勉不要相信離間之言而彼此猜疑。淫奔者本來就不受婚姻制度的約束，二者的情感是靠互信互愛維繫，所以本詩雖為淫詩，在朱子筆下仍有其

眞誠之情。

　　此外，彼此贊美，以表達情意者，如〈鄭‧有女同車〉詩，《集傳》云：

> 此疑亦淫奔之詩。言所與同車之女其美如此，而又嘆之曰：彼美色
> 之孟姜，信美矣而又都也。（首章）德音不忘，言其賢也。（二章）

輔廣釋曰：「鄭詩惟此篇爲男悅女之辭。」（首章）又曰：「所謂德音，是以日
月詩之德音類也。世衰道降，徇情肆欲，所謂美非美者多矣。」（二章）（《詩
童子問》卷二）朱子以此詩爲男子之詩，與其他淫詩爲淫女之辭不同，故謂
「疑亦淫奔之詩」。其弟子輔廣乃據此說詩之「德音」之詞爲美非美者之言。
意即雖朱子以賢釋之，非眞賢也，乃淫人相悅之辭耳。

　　淫奔之人相悅贊美之辭，朱子皆以非眞正之美善釋之，而是淫人眼中之
美善。如〈鄭‧野有蔓草〉詩，《集傳》云：

> 男女相遇於野田草露之間，故賦其所在以起興。言野有蔓草，則零
> 露溥矣，有美一人，則清揚婉矣，邂逅相遇，則得以適我願矣。（首
> 章）與子偕臧，言各得其所欲也。（二章）

二人相遇，以適其所願，且「與子偕臧」爲各得其所欲。「臧」乃「善」之義，
朱子強以「欲」言之，其意圖至爲明顯。以男女邂逅爲得其所欲，想從理欲
之辨，申明淫詩之本質。

（二）約　會

　　淫奔者約會之詩占淫詩的比例最多，朱子所釋繁簡不一，如〈鄘‧桑中〉
詩，《集傳》曰：

> 衛俗淫亂，世族在位，相竊妻妾。故此人自言將采唐於沬，而與其
> 所思之人相期會迎送如此也。（首章）樂記曰：鄭衛之音，亂世之音
> 也，比於慢矣。桑間濮上之音，亡國之音也。其政散，其民流，誣
> 上行私而不可止也。按：桑間即此篇。故〈小序〉亦用樂記之語。（篇
> 末）

《詩序》已云：「衛之宮室淫亂，男女相奔，至于世族在位，相竊妻妾，期於
幽遠。」這個說法大概是據《左傳》成公二年竊妻以逃之事而說，《集傳》亦
完全采此說法解釋，並說《序》言是取《禮記‧樂記》之文而成。〈樂記〉所
記「誣上行私而不可止」的亂亡景象，蓋爲風俗淫亂造成，本詩呈現的正是
淫人期會迎送的情節。詩中之人的心情，從連言「期我」「要我」「送我」等
語推知，應是喜悅不已。如〈鄭‧風雨〉詩，《集傳》曰：

　　　風雨晦冥，蓋淫奔之時。君子，指所期之男子也。夷，平也。淫奔
　　　之女言當此之時見其所期之人而心悅也。（首章）瘳，病愈也。言積
　　　思之病至此而愈也。（二章）

淫奔期會於風雨之時，淫女之心十分喜悅，甚至病亦不藥而癒。更有如〈王·
丘中有麻〉詩首章，《集傳》曰：

　　　婦人望其所與私者而不來，故疑丘中有麻之處，復有與之私而留之
　　　者，今安得其施施然而來乎。

本詩原來所約之人未至，但未有心傷之意，反另與他人喜悅相會，淫女不專
於情者若此。

　　看來淫奔者欣喜約會，縱不得會，亦能欣欣然另與他人私約。〈邶·靜女〉
詩亦「淫奔期會之詩」，其中也有「悅懌此女之美」之意。喜悅之情，篇篇皆
然。

（三）戲 謔

　　〈鄭·山有扶蘇〉詩首章「不見子都，乃見狂且。」《集傳》云：

　　　淫女戲其所私者曰：山則有扶蘇矣，隰則有荷華矣，今乃不見子都，
　　　而見此狂人，何哉？

朱子意指狂人、狡童皆淫女之所私者。因指其非子都子充之流，故謂乃其戲
言。戲，所以不莊，為淫女之行。又有謔其所私之人者，〈鄭·褰裳〉詩首章，
《集傳》說：

　　　淫女語其所私者曰：子惠然而思我，則將褰裳而涉溱以從子。子不
　　　我思，則豈無他人之可從，而必於子哉！狂童之狂也且，亦謔之之
　　　辭。

輔廣解說：「婦人從一而終者也。〈狡童〉〈褰裳〉之詩則其縱欲而賊理也甚矣。」
（《詩童子問》卷二）淫女必然無專一之理，故所言「豈無他人之可從」雖為
謔辭，但何嘗不是淫亂之表徵！〈鄭·溱洧〉詩首章，《集傳》曰：

　　　士女相與戲謔，且以勺藥相贈，而結恩情之厚也。此詩淫奔者自敘
　　　之辭。

淫風所行之處，但見男女戲謔，以厚其情愛之意。輔廣說：「鄭國之土地寬平，
人物繁麗，情意駘蕩，風俗淫洪。讀是詩者，可以盡得之，詩可以觀，詎不
信然。」（《詩童子問》卷二）因處處男女戲謔，知其風俗淫洪，此可以觀之
意。輔氏頗能申其師說之意。

（四）思　念

思念的主題，在一般男女戀情中至為常見，而淫詩所表現的卻十分少見，僅一二首而已，但思念情深不比常情遜色。如〈王‧采葛〉詩首章，《集傳》云：

> 采葛以為絺綌，蓋淫奔者託以行也。故因以指其人，而言思念之深未久而似久也。

輔廣釋曰：「采葛、采蕭、采艾，其說託言明矣。至於思念之情，流而不止如此，則為淫奔之辭者宜哉。」（《詩童子問》卷二）輔氏將「思念之深未久而似久」之情，視為淫奔之人所宜如此，乃理學家之言。至於所思者久不見面，則行至其住處窺其究竟，如〈鄭‧東門之墠〉詩首章，《集傳》云：

> 門之旁有墠，墠之外有阪，阪之上有草，識其所與淫者之居也。室邇人遠者，思之而未得見之詞也。

但見其室，未見其人，思念之情至切，輔廣曰：「思之切而冀其亟來就己之辭。」（《詩童子問》卷二）此與一般戀情沒有差異。

（五）背　棄

淫奔之人終將離棄，然猶不甘心，如〈鄭‧遵大路〉詩，《集傳》云：

> 淫婦為人所棄，故於其去也，摯其袪而留之曰：子無惡我而不留，故舊不可以遽絕也。宋玉賦有「遵大路兮攬子袪」之句，亦男女相悅之詞也。（首章）欲其不以己為醜而棄之也。（二章）

劉瑾曰：「宋玉登徒子好色賦曰：鄭衛溱洧之間，群女出桑，臣觀其麗者，因稱詩曰：遵大路兮攬子袪，贈以芳華，詞甚妙。注云：攬衣袖欲與同歸，折芳誦詩以贈游女也。《集傳》援此為證者，蓋宋玉去此詩之時未遠，其所引用當得詩人之本旨，彼為男語女之詞，猶此詩為女語男之詞也。」（《詩傳通釋》卷四，頁33）朱子引此之意，當是淫婦雖欲與之同歸，但終不得不離她而去。

淫詩中由愛生恨而自悔的情形亦時有所見，如〈衛‧氓〉詩，《集傳》云：

> 此淫婦為人所棄，而自敘其事以道其悔恨之意也。夫既與之謀而不遂往，又責所無以難其事，再為之約以堅其志，此其計亦狡矣。以御蚩蚩之氓，宜其有餘，而不免於見棄。蓋一失其身，人所賤惡，始雖以欲而迷，後必有時而悟，是以無往而不困耳。士君子立身一敗，而萬事瓦裂者，何以異此，可不戒哉！（首章）言桑之潤澤，以比己之容色光麗，然又念其不可恃此而從欲忘反，故遂戒鳩無食

莒，以興下句戒女無與士耽也。士猶可說，而女不可說者，婦人被
棄之後，深自愧悔之辭。主言婦人無外事，唯以貞信爲節，一失其
正，則餘無可觀爾。（三章）蓋淫奔從人，不爲兄弟所齒，故其見棄
而歸，亦不爲兄弟所恤，理固有必然者，亦何所歸咎哉。但自痛悼
而已。（五章）

《詩序》說：「宣公之時，禮義消亡，淫風大行，男女無別，遂相奔誘，華落
色衰，復相棄背，或乃困而自悔，喪其妃耦，故序其事以風焉。」《周禮》卷
十四〈媒氏〉篇賈疏引王肅之言曰：「夏小正曰：『二月冠子嫁女。』娶妻之
時。『秋以爲期』，此淫奔之詩。」可見王氏已言此爲淫奔之詩，比朱子早提
出。弟子輔廣說：「讀先生之說，令人惕然知戒，不敢有一毫自恕之意也。」
（《詩童子問》卷二），劉瑾也說：「《集傳》所謂主言者，蓋以此婦立言之意，
專主于言婦人不可一失其節，故其辭意抑揚重于女而輕于男，非謂男有可耽
之理而無所妨。玩詩文猶之一字意亦可見，讀者當不失性情之正也。」（《詩
傳通釋》卷三）朱子此詩之注解，有意藉此懲誡讀者，立身當謹言愼行。已
由淫詩之範疇跳脫出來，向讀者直接告誡，其以詩爲教之用意甚爲明顯。

二、「淫詩」之主要功能

朱子在三十篇淫詩之中，直接說明淫詩之功用者極少，僅指出二點：

（一）可以觀風俗

朱子曾說：

鄭衛之樂，皆爲淫聲。然以詩考之，衛詩三十有九，而淫奔之詩才
四之一。鄭詩二十有一，而淫奔之詩已不翅七之五。衛猶爲男悅女
之詞，而鄭皆爲女惑男之語。衛人猶多刺譏懲創之意，而鄭人幾於
蕩然無復羞愧悔悟之萌。是則鄭聲之淫，有甚於衛矣。故夫子論爲
邦，獨以鄭聲爲戒而不及衛，蓋舉重而言，固自有次第也。詩可以觀，
豈不信哉。（〈鄭〉風篇末）

朱子將鄭衛之詩從數量多寡和詩辭內容加以比較，認爲鄭詩之淫甚於衛詩。所
以兩相比較便可以觀其風俗厚薄之差異。他所觀察到的鄭風習俗，是歌詠淫泆
的詩篇數量特別多，以及內容多爲女悅男之詩，且無羞愧悔悟之意，這就是觀
詩的功能。朱子曾解釋說：「若變風，又多是淫亂之詩，故班固言男女相與歌詠

以言其傷，是也。聖人存此，亦以見上失其教，則民欲動情勝，其弊至此。故曰：詩可以觀也。」（《語類》卷八十〈綱領〉，頁 2067，大雅錄）劉瑾曰：「男女亂倫而邶鄘衛鄭之風變，君臣失道而王幽之風變，畋遊荒淫而齊國之風變，儉嗇褊急而魏國之風變，以至唐風變而憂傷，秦風變而勇武，陳風變而淫遊歌舞，檜曹之風變而亂極思治。此十三國風之大概也。然變詩雖不可以風化天下，而亦各有音節，如季札所觀是已故樂官兼掌其詩，使夫學者時習之以自省，而知所戒，蓋亦莫非所以爲教也。」（《詩傳通釋》卷一，頁 2）劉氏頗能發明朱子之意。此觀詩而知風俗之例，如〈鄭·出其東門〉，《集傳》云：

> 人見淫奔之女而作此詩。以爲此女雖美且眾，而非我思之所存，不如己之室家，雖貧且陋，而聊可自樂也。是時淫風大行，而其間乃有如此之人，亦可謂能自好而不爲習俗所移矣。

朱子以淫風大行爲當時之習俗，詩中男子不爲洵美且眾之淫奔女移其齊家之志，朱子遂謂「乃有如此之人！」這種習俗之表現，朱子以爲正是觀察當世的寶貴資料，所以三百篇中有淫詩，亦有其價值。

（二）可以觀世變

〈王·大車〉詩，《集傳》云：

> 周衰，大夫猶有能以刑政治其私邑者，故淫奔者畏而歌之如此。然其去二南之化則遠矣。此可以觀世變也。（首章）民之欲相奔者，畏其大夫，自以終身不得如其志也。故曰：生不得相奔以同室，庶幾死得合葬以同穴而已。（三章）

「觀世變」乃朱子承襲前代之詩教觀，詩之功能有所謂「觀」者，此之謂也。宋儒呂東萊謂此詩：「唯能止其奔，未能革其心，與〈行露〉之詩異矣，亦僅勝於東遷之時而已。」（《呂氏家塾讀詩記》卷七，頁 14）輔廣說：「〈漢廣〉之遊女端莊靜一，人見而知其不可求；〈野有死麕〉之女子貞潔自守，人見而知其不可犯，此所以爲二〈南〉之化也。豈至於有淫奔之心，待有所畏而後不敢哉！今觀此詩，則世變之愈下可知矣。」（《詩童子問》卷二）呂氏與輔氏皆從淫人之心觀其世變之跡，二〈南〉詩女子貞潔自守，無有淫奔之心；本詩但見淫人心存欲奔，因畏其大夫之刑政，而未敢奔。前後世風差異極大，故朱子解此淫詩之目的，實際上，是希望學者從其中觀察世變之跡，有知人論世以解詩的意思。

其實，「觀」的功能只是朱子提出淫詩之說的淺層作用，眞正深層的目的

應是如朱子所言：

> 淫奔之詩固邪矣，然反之則非邪也。故熹說其善者可以感發人之善
> 心，惡者可以懲創人之逸志。（《詩傳遺說》卷三，頁 17，輔廣、錢
> 本之錄同）

這種說法在《語類》中頗多，下節將詳爲論述。

三、刺淫之觀點

　　朱子解說三十篇淫詩之內容大要如上，雖然有部分詩篇注解過於簡要，
甚至僅注該詩爲淫，並無進一步解說，但從前文之分析，已可略知淫詩所呈
現的情形。朱子指出三十篇爲淫詩，其用心並無「誨淫」之意，從他在其他
詩篇注釋中，曾經對男女淫亂之風提出批判，便可知其態度。茲略述於下：

（一）刺淫人不度禮義

　　〈邶・匏有苦葉〉詩，《集傳》云：

> 此刺淫亂之詩。言匏未可用，而渡處方深，行者當量其深淺而後可
> 渡。以比男女之際，亦當量度禮義而行也。（首章）夫濟盈必濡其輒，
> 雉鳴當求其雄，此常理也。今盈濟而曰不濡軌，雉鳴而反求其牡，
> 以比淫亂之人不度禮義，非其配耦，而犯禮以相求也。（二章）言古
> 人之於婚姻，其求之不暴而節之以禮如此，以深刺淫亂之人也。（三
> 章）舟人招人以渡，人皆從之，而我獨否者，待我友之招而後從之
> 也。以比男女必待其配耦而相從，而刺此人之不然也。（四章）

此詩毛《傳》首章曰：「男女之際，安可以無禮義，將無以自濟也。」朱子大
致是依此解釋，只是不取刺衛宣公之意。首章之義，《集傳》揭示男女當量度
禮義而行，次章則說淫亂之人犯禮相求，三章則舉古人以禮求婚，刺淫亂之
人，末章舉與配偶相從，以刺淫人。本詩《集傳》雖承舊說，但亦可視爲朱
子對淫亂之風的態度。

（二）刺淫人不知天理

　　〈鄘・蝃蝀〉詩，《集傳》云：「此刺淫奔之詩。」詩三章：「乃如之人，
懷昏姻也。大無信也，不知命也。」《集傳》云：

> 乃如之人，指淫奔者而言。昏姻，謂男女之欲。程子曰：「女子以不
> 自失爲信。命，正理也。」言此淫奔之人，但知思念男女之欲，是

> 不能自守其貞信之節，而不知天理之正也。程子曰：「人雖不能無欲，
> 然當有以制之。無以制之，而惟欲之從，則人道廢而入於禽獸矣。
> 以道制欲，則能順命。」

按清人王懋竑著《朱子年譜》載，朱子稱程子此說：「於正文有所發明」、「其說切要而不可不知」（頁 66），朱子推崇引述理學前輩之說，並據以論述，以發明天理人欲之說，這是朱子解詩的典型範例。注文中，他視昏姻爲「男女之欲」，釋「不知命」爲「不知天理之正」，輔廣申之曰：「男女之欲，人所不能無也。要當有以制之，無以制之則失其貞信之節，而有害於天理之正，道即是理，理即是命，以道制欲則能順命，去其人欲則能循乎天理矣。」（《詩童子問》卷二）經過這樣的論述，更能清楚瞭解朱子是完全從理學之標準批判淫詩，甚至比一般常道更嚴，幾至失去理智，由此可知朱子對淫奔之詩的態度。引程子之言，便是以前賢之論作後盾，以爲攻伐淫詩之力證。

　　淫詩之教，於此例最爲明顯。朱子於其他標示淫詩之作時，雖無一一批判，但其以淫詩作爲教化之意，當本此詩之立場。所以朱子並無誨淫之意，反而從此立場揭示讀詩養心的教化本意。

（三）申羞惡之心以拒淫俗

　　〈鄭・出其東門〉詩首章，《集傳》注云：

> 人見淫奔之女而作此詩。以爲此女雖美且衆，而非我思之所存，不
> 如己之室家，雖貧且陋，而聊可自樂也。是時淫風大行，而其間乃
> 有如此之人，亦可謂能自好而不爲習俗所移矣。羞惡之心，人皆有
> 之，豈不信哉！

朱子嘗曰：「〈鄭〉詩雖淫亂，然〈出其東門〉一詩，卻如此好。〈女曰雞鳴〉一詩，意思亦好。」（《語類》卷八十〈論讀詩〉，頁 2086）輔廣申其師說曰：「〈大序〉所謂『發乎情止乎禮義』、『先王之澤』，於此可以觀矣。」又曰：「〈鄭〉詩唯〈女曰雞鳴〉與此詩爲得夫婦之道。夫子錄之，正以見人性之本善，而先王之澤猶未泯也。」（《詩童子問》卷二）朱子所謂「意思好」當是輔氏所說「得夫婦之道」之意，「能自好而不爲習俗所移」即是指「發乎情止乎禮義」而言，淫風雖行而能如此，便是有「羞惡之心」，輔氏稱此足以見「人性之本善」，朱子固是以詩證其性理之說，亦是表現他持養心之論，以對淫詩之態度。

　　雖然朱子對淫詩批駁的態度非常明確，但是在淫詩篇中並未一一批評，大多是以平常之筆說明淫奔男女之情愛。而眞正解讀淫詩的方法與態度的論述，

大部分收在《語類》之中。《語類》裡頭提到，解讀淫詩的態度，最重要的是「思無邪」，最重要的方法是「吟詠感發」。所以王春謀先生說：「《詩集傳》淫詩之解，以爲淫詩皆淫人自道，固不盡足取；而其以詩之本身但敘男女私情，不寓褒貶，聖人取之著於經，勸懲之法意，端在讀者「感發興起」，誠爲的說也。如此，詩之本義，詩之教化，兩得之矣。」〔註4〕這個看法，應是持平切要之論。

朱子認爲三百五篇邪淫之辭兼存，是孔子以客觀的編輯態度整理的結果，從教育的立場出發，欲使讀者批判得失，好善惡惡，由此得到正心明德的成果。他在《論語・爲政》篇云：「思無邪，〈魯頌・駉〉篇之辭。凡詩之言，善者，可以感發人之善心；惡者，可以懲創人之逸志。其用歸於使人得其情性之正而已。然其言微婉，且或各因一事而發，求其直指全體則未有若此之明且盡者，故夫子言詩三百篇而惟此一言足以盡其義，蓋其示人之意亦深切矣。」（《四書集註・論語》卷之一，頁7）因此，詩雖淫泆，而聖人不刪，必有以教人之意。

第二節　《朱子語類》對「淫詩」之認定與解讀

《語類》對淫詩之論述頗多，蓋由於此一說法在《詩經》學史上極爲獨特，且又爲理學論詩之要例，所以多方陳述，欲使弟子閱讀淫詩之時有一透徹之瞭解，不至疑心於反面教材對問學修德之作用，而能潛心讀詩；甚而希望從淫詩的解讀過程中，實踐使性情歸於正的「正心」工夫。

《語類》論及淫詩之範疇，不外兩大項目：一是對於淫詩標準的探討；另一則是解讀淫詩方法之討論，提出「思無邪」的聖人之言，作爲主軸，對其內涵、作用以及境界皆有廣泛的闡發。茲詳述於下。

一、「淫詩」之認定

朱子討論淫詩之標準，大略從二方面解說，一爲淫詩必發乎情而不止於禮義，一是〈鄭風〉多爲淫詩。

（一）「發乎情」而不「止乎禮義」

朱子認定之淫詩，乃變風之中「發乎情」而不「止乎禮義」之詩篇。《語類》云：「〈大序〉亦有未盡，如『發乎情止乎禮義』，又只是說正詩。變風何

〔註4〕同〔註2〕，第五章第二節，頁102。

嘗止乎禮義？」（卷八十〈綱領〉，頁 2072，振錄）他舉例說：「〈桑中〉之詩，
禮義在何處？王（德修）曰：「他要存戒」，曰：此正文中無戒意，只是直述
他淫亂事爾。若〈鶉之奔奔〉〈相鼠〉等詩，卻是議罵，可以為戒，此則不然。」
（卷八十詩一〈綱領〉，頁 2068，大雅錄）其實更早以前，朱子便對淫詩提出
了相同的看法，他說：

> 然愚嘗竊有疑焉。夫變風〈鄭〉〈衛〉之詩，發夫情則有矣，而其不
> 止乎禮義者亦豈少哉。或曰：然則夫子刪詩何取於此？而不之去也？
> 曰：夫子之存之也，特以見夫一時之事，四方之俗，使讀者考焉以
> 監其得失，而心得以卒歸於正焉爾，非盡以為合於禮義，而使人法
> 之也。（《四書或問》卷七《論語・為政》，頁 318）

這則文字出於《或問》一書，其成書於五十一歲左右，約在廢除《詩序》之
前後，可以看出朱子早年對淫詩的見解已與後期沒有太大的差異。淫詩發乎
情而非止於禮義，以及使讀者觀詩而心得以歸於正，這兩個的觀點與晚年相
同。至於夫子存淫詩之用意，則有不同，《或問》說是使讀者考時事風俗以監
得失，而《語類》則是認為善惡並存，使讀者能收勸懲之功，前者重觀風俗
之義，較偏漢儒舊說，後期較重心性之辨，為理學新說之詩教思想。因此，
二相比較正好可以藉此觀察其詩教思想變遷的蛛絲馬跡。

　　朱子以為變風之詩，發乎情而無止於禮義，但是猶編入聖籍，其因何在，
值得細加探討。《語類》嘗載曰：

> 問：「止乎禮義」？曰：如變風柏舟等詩，謂之「止乎禮義」，可也。
> 桑中諸篇曰「止乎禮義」則不可。蓋大綱有「止乎禮義」者。（卷八
> 十〈綱領〉，頁 2072，營？錄）

> 「止乎禮義」，如〈泉水〉、〈載馳〉固止乎禮義；如〈桑中〉有甚禮
> 義？〈大序〉只是揀好底說，亦未盡。（同前淳錄）

〈邶・泉水〉之詩，《集傳》注云：「衛女嫁於諸侯，父母終，思歸寧而不得，
故作此詩。」第二章注云「言如是則其至衛疾矣，然豈不害於義理乎？疑之
而不敢遂之辭也。」朱子《集傳》於〈泉水〉詩篇末引楊時之言云：「楊氏曰：
衛女思歸，發乎情也。其卒也不歸，止乎禮義也。聖人著之於經，以示後世，
使知適異國者，父母終，無歸寧之義。則能自克者，知所處矣。」鄭《箋》
言此詩云：「國君夫人，父母在，則歸寧；沒，則使大夫寧於兄弟。衛女之思
歸，雖非禮，思之至也。」鄭氏以思歸犯禮之義說詩，朱子不取之，反以楊

時之說爲師，認爲思歸乃人之常情，然其猶能自覺不害義理，終能謹守禮義而不歸，是「止乎禮義」之表現。這種「止乎禮義」是衛女自己「疑之而不敢遂」的結果，因此它是自發的，非如鄭氏之以他人外力制止的。由此可見朱子承楊氏之言，申說詩義，乃從理學家立場論詩。這種「止乎禮義」的行爲正是朱子讀詩所要達到的目的，〈泉水〉詩的衛女便是朱子詩教所要樹立的榜樣。然而變風之詩能如此「止乎禮義」的實在太少，淫詩裡無法尋得如衛女的德行，當然不能像〈大序〉所說「變風發乎情，止乎禮義」。而且〈大序〉說國史以變風之詩「吟詠情性，以風其上」，朱子認爲有違「溫柔敦厚」的詩教，所以變風裡的淫詩，既然無「止乎禮義」之教，當然只有寄託讀者自己「思無邪」了，這樣一樣能達成「止乎禮義」的教化目的。這便是朱子淫詩說的詩教思想基礎與根據。

（二）「鄭聲淫」故鄭風多淫詩

《語類》云：

> 「鄭聲淫」，所以〈鄭〉詩多是淫佚之辭。〈狡童〉〈將仲子〉之類是也。（卷八十，頁 2072，高錄）

又說：

> 聖人言「鄭聲淫」者，蓋鄭人之詩，多是言當時風俗男女淫奔，故有此等語。（卷八十一，頁 2109，卓錄）

朱子把孔子所言「鄭聲淫」解爲鄭詩淫，這是緣於他認爲鄭地風俗淫亂之故。但是以聲爲詩的觀點，朱子並未堅持，致使其本身說法便存有矛盾，《語類》說：

> 呂伯恭以爲「放鄭聲」矣，則其詩必不存。某以爲放是放其聲，不用之郊廟賓客耳，其詩則固存也。（卷二十三《論語·爲政》，頁 539，璘錄）

本條滕璘記於辛亥，朱子時年六十二，而前條舒高所記爲甲寅之時，朱子六十五歲，時間相差不遠，但二人記錄之文字卻可看出朱子對「聲」的解釋不同，稍早稱所放的「聲」是音樂，而稍後卻指淫的「聲」是詩。《論語集註》〈衛靈公〉篇：「放鄭聲」，朱子註云：「放謂禁絕之。鄭聲，鄭國之音。」（卷八，頁 108）今人考究，亦以「聲」指音樂似較妥。〔註5〕但在《語類》文中，

〔註 5〕 如張蕙慧：《儒家樂教思想研究》（臺北：文史哲出版社，民國 74 年 6 月初版）。張氏云：「鄭聲即俗樂」。謂鄭聲之所以淫，大概是曲調較華麗，高低變化複雜等因素，詳見該書，頁 14。學者李家樹先生亦云：「孔子所謂『鄭聲淫』原

朱子多以〈鄭〉詩解之。〔註6〕這或許是朱子存心立教，張揚理學思想的作法。

二、「淫詩」之解讀

（一）思無邪之意涵

1. 指作詩之情思

「思無邪」一詞，原出〈魯頌・駉〉詩，自孔子言「詩三百篇，一言以蔽之，曰思無邪。」(《論語・陽貨》) 以之說明《詩經》內涵之後，歷代皆有所闡發。《詩傳遺說》卷三載曰：

> 問：聖人言經中皆可爲法，皆可爲戒，何獨《詩》也。曰：固是如
> 此，然《詩》中因情而起則有思，欲其思出於正，獨指「思無邪」
> 以示教焉。(頁537，徐寓錄)

十三經皆是立身處世之經典，都是讀者效法警誡的教本，何獨《詩經》當「思無邪」？這個疑問正好點出《詩經》的特質不同於其他經典，朱子提出「詩中因情而起則有思」一句回答，乃是從創作立場說明詩的文學性特質，又從理學立場隱指「情」的性理特質，蓋「思」之產生是根於「情」，而「情」在朱子理學的體系中，是指心之所發，有善與不善的問題，他說：

> 心所發爲情，或有不善。……心之本體本無不善；其流爲不善者，
> 情之遷於物而然也。(《語類》卷五，頁52，謙錄)

情若遷於物則不善，所以詩中有不善者，乃緣於此之故。聖人欲人學詩求善，故示以「思無邪」，學者勞思光先生說：「所謂學或工夫，皆須以使心之所發皆能合理爲目的；換言之，在心上所講之工夫，又在情上落實。」〔註7〕

2. 指讀詩之工夫

如何使心之所發能合於理，朱子指出即聖人所謂的「思無邪」，「無邪」

是從音樂的角度立論，與《詩經》的〈鄭風〉無涉。」認爲「淫」之義並非涉及男女之事。詳李氏著《詩經的歷史公案》，(臺北：大安出版社，民國79年11月)，「四、宋代『淫詩公案』初探」，頁82～112。

〔註6〕如卷八十一，〈詩二・狡童〉亦載曰：「許多鄭風，只是孔子一言斷了曰：『鄭聲淫。』如〈將仲子〉，自是男女相與之辭，卻干祭仲共叔段甚事？如〈褰裳〉，自是男女相咎之辭，卻干忽與突爭國甚事？」(頁2108，琮錄) 又「聖人云：『鄭聲淫。』蓋周衰，惟鄭國最爲淫俗，故諸詩多是此事。」(頁2109，賀孫錄)

〔註7〕見勞思光：《中國哲學史》，(臺北：三民書局，1995年9月增訂八版)，中三，上冊，頁296。

便是「正」，更嚴謹說，「無邪」即能達於「正」，這樣讀詩的工夫，才能落實，使心達於善境。所以朱子說聖人「獨指思無邪以示教」，即是對讀詩者而言。《詩傳遺說》卷三就曾確指說：

> 問：詩三百一言以蔽之曰思無邪，不知如何蔽之以思無邪？曰：前輩多就詩人上說「思無邪」、「發乎情止乎禮義」，熹疑不然，不知教詩人如何得思無邪？謂如文王之詩稱頌盛德盛美處，皆吾所當法，如言邪僻失道之人，皆吾所當戒，是使讀詩者求無邪思。（頁 10、11，徐㝢錄）〔註8〕

這種使讀者求無邪之思的說法，符合理學修持涵養的理論。他在《語類》裡明白說：

> 「思無邪」，乃是要使讀詩人「思無邪」耳。讀三百篇詩，善為可法，惡為可戒，故使人「思無邪」也。若以為作詩者「思無邪」，則〈桑中〉〈溱洧〉之詩，果無邪耶？（卷二十三《論語・為政》〈詩三百章〉，頁 539，璘錄）

在讀〈桑中〉篇裡也說：

> 孔子之稱思無邪也，以為詩三百篇勸善懲惡，雖其要歸無不出於正，然未有若此言之約而盡者耳，非以作詩之人所思皆無邪也。（《朱熹集》卷七十〈讀呂氏詩記桑中篇〉）

又說：

> 思無邪，人多言作詩者思皆出於無邪，此非也。如頌之類固無邪，若變風變雅亦有淫邪處，但只是思無邪一句，足以當三百篇之義，詩中格言固多，緊要惟此一句，孔子刪詩所以兼存，蓋欲見當時風俗厚薄，聖人亦以此教後人。（《詩傳遺說》卷三，頁 14，周謨錄）

詩人之思並不完全無邪，但聖人編詩的旨意則欲「勸善懲惡」，希望讀者能歸於正，所以朱子的詩教便根基於此而展開，他將思無邪落在讀者身上，要求以無邪之思進行閱讀，才能收到勸善懲惡的效果。《語類》說：

> 或問「思無邪」。曰：「此詩之立教如此，可以感發人之善心，可以

〔註8〕《語類》卷二十三亦嘗載曰：「三百之詩，所美者皆可以為法，而所刺者皆可以為戒，讀之者思無邪耳，作之者非一人，安能思無邪乎？只是要正人心。統而言之，三百篇只是一箇思無邪；析而言之，則一篇之中自有一箇思無邪。」見《論語・為政》〈詩三百章〉，頁 538，道夫錄。

懲創人之逸志。」（卷二十三《論語・爲政》〈詩三百章〉，頁 538，

祖道錄）

朱子言詩「立教」，便是從詩教觀點來論「思無邪」。蓋思無邪則心胸滌盪清亮，無一絲成見私意，見詩之善者，有以興起善意，使其良善之心體有感而發，朱子以爲心之本體有善無惡，如仁義禮智諸德，當其發而爲情，則必中節合禮。所以詩之善者，讀之可使人行止合於禮義；若爲邪淫之辭，則對照善體之心，必因邪惡之行，而升起懲創之心，因此有所警惕。

3. 指詩教之本意

朱子更曾直接說出「詩教」一詞，明指思無邪之用意，《語類》載云：

只說「思無邪」一語，直截見得詩教之本意，是全備得許多零碎底意。又曰：聖人言詩之教，只要得人「思無邪」。其他篇篇是這意思，惟是此一句包說得盡。（卷二十三《論語・爲政》，頁 540，賀孫錄）

此處朱子直言「詩教」一詞，又明言「思無邪」是詩教之本意、核心。此可直接得證二點：一是朱子思想中，本具詩教之思想；二是朱子的詩教思想核心即是「思無邪」。朱子即是由此處展開其理學的詩教觀點，又說：

某看來，詩三百篇，其說好的，也要教人「思無邪」；說不好底，也要教人「思無邪」。（同前）

思無邪的工夫完全在讀者身上，而不是作者，這是朱子最後最成熟的主張。對照之下，早期的說法便有些不足，如《四書或問》說：

聖人之意，固將使人考焉，以監其得失，而心得以卒歸於正耳。非欲使人習焉，而效其所爲也，則其爲義，夫亦豈不卒歸於思無邪之一言耶。（《四書或問》卷七《論語・爲政》，頁 318）

這段說明思無邪之義的文字，爲朱子廢《序》初期所寫，他認爲淫詩可以使人觀風俗之得失，而讀者之心乃可歸於正，所以詩雖邪淫，但予讀者有思無邪之義。此種說法有些迂迴曲折，仍有朦朧不清的部分。晚年則從理學養心的觀點論述，認爲思無邪是指讀者應以無邪之思解讀淫詩，先虛心滌盪讀者之心，再以客觀之心察其詩中之淫惡，以資作爲自我警戒、懲創的教材。

但是清儒姚際恆頗不以朱說爲然，他在《詩經通論・詩經論旨》文中說：「春秋諸大夫燕享，賦詩贈答，多《集傳》所目爲淫詩者，受者善之，不聞不樂，豈其甘居於淫泆也！季札觀樂，于鄭衛皆曰「美哉」，無一淫字。此皆足證人亦盡知。然予謂第莫若證以夫子之言曰「詩三百，一言以蔽之，曰思

無邪。」如謂淫詩，則詩之邪甚矣，曷爲以此一言蔽之耶？蓋其時間有淫風，詩人舉其事與其言以爲刺，此正「思無邪」之確證。何也？淫者，邪也；惡而刺之，思無邪矣。今尙以爲淫詩，得無大背聖人之訓乎？」又云「《集傳》每於《序》之實者虛之，貞者淫之。實者虛之，猶可也；貞者淫之，不可也。」（頁3）從春秋賦朱傳所謂之淫詩贈答、以及季札觀樂稱美，皆說明三百篇無淫詩而有刺淫之作，孔子才會指出「思無邪」來蔽言三百篇。姚氏這種說法與朱子的歧異點，在於前述所說的創作起源論，既然詩是緣情而作，就無法證明詩三百必善，所以朱子詩教的思無邪觀便具有主動積極的特色。

　　然而，「思無邪」的內涵，並非僅爲讀詩而言，如《詩傳遺說》載云：

> 問思無邪，曰：「不但是行要無邪，思也要無邪，誠者合內外之道，
> 便是表裡如一，內實如此，外也實如此。故程子曰：『思無邪，誠也。』」
> 　（卷三，頁 14，潘如舉錄）

舉程子言「誠」，擴展申述「思無邪」的意義，已經脫離《詩經》，而屬於理學範疇之討論。但是從這種情形更可以知道，朱子雖然是談淫詩的解讀方式，其實已經隱喻了詩教的理學意涵。

（二）思無邪之運作：察識工夫

　　朱子提示閱讀淫詩之方法，便是「思無邪」，這是讀者本身的心靈活動，是主觀的以虛靈之心觀其詩中善惡，作爲自身警誡之用，所以是動態的察識工夫。朱子說：

> 彼雖以有邪之思作之，而我以無邪之思讀之，則彼之自狀其醜者，
> 乃所以爲吾警懼懲創之資。(《朱熹集》卷七十〈讀呂氏詩記桑中篇〉)

他認爲應以無邪之思讀淫詩，則淫詩之邪醜，正可作爲讀者警懼懲創之用。所言「無邪之思」者，即含有朱子所言「居敬」之意，也就是說，讀詩時其念慮專一純靜，詩之善惡皆置於客觀對象而加以省視，則其得失之所由，乃能透過窮理工夫得知是非之理，又經自身持敬工夫，使意志凝練，行勸善懲惡之功，是以讀者心之所發者，必將歸趨於正。

《語類》云：

> 若是常人言，只道一箇「思無邪」便了，便略了那「詩三百」。聖人
> 須是從詩三百逐一篇理會了，然後理會「思無邪」，此所謂下學而上
> 達也。今人止務上達，自要免得下學。（卷二十三《論語・爲政》〈詩

三百章〉，頁 538，賀孫錄）

這是外在工夫，朱子強調三百篇本文的解讀必須先下工夫熟讀，也就是「下學」，之後再去思考義理，作「上達」的工夫。讀了淫詩之後，因行居敬工夫，使讀者心中便會產生「愧恥」，朱子謂淫詩是：

> 聖人存之，以見風俗如此不好。至於作出此詩來，使讀者有所愧恥而以爲戒耳。（同前，頁 539，璘錄）

希望讀者看到詩中風俗不好，由內心升起愧恥之意，因此而生警誡之心。

（三）思無邪之境界：淫詩說之目的

「思無邪」的提出，是朱子面對他所謂的「淫詩」時，一個重要而且具有理學典範意義的論述。它是一種治學的工具，也是治學的目標。因爲「思無邪」是讀者面對《詩經》教材的外在規範時，遇到男女淫亂而顯現出社會道德的破滅，因而提出的內在轉化要求，達到個人修養上的善境，誠如大陸學者陳來先生所言：「理學講的全部道德修養，無非旨在使道德由外在的制約規範變而爲個體的內在要求，使道德由社會實現普遍調節的手段，同時成爲個體自我實現的目的。」〔註9〕因此「思無邪」可以說是朱子詩教思想的基礎目標。

朱子要求學者，就詩中之得失，在窮盡其義理之後，斷以是非，並以之省察己身，使心之所發趨於善，常惺惺然而操存之，則其心終歸於正，勸懲之功即在於此。所以當學生問「『思無邪』之『一言』者，其讀詩之法邪？」朱子即答道：「所謂『一言以蔽之』者，非謂是也，然誠能是也，則治心脩身讀書窮理，無適而不可，又豈但讀詩之法而已哉。」（《四書或問》卷七《論語・爲政》，頁318）這個思無邪的功能論，已脫離最早（即孔子）的詩教觀，將其擴展到各方面，但與晚年從養心切入，使焦點小而集中的理學目的，範疇顯然較大且不同。

由上可知，「思無邪」一詞，就讀詩之法而言，是指讀者以無邪之思讀詩，詩之辭有善惡之別，則讀者必能師善惡惡；就讀詩之效而言，是指讀者因詩之善惡而自警懲創，終使情性得以歸於正，亦即達到思歸無邪之境。因此，「思無邪」在朱子「淫詩」說的學詩觀點中，是指方法，也是目的。

〔註9〕陳來先生認爲這個目的，已脫離了外在奴隸的制約，變成爲理性的、自由的自我主宰。見陳來：《朱熹哲學研究》（北京：中國社會科學出版社，1996年3月一版），頁184。

由理學內涵來看「思無邪」，他說：

> 《集注》說要使人得情性之正，情性是貼思，正是貼無邪，此如做
> 時文相似，只恁地貼方分曉，若好善惡惡皆出於正，便會無邪，若
> 果是正，自無虛偽，自無邪，若有時，也自入不得。（《詩傳遺說》
> 卷三，頁 16，葉賀孫錄七五冊，頁 540）

朱子曾說「思主心上」（《語類‧爲政》，頁 538），而「心」有道心、人心之別，道心自然是正，人心則因氣稟之清濁，故有邪正，朱子認爲讀詩「只是要正人心」（同前），讓濁邪之氣排除，使情性歸於正，可見「正」乃是讀詩的目的，是最終的境界。所以讀詩即是做正心工夫，故《集傳》言「學詩之本」是在「養心」。

綜上所述，淫詩之作，雖彼以邪思爲之，但讀者當以無邪之思讀之，乃能警省懲創，以達情性之正。作詩與讀詩有別，此固其作意之難求，亦時代之大異所致。宋人之作詩，朱子自能以理學操存之義求之，而對學者爲學，要求窮理致知、以明其明德，使作詩與讀詩臻於學養合一之境界。然而，三百篇成於上古，雖經聖人之手，猶未能知作詩本意，只能客觀蒐集，善惡並刊。其流布宋代，但看讀者工夫如何待之。所以朱子乃從讀者立場論詩，教導學者如何利用三百篇作爲教材，且由於理學當道，自然以之作爲存養之手段。三十篇淫詩的存在，反而是朱子詩教中非常具有特色的一環。然而部分學者未能深究朱子之詩教義理，以爲朱子以德化修齊治平之論解二〈南〉，又以淫奔解男女言情之詩，此言顯然與他自己所說「詩之所謂風者，多出於里巷歌謠之作」、「所謂男女相與詠歌，各言其情者也」自相矛盾。〔註 10〕其實從詩教觀點來看，朱子解詩前後立場與論調皆是一貫的，就因爲是「里巷歌謠」所以內容有善惡；也因爲是「各言其情」，所以有邪正，正者固「止乎禮義」，邪者當非止於禮義之作。而朱子對二〈南〉當是由勸善一端說解；對淫詩則是以懲惡一端述之，其大旨即在「思無邪」。因此，不但不矛盾，反而體系精密，議論通貫。

〔註 10〕如學者左松超先生：〈朱熹論「詩」主張及其所著「詩集傳」〉（《孔孟學報》五十五期）一文，即認爲朱子把二〈南〉與「文王之化」、「后妃之德」、「正心、修身、齊家、治國」等扯上關係，其穿鑿附會有甚於《詩序》：又把〈靜女〉等表現男女眞摯樸實的愛情詩篇貶抑爲淫奔之詩，加以鄙視。這完全與「歌謠」及「言情」的主張不同。是不敢放棄舊說以致自相矛盾的心理。詳見該文，頁 86。

　　許英龍先生說：「平心而論，朱子提出淫詩，是有某些缺失的，其最大的錯誤是將情純意真的詩判為「淫」，措辭不當，道學氣味濃重，故難免「傷嚴過正」，反遭後人之譏。但後人之譏朱子，似乎也頗滑稽，蓋朱子提出淫詩，是他自己「思無邪」，端正自持；而後人認為「淫」有辱聖賢刪詩之意，言大污穢，故為反對而反對，難免是自己「思有邪」，著了魔道。況朱子提出淫詩，志在懲創垂誡，發揮詩教，而後人反對朱子的淫詩，無異是在反對詩教。認識不清，是非不明，豈非矛盾。」〔註11〕此說雖然前段文字值得討論，即「最大的錯誤是將情純意真的詩判為「淫」一句，當中「純情意真」的說法，亦是許氏個人之認定；且思潮之流變，至宋已是籠罩在理學氛圍之中，論詩自然是道學觀點，何來「措辭不當」之譏！但是許氏認為朱子提出「淫詩」是發揮詩教，這個看法，則是極其正確。

　　綜合言之，淫詩說的詩教目的，從經學方面看來，反而有「護經」的用意，這點王春謀先生曾提出相同看法，他說：「朱熹前，歐陽修詩本義，始標淫詩之目，和之者頗張其說；旁流所及，國風之詩，有訓淫之趨向，勢將與艷情小曲同科；朱熹制機在先，本其素習之文學，一一品玩辭意，定變風淫詩三十篇，而揭舉聖言，以嚴男女之防，庶幾經義禮教，兩得其全。」〔註12〕但是，這種護經的用意，不但沒被後人體會到，反而因此之故，欲將經文刪之後快，如宋末王柏之流者；直到清代猶有批評朱子淫詩說不餘遺力者，如姚際恆著《詩經通論》即批判朱子「大背聖人之訓」（卷前〈詩經論旨〉，頁4）。其實，從《語類》記載來研判，朱子提出淫詩說的目的，應該更具有理學上的用意，也就是藉淫詩的標示，使讀者閱讀淫詩之時，即在行識察的工夫，促使讀者所發之情皆能中節，達於中和之境，達成涵養的目的。這種以無邪之思讀淫詩，則知詩中淫亂皆非禮義之事，以此自省自警，則懲惡垂戒的效果便能發揮，自然能與正〈風〉及〈雅〉〈頌〉一樣達至「止乎禮義」的目的。王春謀先生也說：「淫詩果無聖人垂戒之法意在，以道學名家如朱熹者，焉肯玩味淫辭，而為立說解？是淫詩懲勸之用，乃朱熹淫詩說理論之首要基礎也。」〔註13〕這段話最能體會朱子提出淫詩說的詩教用心。

〔註11〕許英龍：〈朱熹詩集傳研究〉，東海大學中國文學研究所碩士論文，1985 年 4 月，頁 187～188）
〔註12〕同〔註2〕，頁 126。
〔註13〕同〔註2〕，頁 35。

第五章　詩教之格物窮理工夫

格物窮理工夫爲朱子知識論的重要內容，對於《詩經》的格物工夫，多記載於《朱子語類》一書，主要集中在第八十及八十一兩卷，極少部分分散在各卷之中，包括卷一百四〈自論爲學工夫〉及四卷訓門人之記載。﹝註1﹞第八十卷，即〈詩一〉，所論及的項目，包括〈綱領〉、〈論讀詩〉、〈解詩〉三部分；第八十一卷，即〈詩二〉，分別說明各詩的相關問題。

《語類》談論的問題，不外二大項目，一是讀詩方法的指導；一是綱領義理的主張。前者以精熟吟誦之格物窮理工夫爲主要論點，後者以無邪養心之義理內涵爲主要核心。二項中，格物窮理方法的指導所論篇幅較多，因此本章二節分別從精熟與玩理二端論述其讀詩格物窮理之工夫；至於對「淫詩」的看法，則與其他相關主題的著作另起一章，已在第四章申述其「思無邪」的主張與內涵。

第一節　詩教之格物方法

就方法而言，朱子認爲，讀詩當先就詩本文去探討，由其原詩之辭，以窮究道理，並且循序漸進。待其專一精熟，略有所得之後，始可參之各家傳注，比較辯正。復再吟詠詩辭，玩味其中義理。在讀詩過程之中，內心應無一絲成見，方能客觀研讀，看得詩裡意味，復以興起感發，達到心融神會，收到勸懲之效，而終至使情性得以歸於中正。茲論述於後。

﹝註 1﹞ 即卷一百一十四〈訓門人二〉、卷一百一十五〈訓門人三〉、卷一百一十六〈訓門人四〉、卷一百一十七〈訓門人五〉等。

一、虛心熟讀

朱子說：「觀詩之法，且虛心熟讀尋繹之。」（卷一百一十七〈訓門人五〉，頁 2812，訓營）、「只將原詩虛心熟讀，徐徐玩味」（卷八十〈論讀詩〉，頁 2085，必大錄），可知熟讀必須以「虛心」為之。「虛心」之義，即如朱子之言：

> 不待安排錯置，務自立說，只恁平讀著，意思自足。須是打疊得這心光蕩蕩地，不立一箇字，只管虛心讀他，少間推來推去，自然推出那箇道理。（同前）

朱子此言在強調讀詩之前要先去除心中原有的成見，即不要先自立己說，要把內心打疊得「光蕩蕩地」，就是「虛心」，才能客觀地「推出那箇道理」，得到詩人之本意。「虛心」的工夫，就是朱子曾說的：「讀書有箇法，只是刷刮淨了那心後去看。」（卷十一〈讀書法下〉，頁 177，義剛錄）所以從朱子此言得知：讀詩有二個基本工夫，一是虛心，一是熟玩。他認為讀詩之時，當盡去成見，虛心熟讀，從詩辭本文去仔細推敲，自然能妙得詩義，不必急切獲得一個定見，而自立說解。

朱子對讀詩方法的要求，非常講究基本工夫的實踐，這個基本工夫就是熟讀《詩經》本文。

（一）熟讀百遍

朱子對本文精熟閱讀，標準十分嚴格，《語類》曾載：

> 先生問林武子：「看詩何處？」曰：「至大雅。」大聲曰：「公前日方看〈節南山〉，如何恁地快！恁地不得！而今人看文字，敏底一揭開板便曉，但於意味卻不曾得。便只管看時，也只是恁地。但百遍自是強五十遍時，二百遍自是強一百遍時。（卷八十〈論讀詩〉，頁 2087，義剛錄）

朱子「大聲」說話，有生氣、告誡的意思，對於林武子幾日工夫便從〈小雅・節南山〉讀到〈大雅〉，四十四篇以上只花數日，一定是狼吞虎嚥，怪不得朱子要如此「大聲」制止說：「恁地不得！」讀詩並不只是知道文義即可，重要的是「意味」的體會，每增一遍就強過前次的體會，五十遍、一百遍、甚至於二百遍，滋味漸強，詩意的掌握就更具體。

（二）殺去走作之心

《語類》云：

這箇貪多不得。讀得這一篇，恨不得常熟讀此篇，如無那第二篇方好。而今只是貪多，讀第一篇了，便要讀第二篇；讀第二篇了，便要讀第三篇。恁地不成讀書，此便是大不敬！此句屬聲說。須是殺了那走作底心，方可讀書。（卷八十〈論讀詩〉，頁2087，倜錄）

他認為方讀一篇詩，如無第二篇一般，一遍一遍虛心專注熟讀眼前這篇，詩中的意味自然流出，。如此札實的工夫，朱子以為便是「敬」，他曾說：「做這一事，且做一事；做了這一事，卻做那一事。」即是「主一」（卷九六〈程子之書二〉，頁 2464，節錄），而「主一」便是「敬」（卷十二〈持守〉，頁206，伯羽錄），蓋所謂「一」者，便是「無適」，「無適」就是朱子說的「不走作」（同前，頁 2467，驤錄）。因此，「敬」是讀詩的根本，持敬讀去，涵泳百遍，才能精熟，才能見得好處、見得精怪，這樣才能窮得詩理。所以熟讀的根本辦法，就是「殺了那走作底心」。如何殺去走作的心？朱子對此曾提示學者說：「學者觀書多走作者，亦恐是根本上功夫未整齊，只是以紛擾雜亂心去看，不曾以湛然凝定心去看。不若先涵養本原，且將已熟底義理玩味，待其浹洽，然後去看書，便自知。」（卷十一〈讀書法下〉，頁 178，未具名錄）這種方法，其實便是「讀得這一篇，恨不得常熟讀此篇，如無那第二篇方好。」如此心便不致走作，換言之，熟讀的工夫落實，心就不會走作。心不走作，自然讀詩不會草率。

（三）逐處沈潛，次第理會

弟子陳器之曾問〈江有汜〉詩，《詩序》言其「勤而無怨」之說，朱子反而訓他一頓說：

如何公方看〈周南〉，便又說〈召南〉？讀書且要逐處沈潛，次第理會，不要班班剝剝，指東摘西，都不濟事，若能沈潛專一看得文字，只此便是治心養性之法。（卷八十一〈江有汜〉，頁2101，木之錄）

朱子曾說過「讀書是格物一事。」（卷十〈讀書法上〉，頁167，大雅錄）又說「思索義理，涵養本原。」（卷九〈論知行〉，頁149，儒用錄）本段文字所言「逐處沈潛，次第理會」，其實即是「思索義理」，而所欲達成的「治心養性」效果，便是「涵養本原」。這二者必須兼顧，即「涵養、窮索不可廢一，如車兩輪，如鳥兩翼。」（卷九〈論知行〉，頁150，德明錄）因此讀詩應當沈潛理會，以治心養性，達到涵養本原的工夫，也就是說讀詩過程便是行涵養的工夫。故云「涵養中自有窮理工夫，窮其所養之理；窮理中自有涵養工夫，養

其所窮之理，兩項都不相離。纔見成兩處，便不得。」（卷九〈論知行〉，頁
149～150，賀孫錄）讀詩玩理即在行涵養工夫，而涵養中詩理益得窮見。

《語類》載曰：

> （朱子）謂器之看詩，病於草率。器之云：「如今將先生數書循環看
> 去。」曰：「都讀得了，方可循環再看。如今讀一件書，須是真簡理
> 會得這一件了，方可讀第二件；讀這一段，須是理會得這一段了，
> 方可讀第二段。少間漸漸節次看去，自解通透。」（卷一百四，頁
> 2613，木之錄）

此段文字是朱子批評弟子器之有讀詩過於草率的毛病，器之則辯說正在循環
看老師的書，意謂反覆讀書已無草率之病。朱子因此又教訓了一番。朱子在
訓詞中，先說數本書循環之前，必先讀通每本書；再說一本書必須整本都通
透，才可以讀下一本書；最後說一本之中，必須按節次順序，整段都理會通
透，才可讀下一段文字。他是以反向的方式，告訴弟子熟讀的根本工夫，就
在每段文字的理會，心就停留在文字之間，自然不走作。一段通透才接一段，
然後一本接一本，最後再將已讀熟的幾本書反覆循環閱讀。這段話雖是記朱
子教學生讀自己所注書，但是仍嚴格要求精讀、熟讀，之後才能循環讀去。
這與讀《詩經》本文一般，必須一首精熟之後才可讀第二首；換言之，讀書
和讀詩一樣，皆要逐一精熟，不可含糊。

（四）不管舊說

熟讀必須從本文下手，不受各種過去的舊說限制，他說：

> 觀詩之法，且虛心熟讀尋繹之，不要被舊說粘定，看得不活。（卷一
> 百一十七〈訓門人五〉，頁2812，訓營）

若「被舊說粘定」，就看不出新意，也就是「看得不活」，因此熟讀之前應不
管「舊說」。「舊說」即前人的說法，包括著名的《詩序》，他說：

> 學者當「興於詩」。須先去了〈小序〉，只將本文熟讀玩味，仍不可
> 先看諸家注解。看得久之，自然認得此詩是說簡甚事。（卷八十〈論
> 讀詩〉，頁2085，人傑錄）

無論《詩序》或者諸家注解都是舊說，只要熟看本文，久而久之，自然理會
得詩意為何。尤其是《詩序》，最為朱子所垢病，他說：

> 舊曾有一老儒鄭漁仲更不信〈小序〉，只依古本與疊在後面。某今亦
> 只如此，令人虛心看正文，久之其義自見。蓋所謂《序》者，類多

世儒之談，不解詩人本意處甚多。（卷八十〈綱領〉，頁 2068，大雅
　　錄）

鄭樵不信《序》，著《詩辨妄》，朱子亦不信《序》，故著《詩序辨說》與《詩
集傳》，其因在他認為《序》是後人所作，不解詩人本意。〔註 2〕所以他告訴
弟子：

今欲觀詩，不若且置〈小序〉及舊說。只將原詩虛心熟讀，徐徐玩
味，候彷彿見個詩人本意卻從此推尋將去，方有感發。如人拾得一
個無題目詩，再三熟看，要須辨得出來。若被舊說一局局定便看不
出，今雖說不用舊說，終被他先入在內，不期依舊從他去。（卷八十
〈論讀詩〉，頁 2085，必大錄）

可知朱子治詩所務去者，就是〈小序〉及舊說，怕「被舊說一局局定」，因此，
讀詩當避免受其影響，方能見得詩人本意，進而有所感發。

前述便是熟讀原詩的四種方法，如果每首詩皆以不走作之心熟讀百來
遍，甚至二百遍，和氣自然產生，朱子說：

讀詩之法，只是熟讀涵味，自然和氣從胸中流出，其妙處不可得而
言。（卷八十〈論讀詩〉，頁 2086，閎錄）

熟讀涵詠，所產生妙不可言的「和氣」，是從理學的角度說的，這個與〈關雎〉
詩《集傳》所注「養心」之說相契。看來讀詩是為養心，而熟讀為其基本工
夫。

二、參閱諸說

熟讀詩之本文後，可參考其他注解，以瞭解別人的看法，但是必須遵守
以下原則：

首先是注解之文略檢即可，他說：

讀詩，且只將做今人做底詩看，或每日令人誦讀，卻從旁聽之，其
詁有未通者，略檢注解看，卻時時誦其本文，便見其語脈所在。（卷
八十〈論讀詩〉，頁 2083，螢錄）

訓詁若有未通，當然有礙詩意的掌握瞭解，故略檢注解，以便通曉。

熟讀後才參看別家的說解。朱子一向主張從本文討義理，但於精熟誦讀

〔註 2〕　《語類》卷八十〈綱領〉：「《詩序》多是後人妄意推想詩人之美刺，非古人之
　　　　　所作也。」（頁 2077）

之後，猶望藉助他家說解加以比較、澄清，他以自己讀詩的經驗向學生說：

> 當時解詩時，且讀本文四五十遍，已得六七分，卻看諸人說與我意
> 如何，大綱都得之，又讀三四十遍，則道理流通自得矣。（卷八十〈解
> 詩〉，頁 2091，無記錄者）

參看別家說法，可以使自己不至於囿於己見，詩義「大綱」才能掌握得住。這是在熟讀本文有六七分瞭解以後才能如此，否則便會像朱子早年所犯的錯誤一樣，他曾說：

> 某舊時讀詩，也只先去看許多注解，少間卻被惑亂。後來讀至半了，
> 都只將詩來諷誦至四五十過，已漸漸得詩之意；卻去看注解，便覺
> 減了五分以上工夫；更從而諷誦四五十過，則胸中判然矣。（卷一百
> 四〈自論爲學工夫〉，頁 2613，木之錄）

不先熟讀本文瞭解六七分程度，就去看注解，便會被「惑亂」，因此他告誡讀者參看他家注解的時機，應在諷誦原詩四五十遍之後。而且參看各家說法時，不限與師說相背或相同者，或限於某家，主張多多益善。《語類》有云：

> 文蔚泛看諸家詩說，先生曰：某有《集傳》。後只看《集傳》。先生
> 又曰：曾參看諸家否？曰：不曾。曰：卻否可。（卷八十〈論讀詩〉，
> 頁 2088，文蔚錄）

> 先生謂學者曰：公看詩只看《集傳》，全不看古注。曰：某意欲先看
> 了先生《集傳》，卻看諸家解。曰：便是不如此，無卻看底道理。（卷
> 八十，頁 2088，閎錄）

依朱子的意思，讀詩應在熟讀本文後，再以《集傳》爲主，他家爲輔，同時參看玩索，方有所得。同時參看數家的用意，當是相互比較，知其短長，才易於理得「大綱」。其讀詩次序如此，不可亂之，如此才能循序致精。

　　因此，參考他說是讀詩必要工夫，可使人掌握大要，不失方向，有助精熟玩味，終至道理自通。但是參考各家說法之後，最後仍要回到本文之吟詠玩味。所以他說：「詩如今恁地注解了，自是分曉，易理會。但須是沈潛諷誦，玩味義理，咀嚼滋味，方有所益。」（卷八十〈論讀詩〉，頁 2086，木之錄）所以根本之道仍是熟誦本文。他說：

> 大凡讀書，先曉得文義了，只是常常熟讀。如看詩，不須得著意去
> 裡面訓解，但只平平地涵泳自好。（卷八十，頁 2087，夔孫）

虛心熟讀，平平涵泳，就是讀詩之法的大要。

三、涵泳諷誦

（一）方　法

參看各家注解之後，大致掌握了「大綱」，然後再回到原詩進行涵詠的工夫。鉤稽朱子對涵詠工夫所提示的方法，不外二個：一是觀其委曲折旋之意，朱子說：

> 讀詩正在於吟詠諷誦，觀其委曲折旋之意，如吾自作此詩，自然足以感發善心。今公讀詩，只是將己意去包籠他，如作時文相似。中間委曲周旋之意，盡不曾理會得，濟得甚事？（卷八十，頁 2086，僴錄）

吟詠諷誦，以便仔細觀察委曲折旋之意，此便是義理所在，如得理會，始足以感發善心。另一則是反復吟唱歌詠，這個工夫最為重要，在反覆唱和，歌詠不斷之間，用心體會其中滋味。弟子器之問〈野有死麕〉之義時，朱子便告誡說：

> 讀書之法，須識得大義，得他滋味。沒要緊處，縱理會得也無益。大凡讀書，多在諷誦中見義理，況詩又全在諷誦之功。所謂『清廟之瑟，一唱而三歎』，一人唱之，三人和之，方有意思。又如今詩曲，若只讀過，也無意思；須是歌起來，方見好處。（卷一百零四〈自論為學工夫〉，頁 2612，木之錄）

《詩經》中的〈清廟〉也好，時下的詩歌也好，都要「歌起來」，才會有滋味，否則詩意也只是表面符號，其中的情感倫緒，既無法藉聲音傳達出來，讀詩就沒有辦法興起感發，這樣便達不到勸懲的目的，所以朱子非常重視吟唱的工夫。

（二）目　的

諷詠的工夫，如能將前述二項方法落實，則便可達到朱子所要顯現的目的。歸納他所說的目的，不外是要使篇篇有箇下落，他說：

> 讀詩全在諷詠得熟，則六義將自分明。須使篇篇有箇下落，始得。

〔註3〕

所謂「須使篇篇有箇下落」就是理學的格物窮理工夫，而「下落」便是滋味所在，這種滋味的尋得，就要靠諷詠熟玩。朱子讀詩並非只要了解文義即可，至於六義綱領則不需專求，它會自然分明。因此，讀詩目的當要見得詩中好

〔註3〕《語類》卷八十，頁 2088，時舉錄。朱子此語在糾正弟子時舉讀詩先求六義綱領的錯誤。他要求學詩只要熟讀諷詠，六義自然便通，不必專求，應該窮格義理才對。

處、精怪，朱子說：

> 須是讀熟了，文義都曉得了，涵泳讀取百來遍，方見得那好處，那
> 好處方出，方見得精怪。（卷八十〈論讀詩〉，頁 2087，僴錄）

讀熟之後，詩義都已明白，還要再行百來遍的涵泳工夫。這種涵泳是透過吟唱歌詠、沈潛理會，以及細觀曲折之後，才見到詩中的「好處」，而這種好處，至難形容，故朱子用「精怪」說之。這與朱子說過的「讀書須是有自得處。到自得處，說與人也不得。」（卷一百零四〈自論為學工夫〉，頁 2612，木之錄）非常類似，所言的「自得處」如同讀詩所得的「好處」，所言的「說與人也不得」，大概就是指「精怪」的意思。

更深入創作的領域而言，讀詩是要見著詩人至誠和樂之意，朱子說：

> 文義也只如此，卻更須要諷詠，實見他至誠和樂之意，乃好。（卷八
> 十一〈蓼蕭〉，頁 2121，時舉錄）

靠讀者諷詠，以獲得詩人「至誠和樂」之情意，進而才能興起讀者善意。

可見吟詠諷誦是窮盡詩理的方法，亦是感發善心的必要工夫，如此才可能進而涵養本心。

四、感發興起

讀詩既見著詩人之本意，已瞭解詩中之義理，其後當進而有所感，才能發起潛藏的仁義良心。朱子曾說：

> 詩本於人之情性，有美刺諷諭之旨，其言近而易曉，而從容詠歎之
> 間，所以漸漬感動於人者，又為易入，故學之所得，必先於此，而
> 有以發起其仁義之良心也。（《四書或問》《論語・泰伯》篇）

此文出自《論語或問》，朱子嘗言本書「支離」，又是數十年前之作，與《集注》說法已不同，晚年雖有心修訂，但精力已衰而無力完成，故告訴學生此書不須看。〔註4〕從這段文字看來，朱子對《詩經》的看法，晚年已有改變。其中詩有「美刺諷諭」的說法，當屬早年擁《序》的見解，而「易曉」「易入」的看法，晚年反而持相反的論調，認為詩自難以興，說他自己枉費多年工夫，才略得聖人之意。〔註5〕但是其中對讀詩需「從容詠歎」的說法，則與晚年一

〔註4〕見《語類》，卷一百五，〈論自注書〉，頁 2630。湯泳乙卯年錄，朱子時年六六歲。

〔註5〕《語類》，卷一百一十五，〈訓門人三〉，頁 2778。訓弟子徐寓之文。此為徐寓

貫。且其「發起其仁義之良心」的效果，亦與晚年「養心」爲本的主張無異。可見從容諷誦以達興起善意的看法，是朱子始終如一的讀詩主張。

　　讀詩須是有所感發。朱子認爲詩本來即具感發意思，他說：「古人獨以爲興於詩者，詩便有感發人底意思。」（卷八十，頁 2084，必大錄）由於詩之易使人感發，故古人引詩之風始如此興盛，他說：

　　　　古人言必引詩，蓋取其嗟歎詠歌，優游厭飫，有以感發人之善心，
　　　　非徒取彼之文證此之義而已。夫以此章所論齊家治國之事，文具而
　　　　意足矣，復三引詩，非能於其所論之外，別有所發明也。然嘗試讀
　　　　之，則反復吟詠之間，意味深長，義理通暢，使人心融神會，有不
　　　　知手舞而足蹈者，是則引詩之助與，爲多矣焉。（《四書或問》《大學》
　　　　卷二，頁 242）

讀詩當如此也，吟詠玩味使義理通暢，而心融神會以致手舞足蹈，感發興起當是讀詩之最樂。朱子云：「古人說『詩可以興』，須是讀了有興起處，方是讀詩。若不能興起，便不是讀詩。」（卷八十，頁 2086，木之錄）如前所舉朱子之言，可知讀詩興起的，乃是「仁義良心」，這個說法是申言理學的義理，透過讀詩的活動，去體會天地之性的善意，以涵養其心性。

　　從讀詩過程來看，感發因詩而起。讀詩者經過沈潛理會、虛心熟讀、吟詠玩味，以見得詩中「下落」、「精怪」後，而有所感發，興起善意，如此詩中美惡方能對讀者有所懲勸，他說：

　　　　所謂「詩可以興」者，使人興起有所感發，有所懲創。「可以觀」者，
　　　　見一時之習俗如此，所以聖人存之不盡刪去，便盡見當時風俗美惡，
　　　　非謂皆賢人所作耳。（卷八十〈解詩〉，頁 2090，營錄）

朱子認爲聖人編詩之時善惡並存，乃欲使人讀之有所興起，以行自我勸懲，故必可以興，始可以觀。若讀而無所感，則無以起其善意，則師善不成，反以學惡，若其弊如此，不如不讀。

　　但是朱子認爲讀詩不難感發，如果無所興發，應是注家之誤，他說：「今讀之無所感發者，正是被諸儒解殺了，死著詩義，興起人善意不得。」（卷八十，頁 2084，必大錄）因爲學者在讀詩過程中，義理理得六七分之際，便可參稽諸家說解，以之與自己所得比較，這是朱子指導學者讀詩之法；何況尚有不少讀詩者，並未下如此工夫，便直接以注解之書導讀。因此，如無感發，

於庚戌以後，即朱子六十一歲後所記。

必是爲諸家誤導所致。而朱子以爲遺誤學者最甚者，莫過於《詩序》，他說：
「學者當『興於詩』。須先去了〈小序〉。」（卷八十，頁 2085，人傑錄），所
以他力主反《序》，讀詩盡去《詩序》，「詩意方活」，淫詩之說始可不受舊說
纏縛，而得以立論，成爲朱子解詩的一大特色。

　　雖然如此，工夫主要仍在讀者，必待讀者之感興，方不辱聖人著經之本
意，朱子說：「《詩傳》只得如此說，不容更著語，工夫卻在讀者。」（卷八十，
頁 2093，必大錄）便是這個意思。王春謀先生曰：

> 《詩集傳》淫詩之解，以爲淫詩皆淫人自道，固不足取；而其以詩
> 之本身但敘男女私情，不寓褒貶，聖人取之著於經，勸懲之法意，
> 端在讀者「感發興起」，誠爲的說也。如此，詩之本義，詩之教化，
> 兩得之矣。（《朱熹詩集傳「淫詩」說之研究》，頁 102）

此說正是切中朱子解詩與學詩之說的本意，可見「感發興起」之重要。即便
是變風之詩，亦能收到勸懲之效，所以朱子讀到此類詩篇無不深歎，如讀〈燕
燕〉詩卒章，便曰：

> 不知古人文字之美，詞氣溫和，義理精密如此。秦漢以後無此等語，
> 某讀詩於此數句，……深誦嘆之。（卷八十一，頁 2103，胡泳錄）

　　歸納前述所言，讀詩至終要感發善意、興起良心，乃是理學家讀詩之方
法，更是目的。讀詩首先要虛心沈潛，探求本文之義，專一熟讀，復又參考
諸家注解，比較所得，繼而再回歸本文精熟體味，諷誦其文，反復吟詠，玩
味其義理。其間無一毫私意邪思，居敬純一，虛心靜慮，乃能盡得義理，發
現聖人之旨，至此，即是「格物工夫」；終而感發善意，興起仁義良心，達到
使情性歸於正的修養目的。整個過程之中，朱子特別注重「敬」的工夫，本
論文首章「緒論」提過朱子思想大要中，即有「主敬涵養」的主張，並舉出
錢穆先生說「敬」有「時時收斂此心，專主於一」的涵義，因此讀詩之活動，
自虛心熟讀起，即持敬收斂，至興起良心善意，仍是居敬凝鍊。朱子承傳程
子對「敬」的主張，〔註6〕說：「敬者，主一無適之謂。」學者曾春海先生解
云：「意謂吾人在知與行之時，收斂精神，凝聚心思，一方面使心靈澄淨清明
不受外在事物的影響而使心神散亂不定，一方面則可以集中心思之力充分發
揮認識作用，以識察義理，存養於心，有事感應時，再運用心省察行爲與義

〔註6〕程子曰：「所謂敬者，主一之謂敬。所謂一者，無適之謂一。」見《二程集》
　　　　（台北：漢京文化公司，民國72年9月），《河南程氏遺書》，卷十五，頁169。

理是否相合，務使知行合一。」〔註7〕朱子也曾說過「持敬是窮理之本；窮得
理明，又是養心之助。」（卷九〈論知行〉，頁150，夔孫錄）因此，若能持敬
實踐，使其善意得以落實，自然意誠而心正矣。如此，詩人性情之正，始由
感發轉化爲讀者性情之正，達到涵養心性之功。所以朱子說：「如今讀書，須
是加沈潛之功，將義理去澆灌胸腹，漸漸盪滌去那許多淺近鄙陋之見，方會
見識高明。」爲達此「見識高明」之境，在整個讀詩活動中，他特別重視「諷
誦」的關鍵地位，因此他強調說：「讀詩，惟是諷誦之功。上蔡亦云：『詩，
須是謳吟諷誦以得之。』」（卷一百四，頁2613，木之錄）

第二節　詩教之窮理工夫

　　前節所論，讀詩不可貪多，須精熟諷誦，且要去掉那「走作底心」，以持
敬專一。如此讀詩，其目的即在體玩詩中義理。《語類》卷八十〈論讀詩〉一
文說：「讀詩全在諷詠得熟，則六義將自分明，須使篇篇有箇下落始得。」這
個說法，正與朱子論讀書方法時所說相同，《語類》卷十〈讀書法上〉云：「讀
書著意玩味，方見得義理從文字中迸出。」又說：「讀得通貫後，義理自出。」
可以看出朱子認爲理會義理是學詩主要工夫。透過讀詩之方法，吟誦玩味詩
中義理，以得到詩中人物性情之正，甚而得到詩人性情之正，做爲自身養心
之用，所以玩理是必要的工夫。如《語類》曾記載朱子大聲阻止林武子看詩
太快一事，因舉〈小宛〉詩說：

　　「題彼脊令，載飛載鳴；我日斯邁，而月斯征。夙興夜寐，無忝爾所
　　生！」這箇看時，也只是恁地，但裡面意思卻有說不得底。解不得底
　　意思，卻在說不得底裡面。（卷八十〈論讀詩〉，頁2087，義剛錄）

〈小宛〉詩，《集傳》云：「此大夫遭時之亂，而兄弟相戒以免禍之詩。」《語
類》所舉乃該詩第四章，《集傳》云：「視彼脊令，則且飛而且鳴矣。我既日
斯邁，則汝亦月斯征矣。言當各務努力，不可暇逸取禍，恐不及相救恤也。
夙興夜寐，各求無辱於父母而已。」且在篇末曰：「此詩之詞最爲明白，而意
極懇至。說者必欲爲刺王之言，故其說穿鑿破碎，無理尤甚。今悉改定，讀
者詳之。」朱子認爲此詩第四章乃兄弟誠懇相勸，彼此努力，以不辱父母。

〔註7〕曾春海：〈朱子德性修養論中的「格物致知」教〉，《儒家哲學論集》（臺北：
　　　　文津出版社，民國78年5月），頁207。

因此詞意最清楚明白，但其中兄弟懇切之情，實非文辭所能解說，必得要讀者不斷吟詠諷誦，親切體味，才能有所感發。此種深層的倫常義理，便是《語類》所言「說不得」、「解不得」底意思。朱子要求弟子熟讀五十遍、百來遍，甚至二百遍，逐次沈潛，所要追求的「意味」、「滋味」、「精怪」，〔註 8〕正是這個義理。換言之，朱子不只是要人瞭解文義而已，更要人透過興起感發的工夫，深入體貼詩中不可說解的「意味」或「滋味」，這種「滋味」的穫得，才是讀詩所要追求的目標。

既然義理之玩味是讀詩的重要工夫，本節所要處理的問題就是探討朱子對《詩經》義理的見解，包括玩味詩理的基礎在哪裡？體玩的原則有哪些？以及用哪些方法去探索義理等三方面的闡述。

一、窮理之基礎

朱子從詩教的觀點看詩，認為三百篇之中，篇篇都存在許多意思在裡頭，而這些意思無論是詩人作詩的本意，或者是聖人編輯的意思，都具有教化的深意，因此，善惡之文皆保留下來，他們的用意便是要讀者勸善懲惡。在這樣的認知基礎下，朱子才有玩味義理的主張。

（一）每篇皆有意思

《語類》曾說：

> 須是看他詩人意思好處是如何，不好處是如何，看他風土，看他風俗，又看他人情物態。只看〈伐檀〉詩便見得他一個清高底意思。看〈碩鼠〉詩便見他一個暴斂底意思。好底意思是如此，不好底是如彼。好底意思令自家善意油然感動而興起。看他不好底，自家心下如著創相似。如此看，方得詩意。（卷八十〈論讀詩〉，頁 2082，僩錄）

朱子論詩皆如此看，因此三百五篇無一不具義理，這是從讀詩者立場看詩的結果，詩辭或有好的意思，或有不好的意思，讀者經由起興，或感發生出善意，或如受創而自警。這些「意思」便是讀者「養心」的媒介或素材，所以朱子運用這種方式解詩，以實踐理學家涵養工夫。如此讀詩，義理自然深廣，

〔註 8〕如「涵詠讀取百來遍，方見得那好處，那好處方出，方見得精怪。」（《語類》頁 2087，僩錄）、「詩如今怎地注解了，自是分曉，易理會。但須是沈潛諷誦，玩味義理，咀嚼滋味，方有所益。」（《語類》頁 2086，木之錄）、「反復吟詠之間，意味深長，義理通暢，」（《四書或問》卷二，頁 242）。

如讀〈關雎〉詩，朱子所看意思便有多端，他說：

> 〈關雎〉一詩文理深奧，如〈乾〉〈坤〉卦一般，只可熟讀詳味，不可說。（卷八十一〈周南關雎〉，頁 2094，卓錄）

> 讀〈關雎〉之詩，便使人有齊莊中正意思，所以冠于三百篇；與《禮》首言「毋不敬」，《書》首言「欽明文思」皆同。（同前僴錄）

> 蓋夫婦之際，隱微之間，尤可見道之不可離處。知其造端乎此，則其所以戒謹恐懼之實，無不至矣。……詩首〈關雎〉，而戒淫泆，……皆此意也。（《四書或問》卷四〈中庸〉，頁 267，上）

「文理深奧」、「齊莊中正」、「戒淫泆」等意思，皆朱子言詩之義理。這些體會，當是吟詠玩味所得，雖然朱子云「不可說」，其實已推生出無數「意思」來，這便是理學家讀詩法下必然的產物。又如〈鵲巢〉之詩，學生問朱子說「〈召南〉之有〈鵲巢〉，猶〈周南〉之有〈關雎〉，〈關雎〉言窈窕淑女，則是明言后妃之德也。惟〈鵲巢〉三章皆不言夫人之德，如何？」朱子回答說：

> 鳩之為物，其性專靜無比，可借以見夫人之德也。（卷八十一〈召南鵲巢〉，頁 2099～2100，時舉錄）

此篇意思是朱子玩味詩理而得，然而朱子是由〈鵲巢〉與〈關雎〉之對應去思考，故落在美德範疇解詩，於是從鳩之本性言說，以比於夫人之德，詩之本文未必有如此意思，是朱子玩味義理的結果。

從上述朱子對〈伐檀〉〈碩鼠〉〈關雎〉〈鵲巢〉等詩的看法，不管是二〈南〉的正風，抑或是〈魏風〉的變風，都可以從讀者的立場，看出其中所含的義理。

（二）詩中善惡並存

朱子說：

> 如詩中所言有善有惡，聖人兩存之，善可勸，惡可戒。（卷八十〈解詩〉，頁 2092，杞錄）

> 聖人刪錄，取其善者以為法，存其惡者以為戒，無非教者，豈必滅其籍哉？（《朱熹集》卷三十四〈答呂伯恭〉（三三），頁 1501～1502）

他以理學家的觀點認為，詩中善惡並存，使後人盡見當時風俗美惡，乃是聖人之意，這便是詩中之義理。這種說法乃是從編輯的用意上立論。其實，從創作的命意上體認，一樣能符合朱子善惡並存的見解，他在《集傳》的〈序〉言中，曾回答「詩何為而作」的問題時說：

> 人生而靜，天之性也；感於物而動，性之欲也。夫既有欲矣，則不
> 能無思，既有思矣，則不能無言，既有言矣，則言之所不能盡，而
> 發於咨嗟詠歎之餘者，必有自然之音響節族而不能已焉，此詩之所
> 以作也。（〈詩集傳序〉，頁 1）

他認爲創作詩的動機是「感於物」，這是「性之欲」，其中兼有清濁善惡存之，
所以詩不可能無邪，這是從理學的義理去體會而來的說法。既然詩不必無邪
思，因此讀詩者當以無邪之心思吟詠玩味，才可理會得其中義理。有人問「思
無邪」之義，他說：

> 此只是三百篇可蔽以詩中此言。所謂「無邪」者，讀詩之大體，善
> 者可以勸，而惡者可以戒。若以爲皆賢人所作，賢人決不肯爲此。（卷
> 八十，頁 2090，營錄）

因此善惡之勸誡，必須建立在讀者以無邪之思所進行的諷詠玩味工夫上，使
人興起而有所感發，始能達成。朱子對淫詩懲誡之意，尤能深刻索玩，如解
〈氓〉詩，曰：

> 此淫婦爲人所棄，而自敘其事以道其悔恨之意也。……蓋一失其身，
> 人所賤惡，始雖以欲而迷，後必有時而悟，是以無往而不困耳。士
> 君子立身一敗，而萬事瓦裂者，何以異此，可不戒哉。（《集傳》〈氓〉
> 詩首章注）

由淫婦之被棄，思及立身之當謹愼，以此自警，因此惡詩若此，亦無妨讀詩
養心之功。

從詩人創作時因心中感發書寫所包含的清濁善惡，以及聖人整理《詩經》
時的教化用意，都無法刻意將詩中惡濁之文刪盡，這便是朱子所體認的《詩
經》事實，因此，他從另外一個不同於前人的立場看待《詩經》，也就是他所
提倡的讀者「無邪」的立場。這個「無邪」朱子稱之爲「讀詩之大體」。讀詩
如能掌握此「大體」，則三百篇無論善惡，皆能得其滋味。

二、窮理之原則

（一）主張溫柔敦厚

朱子站在理學家的立場，認定詩三百篇本來就具有義理存在，因此，他
解詩是站在溫柔敦厚的詩教立場進行闡釋，他說：

> 詩雖或主於譎諫，然其諷是人也，亦必優游含蓄，微示所以譏之之

意，然後其人有以覺悟而懲創焉。若但探其隱匿而播揚之，既無陳
善閉邪之方，又無懇切諷諭之誠，則正恐未能有益於其人，而吾之
言固已墮於媟慢刻薄之流，而先得罪於名教矣。夫子亦何取乎爾哉。
（《四書或問》卷七《論語・爲政》，頁 318）

他認爲詩人敦厚，縱然譏人，必「優游含蓄」，只是微譏而已，不可能如《詩
序》所說的篇篇譏刺。他曾舉例說：

若人家有隱僻事，便作詩訐其短譏刺，此乃今之輕薄子，好作謔辭
嘲鄉里之類，爲一鄉所疾害者。詩人溫醇，必不如此。（卷八十〈解
詩〉，頁 2092，杞錄）

古人作詩必不輕薄，故其詩必有「陳善閉邪之方」，能表現「懇切諷諭之誠」，
所以他對《詩序》解詩的態度頗不以爲然，曾說：

「溫柔敦厚」，詩之教也。使篇篇皆是譏刺人，安得「溫柔敦厚」！
（卷八十〈綱領〉，頁 2065，璘錄）

寬厚溫柔，詩教也。若如今人說九罭之詩乃責其君之辭，何處討寬
厚溫柔之意！（卷八十一，頁 2115，賀孫錄）

《詩序》說解詩義「必使詩無一篇不爲美刺時君國政而作，固已不切於情性
之自然。」朱子認爲，如此將使讀者「疑於當時之人，絕無善則稱君，過則
稱己之意，而一不得志，則扼腕切齒、嘻笑冷語，以懟其上者，所在而成群，
是其輕躁險薄尤有害於『溫柔敦厚』之教，故予不可以不辯。」（《詩序辯說》
卷上，頁 10）朱子之辯《詩序》，乃是《詩序》以美刺論詩，有失溫厚之旨，
不符詩教之故。所以朱子解詩乃是去除舊說而就詩之辭以求其本義，並且爲
符詩教溫厚之旨，其說解詩義多偏道德義理之方向；又由於他是以理學名家，
治詩亦難脫理學論詩之特色。

（二）務去舊說，惟求本意

前面所說《詩序》以「美刺」解詩，已失溫厚之外，更失詩之本意，他說：
「《詩序》作，而觀詩者不知詩意。」（卷八十〈綱領〉，頁 2074，節錄）又說：
「歷言〈小序〉大無義理，皆是後人杜撰，先後增益湊合而成，多就詩中採摭
言語，更不能發明詩之大旨。……後世但見《詩序》巍然冠於篇首，不敢復議
其非，至有解說不通，多爲飾辭以曲護之者，其誤後學多矣。」（卷八十〈綱領〉，
頁 2075，謨錄）他認爲「今人不以詩說詩，卻以《序》解詩，是以委曲牽合，

必欲如《序》者之意，寧失詩人之本意不恤也，此是《序》者大害處。」（卷八十〈綱領〉，頁 2077，賀孫錄）因此，朱子屢言廢《序》，他說：

> 今欲觀詩，不若且置〈小序〉及舊說。只將原詩虛心熟讀，徐徐玩味，候彷彿見個詩人本意卻從此推尋將去，方有感發。如人拾得一個無題目詩，再三熟看，要須辨得出來。若被舊說一局局定便看不出，今雖說不用舊說終被他先入在內，不期依舊從他去，某向作《詩解》，文字初用〈小序〉，至解不行處，亦曲為之說，後來覺得不安，第二次解者，雖存〈小序〉，間為辨破，然終是不見詩人本意後來方知，只盡去〈小序〉便自可通於是盡滌舊說，詩意方活。（卷八十，頁 2085，必大錄）

既然〈詩序〉有失本旨，自當盡去，而舊說亦且置之，先看原詩本文，虛心沈潛，逐一精熟誦讀，漸次理會玩味，如此尋繹詩人本意，自能有所感發。這是朱子六十歲左右所言，即廢《序》解詩之後的見解。然而部分學者對朱子治學之方法未能深究，以致因此謂朱子棄《序》論詩是「憑臆測解詩」。〔註9〕朱子以為《詩序》乃漢衛宏所作，此明載於《後漢書》中，且「計其初，猶必自謂出於臆度之私，非經本文，故且自為一編，別附經後。」（《詩序辯說》卷上，頁 3）既出於漢儒且杜撰處多，後人卻又只知有《序》而不知有《詩》，因此他積極回歸原詩內容，探求本意。他說：

> 讀書如《論》《孟》，是直說日用眼前事，文理無可疑。先儒說得雖淺，卻無穿鑿壞了處。如《詩》《易》之類，則為先儒穿鑿所壞，使人不見當來立言本意。此又是一種功夫，直是要人虛心平氣，本文之下打疊交空蕩蕩地，不要留一字先儒舊說，莫問他是何人所說，所尊所親，所憎所惡，一切莫問，而唯本文本意是求，則聖賢之指得矣。若於此處先有私主，便為所蔽而不得其正。此夏蟲井蛙所以卒見笑於大方之家也。（《朱熹集》卷四十八〈答呂子約〉（八），頁 2317～2318）

然而《詩序》乃漢以前人所作，去古較之宋代近多矣，其言或有所傳，其文亦有近古人之意者，朱子並非一意去之，今人許英龍先生說：「朱子反《序》卻又用《序》，也與治學方法有密切關係的原因。朱子因嚴謹的治學，發現〈小序〉偽謬，反客為主，……乃堅決反《序》。但也因為正確的讀書方法，發現

〔註9〕如林葉連先生便稱，如此憑臆測解詩，將造成百人百說之狀況。詳參氏著《詩經論文》（臺北：臺灣學生書局，1996 年 5 月初版），頁 126～127。

〈小序〉仍有部分可取與尊重之處，實不宜全盤否定，……這正表現出朱子極具理性與溫柔敦厚的一面。」〔註10〕這段話從其治學方法看出未能盡去《詩序》的根本原因，十分中肯。

（三）義法略知，專理意思

朱子對詩中義法雖也時予解析說明，但卻不認為是讀詩最重要處，《語類》記載說：

> 器之問：「《詩傳》分別六義，有未備處。」曰：「不必又只管滯卻許多。且看詩意義如何？古人一篇詩，必有一篇意思，且要理會得這箇。如〈柏舟〉之詩，只說到「靜言思之，不能奮飛」；〈綠衣〉之詩說「我思古人，實獲我心」，此可謂「止乎禮義」，所謂「可以怨」，便是「喜怒哀樂發而皆中節」處。推此以觀，則子之不得於父，臣之不得於君，朋友之不相信，皆當以此意處之。……古人胸中發出意思自好，看著三百篇詩，則後世之詩多不足觀矣。（卷八十〈綱領〉，頁 2070，木之錄）

由此可以看出，朱子對讀詩講究義理之推求理會重於其他項目。因此，他認為六義綱領亦不需專求。弟子陳器之疑〈柏舟〉詩解「日居月諸，胡迭而微」太深，且多次辨別賦比興之體裁，朱子乃告之曰：

> 賦、比、興固不可以不辨。然讀詩者須當諷味，看他詩人之意是在甚處。如〈柏舟〉，婦人不得於其夫，宜其怨之深矣。而其言曰：「我思古人，實獲我心！」

讀詩應諷味出「詩人之意」，才是重點。像〈柏舟〉詩中婦人之怨，詩人之意在其怨而中節，讀者所當諷詠玩味之處，即在於此。所以他又說：

> 「靜言思之，不能奮飛！」其詞氣忠厚惻怛，怨而不過如此，所謂「止乎禮義」而中喜怒哀樂之節者。所以雖為變風，而繼二〈南〉之後者以此。臣之不得於其君，子之不得於其父，弟之不得於其兄，朋友之不相信，處之皆當以此為法。……讀詩須合如此看。所謂「詩可以興，可以觀，可以群，可以怨」，是詩中一箇大義，不可不理會得也！（卷八十一〈邶·柏舟〉，頁 2102，閎祖錄）

朱子認為「大義」的獲得才能達成「興觀群怨」的作用，因此，「大義」才是

〔註10〕許英龍：〈朱熹詩集傳研究〉，頁 27。

讀詩之核心。諷味熟讀以求得義理，始能興發感懷，雖在變〈風〉之詩，亦能有所勸懲。〈柏舟〉之詩，爲「婦人不得於其夫，宜其怨之深矣」，但是詩中之怨卻「止乎禮義而中喜怒哀樂之節」，因此足以爲君臣、父子、兄弟與朋友等其他倫常之表率。〈柏舟〉此詩爲變風之首，雖是哀世之風，但朱子從倫理綱常之角度去體味，發現它在倫常上具有甚大的意義，所以所論旁及其他倫理之範疇，這種以夫婦爲五倫之首的看法，在《集傳》中特別明顯。尤其是二〈南〉之詩，從〈關雎〉到〈騶虞〉，無論是文王之德，抑或是太姒之德，朱子皆統攝詩旨到夫婦之倫加以探討、歸結。由此可見，朱子論詩其重心在闡發詩中的義理，其中又以倫常義理的發揚著墨最深。

六義之法，尙且不求，更遑論協韻之事，《語類》曾記載云：

> 器之問詩協韻之義，曰：只要音韻相協，好吟哦諷誦，易見道理，亦無甚要緊。今且要將七分工夫理會義理，三二分工夫理會這般去處，若只管留心此處，而於詩之義卻見不得，亦何益也。（卷八十，頁 2079，木之錄）

> 器之問詩，曰：古人情意溫厚寬和，道得言語自恁地好。當時協韻，只是要便於諷詠而已，到得後來，一向於字韻上嚴切，卻無意思。漢不如周，魏晉不如漢，唐不如魏晉，本朝又不如唐。（卷八十〈綱領〉，頁 2081，木之錄）

這兩則記載，清楚說明詩韻便於諷詠吟哦而自然相協即可，無需特別留心於此，所當著意的乃是詩的義理，以及詩人溫厚寬和的情意，否則便無「意思」。

（四）國風略觀，雅頌細玩

朱子讀詩窮理的主要原則爲不逐字理會，只求其大意。他說：

> 聖人有法度之言，如《春秋》、《書》、《禮》是也，一字皆有理。如《詩》亦要逐字將理去讀，便都礙了。（卷八十〈論讀詩〉，頁 2082，淳錄）

《詩經》不同於其他經典字字皆有聖人法言，不必逐字去讀，否則將有礙詩義之瞭解。《語類》載曰：

> 林子武說《詩》。曰：不消得恁地求之太深。他當初只是平說，橫看也好，豎看也好。今若要討箇路頭去裡面，尋卻怕迫窄了。（卷八十，頁 2082～2083，義剛錄）

朱子要林子武解詩不必求之太深，因為詩人當初作詩也只是「平說」，深求反而會「迫窄」。他曾批評說：

> 伯恭《詩》太巧，《詩》正怕如此看。古人意思自寬平，何嘗如此纖細拘迫！（卷八十一〈出車〉，頁 2121，鉄錄）

所以不必巧說細解。他又說：

> 看詩，且看他大意。如〈衛〉諸詩，其中有說時事者，固當細考。如〈鄭〉之淫亂底詩，若苦搜求他，有甚意思？一日看五六篇可也。（卷八十〈論讀詩〉，頁 2083，個錄）

朱子之意，乃指讀詩求義，或深或淺，當有所區別。如言時事之詩固當仔細推研，而淫亂之詩則大略粗看即可。大體言之，〈小雅〉以後之詩當深求之，而〈國風〉淫詩僅須觀其大概。他嘗說：

> 伊川有《詩解》數篇，說到〈小雅〉以後極好。蓋是王公大人好生地做，都是識道理人言語，故它裡面說得儘有道理，好子細看。非如〈國風〉或出於婦人小夫之口，但可觀其大概也。[註11]

〈雅〉〈頌〉等詩所以要細看，因為詩皆是識道理的「王公大人」所作，其中「儘有道理」；相反的，〈國風〉都是不識道理的「婦人小夫」所作，自然其中無甚道理，只有大概可觀而已。所以如果在〈國風〉之中循序求理，當會適得其反，他舉例說：

> 如〈漢廣〉、〈汝墳〉皆是說婦人。如此，則是文王之化只及婦人，不及男子！只看他大意，恁地拘不得。（卷八十〈論讀詩〉，頁 2082，寓錄）

所謂「大意」，乃指不拘限其意於文字，如拘拘字意，便會像朱子所言，以為「文王之化只及婦人」，因此必要看其大意，才能求得詩人本意。

三、窮理之方式

（一）解詩法，前後併看以窮推其理

《語類》有云：

> 詩無許多事。〈大雅〉精密。「遐」是「何」字。以彙推得之。又曰：

[註11] 《語類》，卷八十，頁 2083，鉄錄。卷八十一，〈采薇〉條亦有相同記載，其言曰：「〈雅〉者，正也，乃王公大人所作之詩，皆有次序，而文意不苟，極可玩味。〈風〉則或出於婦人小子之口，故但可觀其大略耳。」（時舉錄）

解詩，多是類推得之。（卷八十一，頁 2128，方子錄）

〈大雅〉非聖賢不能爲，其間平易明白，正大光明。（卷八十一，頁
2126，營錄）

〈大雅〉詩，文理精密，故曰：「非聖賢不能爲」，但其中事理平易明白，無
許多事，只要彙集前後篇章比較類推，便可得知其中義理所在。如「遐」，有
「遠」、「何」二義，朱子以爲古人作「遠」解，「甚無道理」。《禮記‧表記》
引〈隰桑〉詩「心乎愛矣，瑕不謂矣」，鄭《注》曰：「瑕之言胡也」，〔註 12〕
朱子稱其「甚好」。馬瑞辰《毛詩傳箋通釋》卷四云：「凡詩言『遐不眉壽』、
『遐不黃耉』、『遐不謂矣』、『遐不作人』，『遐不』猶言胡不，信之之詞也。」
（卷四，頁 162～163），馬氏之言即是類推之法，頗能得朱子窮詩之方。由此
推出文王「作人」之義，〔註 13〕是正面肯定其德業，非如毛鄭以「遠不作人」
之否定義解詩。

「看〈小雅〉雖未畢，且併看〈大雅〉。〈小雅〉後數篇大概相似，
只消兼看。」因言：「詩人所見極大，如〈巧言〉詩「奕奕寢廟，君
子作之；秩秩大猷，聖人莫之。他人有心，予忖度之；躍躍毚兔，
遇犬獲之」。此一章本意，只是惡巧言讒譖之人，卻以「奕奕寢廟」
與「秩秩大猷」起興。蓋以其大者興其小者，便見其所見極大，形
於言者，無非義理之極致也。」時舉云：「此亦是先王之澤未泯，理
義根于其心，故其形於言者，自無非義理。」先生領之。（卷八十一，
頁 2124，時舉錄）

此條弟子潘時舉所記，乃申〈小弁〉詩而并及〈巧言〉之詩。朱子以爲〈小
雅〉後數篇大概相類，故可以兼看，所以當申言〈小弁〉詩義時，自然述及
下一篇〈巧言〉之義，二詩皆看得「詩人所見極大」的意思。

詩多有酬酢應答之篇。〈瞻彼洛矣〉，是臣歸美其君，「君子」指君也。
當時朝會於洛水之上，而臣祝其君如此。〈裳裳者華〉又是君報其臣，
〈桑扈〉〈鴛鴦〉皆然。（卷八十一，頁 2125，賀孫錄）

〔註 12〕見鄭玄：《禮記鄭注》（臺北：學海出版社，民國 70 年 9 月再版），頁 723。按：
　　　　「瑕」原詩作「遐」，朱傳云：「遐，與何同，〈表記〉作瑕。」今人余培林謂
　　　　瑕「是爲遐之假借字」，但釋其義爲「遠」則與朱傳不同。參余氏著〈群經引
　　　　詩考〉，《臺灣省立師範大學國文研究所集刊》，第八號，民國 53 年 6 月，頁
　　　　33。
〔註 13〕見《詩集傳》〈大雅‧棫樸〉詩第三章注云：「作人，謂變化鼓舞之也。」

〈小弁〉與〈巧言〉二詩同類，並看則能通其義理。〈瞻彼洛矣〉與〈裳裳者華〉君臣相互應答，而〈桑扈〉與〈鴛鴦〉亦同，上下和樂共處，君臣之義於此盡明。又如說〈破斧〉詩曰：

> 看聖人這般心下，詩人直是形容得出。這是答〈東山〉之詩。古人做事，苟利國家，雖殺身為之而不辭。（卷八十一〈破斧〉，頁2114，賀孫錄）

〈破斧〉與〈東山〉皆豳風前後連屬之詩，〈東山〉為周公勞軍士所作，而〈破斧〉則軍士答周公勞己之意，朱子固視周公為聖人，亦視軍士為聖人之徒，皆能伸張正義，殺身為國。這是將兩詩併看以求詩義，所得的結果。所以朱子用此彙推之法解詩，與教人讀詩，期望透過會通前後詩篇的全面觀照，求得詩人本意。

（二）入手處，由人情義理論詩

朱子論詩著重人情之自然表現，決不因循前說而曲折說解。如論〈鴟鴞〉之詩，有問「既取我子，無毀我室」二句，解詩者以為武庚既殺我管蔡，不可復亂我王室。然當初卻是管蔡挾武庚為亂，何以如此？朱子則依人情之自然看此兄弟鬩牆之事，曰：

> 詩人之言，只得如此，不成歸怨管蔡。周公愛兄，只得如此說，自是人情是如此。（卷八十一，頁2113，僩錄）

朱子繼論之，謂周公使管蔡監殷是大疏脫，但當初必不疑他才如此，唯管蔡受武庚與商民灌酒離間，使得管蔡作亂。周公後來作〈酒誥〉，想必是因此之故。但朱子畢竟由兄弟之人情解詩，可見其窮究之途徑如此。《語類》卷八十一〈詩二〉曰：

> 嘗見古人工歌宵雅之三，將作重事。近嘗令孫子誦之，則見其詩果是懇至。如〈鹿鳴〉之詩，見得賓主之間相好之誠；如「德音孔昭」，「以燕樂嘉賓之心」，情意懇切，而不失義理之正。〈四牡〉之詩古注云：「無公義，非忠臣也；無私情，非孝子也。」此語甚切當。如既云「王事靡盬」，又云「不遑將母」，皆是人情少不得底，說得懇切。」（卷八十一，頁2117，營錄）

讀詩玩理應從人情入手，因為詩乃是人情之作，是發乎情之文。歐陽修《詩本義》也說：「詩文雖簡易，然能曲盡人事，而古今人情一也。求詩義者，以人情求之，則不遠矣。」（卷六，頁7，通志堂本，頁9242）而朱子更進一步

從理學義理推說，以為詩本於人情，而情是氣之所寄，氣有清濁，故其文有善有惡，若能窮盡人情曲折之處，以得致詩理，則其內容雖非正理，亦可觀之以生警戒。他曾舉幾個例子說明：

> 如〈北門〉只是說官卑祿薄，無可如何；又如〈摽有梅〉，女子自言婚姻之意如此，看來自非正理。但人情亦自有如此者，不可不知。向見伯恭麗澤詩，有唐人女，言兄嫂不以嫁之詩，亦自鄙俚可惡，後來思之，亦自是見得人之情處，為父母者能於是而察之，則必使之即時矣。此所謂詩可以觀。（卷八十一，頁 2104，木之錄）

> 問：〈摽有梅〉之詩固出於正，只是如此急迫，何耶？曰：此亦是人之情。嘗見晉宋間有怨父母之詩。讀詩者於此，亦欲達男女之情。（卷八十一，頁 2101，文蔚錄）

朱子說〈北門〉詩的「無可如何」，正是人情之自然，無多少深意，這也就是朱子前面所言的「平說」、「寬平」。至於〈摽有梅〉詩，朱子晚年說詩猶不得不說它「看來自非正理」，[註14] 因此《集傳》解說此詩為「南國被文王之化，女子知以貞信自守，懼其嫁不及時，而有強暴之辱也。」這種說法是朱子放在德化系統下的制式文字，其實朱子晚年所云「人情亦自有如此者」，更能契合朱子內心本意。又如〈小弁〉詩，有人問古今說詩者皆以為與舜怨慕之意同，但其中有怨親之意似與舜相異，何也？朱子答說：

> 作〈小弁〉者自是未到得舜地位，蓋亦常人之情耳。只「我罪伊何」上面說「何辜於天」，亦一似自以為無罪相似，未可與舜同日而語也。（卷八十一，頁 2123～2124，時舉錄）

這便是從人情自然處讀詩，不但詩理通徹，且能因此自省，這才是朱子學詩讀詩之本旨。不要像「今人多被『止乎禮義』一句泥了，只管去曲說」，應「平心看詩人之意」。（卷八十一，頁 2104，木之錄）所以朱子說「學詩，則心氣平而事理明。」（《四書或問》卷二十一《論語・季氏》，頁 487）

（三）解詩取向，從倫常道德申言

朱子解詩喜歡從道德義理發揮，如釋〈邶風・柏舟〉詩曰：

> 所以雖為變風，而繼二〈南〉之後者以此。臣之不得於其君，子之不得於其父，弟之不得於其兄，朋友之不相信，處之皆當以此為法。

〔註14〕此言弟子木之所記，朱子時年六十八歲。

（卷八十一〈邶柏舟〉，頁 2102，閎祖錄）

〈柏舟〉之詩，朱子謂「婦人不得於其夫，宜其怨之深矣」，但是詩之詞氣忠厚惻怛，因此雖怨，卻合乎「所謂『止乎禮義』而中喜怒哀樂之節」（同前），所以足以為君臣、父子、兄弟與朋友等其他倫常之表率。朱子用《中庸》之義來解釋《詩經》義理，發揮倫理道德的見解，諷誦體味詩理如此一斑，當是讀詩玩理之示範。又如釋〈小雅‧鹿鳴〉詩曰：

> 如〈鹿鳴〉之詩，見得賓主之間相好之誠，如德音孔昭，以燕樂嘉
> 賓之心。情意懇切，而不失義理之正。（卷八十一〈二雅〉，頁 2117，
> 營錄）

〈鹿鳴〉序言「燕群臣嘉賓」，朱子棄序舊說，從本文求義，定曰：「此燕饗賓客之詩」，不由君臣之義申言，有意將君臣關係導向朋友之倫，蓋特重其情意之交融。玩味詩辭本文，見其上下相待以誠，乃知其義理之不失其正也。又如以君民相親之和，來說明詩之曲折者，如學生之問〈七月〉詩「躋彼公堂，稱彼兕觥，何以民得升君之堂？」朱子答說：

> 周初國小，君民相親，其禮樂法制未必盡備，而民事之艱難，君則
> 盡得以知之。成王時，禮樂備，法制立，然但知為君之尊，而未必
> 知為國之初此等意思，故周公特作此詩，使之因是以知民事也。（卷
> 八十一〈豳七月〉，頁 2112，時舉錄）

朱子以君民相親如此，示於後王，其吟詠諷味之深，蓋著意於《大學》「親民」之義故也。又如以兄弟之情申明詩之曲折者，如學生問〈鴟鴞〉「既取我子，無毀我室」之義，何以解為「武庚既殺我管蔡，不可復亂我王室」？朱子曰：「詩人之言，只得如此，不成歸怨管蔡？周公愛兄，只得如此說，自是人情是如此。」（卷八十一〈鴟鴞〉，頁 2113，僩錄）朱子由兄弟之情當不怨，以解詩義，此乃從人倫道德玩味詩理，是朱子解詩之重要取向。

　　由上述可見朱子取向於倫常義理解詩之一斑。此外，亦有從道德方向論詩者，如《語類》卷八十一云：

> 文卿曰：「他後一章云『柔亦不茹，剛亦不吐』，此言仲山甫之德剛
> 柔不偏也。而二章首舉「仲山甫之德」，獨以「柔嘉維則」蔽之。崧
> 高稱申伯番番終論其德，亦曰『柔惠且直』，然則入德之方其可知矣。」
> 曰：「如此，則乾卦不用得了！人之資稟自有柔德勝者，自有剛德勝
> 者。如本朝范文正公富鄭公輩，是以剛德勝；如范忠宣范淳夫趙清

獻蘇子容輩是以柔德勝。只是他柔，卻柔得好。今仲山甫「令儀令
色，小心翼翼」，卻是柔，但其中自有骨子，不是一向如此柔去。便
是人看文字，要得言外之意。若以仲山甫「柔嘉維則」，必要以此爲
入德之方，則不可。人之進德，須用剛健不息。」（卷八十一〈烝民〉，
頁 2136～2137，文尉錄）

此〈烝民〉詩第五章，《集傳》云：「不茹柔，故不侮衿寡。不吐剛，故不畏
強禦。以此觀之，則仲山甫之柔嘉，非軟美之謂，而其保身未嘗枉道以徇人
可知矣。」朱子以爲，軟美非入德之方。輔廣申述師說云：「二章既稱仲山甫
之德柔嘉，故此章又以其剛亦不吐不畏強禦者言之，柔而不過乎則，則時當
剛而剛矣。先生謂柔嘉非軟美，保身不枉道者，上章以保其身而言之也。」（《詩
童子問》卷七）明人劉瑾以剛柔合德申朱子之言曰：「愚按：周子以柔善爲慈、
柔惡爲懦弱；剛惡爲強梁、剛善爲嚴毅。山甫不茹不侮，則有柔善而無剛惡
也；不吐不畏，則有剛善而無柔惡也。有柔善而復有剛善，故其柔嘉不爲軟
美，無剛惡又無柔惡，故其保身不至枉道，蓋其剛柔合德而發皆中節也。」（《詩
傳通釋》卷十八，頁 715）朱子所言要點有二：一是仲山甫之德柔中有骨子，
二是入德之方當以剛健爲本。劉氏所言乃是說明仲山甫所以能「明哲保身」
的原因，在於他有剛柔並濟之德，能發而皆中節之故。應是朱子欲言而未言
之意。由此看來，朱子以申言仲山甫之德始，深及人之資稟，終明進德之方，
所言無一不及德性，可見其解詩取向之重點即在於此。

〈商頌・長發〉詩云「湯降不遲，聖敬日躋。」朱子解之曰：「天之生湯，
恰好到合生時節，湯之修德又無一日間斷。」（卷八十一〈長發〉，頁 2140，
營錄）此用明明德之意說詩甚明。輔廣所言最能說明朱子之意，他說：「聖敬
云者，言湯之敬乃聖人之敬也。無一毫虧缺，無一息間斷，故能昭假於天，
與天爲一也。以此觀之，則敬之一字，乃入聖之門，而學者成始成終之道可
見矣。」（《詩童子問》卷八）朱子以修德不間斷說詩，是用《大學》之義，
輔廣進一步以《中庸》之義論詩，雖然朱子未明言此義，其實深衷正有此意。
詳參第六章有關理學之論述。

此外，朱子對仁義之德亦頗多言及，如學者問〈大雅・文王〉之詩，周
如何受命？朱子答曰：

命如何受於天！只是人與天同。然觀周自后稷以來，積仁累義，到
此時人心奔赴，自有不可已。（卷八十一〈大雅文王〉，頁 2126，可

學錄）

乃是以治國有仁義，故得人心，乃有國祚以享。又如朱子論＜騶虞＞「壹發五豝」之義曰：

> 疑此亦爲禽獸之多見，蒐田以時，不妄殺伐，至於當殺而殺，則所謂取之以時，用之於禮，固不病其殺之多也。蓋養之者，仁也；殺之者，義也。自不相妨。（《朱熹集》卷五十〈答潘恭叔〉（六），頁2435～2436）

> 仁在一發之前。使庶類蕃殖者，仁也；「一發五豝」者，義也。（卷八十一，頁2102，人傑錄）

人之待物當有仁有義，養之使其蕃殖眾多，是仁的表現；而蒐田以時，殺之以行禮，則是義的發揚。若養而不殺，蕃殖過甚，使之食不足飽，而同類相殘，是不仁不義也。可見朱子玩味詩理，不可曰淺。

其他如申明詩中孝道表現者，朱子曾論〈凱風〉詩曰：

> 言寒泉在浚之下，猶能有所滋益於浚，而有子七人，反不能事母，而使母至於勞苦乎？於是乃若微指其事，而痛自苛責，以感動其母心也。母以淫風流行，不能自守，而諸子自責，但以不能事母，使母勞苦爲詞。婉詞幾諫，不顯其親之惡，可謂孝矣。（《集傳》〈邶・凱風〉三章注）

以「婉詞幾諫」、「不顯親惡」言〈凱風〉詩的孝道內涵，是朱子親切體味而來。讀詩以此感發，欲得性情之正者，必不難也。朱子注〈小雅・蓼莪〉詩曰：「晉王裒以父死非罪，每讀詩至「哀哀父母，生我劬勞」，未嘗不三復流涕，受業者爲廢此篇。詩之感人如此。」引史事以申詩教，意謂讀詩當反身體察，方能感之之深不能自已。

以上足見朱子解詩喜偏道德倫常玩味義理。

（四）闡發內涵，由理學思想論述

朱子以理學說詩，使《詩經》的內涵更爲深厚，也因此顯現了朱子治詩的一大特色。他申述的方式兼從各方言說，有言已發未發之中和義理者，如說〈邶風・柏舟〉詩曰：

> 喜怒哀樂，但發之不過其則耳，亦豈可無？聖賢處憂患，只要不失其正，如〈綠衣〉「言我思古人，實獲我心」這般意思卻又分外好。
> （卷八十一〈詩二・邶柏舟〉，頁2103，木之錄）

喜怒哀樂，發而不過其則，正是聖賢不失其正的表現，二詩之意思因此「分外好」。亦有明理氣離雜之辨者，如朱子言〈二子乘舟〉曰：

> 宣姜生衛文公、宋桓夫人、許穆夫人、衛壽、朔，以此觀之，則人生自有秉彝，不係氣類。（卷八十一〈詩二・二子乘舟〉，頁2106，燾錄）

此言共舉五人，於《詩經》之中皆有不平凡的表現，所以說他們「不係氣類」。理氣不離不雜的論述，爲朱子理學一大要項，因此，朱子讀詩是以理學思想體玩其中義理，當有別於漢唐舊儒解詩之法，而自成一格。涵養此心，正是理學工夫，朱子以此爲學詩之目的，自然解詩不離理學範疇，除了自我體證，當亦有以示學者讀詩之範例。《語類》曾載曰：

> 時舉說〈皇矣〉詩。先生謂此詩稱文王德處，是從「無然畔援，無然歆羨」上說起；後面卻說「不識不知，順帝之則」。見得文王先有這箇工夫，此心無一毫之私；故見於伐崇、伐密，皆是道理合著恁地，初非聖人之私怒也。（卷八十一，頁2128，時舉錄）

此說是以「理欲」觀論詩。無私欲，合天理，聖人之德也。天理人欲正是理學的一大命題。當然是朱子論詩之一大重點，如弟子蘇宜申述〈常棣〉之詩說：「六章、七章，就他逸樂時良心發處指出，謂酒食備而兄弟有不具，則無以共其樂；妻子合而兄弟有不翕，則無以久其樂。蓋居患難則人情不期而相親，故天理常易復；處逸樂則多爲物欲所轉移，故天理常隱而難尋。所以詩之卒章有「是究是圖，亶其然乎」之句。反復玩味，眞能使人孝友之心油然而生也。」朱子則答之曰：

> 所謂『生於憂患，死於安樂』。那二章，正是過人欲而存天理，須是恁地看。（卷八十一，頁2118，胡泳錄）

雖然朱子此言是順著蘇宜的話說出，但是他以結論式的口語道出，正好統攝收納至他自己的理學思想系統之中，應該是朱子有意爲之的。

對於「理」的追求，朱子可說是不遺餘力，他曾說：

> 〈文王〉詩，直說出道理。（卷八十一，頁2126，振錄）

> 「帝命文王」，豈天諄諄然命之耶？只文王要恁地，便是理合如此，便是帝命之也。（卷八十一，頁2126，礪錄）

> 「在帝左右」，察天理而左右也。古注亦如此，《左氏傳》「天子所右，寡君亦右之；所左，亦左之」之意。（卷八十一，頁2127，人傑錄）

以上三條解釋〈文王〉詩，皆是從「道理」「天理」等理學命題論詩。朱子解說〈大雅・板〉詩時，更將理學思想發揮得深廣，《語類》載說：

> 時舉說〈板〉詩，問：『天體物而不遺』，是指理而言；『仁體事而無不在』，是指人而言否？」曰「『仁體事而無不在』，是指心而言也。天下一切事，皆此心發現爾。」因言「讀書窮理，當體之於身。凡平日所講貫窮究者，不知逐日常見得在吾心目間否？不然，則隨文逐義，趕趁期限，不見悅處，恐終無益。」（卷八十一，頁2133～2134，時舉錄）

《語類》所言闡發張子之意，言理、言心、言仁，皆是理學命題，又明示從「心」言「仁體事而無不在」，且要人體之於身。《集傳》則謂「天之聰明無所不及，不可以不敬也。」可以窺見其解詩方式之特色，如此與理學思想貼近，藉理學闡明詩中義理，誠是朱子論詩之重要方式。又如〈烝民〉詩「既明且哲，以保其身」，《語類》申之曰：

> 所謂「明哲」者，只是曉天下事理，順理而行，自然災害不及其身，可以保其祿位。今人以邪心讀詩，謂明哲是見幾知微，先去占取便宜。……然「明哲保身」，亦只是常法。若到那舍生取義處，又不如此論。（卷八十一，頁2137，文蔚錄）

此詩《集傳》云：「明，謂明於理。哲，謂察於事。保身，蓋順理以守身，非趨利避害，而偷以全軀之謂也。」明於事理，又順理而行，即明哲保身之道。朱子特別強調這不是一般人誤解的「見幾知微」、「偷以全軀」，所以有此誤解，乃是讀者內存「邪心」之故。可見「理」是朱子論詩之樞機。

朱子玩味詩理，固然如上述之縝密，但是對於義理若追求太過太高，則又不以爲然。他曾批評當世學者論詩弊病，說：「大抵近日學者之弊，苦其說之太高與太多耳，如此只見意緒叢雜，都無玩味功夫。不惟失卻聖賢本意，亦分卻日用實功，不可不戒也。」（《朱熹集》卷五十〈答潘恭叔〉（五），頁2431）其本意蓋謂讀詩當玩味詩理，以體貼聖賢作詩本意，並由此實踐日用工夫。若解詩太過，支離叢雜，反而遠離詩人或聖人之本意；同時因蹈空義理，離卻人情綱常，必定無法在日用之間作實踐工夫。因此，弟子器之問〈野有死麕〉之義時，朱子便告誡說：「讀書之法，須識得大義，得他滋味。沒要緊處，縱理會得也無益。大凡讀書，多在諷誦中見義理。況詩又全在諷誦之功。」（卷一百零四〈自論爲學工夫〉，頁2612），朱子認爲詩要諷誦、要歌詠，

方見得好處。而諷誦之目的，乃在「識大義」、「得滋味」，讀詩當應如此。其實，見得「好處」，即是識其「大義」、得到「滋味」。朱子論讀詩之法，特別重視「識得好處」，他曾說：「這箇有兩重，曉得文義是一重，識得意思好處是一重。若只是曉得外面一重，不識得他好底意思，此是一件大病。」〔註 15〕這些話是朱子對弟子陳才卿說的，對於弟子只曉「文義」而不見「好處」，生氣地厲聲說道：「這箇便是大病！」可見他如何重視詩中「好處」的體會了。陳來說：「朱熹主張的格物窮理，就其終極目的和出發點而言，在於明善。」〔註 16〕便是這個意思。

綜合觀之，朱子讀詩之法，注重體貼玩味詩中之義理，但又反對過分支離，因此主張由溫柔敦厚的立場解詩，不受古人舊說之影響，從詩辭本文著眼，併聯前後相關詩篇研推其中詩人本意，以諷誦吟詠之方式，識得其中滋味，如此自然有所感發，面對詩中善惡兼存之理，亦自然有所去取，勸善懲惡之功也因此而達成。

〔註 15〕《語類》卷一百一十四，〈訓門人二〉，頁 2755，僩錄。類似說法，又見卷一百一十六〈訓門人四〉，頁 2802，訓弟子沈僴之言，他說：「讀書之法，既先識得他外面一箇皮殼了，又須識得他裡面骨髓方好。如公看詩，只是識得箇模像如此，他裡面好處，全不見得。」至於如何知得好處，他說：「亦須吟哦諷詠而後得之。」
〔註 16〕陳來：《宋明理學》，頁 164。

第六章 朱子詩教思想之體系

朱子說解《詩經》，由早前期的用《序》，經中期的辨《序》，到後期的偶評《序》意「得之」〔註1〕、「庶幾近之」〔註2〕、「其必有所傳」，〔註3〕解詩的態度幾經調整，其主要原因應是思想的漸次成長與成熟，使得詮釋《詩經》的內涵亦隨之轉變，其於舊說或取或捨，也有所不同。因此，前述詳細分析討論其詩教的內容，呈現的思想特色，最明顯的二大現象，在於《中庸》與《大學》思想的運用，以及理學思想的闡發。可以說一部分取之於傳統舊說的精華，如德性與倫常的詩教思想，一部分則屬於朱子治學的創見，如性理、養心、讀者思無邪之說等。這些詩教的內涵，可以用提綱挈領的方式加以概括，統攝在以《中庸》《大學》之架構爲經，與以理學思想之內涵爲緯的兩大系統之下。

第一節 經──大學中庸之思想架構

朱子採取《大學》《中庸》之思想，對《詩經》進行總體全面的詮釋，使《詩經》在傳統舊說的經學化之後，又一次以新的面貌，新的生命，向讀書人展現不同的內涵。就如〈周頌・烈文〉詩「無競維人，四方其訓之。不顯維德，百辟其刑之。於乎！前王不忘。」《集傳》便直接說：

〔註1〕 如〈周南・麟之趾〉篇末云：「《序》以爲關雎之應，得之。」
〔註2〕 如〈周南・葛覃〉篇末云：「〈小序〉以爲后妃之本，庶幾近之。」
〔註3〕 如〈召南・騶虞〉篇末云：「《序》以〈騶虞〉爲〈鵲巢〉之應，而見王道之成，其必有所傳矣。」

言莫強於人、莫顯於德，先王之德所以人不能忘者，用此道也。此戒飭而勸勉之也。《中庸》引「不顯惟德，百辟其刑之」，而曰：「故君子篤恭而天下平」。《大學》引「於乎！前王不忘」，而曰：「君子賢其賢而親其親，小人樂其樂而利其利，此以沒世不忘也。」

《中庸章句》三十三章引〈烈文〉詩後，朱子注曰：「此借引以爲幽深玄遠之意。承上文言天子有不顯之德而諸侯法之，則其德愈深而效愈遠矣。」（《四書集註》《中庸》，頁 30）《大學章句》三章引〈烈文〉此詩後，朱子亦注曰：「此言前王所以新民者，止於至善，能使天下後世無一物不得其所，所以既沒世而人思慕之，愈久而不忘也。」（《四書集註》《大學》，頁 5）《四書或問》云：「賢其賢者，聞而知之，仰其德業之盛也。親其親者，子孫保之，思其覆育之恩也。樂其樂者，含哺鼓腹而安其樂也。利其利者，耕田鑿井而享其利也。此皆先王盛德至善之餘澤，故雖已沒世而人猶思之，愈久而不能忘也。」，又云：「此引〈烈文〉，以新民之得所止言之，而著明明德之效也。」（卷二〈大學〉，頁 229）朱子以《中庸》所申之德深效遠，與《大學》所言之盛德至善愈久不忘，兩義以說明詩人作此詩戒飭勸勉之意。這是朱子以《大學》《中庸》爲其詩教思想架構的重要而明顯的範例。

《語類》中載說：

「靜言思之，不能奮飛！」其詞氣忠厚惻怛，怨而不過如此，所謂「止乎禮義」而中喜怒哀樂之節者。所以雖爲變風，而繼二〈南〉之後者以此。臣之不得於其君，子之不得於其父，弟之不得於其兄，朋友之不相信，處之皆當以此爲法。（卷八十一〈邶·柏舟〉，頁 2102，閔祖錄）

此段文字說綱常不繼者當以此爲法，是爲《大學》思想之運用；以「禮義」與「中節」來釋詩，是爲《中庸》之思想；又二者看來，朱子詩教之架構是以《大學》思想爲其基架，〔註4〕而《中庸》思想爲其詩教架構之上學。

從這兩個例子可以知道朱子用《大學》《中庸》思想來解釋《詩經》的情

〔註4〕本文用「基架」一詞，蓋本朱子之意。朱子曾將《大學》比喻爲建屋之地基，《語類》說：「《大學》是修身治人底規模。如人起屋相似，須先打箇地盤，地盤既成，則可舉而行之矣。」（卷十四，頁 205，時舉錄）又曾說讀書應以《大學》作架子，《語類》云：「今且須熟究《大學》作間架，卻以他書填補去。」（同前大雅錄），其中提到要以別書補充，本論文因此提出以《中庸》作上學，聯結成較具規模的詩教架構。

形，下文即分二端觀察。

一、以大學爲基架

　　《語類》曾云：「某要人先讀《大學》，以定其規模。」（卷十四〈大學一〉，頁 249，寓錄）何種規模？朱子說：「《大學》是修身治人底規模。」（《語類》卷十四，頁 250，時舉錄）所以朱子詩教便運用了《大學》裡三綱領、八條目的理論，建構起略具規模的思想架構，雖然不是嚴謹的架構，卻是較諸歷代《詩經》學之著作更具詩教之規模。無論是有形的論述，或是潛藏的思想脈絡，都可以檢視出朱子的意圖。

（一）明明德而新民之教

　　在三綱領方面，朱子特別對聖人如商湯、文王以及周公等人明明德的工夫，有極爲明顯推崇的意思。如〈商頌·長發〉詩第三章，《集傳》云：「商之先祖，既有明德，天命未嘗去之，以至於湯。湯之生也，應期而降，適當其時。其聖敬又日躋升，以至昭假于天，久而不息，惟上帝是敬，故帝命之，使爲法於九州也。」這是朱子對商王因爲能落實明明德的工夫，敬上帝不已，所以上帝才命其爲王。《語類》也舉湯王修德之例說：「湯降不遲，聖敬日躋。天之生湯，恰好到合生時節，湯之修德又無一日間斷。」（卷八十一〈詩二〉〈長發〉）湯王具有明明德之工夫，所以承其先祖而保有國祚。輔廣申說其師朱子之本意，說：「聖敬云者，言湯之敬乃聖人之敬也。無一毫虧缺，無一息間斷，故能昭假於天，與天爲一也。以此觀之，則敬之一字，乃入聖之門，而學者成始成終之道可見矣。」（《詩童子問》卷八）修德無間，終能明明德，而「與天爲一」。輔氏特別提出「敬」的工夫，來表明「無一毫虧缺，無一息間斷」的努力，也正好說明了明明德工夫持續性的基本要求。對於君王修德的要求，朱子一直鼓吹不懈，前文提過他主張「爲政以德」，就是基於君王應致力於成聖成德，天命才能永保，所以不可以對明明德的工夫有一絲一毫疏忽。像衛武公進德修業的情形就是最好的模範，〈衛·淇奧〉詩首章，《集傳》云：

> 衛人美武公之德，而以綠竹始生之美盛，興其學問自修之進益也。《大
> 學·傳》曰：「如切如磋者，道學也。如琢如磨者，自脩也。

朱子解釋說：「道，言也。學謂講習討論之事。自脩者，省察克治之功。」（《四書集註·大學》，頁 5）〈經延講義〉也解說：「夫如切如磋，言其所以講於學

者已精而益求其精也。如琢如磨，言其所以脩於身者已密而益求其密也。此其所以擇善固執，日就月將而得止於至善之由也。」(《朱熹集》第二冊卷十五，頁587)朱子引用《大學・傳》解釋這首詩之用意，應是有意藉《大學》之義申明衛武公德業至善之深意。因此朱子想將詩義與《大學》思想結合，以建構新的詩教思想，的確有別於前代解詩之傳統。

至於新民之功，朱子蓋以「德化」述之。〈召南〉篇末《集傳》云：

> 〈鵲巢〉至〈采蘋〉，言夫人大夫妻，以見當時國君大夫被文王之化，而能修身以正其家也。〈甘棠〉以下，又見由方伯能布文王之化，而國君能修之家以及其國也。其詞雖無及於文王者，然文王明德新民之功，至是而其所施者溥矣。抑所謂其民皥皥而不知為之者與。

所言「文王明德新民之功」普施，即可見朱子言文王之化的用意，國君大夫受文王明德新民之影響，而能修其身、正其家。二〈南〉的德化論述，其實就是新民的工夫。朱子將《大學》思想注入詩教思想之中的情形，如此明顯。又如〈周頌・思文〉詩，《集傳》云：「后稷之德，真可配天。蓋使我烝民得以粒食者，莫非其德之至也。且其貽我民以來牟之種，乃上帝之命，以此遍養下民者。是以無有遠近彼此之殊，而得以陳其君臣、父子之常道於中國也。」明指后稷有至德，使綱常得以行之於中國而不墜。其中，無論是后稷之德，或是新民之工夫，皆已到達「至善」的境地，蓋后稷能「盡夫天理之極而無一毫人欲之私」(《大學章句》〈經〉，頁1)，始有以「遍養下民」，此后稷明明德之止於至善；而「無有遠近彼此之殊」皆陳君臣、父子之道，是乃后稷新民之止於至善也。「三綱領」兼融於朱子詩教之中，易言之，亦可說朱子藉《詩經》以申其《大學》思想。

(二) 格物窮理之教

朱子詩教思想之中，大別於前代的特色之一，即是注重讀詩方法之闡述，由本論文之第二章第二節「解詩以教化為旨趣」與第三章第一節「讀詩以精熟為務」、第三節「讀詩以玩理為要」等三部分，以及第四章朱子前期用《序》、辨《序》之詩教中，有關讀詩方法和窮理辨義之解說，都可顯現朱子將《大學》格物致知窮盡事理的精神，運用於《詩經》的詮釋與解讀活動之中。《詩經》內文或有詩中人物或詩人本身格物窮理的範例，比如〈周南・螽斯〉詩，《詩序》云：「〈螽斯〉，后妃子孫眾多也。言若螽斯不妒忌，則子孫眾多也。」朱子舊說才曰：「或曰：古人精察物理，有以知其不妒忌也。」(卷二，頁1461)

精察物理便是格物工夫，但是《辨說》反駁說：「《序》者不達此詩之體，故遂以不妒忌者歸之螽斯，其亦誤矣。」（卷上，頁 7）亦即否定詩人有這種窮理的可能，反而是朱子窮理發現了《序》說之誤。詩中格致工夫的表現自難理得，所以本論文將此項《大學》工夫的研究範圍，限於朱子對讀者的學詩、讀詩提示。

由於朱子在《集傳》中提示讀者可「即其辭玩其理以養心」（〈關雎〉篇末），表明了讀詩的目的在養心，這是理學存養範疇，為達此目的，必要經過即辭玩理的基本工夫，也就是格物窮理的工夫。所以研究朱子詩教思想，決不可將他所論述的讀詩方法摒棄不談，相反的，更要透過他的方法論來徹底洞悉其詩教思想的世界，才能獲致全貌，以免有以偏概全之譏。這是朱子詩教極大的特色，所以本論文對其讀詩方法的研究，巨細靡遺，不敢有所疏忽，其因在此。

朱子格物窮理的詩教，除了本論文各相關章節的論述外，亦可參稽拙作〈朱子「學詩之本」說發微〉一文，〔註5〕對於朱子從讀詩方法之指導，進而探索義理，以達理學內涵為目的詩教特色，會有較為粗淺清晰的認識，當有助益於瞭解本論文之研究。而朱子所說的「學詩之本」，其目的歸結於「養心」，亦即達到性情中正的境地。就《大學》條目而言，應是「正心」的工夫。

（三）修身至平天下之教

明明德工夫是為修身而作，格物以至誠意正心也是為了修身，這些《大學》基本工夫可從讀詩而得，已如前述。而《詩經》內含修齊治平之道，朱子亦嘗語焉，〈周南〉首章，《集傳》說：

> （周公）采文王之世風化所及民俗之詩，被之筦弦，以為房中之樂，
> 而又推之以及於鄉黨邦國，所以著明先王風俗之盛，而天下後世之
> 修身、齊家、治國、平天下者，皆得以取法焉。

〈召南〉篇末如前頁所引，亦可知〈鵲巢〉至〈采蘋〉當時國君大夫能修身以正其家也。〈甘棠〉以下各篇又見國君能修之家以及其國。所以朱子以為二〈南〉具有《大學》修身至平天下的義理，非常明顯。

既有如此義理，因此朱子視二〈南〉具《詩經》之乾坤地位。他曾說：「只看那『化』字與『德』字及『所以教』字，便見二〈南〉猶乾坤也。」（《語

〔註 5〕彭維杰：〈朱子「學詩之本」說發微〉，《國文學誌》第二期，頁 39～86。

類》卷八十一，頁 2094，文蔚錄）這是朱子從〈小序〉德化論述的立場看二
〈南〉的重要，但是以《大學》思想之體系來說，同樣具有乾坤的位置。朱
子在《集傳》的〈國風‧周南〉中詳細說明了修齊治平的內涵，他說：

> 按此篇首五詩，皆言后妃之德。〈關雎〉舉其全體而言也，〈葛覃〉、
> 〈卷耳〉言其志行之在己。〈樛木〉、〈螽斯〉美其德惠之及人。皆指
> 其一事而言也。其詞雖主於后妃，然其實則皆所以著明文王身修家
> 齊之效也。至於〈桃夭〉、〈兔罝〉、〈芣苢〉則家齊而國治之效，〈漢
> 廣〉、〈汝墳〉則以南國之詩附焉，而見天下已有可平之漸矣。若〈麟
> 之趾〉則又王之瑞有非人力所致而自至者，故復以是終焉，而序者
> 以為〈關雎〉之應也。

輔廣說：「此論則又全得周公集此二〈南〉之旨，句句有事實意味可玩，無一
毫穿鑿牽合之私。熟讀之，自見與《大學》《中庸》二解同功，是豈拘于《序》
說者所能及哉？」（《詩童子問》卷一）此部分的分析請參閱本論文第二章第
一節之「三、德化之重視（二）以大學中庸之義申德化之功」。

　　朱子重視《大學》之道中的本末始終之義，〈召南‧鵲巢〉首章《集傳》
云：「此詩之意猶〈周南〉之有〈關雎〉也。」輔廣認為這句話「說得最好」
因為他可以使人「見周公當時集此二〈南〉詩意，蓋欲人知夫治國平天下之
道，自修身齊家始也。」（《詩童子問》卷一）這是朱子申述德化思想的另一
個重要的用意，也就是他重視本末之義。相同的道理，在〈曹‧鳲鳩〉詩三
章，《集傳》注：

> 有常度而其心一，故儀不忒，儀不忒則足以正四國矣。《大學‧傳》
> 曰：「其為父子兄弟足法而後民法之也。」

也直接援引《大學》之〈傳〉第九章以「治國在齊其家」的意思來解釋此詩。
這是齊家為本的看法。但是齊家亦必本於修身，所以到了〈召南〉篇末時，
朱子便指出齊家治國以至平天下，亦要立基於修身的工夫，他在〈召南‧騶
虞〉篇末注云：

> 文王之化始於〈關雎〉而至於〈麟趾〉，則其化之入人者深矣。於〈鵲
> 巢〉而及於〈騶虞〉，則其澤之及物者廣矣。蓋意誠心正之功不息而
> 久，則其薰烝透徹融液周遍自有不已者，非智力之私所能及也。

朱子所說的「化人深」「澤物廣」，皆是齊家以下之事，這些王化之功，其基礎
實在於修身，修身則必得先要有意誠心正之工夫。正心誠意又要能「不息而久」，

才可收長治久安的效果，亦即到「熏烝透徹，融液周遍」不能止息的地步。所以二〈南〉實際上兼賅修身至平天下的大道，並不如程子之言，二〈南〉僅是正家之義，他說：「二〈南〉，正家之道也。陳后妃夫人大夫妻之德，推之士庶人之家，一也。故使邦國至於鄉黨皆用之。自朝廷至於委巷，莫不謳吟諷誦，所以風化天下。」（《二程集》〈河南程氏經說〉卷三，頁1046）〔註6〕朱子雖然每每推崇程子，但二〈南〉之義並沒有完全採用其說，較早的《詩序辨說》就已有本末兼具的看法，像〈桃夭〉詩，《辨說》謂「蓋此以下諸詩，皆言文王風化之盛由家及國之事。」（頁7）細推朱子此說，頗有此篇以上皆王化於家，而以下則王化於國之意。所以二〈南〉之詩的主要思想骨幹即在「德化」，由此貫穿上下，明顯看出朱子不但以《大學》的修身齊家治國平天下思想作爲解詩的義理工具，同時對本末之義亦十分重視。

（四）絜矩之道

朱子申述的《大學》之道，在形式建構上較爲顯著的三綱領、八條目，運用於詩教的情形已如上述，然而亦有內涵上申明《大學》之義，卻不明顯標示出用心的，如君子的絜矩之道。〈小雅・角弓〉詩四章，《集傳》云：

> 相怨者各據其一方耳。若以責人之心責己、愛己之心愛人，使彼己
> 之間交見而無蔽，則豈有相怨者哉。

輔廣直指此言曰：「即《大學》絜矩之道也。」（《詩童子問》卷五）此詩本章「民之無良，相怨一方。受爵不讓，至于已斯亡。」言宗族之間相怨疏遠，朱子則提「以責人之心責己、愛己之心愛人」的絜矩之道，以化解彼此對立之情形。這種方法，更具體而言，如劉瑾所說：「其道則惟在于尊其位、重其祿、同其好惡，此先王所以有〈常棣〉、〈伐木〉、〈頍弁〉、〈行葦〉諸詩之深仁厚澤也。」（《傳通釋卷》十四，頁614）其中「尊其位、重其祿、同其好惡」的方法，與朱子的「責己愛人」說法略異而實則相同，皆是用同理之心對待別人的作法。換言之，即是忠恕之道。蓋責人容易而責己爲難，愛人難於愛己，所以當一方能責己而不責於人，愛己更愛別人時，宗族之間便能和樂共處，不至於相怨。宗族兄弟朋友之間，皆當如此。所以劉氏說〈常棣〉、〈伐

〔註6〕朱子曾說過：「〈周南〉〈召南〉，詩首篇名。所言皆修身齊家之事。」（《四書集注・論語》卷九〈陽貨〉篇「子謂伯魚曰：女爲〈周南〉〈召南〉矣乎？」朱注，頁122）但朱子此言不同程子之說，朱子蓋以部分代全體之義，雖僅說「修身齊家」，實含蓋治國平天下之道。

木〉、〈頍弁〉、〈行葦〉諸詩亦同。

其實，夫婦之間亦須有絜矩之道相待，〈王‧君子陽陽〉詩首章，《集傳》云：

> 此詩疑亦前篇婦人所作。蓋其夫既歸，不以行役爲勞，而安於貧賤
> 以自樂，其家人又識其意而深歎美之，皆可謂賢矣。

家人即婦人，能對其夫「識其意而深歎美之」，有絜矩之道的精神。朱子說此夫婦「皆可謂賢」，便是指其有君子之美德。

君臣之間更須有絜矩之道，本論文第三章第二節中的君臣之倫，曾提到治民之道裡有「歸美於下」「閔勞下情」等，足以顯示朱子在君臣之道所要發揚的絜矩美德。

綜觀朱子詩教中的五倫之道，無不隱含《大學》的絜矩之道，這種屬於內在的思想支架部分，與顯性的八條目形成關聯性的建構。

二、以中庸爲上學

朱子運用《中庸》思想解釋《詩經》的情形十分普遍。非特士君子有《中庸》之德，即如失寵之婦人亦不遜乎前者，如〈邶‧柏舟〉詩，《集傳》以柏舟比婦人之堅貞，然而雖堅貞猶不得於其夫，以致內心憂深，思欲奮起飛去，不能，故靜思之。〈綠衣〉之詩則說乃思借古人善處之道，以自我勉勵，使自己不因失寵而有過失。《集傳》說：「思古人之善處此者，眞能先得我心之所求也。」二詩之婦人所表現的，正是《中庸》「君子素其位而行，不願乎其外。」（十四章）的美德。《中庸》說：「素患難行乎患難，君子無入而不自得焉。」又說：「正己而不求於人，則無怨。上不怨天，下不尤人。」〈柏舟〉〈綠衣〉詩中婦人正有如此君子之行。朱子讀詩至此，面對貞婦如此高行，無怪要大呼「這般意思卻又分外好！」〔註7〕他說：「如〈柏舟〉之詩，只說到『靜言思之，不能奮飛』，〈綠衣〉之詩說『我思古人，實獲我心』，此可謂『止乎禮義』。所謂『可以怨』，便是『喜怒哀樂發而皆中節』處。」（《語類》卷八十〈綱領〉，頁 2070，木之錄）朱子以爲二詩所寫之莊姜，其失位不得於莊公，應是可以怨之事，但是她雖怨卻能思古人以自屬無過，所以有《中庸》之德。

〔註 7〕《語類》，卷八十一，〈詩二‧邶柏舟〉，頁 2103，木之錄。其文曰：「聖賢處憂患，只要不失其正，如〈綠衣〉『言我思古人，實獲我心』這般意思卻又分外好！」

此為一例，而《詩經》中朱子藉以闡發《中庸》思想者，不止於此，下列分別從《中庸》「戒慎恐懼之義」、「至誠無息」、「忠恕之道」、「中節之教」等四方面分析之。

（一）戒慎恐懼之義

　　朱子曾直接指出〈周南〉之詩的綱領，說：「他大綱領處只在戒慎恐懼上。只自「關關雎鳩」便從這裡做起，後面只是漸漸推得闊。」（《語類》卷八十一〈周南關雎〉，頁 2095，僩錄）也就是說整個〈周南〉詩的核心義理便在《中庸》的「戒慎恐懼」。這段話是沈僩錄於戊午年後，即朱子晚年之言。《中庸》的「戒慎恐懼」是作「道不可與離」的工夫，朱子說過：「道者，日用事物當行之理，皆性之德而具於心，無物不有，無時不然，所以不可須臾離也。」既不可離，所以「君子之心常存敬畏，雖不見聞亦不敢忽，所以存天理之本然，而不使離於須臾之頃也。」（《中庸章句》第一章，頁 2）〈關雎〉之詩，言「和樂而恭敬」之德，〈葛覃〉詩明「勤儉敬孝」之德，〈卷耳〉詩言「貞靜專一」之至德，〈樛木〉〈螽斯〉述「無妒」之德，以後漸次推闊，及於「賢」、「才」、「樂」、「敬」、「尊君親上」、「仁善」〔註8〕等。這些皆因敬畏戒懼而存的天理本然之性，所表現出的君子之道，以證不須臾離之義。所以由朱子之言可知，〈周南〉詩之綱領在《中庸》之義。

　　非但〈周南〉如此，朱子也在〈大雅‧抑〉詩第七章「相在爾室，尚不愧于屋漏。」注云：

> 言視爾友於君子之時，和柔爾之顏色，其戒懼之意常若自省，曰：「豈不至於有過乎？」蓋常人之情，其修於顯者無不如此。然視爾獨居於室之時，亦當庶幾不愧於屋漏，然後可爾。……此言不但脩之於外，又當戒謹恐懼乎其所不睹不聞也。

這段文字在本論文第二章第一節之「二、修德之方法」亦曾引用並加以分析。文中朱子說「其戒懼之意常若自省」，就是《中庸》的不使道須臾離之義。將「相在爾室，尚不愧于屋漏」一句，釋為「視爾獨居於室之時，亦當庶幾不愧于屋漏，然後可爾。」即是《中庸》「慎獨戒懼」的意思。朱子說：「相在爾室以下，只是做存養工夫。」（《詩傳通釋》卷十八引）要時時存道心以涵養，所以君子無時不戒謹恐懼，弟子陳安卿也解釋說：「屋漏，人跡不到之地，

〔註8〕以上括弧所引，皆見朱子《詩集傳》中〈周南〉十一篇詩之注文。

須是戒懼方無愧怍。」(《詩傳通釋》卷十八引)無愧怍才能存養,道心始不須臾而離。劉瑾《詩傳通釋》釋曰:

> 愚按:不遏有忿者,是省察之功,所以遏人欲於將萌,即《中庸》
> 之內省不疚而慎獨之事也,能慎獨則意無不誠矣。不愧屋漏者,是
> 存養之功,所以存天理之本然,即《中庸》之不睹不聞而戒懼之事
> 也,能戒懼則心無不正矣。所謂正心誠意之極功者也。蓋由武公本
> 亦聖賢之徒,宜其所言合乎聖賢之道也。(卷十八,頁 697)

劉氏以已發之省察,與未發之涵養,申言慎獨戒懼之深意,頗能發明朱子「中和」思想的內涵。《中庸》的「慎獨戒懼」使微而顯,乃是「正心誠意」之極功,此又關聯《大學》之義理。所以以《中庸》《大學》爲架構的詩教體系,應是朱子詮釋《詩經》義理的肌理血脈。

(二)至誠無息之教

《中庸》第二十六章云:「至誠無息,不息則久,久則徵。」至誠者,眞實無妄莫之能加,而無一絲人欲之私也。朱子說:「既無虛假,自無間斷」,文王是朱子心目中的聖人,因他修德精純,且無間斷,其德與天同。《中庸》二十六章引〈周頌·維天之命〉詩曰:

> 詩云:「維天之命,於穆不已」。蓋曰:天之所以爲天也。「於乎不顯,
> 文王之德之純。」蓋曰:文王之所以爲文也,純亦不已。

〈大雅·文王〉詩七章,《集傳》亦云:

> 夫知天之所以爲天,又知文王之所以爲文,則夫與天同德者,可得
> 而言矣。是詩首言文王在上,於昭於天,文王陟降,在帝左右,而
> 終之以此,其旨深矣。

朱子言「終之以此」即指篇末「儀刑文王,萬邦作孚」而言,蓋文王與天同德,取法於文王,則能保天命也。文王之德,實是至誠無息,乃能同於天。〈大雅·文王〉詩篇末,《集傳》說這首詩「其於天人之際、興亡之理,丁寧反覆,至深切矣。故立之樂官,而因以爲天子諸侯朝會之樂,蓋將以戒乎後世之君臣,而又以昭先王之德於天下也。」又說:

> 此詩之首章言文王之昭於天,而不言其所以昭。次章言其令聞不已,
> 而不言其所以聞,至於四章。然後所以昭明而不已者乃可得而見焉,
> 然亦多詠歎之言。而語其所以爲德之實,則不越乎敬之一字而已。
> 然則後章所謂修厥德而儀刑之者,豈可以他求哉,亦勉於此而已矣。

這段文字有三個要點：一為文王修德不已而與天同德；一為文王成德之因在於「敬」；另一則為勉後王法文王之「敬」以修其德。可見「敬」的工夫是關鍵，朱子對「敬」的解釋呈現多重意義，參見《語類》卷十二〈持守〉中所述敬之含義（頁 206～216），其中「常令自家精神思慮盡在此」（頁 206）亦即「收斂身心」（頁 208）「存心」（頁 212）之意，最為朱子所常用，以此意思看朱子注〈文王〉詩的本意，《中庸》二十六章的「至誠無息」，當即〈文王〉詩所謂「儀刑」之對象。如此說來，「敬」是儀刑之功夫，而「至誠無息」是儀刑之內涵精神。由此可知朱子詩教思想與《中庸》之思想二者是相互融通，彼此豐富。

聖王修德必須精純無一雜質，而且無一息間斷。文王之修德如此勤勉不懈，因此其德必然精純，而且沒有間斷。如前文引〈周頌・維天之命〉詩云：「維天之命，於穆不已。於乎不顯，文王之德之純。」《集傳》則釋曰：「言天道無窮，而文王之德純一不雜，與天無間，以贊文王之德之盛也。」並且引程子之言曰：『天道不已，文王純於天道亦不已。純則無二無雜，不已則無間斷先後。』」朱子以程子對「純」與「不已」之解釋補充說明天命不已與文王之德二者之關係。真德秀也認為人之德純即是至誠，與自然界運行不息之誠相同，所以能純便能不已，他說：「純是至誠無一毫人偽，惟其純誠無雜自然能不已，如天之春而夏、夏而秋、秋而冬，晝而夜、夜而晝，循環運轉，一息不停，以其誠也。聖人之自壯而老，自始而終，無一息之懈，亦以其誠也，既誠，自然能不已。」（《詩傳通釋》卷十九引）也就是說，人之修德至「純一」的境界時，自然與天道循環不已一樣。

要達到純一無息的境界，必然要有實踐工夫。朱子在解釋《詩經》義理之時，便提出「至誠無息」應以「敬」做工夫，敬是存心，使得至德純一不已，這與前項「戒慎恐懼」的慎獨工夫是一體二面。另一工夫則是「和」，「和」之義，《中庸》說是「發而皆中節」，朱子解釋此意說：「發皆中節，情之正也，無所乖戾，故謂之和。」（《中庸章句》第一章，頁 2）這是用於齊家以下之工夫。如〈大雅・思齊〉詩三章，《集傳》曰：「文王在閨門之內則極其和，在宗廟之中則極其敬，雖居幽隱，亦常若有臨之者，雖無厭射，亦常有所守焉。其純亦不已蓋如是。」幽隱慎獨，仍以敬；家國無厭，猶以和，這樣才能達到「純亦不已」之境。嚴粲解釋此章詩句說：「在宮則和，在廟則敬，其誠隨所寓而形見也。不顯之處，人所不見而亦若有所臨，洋洋乎如在上也。無厭

之時，踐履已熟而亦自保守悠久無疆也。」（《詩緝》卷二六）文王修德無時無刻不踐履之，或和或敬，皆順其自然而行之，所以精純如此，且無止息。朱子申此詩教，亦勉乎此矣。

（三）中節之教

前文提及「發而中節」之義，朱子闡述詩義的重要論點之一，即是此「中節」之教。《論語・八佾》篇孔子說：「〈關雎〉，樂而不淫，哀而不傷。」便是指〈關雎〉篇的中節之義，〈周南・關雎〉詩首章，《集傳》曰：「言其相與和樂而恭敬，亦若雎鳩之情摯而有別也。」以「恭敬」表不過其則之意。〈鄭・女曰雞鳴〉詩《集傳》也說：「此詩人述賢夫婦相警戒之詞。……其和樂而不淫可見矣。」這二詩皆是夫婦間的《中庸》之義。君臣之間亦須有中節之道。

〈小雅・鹿鳴〉詩《集傳》云：

> 蓋其所望於群臣嘉賓者，唯在於示我以大道，則必不以私惠爲德而
> 自留矣。鳴呼，此其所以和樂而不淫也與？（首章）言安樂其心，
> 則非止養其體，娛其外而已。蓋所以致其慇懃之厚，而欲其教示之
> 無已也。（三章）

君臣宴飲，其間猶有教示大道之行，朱子看出是和樂而不淫的「中節」表現，當然屬《中庸》之義。

〈大序〉說詩是「發乎情，止乎禮義」，朱子認爲這僅是指正詩而言，因爲止乎禮義，即是「中節」之行，而變風之中，有許多淫亂的詩，如何說是止乎禮義，當然無「中節」的表現。所以不足以效法，應自我懲創以正情性才可。但是變風之中也有「中節」之義的詩，像〈唐風〉首篇〈蟋蟀〉詩，朱子說唐俗勤儉，民俗敦厚，故此詩「樂而有節，不至於淫」（《集傳》卷六）。因此朱子較在意的是「中節」之教，詩之正變反而不是詩教之所重。

（四）忠恕之道

《中庸》云：「忠恕違道不遠。施諸己而不願，亦勿施於人。」（《中庸章句》第十三章）朱子釋曰：「盡己之心爲忠，推己及人爲恕。」又說：「以己之心度人之心，未嘗不同，則道之不遠於人者可見。故己之所不欲則勿以施之於人，亦不遠人以爲道之事。」朱子對此《中庸》之義，在解詩的過程中亦常有申述之言，如〈大雅・皇矣〉詩三章，《集傳》云：

> 特言王季所以友其兄者，乃因其心之自然，而無待於勉強。既受大

　　伯之讓則益脩其德，以厚周家之慶，而與其兄以讓德之光。

王季以大伯愛己之心友其兄，故能自然而不勉強，且更修其德，增厚國命。這是兄弟之間所行的忠恕之道。〈小雅・常棣〉詩二章，《集傳》云：「言死喪之禍，他人所畏惡，惟兄弟爲相恤耳。至於積尸裒聚於原野之間，亦惟兄弟爲相求也。」兄弟相恤相求，其義深切如此，乃是極其本然自發之情，蓋亦忠恕之道。

　　至於君臣之間，朱子更常申述此義，〈小雅・皇皇者華〉詩首章，《集傳》云：

　　　　君之使臣，固欲其宣上德而達下情；而臣之受命，亦唯恐其無以副
　　　　君之意也。故先王之遣使臣也，美其行道之勤，而述其心之所懷。

君對臣下既美其勤，又述其懷，蓋能度臣心之故。〈小雅・四牡〉詩首章，《集傳》也說：

　　　　夫君之使臣、臣之事君，禮也。故爲臣者奔走於王事，特以盡其職
　　　　分之所當爲已，何敢自以爲勞哉。然君之心則不敢以是而自安也。
　　　　故燕饗之際，敘其情以閔其勞。

二詩皆遣使臣之作，君王能以己心度臣下辛勞之情，忠恕行於君臣，臣必能忘死。〈豳・東山〉詩篇末，《集傳》云：

　　　　愚謂：「完」謂全師而歸，無死傷之苦。「思」謂未至而思，有愴恨
　　　　之懷。至於室家望女、男女及時，亦皆其心之所願而不敢言者。上
　　　　之人乃先其未發而歌詠以勞苦之，則其歡欣感激之情爲如何哉。蓋
　　　　古之勞詩皆如此，其上下之際情志交孚，雖家人父子之相語，無以
　　　　過之。此其所以維持鞏固數十百年，而無一旦土崩之患也。

忠恕之道，上下交誠，國賴以立也。〈小雅・采薇〉詩首章，《集傳》云：

　　　　此遣戍役之詩。以其出戍之時采薇以食，而念歸期之遠也，故爲其
　　　　自言，而以采薇起興曰：采薇采薇，則薇亦作止矣。曰歸曰歸，則
　　　　歲亦莫止矣。然凡此所以使我舍其室家而不暇啓居者，非上之人固
　　　　爲是以苦我也，直以玁狁侵陵之故，有所不得已而然耳。蓋敘其勤
　　　　苦悲傷之情，而又風以義也。

輔廣申述云：「〈采薇〉之作是始出戍時也。歲之莫是來歲歸時也。此章言其始行之情，故云靡室靡家，不遑啓居，知其爲玁狁之故，則上之遣我者出于不得已，而我之義亦有所不容已也。此所謂風之以義。」（《詩童子問》卷四）

這段臣下能度君上之心，明上遣己出戍之不得已，故能慷慨赴命。

朱子善以忠恕解釋詩中君臣之道，顯示以己心度人心，彼此體貼，以恕待人，以忠盡事，則倫常得以發揚，國力因此增強。處在偏安局勢的南宋，身為讀書人的朱子，或有意藉此申上下之義，希望忠恕行乎國內，力圖復興之計，收復中原，以雪國恥。果若此，則為《中庸》之道的運用，寓於詩教之中矣。

第二節　緯——理學之思想內涵

本論文第五章第二節三窮理之方式（四）「闡發內涵，由理學思想論述」對理學論詩的情況已有部分分析，其中提出之命題有：已發未發之中和義理者、明理氣離雜之辨者、以「理欲」觀論詩、從「道理」「天理」等理學命題論詩等。朱子以理學解釋詩義內涵，可說至為普遍又具特色。其實前節朱子以《大學》與《中庸》詮釋《詩經》的分析中，已可看出當中的架構極富理學色彩，這是因為他亦以理學思想注釋《四書》的緣故。所以本節所採取的理學範疇是狹義的，僅觸及理學基本的命題，如本體論的天理，道德論的理欲，心性論的心性、情性等，不再贅言討論與《四書》相關的主題。

一、天　理

朱子說：「宇宙之間，一理而已。天得之而為天，地得之而為地。而凡生於天地之間者，又各得之以為性。其張之為三綱，其紀之為五常。，蓋皆此理之流行，無所適而不在。」（《朱熹集》卷七十〈讀大紀〉）這個定義被朱子經常作為解釋《詩經》的主軸，像〈大雅・文王〉詩，因《詩序》於詩之曲折有所未盡，故朱子辯之曰：

> 所謂天之所以為天者，理而已矣，理之所在，眾人之心而已矣。眾人之心是非向背若出於一，而無一毫私意雜於其間，則是理之自然，而天之所以為天者，不外是矣。今天下之心既以文王為歸矣，則天命將安往哉？（《辨說》，頁35）

這段辯說，完全從「理」字出發，以之言人心，言天命之必然。所謂「是非向背若出於一」即是指人心本於理之意，人心歸向於至德純一之文王，當是理之自然而無一絲勉強。蓋天理在此也。本詩《大學》引「周雖舊邦，其命

維新」句，朱子注曰：

> 言周國雖舊，至於文王能新其德，以及於民，而始受天命也。（《四
> 書集注》《大學》，頁3）

這段話，因是解《大學》「新民」之義，故論詩之重心，由《辨說》人心歸趨
之理，轉爲以文王能「明明德」及「新民」，致周能代商而有天下。《辨說》
由詩之外緣說解；《大學章句》則由詩之內部述義。文王有明德所以能受天命，
這是天之所以爲天之理，天命自是天理之自然。非因天之有神力，才受命於
文王也。

修德去欲，以合天理，猶要長久不已，才能成王者之德。〈大雅・下武〉
詩二章「王配于京，世德作求。永言配命，成王之孚」《集傳》云：

> 言武王能繼先王之德，而長言合於天理，故能成王者之信於天下也。
>
> 若暫合而遠離、暫得而遽失，則不足以成其信矣。

欲成王者之信，必要長合天理，亦即修德不已之謂。否則或合或違，何以成
其王德！

前引朱子所言「惟天高遠，雖若無意於物，」此意朱子亦嘗用之於他篇，
如〈小雅・正月〉四章《集傳》云：

> 民今方危殆，疾痛號訴於天，而視天反夢夢然，若無意於分別善惡
> 者。然此特值其未定之時耳，及其既定，則未有不爲天所勝者也。
>
> 夫天豈有所憎而禍之乎？福善禍淫，亦自然之理而已。

「視天反夢夢然，若無意於分別善惡」與前引「天高遠，若無意於物」意思
相同，其實天理自然，無待矯作然後行之。明儒朱善申曰：「福善而禍淫，此
天之常理也。善者未必福，淫者未必禍，則以氣化自盛而趨於衰，則常者有
時而變，此正其未定之時也。方其未定，則人或能以勝天，及其既定，則天
必能以勝人。然則今日之受禍者，安知其不爲他日之福；而今日之受福者，
又安知其不爲他日之禍乎？」（《詩解頤》卷二，頁21，通志堂本，頁10767）

所以君子當順理行事，使災害不致及身。〈大雅・烝民〉四章詩「既明且
哲，以保其身」《集傳》云：

> 明，謂明於理。哲，謂察於事。保身，蓋順理以守身，非趨利避害
> 而偷以全軀之謂也。

朱子復申此言曰：「所謂明哲者，只是曉天下事理，順理而行，自然災害不及
其身，可以保其祿位。……然明哲保身亦足（胡廣《詩傳大全》作「只」）是

常法，若到那舍生取義處，又不如此論。」（《詩傳通釋》卷十八引）《語類》
也說明哲保身「只是見得道理分明，事事處之得其理，有可全之道。便有委
曲處，亦是道理可以如此，元不失正，特不直犯之耳。若到殺身成仁處，亦
只得死。古人只是平說中庸，無一理不明，即是明哲。若只見得一偏，便有
蔽，便不能見得理盡，便不可謂之明哲。學至明哲，只是依本分行去，無一
事不當理，即是保身之道。」（卷八十一，頁 2137，未記何人錄）日常明哲，
當能保身，亦朱子詩教之勉哉。

　　像幽王不修明德，則天命難保，〈大雅・瞻卬〉七章詩「藐藐昊天，無不
克鞏。無忝皇祖，式救爾後。」《集傳》云：

> 惟天高遠，雖若無意於物，然其功用神明不測，雖危亂之極，亦無
> 不能鞏固之者。幽王苟能改過自新，不忝其祖，則天意可回，來者
> 猶必可救，而子孫亦蒙其福矣。

朱子藉以申天人之關係，從理學上理解，天與人之本心原自相同，皆一理也。
天理昭昭，雖亂而猶固，即理之不易也，但人心受濁氣而邪僻，則欲盛而理
滅，無能自救。如能存心養性，去除人欲，而改過自新，則濁氣漸消，情性
趨於正，而意誠心正，明德得以明，天理得以存，天意自可回也。國祚因此
得救，子孫亦得其福蔭。這是朱子以理學詮釋詩義所形成的詩教特色，亦即
申述天理不可違，以間接教化讀者。這種苦心，朱子自己就曾明白表示過，
他說：「聖賢千言萬語，只是教人明天理，滅人欲。天理明，自不消講學。」
（《語類》卷十二，頁 207，銖錄）

　　至於違背天理者，自然當攻伐討逆，〈大雅・皇矣〉詩第七章，《集傳》
曰：

> 上帝眷念文王，而言其德之深微，不暴著其形跡，又能不作聰明，
> 以循天理。故又命之以伐崇也。呂氏曰：此言文王德不形而功無跡，
> 與天同體而已。雖興兵以伐崇，莫非順帝之則而非我也。

文王之德與天同體，所以不著形跡。蓋文王之作為皆順天而行，所以伐崇之
舉乃是天命帝意也。弟子輔廣說：「文王之明德，上則與天為一，下則三分天
下有其二，可謂至矣。然未嘗暴著其聲色之間，其所云為但不識不知，順帝
之則而已。此天所以又命之使伐仇方也。夫文王之以崇為仇，蓋亦天理之當
然也。」（《詩童子問》卷六）以天理之當然申明朱子對文王伐崇的解釋。

　　據上述看來，君王順理修德而不著形跡，齊家治國又能修德不已，以合

天理，至興兵伐崇亦順天同體，朱子於君道之大力闡明，知其治詩之所重外，亦見其行事唯理是求的詩教用心。

二、理　欲

理學倡存天理，滅人欲，朱子詩教思想亦以此爲申述要點。〈大雅·皇矣〉詩五章，《集傳》云：

> 人心有所畔援，有所歆羨，則溺於人欲之流，而不能以自濟。文王無是二者，故獨能先知先覺，以造道之極至。蓋天實命之，而非人力之所及也。是以密人不恭，敢違其命，而擅興師旅以侵阮而往至於共，則赫怒整兵，而往遏其眾，以厚周家之福而答天下之心。蓋亦因其可怒而怒之，初未嘗有所畔援歆羨也。此文王征伐之始也。

存心養性，便是明明德，而此明德，便是天理，天理則在日用之間。所以涵養工夫行之於日常，以正氣稟之偏，物欲之害自然不及。朱子曰：

> 夫人之所以不能明其明德者，何哉？氣稟物欲害之也。蓋氣偏而失之太剛，則有所不克；氣偏而失之太柔，則有所不克。聲色之欲蔽之，則有所不克；貨利之欲蔽之，則有所不克。不獨此耳，凡有一毫之偏蔽得以害之，則皆有所不克。唯文王無氣稟物欲之偏蔽，故能有以勝之而無難也。（《朱熹集》卷十五〈經筵講義〉）

這段話表明理欲之分，而言文王所以征伐也。劉瑾詩傳通釋卷十六引「彭氏曰：登岸喻此心之無所溺也。蓋無畔援則中正而不溺於私，無歆羨則剛大而不溺於欲，故能造道之極也。」引「王氏曰：人心未嘗不正也，有所畔援則不得其正，有所歆羨則不得其正。無畔援歆羨則使之正其心也。」引「輔氏曰：用兵行師之際，情欲易縱之時，而二病不去，幾何而流於窮黷也哉。」引「呂與叔曰：雖赫怒用師皆出於無心也。畔援歆羨皆有心者也。」引「王介甫曰：有所畔援歆羨不得其欲而怒，則其怒也私而已，文王之怒是乃與民同患而異乎人之私怒也。」引「胡庭芳曰：此是文王興師之始，詩人必原於天之所命，以見文王之怒非出於己私也。」

人倫綱常之維繫，亦要時時摒除物欲之私，以敦厚親親之義，《語類》：

> 蘇宜又問：「〈常棣〉詩，……六章、七章，就他逸樂時良心發處指出，謂酒食備而兄弟有不具，則無以共其樂；妻子合而兄弟有不翕，則無以久其樂。蓋居患難則人情不期而相親，故天理常易復；處逸

樂則多爲物欲所轉移，故天理常隱而難尋。所以詩之卒章有「是究
是圖，亶其然乎」之句。反復玩味，眞能使人孝友之心油然而生也。」
曰：「所謂「生於憂患，死於安樂」。那二章，正是過人欲而存天理，
須是恁地看。」（卷八十一〈常棣〉，頁 2118，胡泳錄）

人皆易受逸樂所迷，使兄弟情宜蕩然無存，反不如患難及身之時，相恤相求
之情自然緊密而親愛不離，天理易行。因此，所當勸勉者，應在平居安逸歡
樂之時，惕勵修德，不受物欲之浸濡，忘卻人倫常彝之敦篤，違天逆理，而
遭逢災害。朱子重人倫之道，又善理學之義，所以釋〈棠棣〉詩爲「過人欲
而存天理」之教，而朱子在此所謂的天理，非常明顯的是指倫理綱常。學者
張立文先生也認爲朱子所講的天理，實質上就是「道德倫理、三綱五常」等
等，〔註9〕因此，朱子理欲之辨的詩教目的，應是在人倫綱常的維繫。

三、性　體

朱子說：「性者，人之所得於天之理也。」（《語類》卷四）又說：「性者
人之所受乎天者，其體則不過仁、義、禮、智之理而已。」（《四書或問》《孟
子》卷十四）所以性既以仁、義、禮、智爲體，應是純粹至善的。故曰：「性
即理也，當然之理，無有不善也。」（《語類》卷四）

（一）天地之性

〈大雅・抑〉詩二章，《集傳》云：

言天地之性人爲貴，故能盡人道，則四方皆以爲訓，有覺德行，則
四國皆順從之。故必大其謀、定其命，遠圖時告，敬其威儀，然後
可以爲天下法也。

朱子說：「論天地之性，則專指理而言。」（同前）專指理，所以無有不善，
盡人道，便達天之道，即盡天地之性，是爲至善之德，人以之爲貴，故可以
爲四方之法訓。

然而，亦有不善之性也，〈大雅・蕩〉首章《集傳》云：

蓋其降命之初，無有不善，而人少能以善道自終，是以致此大亂，
使天命亦罔克終，如疾威而多僻也。

〔註9〕 張立文先生認爲朱子的天理就是倫理綱常，所以「存天理，滅人欲」的道德
修養的目的，是要自覺地遵守封建等級制度和倫理關係。詳參張氏著《朱熹
思想研究》（臺北：谷風出版社，1968 年 10 月），下冊，頁 650～651。

依朱子所釋，既初生無有不善，何以後來又有不善？固然是其未能修德之故，但其根本因素，乃在於人之性有二種：天地之性與氣質之性。〔註10〕朱子說：「天命之性，本未嘗偏，但氣質所稟，卻有偏處。」（《語類》卷四）所以天命之性為至善之德，然氣質之性則有善有不善。不善之因，在於氣稟之偏濁使然。聖人如文王者，氣稟至清且正，故其德至善純粹；但凡人顯能如此，所以「少能以善道自終」，視其氣稟偏濁之程度，而有不善之性，故理學家重視後天之存養教育，使偏濁減輕，而趨於至善。嚴粲言曰：「天生眾民，其命有不可信者，其初皆善，而其終鮮善，是人自暴自棄，非天使之。然王自不為善，豈天賦予以惡哉！」（《詩緝》卷二九）嚴氏以為人自暴自棄，不修德，故不善。亦未能點破根本在氣質之性的存在使然。

（二）仁　體

　　前面提到性之體有仁、義、禮、智、信之理，其中又可以「仁」代總體之理，亦即仁可包含義、禮、智、信之理。〈大雅・板〉詩八章，《集傳》云：

　　言天之聰明無所不及，不可以不敬也。……張子曰：天體物而不遺，猶仁體事而無不在也。禮儀三百，威儀三千，無一事而非仁也。昊天曰明，及爾出王，昊天曰旦，及爾游衍，無一物之不體。

朱子解釋這篇詩義，舉張栻之言為注，即是視仁為總體之理。輔廣之言曰：「後四句（昊天曰明，及爾出王，昊天曰旦，及爾游衍）熟讀而詳玩之，可見天之於人無所不體，而興起人心畏天之誠，洋洋乎如在其上，如在其左右，不可度思。矧可射思，豈可一毫一息而不敬乎哉！」（《詩童子問》卷六）只言天之體物，未明仁之理以體事之義。惟朱子嘗自述其意說：「公說『天體物不遺』，既說得是；則所謂『仁體事而無不在』者，亦不過如此。今所以理會不透，祇是以天與仁為有二也。今須將聖賢言仁處，就自家身上思量，久之自見。」（《語類》卷八十一，頁2133，道夫錄）指出「天」與「仁」其實一也，他又解釋說：「體物，猶言為物之體也，蓋物物有箇天理。體事，謂事事是仁做出來。如『禮儀三百，威儀三千』，須是仁做始得。凡言體，便是做他那骨子。」（《語類》卷九十八〈張子之書一〉，頁2509，時舉錄）換言之，其體就是指理，所要做的那骨子，便是性，又是仁。人所行之事，善者便是仁。

〔註10〕朱子直言人有天地之性與氣質之性的說法，是承襲自張、程之說。見《語類》卷四。

仁體，指凡人所行合理之事，如朱子論〈騶虞〉「壹發五豝」之義曰：

> 疑此亦爲禽獸之多見，蒐田以時，不妄殺伐，至於當殺而殺，則所
> 謂取之以時，用之於禮，固不病其殺之多也。蓋養之者，仁也；殺
> 之者，義也。自不相妨。（朱子大全文集卷五十答潘恭叔 6）

養與殺皆順理行事，析言之爲仁爲義，統言之爲仁。朱子在〈召南・騶虞〉
詩首章，《集傳》釋曰：「南國諸侯承文王之化，修身齊家以治其國，而其仁
民之餘恩，又有以及於庶類。故其春田之際，草木之茂、禽獸之多，至於如
此。而詩人述其事以美之，且歎之曰：此其仁心自然，不由勉強。是即眞所
謂騶虞矣。」此僅就養而言其仁。朱子所言仁心即天地之性，本於自然，無
所驕飾，所以當其所發，無論人與物也，皆遍及之。德化之作用在朱子看來，
確實非常深遠，非但內聖得以修之，外王之功亦可由此立之，更可及於庶類，
蓋儒家民胞物與之精神，即在於此，這是自然之本性發用，流於萬物也，此
正《序》所謂「王道之成」。

四、情 性〔註11〕

〈魯頌・駉〉詩四章《集傳》云：

> 孔子曰「詩三百，一言以蔽之曰：思無邪。」蓋詩之言美惡不同，
> 或勸或懲，皆有以使人得其情性之正。然其明白簡切，通於上下，
> 未有若此言者，故特稱之，以爲可當三百篇之義，以其要爲不過乎
> 此也。學者誠能深味其言，而審於念慮之間，必使無所思而不出於
> 正，則日用云爲莫非天理之流行矣。

這段話與《論語・爲政》篇「子曰：詩三百，一言以蔽之曰：思無邪。」朱
子之注文大致相同，其言曰：「凡詩之言，善者可以感發人之善心，惡者可以
懲創人之逸志，其用歸於使人得其情性之正而已。然其言微婉，且或各因一
事而發，求其直指全體，則未有若此之明且盡者，故夫子言詩三百篇，而惟
此一言足以盡其義，蓋其示人之意亦深切矣。程子曰：思無邪者，誠也。」（《四
書集注》《論語》卷一，頁 7）兩相對照，注〈駉〉詩之文較詳盡，對情性如

〔註11〕「情性」一詞，朱子亦稱「性情」，如〈關雎〉詩篇末《集傳》云：「愚謂此
言爲此詩者，得其性情之正、聲氣之和也。蓋德如雎鳩，摯而有別，則后妃
性情之正固可以見其一端矣。」又說：「詩人性情之正，又可以見其全體也。」
其義指由性體已發爲情者。情有善惡，朱子欲人歸於正，此其詩教之用意也。

何歸正之說解，意思較足。天理流行之義，勞思光先生以為「『天理流行』即善」。〔註12〕而朱子所謂「審於念慮之間」者，即就已發處行識察之工夫，使其所思皆出於正，則其行為必無不善。看來「情性歸於正」即是要人思無邪，朱子說：「所謂得情性之正者，情性是貼思字，正是貼無邪字，此乃做時文相似。」（《詩傳遺說》卷三）此詩之注至為重要，蓋朱子於〈關雎〉一詩所云「學詩之本」者，曾謂「即其辭，玩其理，以養心焉。」所以能如此，當是詩有「思無邪」之義，而有勸懲之功，讀之，使人情性歸於正，即心得以正也，有正心之效。故此注是朱子詩教思想之根源，應當深切體味其中義理，以探得朱子詩教之精髓。

　　由於在各經之中，詩的文類最為特殊，讀者若不以思無邪讀之，可能無法獲益，朱子說：「《詩》中因情而起則有思，欲其思出於正，獨指「思無邪」以示教焉。」（《詩傳遺說》卷三，頁537，徐寓錄）「詩中因情而起則有思」，乃是從創作立場說明詩的文學性特質，又從理學立場隱指「情」的性理特質，蓋「思」之產生是根於「情」，而「情」在朱子理學的體系中，是指心之所發，有善與不善的問題，他說：

> 心所發為情，或有不善。……心之本體本無不善；其流為不善者，
> 情之遷於物而然也。（《語類》卷五，頁92，謙錄）

情若遷於物則不善，所以詩中有不善者，緣於此之故。而聖人欲人學詩求善，故示以「思無邪」。詩人之思雖然並不完全無邪，但聖人編詩則欲「勸善懲惡」，希望讀者情性能歸於正，所以把孔子所說的「思無邪」落在讀者身上，要求以無邪之思進行閱讀，才能收到勸善懲惡的效果。《語類》卷二十三《論語・為政》〈詩三百章〉說：「詩之立教如此，可以感發人之善心，可以懲創人之逸志。」（頁538，祖道錄）朱子言詩「立教」，其基礎在於「情性」之轉變導正。當讀者心胸滌盪，沒有一絲成見私意，見詩之善者，便能以興起善意，使心體有感而發，心之本體有善無惡，如仁義禮智諸德，當其發而為情，則必中節合禮。所以詩之善者，讀之可使人行止合於禮義；若為邪淫之辭，則對照善體之心，必因邪惡之行，而升起憎惡懲創之心，使己身有所警惕。

　　詩教的立教初衷，應是變化人之氣質，使情性無邪而正，他說：

> 《集注》說要使人得情性之正，情性是貼思，正是貼無邪，此如做
> 時文相似，只恁地貼方分曉，若好善惡惡皆出於正，便會無邪，若

　　果是正，自無虛僞，自無邪，若有時，也自入不得。(《詩傳遺說》
　　卷三，頁 16，葉賀孫錄七五冊，頁 540)

人心因氣稟之清濁，故有邪正，朱子認爲讀詩「只是要正人心」(《語類・爲
政》，頁 538)，讓濁邪之氣排除，使情性歸於正，可見「正」乃是讀詩的目的，
是最終的境界。所以讀詩即是做正心工夫，故《集傳》言「學詩之本」是在
「養心」。

五、養　心

　　朱子說：「一心具萬理」(《語類》卷九) 或說：「心統性情者也。」(《語
類》卷五)「心有善惡，性無不善。(同前)」既有善惡，故不可說是「心即理」。
「夫心主乎性者也，敬以存之，則性得其養而無所害矣。」(《朱熹集》卷三
十二〈答張敬夫問目〉) 這就是養心的工夫，錢穆先生就說：「一切工夫與方
法，全要偏主在心上。所以他 (朱子) 還竭立注重涵養須用敬一語。」〔註 13〕
〈鄭・出其東門〉首章《集傳》云：

　　人見淫奔之女而作此詩。以爲此女雖美且眾，而非我思之所存，不
　　如己之室家，雖貧且陋，而聊可自樂也。是時淫風大行，而其間有
　　如此之人，亦可謂能自好而不爲習俗所移矣。羞惡之心，人皆有之，
　　豈不信哉！

《孟子・公孫丑》上篇說：「羞惡之心，義之端也」，而「羞惡之心」爲已發
之情，其未發之體則爲義，是性，所以朱子說「心統性情者也」，又說：「因
其情之發而性之本然可得而見。」(《孟子集註》卷二〈公孫丑上〉) 羞惡之心
既爲義之性體所發，自然爲善，朱子謂「人皆有之」，是持性善之說法，因此，
人皆會「恥己之不善」，也會「憎人之不善」，否則不得謂之人。當人處淫奔
之習俗，非但不爲所移，且能自樂於室家。輔廣說這是「民性之善矣。」(《詩
童子問》卷二) 所以朱子讀到這一類詩，就會「眞箇有不知手之舞、足之蹈
者！」(卷八十，頁 2086，倜錄) 這便是存心以養其性的工夫。朱子詩教之目
的，蓋亦在乎此也。

　　理學家講存心、重涵養，因此講學之核心自然環繞這個主題。朱子曰：

　　人受天地之中以生，所謂命也，故人之明德非他也，即天之所以命

〔註 13〕錢穆：《宋明理學概述》，(臺北：臺灣學生書局，民國 81 年 2 月)，頁 168。

　　我，而至善之所存也，是其全體大用蓋無時而不發見於日用之間。
　　（《朱熹集》卷十五〈經筵講義〉）
明德即至善之性，當存之於心，以行於日用之間，此為明明德，故朱子詩教
要人存心養性，即是做《大學》明明德之工夫。如能操心至此，則全體大用
必見於日用之中，像〈魯頌・駉〉首章《集傳》云：
　　此詩言僖公牧馬之盛，由其立心之遠。故美之曰：思無疆，則思馬
　　斯臧矣。衛文公秉心塞焉，而來牝三千，亦此意也。
朱子以「心」為說詩之樞紐，而舉他篇同義者相比，亦讀詩之法。二詩皆有
秉心立心之意，朱子理學重心之義，蓋心統性情，聖人所秉之心乃天地之性，
承此心則牧馬可成，而國可治也。〈鄘・定之方中〉詩三章，《集傳》云：「蓋
人操心誠實而淵深，則無所為而不成，其致此富盛宜矣。」輔廣言曰「夫人
立心既遠則所成必厚，大凡富厚之事率非輕易浮淺者之所能致。」（《詩童子
問》卷二）朱子解詩所表彰古代的賢明君王，多是以誠心施行善政，所以能
富強長久，所謂「來牝三千」亦只是舉其可數之效，作為象徵，民心之歸附
也必不待言矣。如〈大雅・桑柔〉詩八章，《集傳》云：「順理之君所以為民
所尊仰者，以其能秉持其心，周遍謀度，考擇其輔相，必眾以為賢，而後用
之。」所指「秉持其心」即是據本然之性，無一不善之心也。因之，朱子詩
教中之治道，其要即在存心。

六、居　敬

　　朱子詩教思想之中，對格物窮理工夫至為重視，與弟子討論《詩經》之
時，處處可見其殷殷叮囑精熟玩理工夫之不可忽略，本研究已於前章特別詳
為分析闡述。朱子如此重視格致窮理工夫之最終目的，即在「養心」，《集傳》
於〈關雎〉詩篇末便說：「即其辭而玩其理，以養心焉。」但是，讀者讀詩玩
理如何保證必然可以養心？朱子雖未直接指出答案，但是從他提示的讀詩格
物窮理的方法中，已可得知此關鍵工夫即是「居敬」。
　　學者曾春海先生就曾說：
　　如何教心在格出理後，能向內外合一的理，亦即性理認同，以它為
　　言行的規範，則繫於道德意志的凝斂，朱子稱為「居敬」的工夫。
　　他說：「敬字工夫，乃聖門第一義。徹頭徹尾，不可頃刻間斷。」（《朱
　　子語類》卷十二）「敬」是護存此心此性，確保此心此性的發用和實

　　現。〔註14〕

這種「居敬窮理」的主張，涵蓋了德性修養的全程工夫，所以曾先生進一步解釋說：「朱子不但以『敬』字貫穿靜態的性與動態的情，且統攝心的內在收斂與外在格物窮理工夫。」朱子告訴會弟子「若能沈潛專一看得文字，只此便是治心養性之法。」（《語類》卷八十一，頁2101，木之錄）就是這個道理。

〔註14〕曾春海：《陸象山》（臺北：東大圖書公司，民國77年7月初版），第九章「朱陸論學及其各自的思想立場」，頁151。

第七章　結　論

第一節　朱子詩教之特色

　　朱子之詩教思想較之於前代，可說別具特色。像〈周頌・執競〉詩「無競維烈，不顯成康。上帝是皇。」《集傳》解曰：「成王康王之德，亦上帝之所君也。」漢儒傳統舊說則不同，毛《傳》云：「不顯乎其成大功而安之也。」鄭《箋》曰：「能持彊道者，維有武王耳。不彊乎其克商之功業？言其彊也。不顯乎其成安祖考之道？言其又顯也。天以是故美之，予之福祿。」朱子以爲成王康王之詩，異於漢儒之視爲武王詩。又詩言「自彼成康，奄有四方，斤斤其明。」毛《傳》解爲：「自彼成康，用彼成安之道也。」鄭《箋》釋曰：「武王用成安祖考之道，故受命伐紂定天下，爲周明察之君，斤斤如也。」《集傳》則有所不同，而曰：「斤斤，明之察也。言成康之德明著如此也。」毛鄭皆以武王功業說詩，而朱子則專言成王康王明明德之義。朱說之異於前代者可知，其極具特色之一斑亦可見之矣。是以本節先將朱子論述《詩經》之說法，與漢儒見解略作比較，藉以顯示朱子詩教之偏向；其次再綜合觀之，述明朱子之詩教特色。

一、朱子詩教與漢學之比較

　　近人呂思勉先生以爲「詩無本義」、「詩固祇有誦義」，[註1] 學者陳新雄先生因謂研究《詩經》可改以「探索古代研究《詩經》者之用心」，亦即清人

〔註 1〕呂思勉：《經子解題》（台北：臺灣商務印書館，75 年 10 月），頁 20～21。

魏源所謂「采詩與編詩者之用心」，以此看古代說詩傳詩之目的首在於「致至治」，因此毛詩是「把三百五篇視爲引導人君達到『人事浹，王道備』之善境」，而其序「乃深受孔子詩教之影響，作爲事父事君之良好教材」。〔註 2〕所以漢學之詩教是以外王爲目的，然而朱子詩教則異於此，是偏重內聖的功夫。茲略以數端比較言之。

（一）朱子重內聖之德而漢儒偏外王之功

　　這是朱子解詩的義理特色中，與傳統舊說最大的區別之處。朱子重《大學》修身之德以及《中庸》的上學之義，所建構的詩學義理，自然有別於前代。如〈周頌・思文〉詩，朱子《集傳》以明明德至善而親民之「《大學》之道」說詩，其詩教重倫理綱常如此。鄭《箋》則著重后稷之功業，曰「后稷之功能配天」言后稷種穀粒民有功；又以讖諱之說解詩，明武王遺民來牟有功。於是說「用是故陳其久常之功，於是夏而歌之。」朱鄭二人對詩中「陳常于時夏」之解釋相異，鄭以功業之久常解，朱子以三綱之常道明。其實朱鄭兩人解詩的基礎原來就不同，鄭《箋》從后稷與武王之治民實功論述全詩；朱子雖言后稷粒民遺種之功，然卒將此功歸之其至德，因其有明明德而止於至善之聖德，所以上帝有以命之而王天下。

　　所以朱子釋詩時特別重視修德的闡述，尤其對於慎獨工夫著墨甚力，〈大雅・思齊〉詩三章「雝雝在宮，肅肅在廟。不顯亦臨，無射亦保。」《集傳》以「在閨門之內則極其和，在宗廟之中則極其敬。雖居幽隱，亦常若有臨之者，雖無厭射，亦常有所守焉。其純亦不已蓋如是。」漢儒則以臣之助祭得禮言之，鄭箋云：「群臣助文王養老則尚和，助祭於廟則尚敬，言得禮之宜。」又以用人之道申之，曰：「文王之在辟廱也，有賢材之質而不明者，亦得觀於禮。於六藝無射才者，亦得居於位。言養善，使之積小致高大。」且「文王之祀於宗廟，有仁義之行而不聞達者，亦用之助祭。有孝弟之行而不能諫爭者，亦得入。言其使人器之，不求備也。」皆寫文王治道之辭。明顯看出朱子從修德之內容解釋詩意，而對象爲文王本身，蓋欲以聖人如文王者，猶慎獨以明明德不已，作爲闡述《大學》與《中庸》爲核心架構的詩教思想；鄭《箋》則以臣道得禮及文王使人不求其完備的用人態度說明詩意。二者釋詩之分野，至爲明顯，朱子重內聖之修持，漢儒偏外王之道術。

〔註 2〕陳新雄：〈孔子與詩經〉，《中國學術年刊》十八期，1997 年 3 月，頁 1～5。

（二）朱子重自修而漢儒喜美刺

漢儒解詩以美刺爲宗，當詩有貶意之辭，則以刺某釋之，如〈大雅・抑〉詩，《序》云：「衛武公刺厲王，亦以自警也。」鄭箋因此皆以批評厲王爲辭，詩十章「於乎小子，未知臧否，匪手攜之，言示之事；匪面命之，言提其耳。借曰未知，亦既抱子。民之靡盈，誰夙知而莫成。」鄭《箋》云：「傷王不知善否」又云：「萬民之意，皆持不滿於王。誰早有所知，而晚反成與？言王之無成，本無知故也。」鄭箋以「無知」「無成」傷刺厲王，未有武公自警之辭。朱子則謂「非徒手攜之也，而又示之以事；非徒面命之也，而又提其耳，所以喻之者詳且切矣。假令言汝未有知識，則汝既長大而抱子，宜有知矣。人若不自盈滿，能受教戒，則豈有既早知而反晚成者乎？」完全從武公欲人詳切告諭，並以不自滿自勉。輔廣言曰：「武公老矣，而使人謂其小子，可謂不自盈滿矣。只此便見其溫柔之意。」（《詩童子問》卷七）武公自謙自警如此，蓋欲自修明德以至善，朱子以自修釋詩，亦有存詩教之意也。鄭氏則循《詩序》以刺厲王說詩，二者解詩大異者如此，而其詩教之內涵，必定極不相同。

在位者自修其德以治民，固是朱子闡釋詩教之重點，但是，不在位之人，朱子亦有以自修其德解釋詩意之情形。如〈邶・綠衣〉詩，《序》說：「衛莊姜傷己也。妾上僭，夫人失位，而作是詩也。」《集傳》以自處無過自勉說之，言曰：「我思古人有嘗遭此而善處之者，以自厲焉。使不至於有過而已。」前章第一節提過，說這是《中庸》「君子素其位而行，不願乎其外。」（十四章）的美德。鄭《箋》云：「喻亂嫡妾之禮，責以本末之行。」又云：「古人，謂制禮者。我思此人定尊卑，使人無過差之行。心善之也。」又詩曰：「我思古人，實獲我心。」毛《傳》曰：「古之君子實得我之心也。」何以得我心？鄭《箋》云：「古之聖人制禮者，使夫婦有道，妻妾貴賤，各有次序。」鄭氏之言從禮制出之，謂古禮尊卑之制明矣，妾亂之，故莊姜責之也。但朱子則從自省解詩，謂將學古人之善處於此相同之境遇者，以使自己惕厲，期於無過差也。朱子重自修之義至爲明顯，此完全不同於漢儒以傷刺解詩的詩教義理。

（三）朱子重後天持敬修德以保天命而漢儒言天命不可改易

朱子詩教非常重視君王之德的涵養，可能是朱子基於讀書人報國的使命感，有意無意之間對上位者種種德性特別關注，[註3]所以他在詮釋《詩經》

〔註3〕 朱子對時君苦口婆心再三勉勵其修德至善的用心，詳見《朱熹集》卷十五〈經筵講義〉一文，頁 572～596。

內容之時，就特別強調天命難保之看法，企圖藉以激勵在位者勤修勵德。如〈文王〉詩「宜鑒於殷，駿命不易」，鄭《箋》：「宜以殷王賢愚為鏡，天之大命不可改易」，呂氏《詩記》引朱子早年說法即謂：「宜以為鑒而自省焉，則知天命之難保矣」。（卷二十五，頁 1767）《集傳》同此說。又詩曰：「命之不易，無遏爾躬」，《箋》云：「天之大命已不可改易矣，當使子孫長行之，無終女身則止。」呂氏《詩記》則曰：「言天命之不易保，故告之使無自絕其身。」《集傳》同此說，而更言「告之使無若紂之自絕於天」。朱子所持的「天命不易保」，與漢儒「天之大命不可改易」的說法，完全相反。固然漢儒亦有勤王之意，但是說詩之重心卻落在天命不可違背的論述上。朱子則揉合理學「天人一理」及《大學》「止於至善」與《中庸》「戒慎恐懼」、「至誠無息」等義理，指出修德不已，至與天心齊一之境，才可長保天命。所以朱子特別欣賞周文王，尊他為聖人，雖然其德至純而猶修德不已，才奠定周王朝久長之國命。〈文王〉詩「宜鑒於殷」句，是周公提醒成王，商王朝固為天命之國，這是商之先王與湯王等修德不已，到達與天同德的精純境界，祚命才能持續下來，但至紂王不修其德，違理而行，民心依天理而歸附於周，商於是自絕矣。朱子從這個方向建構詩教的體系，其用意不難瞭解。

（四）朱子重讀者省察實踐而漢儒講作者無邪作詩

朱子詩教之建構，可由簡表明之：

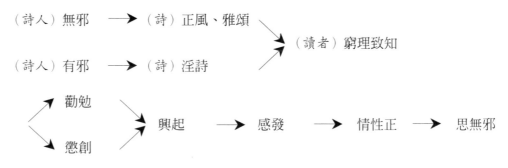

漢儒之詩教則為：

二者比較，漢儒認爲詩之作，皆發乎情而止於義禮，讀者可以風上刺下，以使人倫教化得以淳美，終至人人溫柔敦厚。朱子則以爲詩之創作時，詩人或以無邪、或以有邪作詩，無邪之作則爲正風與雅頌，有邪之作則爲淫詩，讀者以無邪讀詩，讀善詩則自勸，讀惡詩則自懲，以起心中善意，並藉感發使情性歸正，達到養心之目的。因此，由於詩中善惡並陳，朱子始從讀者修養的範疇建立詩教；漢儒則尚詩辭本身之作用，因其爲止乎禮義之作，故以之風化風刺讀者，由外鑠之途徑，透過吟詠薰陶，使人德行趨於溫柔敦厚，甚至使風俗變爲溫柔敦厚，《禮記・經解》所說的「入其國，其教可知也。其爲人也，溫柔敦厚，詩教也。」便是這個境界。從詩教目的來看，傳統詩教偏重社會人倫敦厚之培養；朱子詩教則強調個人心性之涵養。

二、朱子詩教之特色

　　前述所舉朱說與漢儒在論述《詩經》上的不同，雖是略作比較觀察，亦可知朱子解詩的義理核心在於讀者自身的省察涵養工夫。其實這就是朱子詩教最大最重要的特色，它具有朱子詩教的樞紐地位，一切論述皆是環繞著這個樞紐闡發，無論是義理的建構、或是論點的敘述、或是詮釋詩義的方式、或是讀詩方法的提示，無一不是以讀者存心涵養爲其中心，以下分別從各層面，綜合朱子詩教之論述，勾勒其重要而突出的特點，略爲整理，得出六項特色：

（一）根植學庸

　　朱子詩教思想以《大學》《中庸》爲其義理架構，其中又以《大學》作爲下學基架，奠下詩教體系之規模，使格物致知至修身平天下的本末工夫，落實在《詩經》義理之中，又以之爲讀者讀詩工夫之進路。二方面皆在《大學》的綱領條目之下，得到系統性的詮釋。至於詩教架構之上學，則爲《中庸》之思想，由於《大學》之規模猶有賴其他思想作爲充實之要件，使其不至徒有空架，而無牆面，難成完整之思想架構，朱子遂取儒學哲思之《中庸》作爲充實架構的上學。《中庸》的愼獨、至誠、中節、忠恕等義理，正好填充《大學》修身與齊家以下工夫之內涵，使二者結合形成穩固的思想架構，呈現本末節目循序而進的特性。

（二）發揮理學

　　朱子詩教體系中的詮釋系統，除了以《大學》《中庸》作爲架構外，又

以理學思想作詮釋的思想內涵，使詩教的思想厚度與密度增高。理學在朱子思想中固然是主軸，也是其詩教思想中不可或缺的義理精華。《大學》與《中庸》思想，原就已受理學之浸染，〔註 4〕加上詩教詮釋的過程裡，朱子亦運用許多理學的命題闡發詩中義理，使得朱子詩教顯現與前代大爲不同的特色。換一個角度說，《詩經》是朱子發揚其理學義理的一個場域，他曾說：「《詩》恰如《春秋》，《春秋》皆亂世之事，而聖人一切裁之以天理。」（《語類》卷二十三，頁 541）所言之「天理」，是朱子理學本體論的核心，而他將《詩經》與《春秋》不但等同由教化觀點看待，更將二者統攝到他的理學本體論的範疇當中，以「天理」這把尺，衡量詩中人事與物理，論其邪正善惡；再以「省察」工夫，從善惡並陳的詩義中，勸懲淬練，使情性達於正善之境，以行涵養。如此二條路線，解詩用理學義理，讀詩用理學工夫，皆以理學爲工具，又以理學爲目標，《詩經》成爲朱子理學治學之一環，爲其施展理學思想的場域之一。而具有理學特色的詩教思想，便是其治學的成果。

（三）以道德倫常為主軸

朱子詩教之中承襲前人詩教義理較爲明顯的特色之一，即爲道德倫常的思想主張。二〈南〉詩二十五篇，在朱子以道德倫常爲主軸的詮釋下，成爲《詩經》之乾坤。從〈關雎〉到〈騶虞〉，無論是文王之德，抑或是太姒之德，朱子皆將詩旨統攝到夫婦之倫予以探討。而變風之詩，有邪有正，如〈邶‧柏舟〉此詩爲變風之首，雖是衰世之風，但朱子從倫理綱常之角度去體味，發現它在倫常上具有甚大的意義，因此所論旁及其他倫理之範疇，這種以夫婦爲五倫之首的看法，在《集傳》中特別明顯。其他邪淫之詩，朱子提出以思無邪誦讀，亦可使情性終歸於正，一樣可以養心修身。〈雅〉〈頌〉諸篇更不待言。由此可見，朱子論詩是德性爲其本宗、以倫常爲其依歸，他不但承襲傳統溫柔敦厚詩教之精髓，更加深加廣予以發揚光大。

（四）重格物窮理之工夫

〔註 4〕 如《大學》「明德」的意義，朱子在《大學章句》說：「明德者，人之所得乎天，而虛靈不昧以具眾理而應萬事者也。但爲氣稟所拘，人欲所蔽，則有時而昏，然其本體之明則有未嘗息者，故學者當因其所發而遂明之，以復其初也。」（頁 1）當中「眾理」、「氣稟」、「人欲」、「因所發」等皆理學命題。又如《中庸》「性」的意義，朱子《中庸章句》說：「性即理也。天以陰陽五行化生萬物，氣以成形，而理亦賦焉。」（頁 1）當中「性即理」、「氣」、「理氣」亦皆理學範疇。

　　朱子教導學者誦讀《詩經》的途徑，基本上有二個關鍵活動，一是精熟閱讀，一是吟詠諷誦。這兩個讀詩的基本工夫，不可以有任何折扣，任何疏忽，因爲它是窮理與涵養同時並進的基礎工夫，對於不嚴守這兩個要求的弟子，他是絲毫不留情面而當面斥責的，前文提到他厲聲責罵弟子貪多不熟說：「恁地不成讀書，此便是大不敬！」〔註 5〕又他對於學者不貼著身心吟詠諷誦讀詩，而只曉「文義」，卻不見「意思」、「好處」、「滋味」的，就氣得厲聲責備道：「這箇便是大病！」〔註 6〕據《語類》所記，朱子教人讀書很少動氣如此強烈，〔註 7〕可以看出他重視讀詩方法的基礎工夫。

　　本論文對於朱子讀詩工夫上的分析，使用不少篇幅，無論是朱子在《語類》裡直接指導的原則與方法，抑或是在《集傳》《辨說》《呂氏詩記》《文集》《四書集註》甚至是《四書或問》當中，間接以各種方式詮釋《詩經》之誦讀，以及玩味義理之方法等，皆本著朱子對讀詩工夫一絲不苟之態度，詳爲探討。從分析中顯示，朱子將格物窮理的理論運用在《詩經》的閱讀活動之中，使得基本工夫也具有修德養心的義理內涵，而成爲朱子詩教中重要的一環。

（五）顯現批判與反省之精神

　　朱子詩教另一極具特色的項目，就是對舊說的批判與對史實的檢省。舊說指的是以《詩序》爲傳統的解詩系統，朱子早期依據《詩序》舊說解釋詩義，有部分已能突破藩籬，間破《序》義，後來完全脫離舊說之桎梏，並反身批判舊說之謬誤，以建立一家之言。例如他批判美刺理論之不厚、批評《序》說與《詩經》本文不符以及批評舊說與歷史事實不符等，這些批評當然是在理學的標準下進行，因此，顯現出理學特色的解詩新系統。由於朱子格致工夫之落實，使得舊說以歷史作背景的解釋顯得不夠周密，以致朱子對舊說亦提出若干辨駁。同時因爲朱子對歷史事實的關注，與對時事的熱忱，詮釋詩義之時，屢有獻策之舉，明爲解詩，實或有意於諫諍，頗有反思之精神。如《集傳》之中，〈秦‧黃鳥〉詩，對暴政敝俗之批判；〈秦‧無衣〉詩，對治國導民之重要的論述等。

〔註 5〕　本書第五章第一節「詩教之格物方法」一文所引。
〔註 6〕　本書第五章第二節「詩教之窮理工夫」一文所引。
〔註 7〕　朱子因弟子讀詩太快而生氣的情形，除此兩次外，《語類》卷八十〈論讀詩〉中還有一次，弟子義剛記錄云：「先生問林武子：看詩何處？曰：至大雅。大聲曰：公前日方看〈節南山〉，如何恁地快！恁地不得！」朱子大聲地以責備的語氣說話，可見他多麼在乎讀詩精熟與識得意思了。

（六）凸顯守舊的醒悟與創新的展現

朱子詩教顯示一個非常珍貴的示範，即不諱言自己治學中從守序、疑序、到棄序之過程。他所凸顯的是對守舊的醒悟，以及展現創新的勇氣，這種示範的意義便是本身的表白就是詩教的一環。可以啟發後世讀者不可墨守成規，要勇敢從新的視角檢討詮釋的正誤，不斷揚棄舊觀，開發新意。所以朱子詩教亦重視引導讀者思考。《集傳》在注文中偶有「讀者詳之」（〈小宛〉、〈行葦〉）、「讀者宜深味之」（〈棠棣〉）之指導語。如〈大雅・烝民〉詩首章《集傳》注曰：「昔孔子讀詩至此而贊之曰：『為此詩者，其知道乎？故有物必有則，民之秉彝也，故好是懿德。』而孟子引之，以證性善之說。其指深矣！讀者其致思焉。』就是希望提醒讀者從中思考，一方面檢視前人說法，另一方面以新的思想回歸詩辭本文之探討，就如朱子本人一樣，承襲與創新兼之。

第二節　朱子詩教思想之價值

朱子之詩教思想，經由前述各章節之討論研究，以及前節比較所得四項與傳統詩教明顯不同的特點，並綜合歸納出的六項特色，可以發現朱子之詩教思想具有以下數點重要之價值：第一、繼承《詩經》教化的傳統；第二、發揚理學論詩之風氣；第三、運用儒學思想使詩教體系化；第四、還原《詩經》的文學本色；第五、解讀活動由讀者立場主導運思；第六、重視文本的解讀吟詠；第七、將《詩經》教材化。這些都是朱子集經學、理學與文學冶於一爐所產生的貢獻，本節將一一敘述。

一、繼承《詩經》教化之傳統

《詩經》成書以來，始終與政治教化緊密結合，先秦以至漢代，政教與《詩經》的關係可從典籍記載中得知，如《論語・子路》篇孔子所云：「誦詩三百；授之以政，不達；使於四方，不能專對；雖多，亦奚以為？」為政、出使皆可從《詩經》裡得到對策，這是詩與政治聯結的證明。《禮記・經解》篇裡的「入其國其教可知也。溫柔敦厚，詩教也。」更可以瞭解以詩治國的情形。《詩序》所說「先王以是經夫婦、成孝敬、厚人倫、美教化、移風俗。」直接說明了詩的教化功能。因此，朱子〈詩集傳序〉一文裡曾說《詩經》是「修身及家，平均天下之道，亦不待他求而得之」的經書。

朱子繼承前賢以《詩經》教化成俗的傳統，維持溫柔敦厚的原則，以申言德性之修養、彰顯倫理綱常之精神，作爲詩教思想之主軸。期望受教者能「考其得失，善者師之而惡者改焉。」（〈詩集傳序〉）

二、發揚理學論詩之風氣

宋代理學自北宋周敦頤開其學風以降，以理學思想詮釋《詩經》的情形，便陸續出現，以程子著《詩解》稍具規模，今收存在《二程集》中之《河南程氏經說》卷第三。例如以「理欲」解詩者，釋〈鄘·蝃蝀〉詩曰：「命，正理也。以道制欲則順命，言所以風也。」（《二程集》，頁 1053）又以「天理」解詩者，釋〈大雅·皇矣〉詩曰：「民由之而不知，日遷善而不知爲之者，是不識不知，而順夫天理也。」（同前，頁 1085）但朱子對程子言《詩經》「皆止於禮義，可以垂世立教。」不能完全同意。蓋淫詩非止於禮義之作也，必讀者自身以無邪讀之，乃得情性之正。朱子承程子之遺風，更以心性、性情、心體、仁體等理學命題詮釋詩義，乃有發揚之功。

三、運用儒學思想使詩教體系化

朱子詩教思想之經緯，是以《大學》《中庸》思想爲其架構，將三百篇之義理以系統化的層次撐張起來，由過去的單篇解讀，零碎分析，變爲本末清晰的系統思想。在以《大學》爲基架與《中庸》爲上學之架構裡，更以理學填充，作爲詩教思想之內涵，使朱子詩教思想建構成略具體系化的規模。這個規模若要細分，還可別之爲解釋系統與工夫系統，解釋系統爲《詩經》義理之詮釋，工夫系統爲誦讀《詩經》之指導。前者可由義理之體悟以存心涵養，後者爲格物窮理工夫之實踐，二者其實可互爲輔成，亦即朱子所言「涵養中自有窮理工夫，窮其所養之理；窮理中自有涵養工夫，養其所窮之理，兩項都不相離。」（《語類》卷九〈論知行〉，頁 149）之義。因此，這種體系化的詩教，方便讀者進行實踐的工夫，落實朱子尊德性而道問學的理論。

四、還原《詩經》之文學本色

《詩經》在周代被強調政教用途以來，不斷在儒生解讀之下，賦予層層的經學內涵，直至宋代疑經風起，才漸漸回復其本來面目，雖然學者考證《詩

經》是潤飾而成，〔註8〕但至少回歸詩本文的解讀，去詩本意應較爲近切。所以朱子說：「風者，民俗歌謠之詩也。」（《集傳》〈國風〉篇首）但其爲「被上之化」而作。（同前）所以可以做爲教化之用。民俗歌謠是其本色，教化是其功能，朱子讀詩的前段活動，便是探索本色；後段則玩味義理。因此，淫詩的標示有其雙重意義，一爲民間歌謠本色的重現，另一爲懲創的詩教目的，朱子企圖達成這雙重目的。所以學者黃忠愼先生云：「朱子說詩雖頗具卓見，然以其爲一道學家、教育家，故解詩亦每每與其學說牴觸。如朱子雖有〈國風〉乃民俗歌謠之認識，然說詩時仍難脫《詩序》束縛而將詩篇歸結至王道之政論。」〔註9〕這便是二階段讀詩，一方面要還原其文學本色，一方面又要從道德倫常論述而造成的現象，表面看似衝突，其實內在有其合理性的意義存在。學者錢穆先生對朱子的文學修養特別推崇，他說：「朱子《詩集傳》之所以能卓出千古，盡翻前人窠臼，無復遺恨者，蓋以其得力於文學修養方面者爲大。」〔註10〕此言頗能標舉朱子詩說的一大價值。但是從詩教的觀點而言，文學的還原只是階段性的呈現，終究要歸向理學的目的。

五、解讀活動由讀者立場主導運思

朱子詩教涵蓋了讀者的解讀活動，而且以讀者爲主導，進行「無邪」、「感發」、「養心」等階段的活動，換言之，朱子是站在教學的立場解讀《詩經》。解讀的活動可區分爲二大階段，第一是讀者誦讀詩本文，而回歸其創作本色的階段；第二是讀者起興感發至養心的階段。前段必以虛心無邪誦讀，始能探其詩人本意；後段則應興起善意，透過感發心體，以便勸懲，使性情歸於正，達到存心涵養的目的。

由於前一階段的回復詩作本意，所以能使三百篇呈現文學本色，也因此脫去舊說束縛，重回文本的解讀吟詠，這應是讀詩活動的回歸運動，喚起經生不

〔註8〕如屈萬里先生〈論國風非民間歌謠的本來面目〉一文，從篇章形式、文辭、用韻、助詞用法、代詞用法等考證《詩經》之〈國風〉大部分是經樂官以雅言譯成的民間歌謠，已非本來面目。收入《詩經研究論集》（臺北：臺灣學生書局，民國76年7月），頁19～38。

〔註9〕黃忠愼：《南宋三家詩經學》（臺北：臺灣商務印書館，民國77年8月），頁265。

〔註10〕錢穆：《朱子新學案》（台北：三民書局，民國60年9月），第四冊〈朱子之詩學〉，頁73。

要迷失在章句訓詁的重圍當中，重新回到詩本文的吟詠誦唱。其功勞可謂不小。

六、強調文本解讀吟詠之必要

　　朱子對於讀詩的方法，首重文本的直接閱讀，直接解釋，不受歷代舊說所影響，尤其對充滿美刺言論的《詩序》，更是欲棄之而後快。雖然《集傳》最後的定本仍有一部分採取《詩序》的說法，但是他解詩的基本考量，仍在《詩經》本文的詮釋上。由於歷代儒者解詩無不從經義之推求著力，孜孜矻矻埋首於思惟之運作，忘卻詩本文之吟詠諷誦，使得詩三百篇可以說僵化了一半。因此朱子要求讀者對詩本文進行不同以往的解讀，以吟詠諷誦數十遍，甚至百來遍的方式，朱子在《儀禮經傳通解》卷十四談論詩樂文中，即載有風雅十二首詩譜，〔註11〕可見朱子重視詩樂吟誦的工夫。從吟誦中玩味詩人作詩本意，體味詩中不爲外人道的「滋味」，確實給理學界極大的震憾。

七、將《詩經》教材化

　　朱子詩教思想之體系可區分爲二大系統：一、爲注詩、釋詩的系統，以《大學》、《中庸》爲架構，理學爲內涵；二、爲教詩、學詩的系統，屬讀詩之工夫，欲使性情正，達成正心目標。二大系統中，釋詩又是爲了教詩，故《集傳》注詩時，或提示學習之道，或批判當道以爲示範，或對詩中人物之遭遇感歎，或明示缺疑等，使整部《詩經》成爲一部爲教學而準備的教材。

　　朱子爲教育家，一生致力於後學之培養，所以修葺書院，成立精舍，收容有志向學之士，日夕講學問道。《四書》固爲必讀之教材，而五經亦是講論之書，由《語類》之記載看，《詩經》在朱子教學之中，也是經常研讀討論的學科之一。〔註12〕且朱子曾說《集傳》是學者應參考之注本。〔註13〕爲了參考及教學之方

〔註11〕　十二首詩譜包括〈國風〉六首：〈關雎〉、〈鵲巢〉、〈采蘩〉、〈葛覃〉、〈卷耳〉、〈采蘋〉等；〈小雅〉六首：〈鹿鳴〉、〈四牡〉、〈皇皇者華〉、〈魚麗〉、〈南有嘉魚〉、〈南山有臺〉等。邱燮友教授認爲這是「古代雅樂中現存最古的樂譜，也是宋人傳唐人唱《詩經》的樂譜。」見邱先生著《品詩吟詩》（臺北：東大書局，1989年6月），頁33。

〔註12〕　有關師生間《詩經》之討論，記錄在《語類》卷八十、八十一兩卷，以及其他各卷零星之記載。從朱子督促要求的話語中，可知誦讀《詩經》是經常性的功課。

〔註13〕　《語類》載云：「文蔚泛看諸家詩說，先生曰：某有《集傳》。後只看《集傳》。先生又曰：曾參看諸家否？曰：不曾。曰：卻否可。」（卷八十〈論讀詩〉頁

便，自然將《集傳》注解之方式配合需要，而予之教材化。所以今日讀者參考《集傳》之時，初學使用非常順手，應是當時朱子將之教材化的功勞。

第三節　朱子詩教思想之影響與現代意義

一、朱子詩教思想之影響

（一）奠定理學論詩之模式

　　自程子以理說詩以來，至朱子光大發揚而不餘遺力，形成其治詩之一大特色，本論文已詳述於前。其後，這種以理學說詩之影響，可說極為深遠，近者影響及諸弟子，遠者直到有明一代之《詩經》學仍明顯受其左右。

　　其例證頗多，如弟子輔廣《詩童子問》解〈召南·江有汜〉詩曰：「不我以、不我與、不我過者，欲也；其後也悔、其後也處、其嘯也歌者，理也。從欲者，躁急而褊狹；復禮者，安舒而和樂。從欲而悔，循理而樂，則得其性情之正矣。」（卷一）顯然以「理欲」的道德論命題申解詩義。《四庫提要》《經部·詩類一》云：「是編大旨，主於羽翼《詩集傳》，以述平日聞於朱子之說，故曰：『童子問』。」（頁 306）

　　又如嚴粲著《詩緝》一書，解〈大雅·抑〉詩云：「詩皆自警之言，修身治國平天下之道，與《中庸》《大學》相表裡。」（《詩緝》卷二九）嚴氏解〈抑〉詩看出其中內含修齊治平之道，而比之《大學》《中庸》之思想。嚴氏亦嘗以「天理」言詩，他解釋〈周頌·維天之命〉說：「天之賦予萬物謂之命，即天理也。」（《詩緝》卷三二，頁 3）

　　三傳弟子王柏著《詩疑》，嘗言曰：「雖後世皆破裂不完之經，而人心有明白不磨之理；縱未能推人心之理以正後世之經，又何忍徇破裂不完之經以壞明白不磨之理乎？予因讀詩而薄有疑，既而思益久而疑益多，不揆淺陋作詩十辨。」（卷二，頁 2）其刪削淫詩，正是本於「人心之理」行之，以復聖人「思無邪」之意。

　　元代劉瑾著《詩傳通釋》，《四庫提要》曰：「其學問淵源出於朱子，故是書大旨在於發明《集傳》，與輔廣《詩童子問》相同。」（《經部·詩類二》，頁 310）又說：「此書既專為朱《傳》而作，其委曲遷就，固勢所必然，亦無

2088，文蔚錄）

庸過爲責備也。」（同前）可見劉瑾爲直繼朱子理學論詩之纘緒無遺。

元代尚有多家爲承繼朱子《集傳》之學者，如梁益《詩傳旁通》十五卷，此書「凡集傳所引故實，一一引據出處，辨析源委」（《四庫提要》，頁 311）。再如朱公遷著《詩經疏義》，《四庫提要》言：「其說墨守朱子，不踰尺寸，而亦間有所辨證。」（頁 312）以及劉玉汝著《詩纘緒》十八卷，《提要》云：「其大旨專以發明《集傳》」、「雖未必盡合詩人之旨，而於《集傳》一家之學，則可謂有所闡明矣。」（頁 313）這些發明《集傳》之作必爲理學論詩之遺緒。

直至明代猶有繼之者，如朱善著《詩解頤》，卷三云：「人心必有所畔，而後有所援；必有所歆，而後有所羨。畔者，疏而離之，援者，親而附之也。歆者，欲之動乎中；羨者，心之慕乎外也。斯二者皆溺於人欲之流者也。」提出「人欲」的命題解詩，正是理學論詩的典型之作。《四庫提要》云：「（《詩解頤》）大抵推衍朱子《集傳》爲說」、「意主借詩以立訓，故反覆發明，務在闡興觀群怨之旨、溫柔敦厚之意，而於興衰治亂尤推求源本，凱切著明。」（頁 314）可知朱善之著頗有彰顯朱子詩教之意。

（二）明清誨淫文學之先導〔註14〕

《詩經》的民間歌謠形式，常被認爲是在經學著作中與文學最爲接近的儒家經典，甚至明白指爲文學作品。因爲《詩經》直接反映人類的生活，也是反映男女之情最多的、最通俗化的經典。朱子以空前的讀詩理論及解詩方式，更能脫去經學外衣的包裝，使《詩經》文學的特質直接呈現出來，這樣的揭示又受到理學道德上的轉化，而具有修德涵養上的意義，以致《詩經》在朱子解讀之下，表現出文學與經學兼具的特殊現象，也使宋代以後解詩的空間大爲增廣，因而顯得紛歧不一。

尤其朱子提出的「淫詩」說，被明代以後的情色文學巧妙的利用，藉爲阻擋衛道之士的盾器。這種情形，大陸學者張祝平先生分析說：「理學與教化在文學的社會作用及最終目標上有其一致性，文學創作要走向自覺必須掙脫教化束縛，走向言情。大量言情作品的出現，必然遭到理學和教化論者的攻擊。因此言情論者爲求生存和發展必須拿起理學之矛去攻理學之盾。在《詩經》學中，明確指出『淫詩』，並肯定其存在可以觀的意義，並且造成重大影響的是朱熹『淫詩說』，因此，必然會成爲言情論者可利用的理學武器。理學

〔註14〕 這個標題一定不爲朱子所認同，因爲他根本就沒有料到，明清時代的後輩會利用他的「淫詩說」而打著「以淫止淫」的旗幟，讓情色文學找到庇護所。

與『淫』這兩個極端對立的事物就這樣統一在『誨淫』文學之辯中。」〔註15〕
朱子以理學詩教之目的而提出的「淫詩說」，反而被後世反理學的言情之徒所
利用，的確讓朱子甚為難堪，朱子若地下有知，不知將作何感想！所以張祝
平先生才說：「朱熹『淫詩說』與明清『誨淫』文學之辯的結合在中國文學發
展史上是一個特殊的文學現象。」這樣的影響應是反理學、反道德的發展，
當非朱子所能意料。

（三）開啟國風男女情詩之視野

朱子指出〈國風〉為民俗歌謠的論點，雖然自己說解詩義受限於詩教的理
想，仍未將之完全回歸歌謠的面貌，但是此說已開啟了後世對〈國風〉的看法，
許多注解自此以後紛紛由男女情詩的角度解釋，使《詩經》的詮釋更為多元活
潑。尤其民初以來，解詩者大多視〈國風〉為歌謠情詩。在詩教的意義上，將
詩歌教化的面具，解除了過分嚴肅的表情，而趨向於人情自然的表達，使教化
更順應人情，甚至已擺脫有形的教化。換句話說，〈國風〉裡人情的自然交流，
無論是男女或夫妻，只要不違背善良風俗，男女真誠交往，便是人倫之常。

（四）啟發讀者主導閱讀之運思

朱子研讀《詩經》的過程，一波三折，由遵守《詩序》傳統舊說，經辨《序》
而棄《序》不用，最後至成熟的以經本文解讀，不受舊說牽絆。這種閱讀的示
範，重點是讀者自身的完全融入，與不斷思辨，使讀者在誦讀活動中產生自覺、
而與自身的經驗對照，以獲得新的經驗，因此而迭有創見。如方玉潤《詩經原
始》謂〈邶·谷風〉詩為寫「逐臣自傷」，蓋「大凡忠臣義士不見諒於其君，或
遭讒間遠逐殊方，必有一番冤抑難於顯訴，不得不託為夫婦詞，以寫其無罪見
逐之狀。」（卷之三，頁 309）一反《詩序》及《集傳》以夫婦失道或相棄之詩
的看法；方氏以「反覆涵詠，參論其間，務求得古人作詩之本意而止，不顧《序》、
不顧《傳》、不顧《論》，唯其是者從，而非者正。」（《詩經原始·自序》，頁 6）
這種治學的方式，正與朱子無二，因此所得詩解，乃能獨創於重重注疏之間。
雖方氏認為朱子以下詩旨看亂，「是皆《集傳》《辨說》有以啟之」，但無可否認
方氏治詩亦得朱子之啟發，以讀者自身之涵詠，不受《序》《傳》《論》等前說
之束縛而自創己見。可見《集傳》以後詩旨多樣，非漢學一家獨專的局面，應

〔註15〕張祝平：〈朱熹『淫詩說』與明清『誨淫』文學之辯〉《第二屆詩經國際學術
　　　　研討會論文集》，頁 447。

是有得於朱子啓發之功，而且這種影響還一直持續到今日。

二、朱子詩教思想的現代意義

（一）傳統經學的現代化

朱子以理學當代思潮，重新詮釋《詩經》的意義，賦予《詩經》新的生命，使其活力再現，成爲延佑以後科舉考試的指定用書。今日面對此數千年古籍的詮釋，是否應效法朱子的方法與精神，重新對《詩經》，甚至其他古籍，賦予新的生命，進而使其在今日科學昌明的時代中，指導我們的生活，實在是值得學界深思的問題。其實，以現代的多元思想含義去詮釋《詩經》，應會有其新的意義產生。如以法律的權利義務，解析〈魏風〉的〈伐檀〉、〈碩鼠〉詩，其中官員的貪瀆、百姓的安置、甚至政府與人民的關係等，皆可以細加探索，使舊典籍得到新生命。

（二）傳統教材現代化的省思

《詩經》傳到宋代已一千五百年左右，朱子以教育學生的立場，對當時的《詩經》進行了二次的注解，以及多次的修訂，作爲提供弟子學習的材料，本論文首章緒論一曾提到戴君仁教授曾說朱子《集傳》是以教育觀念解詩。一部傳統的讀物因此得到輾新的生命，使當時的學習者在研讀傳統的教材之時，讓學生不但能吸收到先人傳統的精華，也得到新的知識與思想，這樣新舊思想文化的傳承與銜接便不至產生斷層。反觀今日的教育，由於對傳統教材的忽略，使學生對舊教材產生不了興趣，甚至反感，確實是教育上的一大隱憂，政府以及學界亦應積極規劃，認眞對數千年的傳統書籍，重新詮釋，增添新意。

（三）教學法的常與變

朱子的《詩經》教學方法，有基本工夫的要求，如熟讀吟誦，精玩詩義；也強調讀者的反思，指導其拋棄傳統的舊說，重新解釋詩文義理，回復其本文面貌。這種教學方法上的守常與處變，是使學生不但具備強固的基本知識，同時也學習對傳統舊說的質疑與思辨。《語類》當中所記載有關師生探討《詩經》的對話，或諄諄誘導，或厲聲斥責，或委委闡明，或扼要提示，皆可見朱子教導弟子研讀《詩經》的苦心。應有的基本學識的養成，以及對各種相關知識的思考與辨難，是在今日偏重塡鴨與記憶的教學法中，值得教學者認眞考慮改革的方向。

（四）詩教轉化為詩歌教育的思考

詩教素來為儒家治道之一環，是與政治有密不可分的關係，封建或者專制統治的時代，在位者或者有使命的士大夫往往藉以教化百姓，或者抒發治國理念搏取上位青睞，甚至藉之諷諫上位。如今時移勢轉，已是民主時代的社會，當不可能再以「詩教」之傳統概念，一成不變的以政治手段加諸這個社會，必要轉變陳舊的思想，加以汰粕存精，換言之，運作的形式要變，不合時宜的內容要篩選，目的也要調整，而唯一不能改變的就是其中的精神內涵，比如仁、義、禮、智、信等人倫之善道。轉化的方向，可改為教育之一環，加以現代化的設計，成為教育的學科，當然施教的對象可能由過去的全民改為青少年學生。這樣以詩歌為教材，重新塑造具有現代化內涵的教育內容，巧妙的藝術的手法施行詩歌教育，當是可行而且應該積極推動的教育變革。

徵引參考書目

一，古籍專書（依著者時代先後排序）

1. 漢鄭玄，《毛詩鄭箋》，台北：臺灣中華書局，1983 年 12 月四版，四部備要本。

2. 唐孔穎達疏，《尚書注疏》，台北：藝文印書館，十三經注疏本。

3. 唐孔穎達疏，《毛詩注疏》，台北：藝文印書館，十三經注疏本。

4. 唐孔穎達疏，《禮記注疏》，台北：藝文印書館，十三經注疏本。

5. 唐孔穎達疏，《春秋左傳注疏》，台北：藝文印書館，十三經注疏本。

6. 唐孔穎達疏，《孟子注疏》，台北：藝文印書館，十三經注疏本。

7. 唐孔穎達疏，《爾雅注疏》，台北：藝文印書館，十三經注疏本。

8. 宋周敦頤著，《周子全書》，台北：中華書局，民國 58 年版。

9. 宋歐陽修著，《詩本義》，台北：漢京文化公司，通志堂經解本。

10. 宋程顥、程頤著，《二程集》，台北：漢京文化公司，1983 年 9 月初版，四部刊要本。

11. 宋李迁仲、黃實夫著，《黃毛詩李黃集解》，台北：漢京文化公司，通志堂經解本。

12. 宋蘇轍著，《詩集傳》，台北：臺灣商務印書館，四庫全書本。

13. 宋朱熹編，《二程子語錄》，台北：廣文書局，1987 年 7 月初版。

14. 宋朱熹著，《詩序辨說》，台北：臺灣商務印書館，四庫全書本。

15. 宋朱熹著，《朱子大全》，台北：臺灣中華書局，1985 年 3 月臺三版。

16. 宋朱熹著，《四書集註》，台北：世界書局，1989 年 11 月，三十版，甲種本。

17. 宋朱熹著，《儀禮經傳通解》，台北：臺灣商務印書館，四庫全書本。

18. 宋朱熹著，郭齊、尹波點校，《朱熹集》，成都：四川教育出版社，1996 年 10 月一版。

19. 宋朱熹著，《四書或問》，台北：臺灣商務印書館，四庫全書本。

20. 宋朱熹傳，《詩經集傳附斠補》，台北：蘭台書局，1979 年 1 月初版。

21. 宋呂祖謙，《呂氏家塾讀詩記》，台北：臺灣商務印書館，四部叢刊續編本。

22. 宋朱熹著，《朱子七經語類》，上海：古籍出版社，1992 年 5 月一版，四庫全書本。

23. 宋黎靖德編，《朱子語類》，台北：文津出版社，1986 年 12 月。

24. 宋輔廣著，《詩童子問》，明毛氏汲古閣刻本及四庫全書本。

25. 宋朱鑑編，《詩傳遺說》，台北：臺灣商務印書館，四庫全書本。

26. 宋嚴粲著，《詩緝》，台北：廣文書局，49 年 11 月，景印明嘉靖味經堂刻本。

27. 宋王柏著，《詩疑》，上海：古籍出版社，通志堂經解本（續四庫）。

28. 元脫脫著，《宋史》，台北：鼎文書局，民六十四年臺一版。

29. 元劉瑾著，《詩傳通釋》，台北：臺灣商務印書館，四庫全書本。

30. 明胡廣等著，《詩傳大全》，台北：臺灣商務印書館，四庫全書本。

31. 明朱善著，《詩解頤》，台北：漢京文化公司，通志堂經解本。

32. 明顧炎武撰，《清黃汝成集釋，日知錄集釋》，台北：世界書局，1984 年 11 月七版。

33. 清王懋竑撰，《朱子年譜（附考異）》，台北：世界書局，1984 年 3 月三版。

34. 清姚際恆著，《詩經通論》，台北：廣文書局，1988 年 10 月，三版。

35. 清永瑢等著，《四庫全書總目提要》，台北：臺灣商務印書館，1985 年 5 月增訂三版。

36. 清姚際恆著，《詩經通論》，台北：廣文書局，1988 年 10 月三版。

37. 清方玉潤著，《詩經原始》，台北：藝文印書館，1981 年 2 月三版。

二、今人論著（依著者筆畫排序）

1. 中國孔子基金會、新加坡東亞哲學研究所編，《儒學國際學術討論會論文集（上下冊）》，濟南：齊魯書社，1989 年 4 月，一版。

2. 中國詩經學會編，《1993 詩經國際學術研討會論文集》，保定：河北大學出版社，1994 年 6 月一版。

3. 中國詩經學會編，《第二屆詩經國際學術研討會論文集》，北京：語文出版社，1996 年 8 月一版。

4. 後藤俊瑞編（日），《朱子四書問索引》，日本：廣島大學文學部，昭和 30 年 10 月 1 日。

5. 王雲五著，《宋元教學思想》，台北：臺灣商務印書館，民國 62 年 2 月初版。

6. 王瑞明、張全明著，《朱熹集導讀》，成都：巴蜀書社，1992 年 6 月一版。

7. 史革新著，《晚清理學研究》，台北：文津出版社，1994 年 3 月，初版。

8. 石訓等著，《中國宋代哲學》，鄭州：河南人民出版社，1992 年 12 月一版。

9. 田浩著，《朱熹的思維世界》，台北：允晨文化公司，1996 年 5 月初版。

10. 伍振鷟著，《中國教育思想史（兩宋部分）》，台北：師大書苑，民國 81 年 11 月二版。

11. 江磯編，《詩經學論叢》，台北：崧高書社，1985 年 6 月。

12. 牟宗三著，《中國哲學十九講》，台北：台灣學生書局，1983 年 10 月初版。

13. 牟宗三著，《心體與性體》，台北：正中書局，1991 年 11 月臺版十印。

14. 何定生著，《詩經今論》，台北：臺灣商務印書館，民國 57 年 6 月。

15. 呂思勉著，《經子解題》，台北：臺灣商務印書館，1986 年 10 月臺四版。

16. 束景南著，《朱子大傳》，福建：教育出版社，1992 年 10 月一版。

17. 束景南編著，《朱熹佚文輯考》，江蘇：古籍出版社，1991 年 12 月一版。

18. 李威熊著，《中國經學發展史論，上冊》，台北：文史哲出版社，1988 年 12 月初版。

19. 李家樹著，《詩經的歷史公案》，台北：大安出版社，1990 年 11 月一版。

20. 李甦平著，《朱熹評傳》，南寧：廣西教育出版社，1994 年 11 月一版。

21. 周裕鍇著，《宋代詩學通論》，成都：巴蜀書社，1997 年 1 月一版。

22. 林葉連著，《詩經論文》，台北：臺灣學生書局，民國 85 年 5 月初版。

23. 林慶彰主編，《朱子學研究書目》，台北：文津出版社，1992 年 5 月初版。

24. 林慶彰編，《詩經研究論集》，台北：台灣學生書局，1987 年 7 月初版二刷。

25. 邱椿著，《古代教育思想論叢》，北京：師範大學出版社，1985 年 3 月一版。

26. 邱燮友著，《品詩吟詩》，台北：東大圖書公司，1989 年 6 月初版。

27. 侯外盧、邱生、張豈之主編，《宋明理學史》，北京：人民出版社，上卷 1984 年 4 月、下卷 1987 年 6 月一版。

28. 范壽康著，《朱子及其哲學》，台北：臺灣開明書店，1976 年 3 月，二版。

29. 徐洪興著，《思想的轉型——理學發生過程研究》，上海：上海人民出版社，1996 年 12 月。

30. 祝平次著，《朱子學與明初理學的發展》，台北：臺灣學生書局，1994 年 2 月，初版。

31. 祝瑞開主編，《宋明思想和中華文明》，上海：學林出版社，1995 年 10 月一版。

32. 高令印、陳其芳著，《福建朱子學》，福建：人民出版社，1986 年 10 月一版。

33. 張立文著，《宋明理學研究》，北京：中國人民大學出版社，1985 年 7 月一版。

34. 張立文著，《朱熹思想研究》，台北：谷風出版社，1986 年 10 月。

35. 張立文著，《宋明理學邏輯結構的演化》，台北：萬卷樓圖書公司，1993 年 1 月，初版。

36. 張立文主編，《氣》，北京：中國人民大學出版社，1996 年 1 月一版。

37. 張蕙慧著，《儒家樂教思想研究》，台北：文史哲出版社，民國 74 年 6 月初版。

38. 張健著，《朱熹的文學批評研究》，台北：台灣商務印書館，民國 77 年 12 月三版。

39. 郭齊家、苗春德、吳玉琦主編，《中國教育思想通史（第三卷）》，湖南：教育出版社 1996 年 9 月，一版二刷。

40. 陳來編著，《朱子書信編年考證》，上海：人民出版社，1989 年 4 月，一版。

41. 陳來著，《朱熹哲學研究》，北京：中國社會科學出版社，1993 年 3 月，一版。

42. 陳來著，《宋明理學》，台北：洪葉文化公司，1994 年 9 月，初版。

43. 陳榮捷著，《朱子新探索》，台北：臺灣學生書局，1988 牛 4 月，初版。

44. 陳榮捷著，《朱學論集》，台北：台灣學生書局，1988 年 4 月，增訂再版。

45. 陳榮捷著，《近思錄詳註集評》，台北：台灣學生書局，1992 年 8 月，初版。

46. 陳榮捷著，《宋明理學之概念與歷史》，中研院中國文哲所籌備處，1996 年 6 月初版。

47. 勞思光著，《新編中國哲學史（三下）》，台北：三民書局，1995 年 9 月，增訂 8 版。

48. 勞思光著，《新編中國哲學史（三上）》，台北：三民書局，1997 年 8 月，8 版。

49. 曾春海著，《陸象山》，台北：東大圖書公司，民國 77 年 7 月初版。

50. 曾春海著，《儒家哲學論集》，台北：文津出版社，民國 78 年 5 月。

51. 馮炳奎等著，《宋明理學研究論集》，台北：黎明文化公司，1983 年 7 月，初版。

52. 馮達文著，《宋明新儒學略論》，廣東：人民出版社，1997 年 7 月一版。

53. 黃忠慎著，《南宋三家詩經學》，台北：台灣商務印書館，民國 77 年 8 月一版。

54. 黃書光著，《理學教育思想與中國文化》，上海：教育出版社，1993 年 12 月一版。

55. 葛榮晉著，《中國哲學範疇導論》，台北：萬卷樓圖書公司，1993 年 4 月，初版。

56. 董玉整主編，《中國理學大辭典》，廣州暨南大學出版社，1996 年 10 月一版。

57. 鄒永賢主編，《朱子學研究》，廈門大學出版社，1989 年 5 月，一版。

58. 鄒永賢編，《朱熹思想論叢》，廈門大學出版社，1993 年 1 月一版。

59. 蒙培元著，《理學的演變——從朱熹到王夫之戴震》，台北：文津出版社，民 79 年 1 月。

60. 熊公哲等著，《詩經研究論集》，台北：黎明文化公司，1982 年 10 月再版。

61. 趙吉惠等四人主編，《中國儒學史》，鄭州：中州古籍出版社，1991 年 6 月，一版。

62. 趙制陽著，《詩經名著評介》，台北：台灣學生書局，1983 年 10 月初版。

63. 趙模修、王寶仁纂，《福建省建陽縣志》，台北：成文出版社，據民 18 年鉛印本影印。

64. 劉述先著，《朱子哲學思想的發展與完成》，台北：臺灣學生書局，1995 年 8 月三版。

65. 劉蔚華、趙宗正主編，《中國儒家學術思想史》，濟南山東教育出版社，1996 年 12 月一版。

66. 蔡仁厚著，《宋明理學——北宋篇》，台北：台灣學生書局，1995 年 8 月，初版七刷。

67. 蔡仁厚著，《宋明理學——南宋篇》，台北：台灣學生書局，1993 年 9 月增訂版。

68. 鄧克銘著，《宋代理概念之開展》，台北：文津出版社，1993 年 6 月初版。

69. 鄧廣銘、漆俠主編，《國際宋史研討會論文選集》，河北大學出版社，1992 年 8 月一版。

70. 錢穆著，《朱子新學案》，台北：三民書局，民國 60 年 9 月初版。

71. 錢穆著，《宋明理學概述》，台北：台灣學生書局，1992 年 2 月，修訂重版四印。

72. 戴君仁著，《梅園論學續集》，台北：藝文印書館，民國63年11月初版。

73. 糜文開、裴普賢著，《詩經欣賞與研究》，台北：三民書局，民國76年11月改編版。

三、期刊、論文（依作者筆畫排序）

1. 王春謀著，〈朱熹詩集傳「淫詩」說之研究〉，國立政治大學中國文學研究所碩士論文1979年，12月。

2. 古清美著，〈朱子理學在明代前半期的變化與發展〉，《宋代文學與思想學術研討會論文集》，台灣學生書局，1989年8月初版，715～747，台灣大學中文研究所主編。

3. 何恆澤著，〈朱子說詩先後異同條辨〉，《國立編譯館館刊》，18卷1期，頁195～223，1989年6月。

4. 李再薰著，〈朱子詩經學要義通證〉，國立臺灣大學中文研究所碩士論文，1982年6月。

5. 林惠勝著，〈朱呂詩序說比較研究〉，國立臺灣大學中文研究所碩士論文，1983年6月。

6. 林葉連著，〈中國歷代詩經學〉，中國文化大學中國文學研究所博士論文，1990年6月。

7. 林慶彰著，〈姚際恆對朱子詩集傳的批評〉，《中國文哲研究集刊》，8期，頁1～24，1996年3月。

8. 施炳華著，〈毛傳釋例〉，國立政治大學中文研究所碩士論文，1974年6月。

9. 洪春音著，〈朱熹與呂祖謙詩說異同考〉，東海大學中國文學研究所碩士論文，1995年5月。

10. 胡森永著，〈朱子思想中道德與知識的關係〉，台大中文研究所碩士論文，1983年5月。

11. 許英龍著，〈朱熹詩集傳研究〉，東海大學中國文學研究所碩士論文，1985年4月。

12. 郭玉雯著，〈朱子詩歌理念的探索〉，《臺大中文學報》，5期，頁1～29，1992年6月。

13. 陳新雄著，〈孔子與詩經〉，《中國學術年刊》，18期，頁1～15，1997年3月。

14. 彭維杰著，〈毛詩序傳箋「溫柔敦厚」義之探討〉，中國文化大學中文研究所碩士論文1992年6月。

15. 程克雅著，〈朱熹嚴粲二家比興釋詩體系比較及其意義〉，國立中央大學中

文研究所碩士論文，1991 年 5 月。

16. 潘重規著，〈朱子說詩前後期之轉變〉，《孔孟月刊》，20 卷 12 期。

17. 賴元炎著，〈朱熹的詩經學〉，《中國學術年刊》，2 期，頁 43～62，1978 年 6 月。

18. 賴元炎著，〈朱熹「淫詩說」考辨〉，《孔孟月刊》，31 卷 7 期，頁 12～18，1993 年 3 月。

19. 權相赫著，〈朱子人格教育思想體系〉，國立臺灣師範大學教育研究所博士論文，1983 年 7 月。

附錄：孔子與朱子的詩教思想比較
——兼及對現代詩歌教育的啓示

一、前　言

儒家素來極爲重視經學的教育，《禮記·經解》篇說：「孔子日：『入其國，其教可知也。其爲人也溫柔敦厚，詩教也。』」認爲一國之人表現得溫柔敦厚，乃是詩教造成的。身爲儒家二大教育家：周代的孔子（前551～前479）與宋代的朱熹（1130～1200），對於詩教的推動自然不遺餘力。

孔子對《詩經》非常重視，曾經進行整理的功夫，《論語·子罕》篇說：「吾自衛返魯，然後樂正，雅頌各得其所。」教學中，亦時時提示學生學習《詩經》的重要，他說：「《詩》可以興、可以觀、可以群、可以怨。邇之事父，遠之事君，多識於鳥獸草木之名。」〔註1〕希望透過《詩經》的學習達到「溫柔敦厚」的境界。

孔子認爲《詩經》本來即是「思無邪」之作品，研讀這些詩作會使人多方面受到影響。首先在能力的培養上，可以擴展博物方面的知識，也可以提升人在交際場合的對話能力；在個人情志的陶冶上，可以使人得到興、觀、群、怨的效果，更可以藉此訓練「樂而不淫，哀而不傷」的中和情志；在道德倫常的涵養方面，可以使人學到事父事君的道理。受過讀《詩》教育的人，都能成爲「溫柔敦厚」的謙謙君子。

朱子集理學之大成，注解《詩經》，講授《詩經》，期望學生在學習《詩

〔註1〕〔宋〕朱熹：《四書集註》（臺北：世界書局，1989年11月），《論語·陽貨》篇，卷9，頁121。

經》時，能藉由《詩》的「善者可以感發人之善心，惡者可以懲創人之逸志。」〔註2〕達到「思無邪」的境界。

朱子以理學思考，認爲詩乃感發而作，其辭有是非，所以讀詩自當以理學工夫爲之。以《詩經》內容非全是無邪之作，除二〈南〉、〈雅〉、〈頌〉可直接吟詠窮理外，對〈邶〉詩以下變風之作「多是淫亂之詩」，「且看他大意」〔註3〕即可。朱子特重讀詩之法，以玩理爲上，最終目的即在「養心」，使讀者通過感發或懲創的過程之後，成爲「思無邪」的純善之人。

此儒家兩大教育家對詩教之主張各有其特色，無論是詩作的評價，詩歌的生活功能，勵德養志的憑藉等都有其看法，對今日詩歌教育的推展，亦有其可參之處。

二、孔子詩教主張

孔子詩教的主張，多見於《論語》之中。《詩經》內容繁多，從民間歌謠之辭，至朝廷朝會宴享之歌，甚至宗廟祭祀歌頌之樂，豐富多元的詩歌素材，運用於政治、教育的領域，讓孔子之施教能左右逢源，也因此建構了他的詩教主張。茲從四方面舉要：生活上培養對外界事物的接應能力，德性上陶鑄諸般情志，人倫上鍛鍊綱常行止，理想上塑造「溫柔敦厚」的人格範型。

（一）能力養成

爲了生活與從政的需要，可以從學習《詩經》中獲得廣博的知識，以充實生活的能力，也可以從誦讀《詩經》的過程中吸收經驗，以充實治人與外交專對的能力。學者王柯平說：「孔子倡導學詩的目的在於學以致用，即用於促進個人的修養和維護社稷的利益。」〔註4〕提出了「致用」說，應是不離孔子初衷的看法。

1. 認知博物

孔子在《論語・陽貨》篇所說：「多識於鳥獸草木之名」，雖然是在「興

〔註2〕〔宋〕朱鑑：《詩傳遺說》（臺北：臺灣商務印書館，四庫全書本），卷3，輔廣、錢本之錄同。

〔註3〕〔宋〕朱熹：《朱子語類》（臺北：文津出版社，1986年12月），卷80，頁2083。對淫詩讀法，朱子曾舉例說：「如鄭之淫亂底詩，若苦搜求他，有甚意思，一日看五六篇可也。」

〔註4〕王柯平：〈孔子詩教要旨〉，《北京第二外國語學院學報》，1997年第6期，總號第80期，頁14。

觀群怨」的立己功能和「事父事君」的達人工夫之後，但是「識名」乃是生活的基本能力，況且立身行事定以「正名」為先，孔子曾說：「君子於其所不知，蓋闕如也。名不正，則言不順；言不順，則事不成。」〔註5〕正名以知為先，要能知，必得多識物名，所以「識名」乃是行事的基本要求。「鳥獸草木」只是全部物類的代稱，孔子希望學生從《詩經》中認知博物之名，充實生活知能。但是此種生活知能應是偏重道德性而言，鞠榮祥先生即指出：「《論語》中沒有一個命題是為自然現象本身而設的，所有的自然事物與關於自然現象的認識，都是藉以導向政治論或道德論的媒介或喻體。」〔註6〕這個看法，使「識名」的目的，靠向了立己達人之途。

2. 達政專對

誦讀《詩經》是為培養從政的能力，孔子說：「誦詩三百，授之以政，不達；使於四方，不能專對。雖多，亦奚以為？」〔註7〕這種達政與專對的能力養成，顯然是學以致用的主張。此外，「不學詩，無以言。」〔註8〕之說，也應是指此方面而言。

（二）情志陶冶

詩歌屬於感發之作，讀者易從其中體會情意，得到啟發，有利於審美教育的施用。孔子特別注重《詩經》的「興觀群怨」功能，及中和情志的特色。

1. 興觀群怨

孔子認為詩具有「興」的功能，也就是「可以啟發人的情志」〔註9〕王甦先生對「興」的解釋最為週延，他說：「興者，起也。所以引譬連類，感發志意，鼓舞情操，陶養性靈者也。」〔註10〕透過聯想，得到感發的效果，使性靈得以陶養。張健教授則認為可以引發多方面的效果，包括詩意、興味、上進心、生

〔註5〕 這段話雖是孔子答子路「為政」之問，但他又說：「故君子名之必可言也，言之必可行也。君子於其言，無所苟而已矣。」當可視為君子行事的一般原則。皆見《四書集註》，《論語‧子路》篇，卷7，頁87。

〔註6〕 鞠榮祥：〈孔子詩學思想探源〉，《齊魯學刊》，2000年第1期，總154期，頁18。

〔註7〕 《四書集註》，《論語‧子路》篇，卷7，頁88。

〔註8〕 《四書集註》，《論語‧季氏》篇，卷8，頁117。

〔註9〕 高仲華：〈孔子的詩教〉，《高明文集》（臺北：黎明文化公司，1978年3月），上冊，頁658。

〔註10〕 王甦：《孔學抉微》（臺北：黎明文化公司，1978年5月），頁151。

命美感以及悲天憫人民胞物與的胸懷等。〔註11〕大陸學者陳望衡先生歸納古人對「興」的定義後，認為「興是一個完善的審美感受的過程。它包括：審美注意──審美感知──審美情感──審美理解。」而這個過程，具體的說即是：「以鮮明生動的形象、鏗鏘悅耳的音韻激發人們的興趣，引起注意，進而去接受『善』的教育，或『真』的啟迪。」〔註12〕這三位學者都指出了「興」的目的性，是朝真、或善、或美三個方向陶融，對人生都有正向的作用。

其次，詩具有「觀」的功能。歷來學者或言觀俗尚，或言觀政治，或言觀情志，〔註13〕其「觀」的可能對象兼及詩人內在與社會外在的範疇，透過「觀」的作用，達到教育的目的。至於「觀」的活動歷程，大陸學者王柯平認為是一審美的觀照與批評的歷程，他說：「詩人本身通常會在詩歌創作的運思過程中，以審美和批評的態度來審視、觀照和評判相關的題材，具有審美意識和審美敏感性的讀者（或歌者），在經歷或體驗詩歌中所表述的內容時，也會從事相應的審美觀照與評判活動。」〔註14〕藉由審美的活動可以審視社會環境與人類生存的條件，並揭示人的心理狀態和道德狀況。所以「觀」即是一種審美教育。

再次，運用詩還可以溝通人際情感，即是「群」的作用。它是通過詩歌所描寫的內容開啟彼此思想情感的交流，徐壽凱先生認為是「切磋詩中的善道」，林耀潾先生則解為彼此「共學」「適道」，〔註15〕所言皆偏於理性的切磋交流。朱熹則曾注曰：「和而不流」〔註16〕強調友善和諧的人際關係。調和二者論點的王柯平先生則提出：詩歌的形式具有平和心神、怡情悅性之效，並有協調家庭關係、社會人倫之用；而詩歌內容則標舉家庭和睦、手足之情、親友歡樂等人倫價值觀念。所以詩能創造融洽氣氛和交流切磋的契機，喚起人的情感、陶冶人的性情與改善人際關係，最後是要激發培育「仁」

〔註11〕 張健：〈孔子的詩論：興、觀、群、怨〉，《國立中央圖書館館刊》，新19卷2期，1986年12月，頁35至37。

〔註12〕 陳望衡：〈孔子詩教論〉，《益陽師專學報》，15卷3期，1994年5月，頁66至67。

〔註13〕 如成惕軒、林耀潾、張健及高明等各有不同詮解，參拙作《毛詩序傳箋「溫柔敦厚」義之探討》（臺北：中國文化大學中國文學研究所碩士論文，1992年6月），頁33至34。

〔註14〕 同註4，〈孔子詩教要旨〉，頁18。

〔註15〕 同註13，參拙作《毛詩序傳箋「溫柔敦厚」義之探討》，頁34引。

〔註16〕 《四書集注》，《論語・陽貨》，卷9，頁121。

的思想。〔註17〕王氏的詮解兼顧理性與感性，同時呼應孔子的仁學思想，最爲周延。孔子強調「不學詩，無以言。」、不學〈周南〉〈召南〉將「猶正牆面而立」〔註18〕，就是肯定《詩經》在「群」方面的功能。

詩又有「怨」的功能，高明先生認爲「詩能夠把蘊結於心中的各種情志宣洩出來。」〔註19〕這種詮釋不同於傳統所稱「怨刺上政」的說法，由於古時有采詩獻詩之說，〔註20〕「怨刺」之解比較能與政治緊密相聯。高明先生的「宣洩情志」說應較切近文學事實，大陸學者李世橋也認爲除了政教生活的作用外，「怨也包含了個人情感的表達，包含了各種合理的欲望感情和各種憂傷、感嘆。」〔註21〕但是，宣洩要有「度」，朱子注：「怨而不怒」，頗能符合孔子重視情感的節制，使讀詩者成爲「溫柔敦厚」的人。

2. 中和情志

前述怨而不怒的表現，即是中和之舉，孔子曾評鑒〈關雎〉詩「樂而不淫，哀而不傷」〔註22〕此詩便是情感中和的最佳典範。孔安國注：「樂不至淫，哀不至傷，言其和也。」孔穎達疏：「言正樂之和也」〔註23〕朱子注：「淫者，樂之過而失其正者也。傷者，哀之過而害於和者也。」言〈關雎〉詩「其憂雖深而不害於和，其樂雖盛而不失其正。故夫子稱之如此，欲學者玩其辭、審其音，而有以識其性情之正也。」古代學者皆以「和」或「正」解之，頗符儒家中道思想。所以蔣勵材先生說：「所謂『樂而不淫，哀而不傷』實有近於溫柔敦厚之旨。」〔註24〕學者郭紹虞先生即直言說：「溫柔敦厚說之所由產生，可能本於孔子『〈關雎〉樂而不淫，哀而不傷』之說加以推闡而形成的。」〔註25〕可見這種中和的情志，即是詩教的根本精義。

〔註17〕 同註4，〈孔子詩教要旨〉，頁19至20。

〔註18〕 《四書集注》，《論語・陽貨》卷9，頁121。

〔註19〕 同註9，《高明文集》，頁662。

〔註20〕 同註13，參拙作《毛詩序傳箋「溫柔敦厚」義之探討》，頁10至11。

〔註21〕 李世橋：〈中國古代政治文學觀的確立——從孔子「詩教」說到漢儒「政教」觀〉，《南都學壇》（哲學社會科學版），1998年1期，第18卷，頁50。

〔註22〕 《四書集注》，《論語・八佾》，卷2，頁17。

〔註23〕 孔注、孔疏皆見《論語註疏》（臺北：藝文印書館，十三經註疏本），卷3，頁30。

〔註24〕 蔣勵材：〈孔子的詩教與詩經〉，《孔孟學報》，27期，頁73。

〔註25〕 郭紹虞：〈興觀群怨說剖析〉，《照隅室古典文學論集》（臺北：丹青圖書公司，1985年10月），頁658。

孔子這種比較節制的、屬於社會性的情感表現要求，使詩歌保持著一種理性的人道的性質。就其本質看來，王柯平先生便認爲：「這一特徵源自『中庸之道』，或者說，是將『中庸之道』運用於詩歌創作中的情感表現方式的結果。」〔註26〕而孔子的評斷標準即以「中庸」思想爲其核心。

綜言之，在孔子心中，《詩經》的內容表現了「中庸」的精神，因此，學詩自然可以培養中和的情志。

（三）道德絜根

1. 思無邪

孔子說：「詩三百，一言以蔽之，曰『思無邪』。」〔註27〕清人姚際恆釋此無邪之義云：「語自聖人，心眼迴別，斷章取義，以賅全詩，千古遂不可磨滅。然與此詩之旨則無涉也。」〔註28〕可謂瞭解孔子所處之時代背景而出此言。至於思無邪的涵義，林耀潾先生解曰：「思慮無有偏邪，皆歸於正之謂。」〔註29〕此思慮無邪而歸正的對象，可能指作詩之人，也可能指用詩之人，如錢賓四先生即說：

> 無邪，直義。三百篇之作者，無論其爲孝子、忠臣、怨男、愁女，
> 其言皆出於至情流溢，直寫衷曲，毫無僞託虛假，此即所謂詩言志，
> 乃三百篇之所同也。故孔子舉此一言以包三百篇之大義。〔註30〕

以《詩經》內容皆直寫衷曲，所以思無邪。另有何定生先生則從用詩角度說：「孔子是個賦詩時代的人，斷章賦詩的特色，也正是個『思無邪』的特色。」又說「思無邪」是：

> 從僖公那種專心無復邪意的牧馬思想引伸而來，〈駉〉是說，總專一
> 無雜念，想使馬能跑。春秋那種賦詩斷章的方法，不也正是個專一
> 無雜念的妙用嗎？是故只要取斷章的態度，三百篇便無淫詩！這不
> 只是孔子「思無邪」的精義，也是春秋以前表現在賦詩風氣上的言
> 教特色。〔註31〕

〔註26〕同註4，王柯平，〈孔子詩教要旨〉，頁25。
〔註27〕《四書集注》，《論語‧爲政》卷1，頁6至7。
〔註28〕〔清〕姚際恆：《詩經通論》（臺北：廣文書局，1988年10月），頁354。
〔註29〕林耀潾：〈孔子思無邪詩觀之探討〉，《東方雜誌》，復刊18卷11期，1985年5月，頁32。
〔註30〕錢穆：《論語新解》（臺北：素書樓文教基金會，2000年）。
〔註31〕何定生：〈從言教到諫書看詩經的面貌〉，《孔孟學報》，11期，頁13至14。

何氏以讀詩者專一無雜念來詮解孔子「思無邪」的涵義，自然不同於錢氏的說法。這兩種代表性的解釋，皆合乎孔子的詩教用心。

因此，「思無邪」詩教指涉甚廣，讀者可以由詩裡讀到毫無僞託虛假的至情流露之辭，也可以在讀詩的過程中，鍛鍊專一的態度，達到純正無邪的道德要求。要之，其方法、態度爲「歸於正」；其目的則歸於「仁」。〔註32〕

2. 事父事君

「思無邪」屬立己工夫，儒家亦重達人之道，五倫之中父子之道爲家庭倫常之代表，父慈子孝，家道不衰；由家而國，推及君臣之道，君仁臣忠，朝綱不墜。孔子借事父事君代稱五倫之道，足見其內外綱常並重之心。

事父之道首重能養，更重能敬，以別於禽獸。〔註33〕《詩經》裡如〈邶風・凱風〉、〈唐風・鴇羽〉、〈小雅・祈父〉及〈小雅・蓼莪〉等詩，皆感嘆人子不能敬養父母之辭。讀此同悲，喚起孝敬之心，事父之道盡在其中。

事君之道，《詩經》裡更多，〈雅〉〈頌〉詩篇多爲此倫之內涵，林耀潾先生曾歸納其事君之道有三：一爲發揮仁心，顧念微賤；二爲忠於職守，靖恭其位；三爲佈其肝膽，勇於勸諫。〔註34〕三者包含待下、守份與事上等三方面，以此見詩篇臣道具足，亦可知政教不離之情況。

（四）人格融合——溫柔敦厚

綜前所述，孔子賦予詩歌以認知、社交、審美、和倫理等許多職能，要求學生達成其「文質彬彬，然後君子」〔註35〕的標準，使其成爲外修於文，而內修於質，內外平衡發展，具備完滿人格的君子。所以，孔子對詩歌的評價，誠如楊興華先生所說：「「實際上就是將《詩三百》強行拉入道德說教的行列中，爲政教、倫理服務，要求詩歌的內容純美正大而符合倫理綱常，強調情感中和，摒棄個性化的情感渲泄。要求人們在抒發情感時，要謹守君臣上下之禮、倫理綱常之義，不能有所逾越。」〔註36〕總而言之，就是要人透

〔註32〕請參拙作《毛詩序傳箋「溫柔敦厚」義之探討》，頁56。
〔註33〕《論語・爲政》曰：「今之孝者，是謂能養。至於犬馬，皆能有養，不敬，何以別乎？」卷1，頁8。
〔註34〕林耀潾：〈事父事君之詩教大義〉，《孔孟學報》，52期，1986年9月，頁7至10。
〔註35〕《四書集注》，《論語・雍也》，卷3，頁37。
〔註36〕楊興華：〈孔子詩論與詩歌的衰微〉，《衡陽師範學院學報》（社會科學），1999年10月，20卷5期，頁51。

過詩教的感化，成爲「溫柔敦厚」的人。

「溫柔敦厚」一語，學者蔡英俊教授的指涉最符合原始本義，他說：「『溫柔敦厚』一詞的涵義，它指的是《詩經》所能達成的教育理想，而透過美感教育所完成的「溫柔敦厚」的人格特質。」〔註37〕也就是指詩歌作品對讀者的感染力與效應。自漢代《詩序》提出「主文譎諫」、「發乎情，止乎禮義」〔註38〕之說，及唐代孔穎達疏解《禮記》〈經解〉「溫柔敦厚」義時，謂：「詩依違諷諫，不指切事情」之後，「溫柔敦厚」就成爲詩人寫作時的原則。由對讀者造就的優雅平和、寬容體貼個性的評斷，轉而成爲作詩之原則，後人遂多引「溫柔敦厚」來評鑑《詩經》的內容。

就孔子詩教的原貌而言，詩教的終極任務即是培養具有「溫柔敦厚」之人格特質的君子。

三、朱子詩教體系

朱子曾說：「古人胸中發出意思自好，看著三百篇詩，則後世之詩多不足觀矣。」〔註39〕朱子對《詩經》的評價如此之高，完全基於詩中所具有的「意思」，而他的詩教論述即是奠基於此。

（一）以大學中庸為經緯

朱子採取《大學》《中庸》之思想，對《詩經》進行總體全面的詮釋，使《詩經》在傳統舊說的經學化之後，又一次以新的面貌，新的生命，向讀書人展現不同的內涵。

朱子詩教運用《大學》裡三綱領、八條目的理論，建構起有規模的思想架構，雖然不是非常嚴謹的架構，卻是較諸歷代《詩經》學之著作更具詩教的規模。無論是有形的論述，或是潛藏的思想脈絡，都可以檢視出朱子的意圖。他以明明德而親民之教、格物窮理之教、修身至平天下之教、絜矩之道等《大學》思想詮解《詩經》之內涵。

朱子又藉《詩經》以闡發《中庸》思想，從「戒愼恐懼之義」、「至誠無

〔註37〕 蔡英俊：〈「溫柔敦厚」釋義〉，《比興、物色與情景交融》（臺北：大安出版社，1986 年 5 月），附錄，頁 106。

〔註38〕 〔漢〕毛亨傳、鄭玄箋：《毛詩鄭箋》（臺北：臺灣中華書局，1983 年 12 月），頁 2。

〔註39〕 《朱子語類》，卷 80，頁 2070，木之錄。

息」、「忠恕之道」、「中節之教」等各方面詮釋分析。〔註40〕如他說：「〈柏舟〉之詩，只說到『靜言思之，不能奮飛』，〈綠衣〉之詩說『我思古人，實獲我心』，此可謂『止乎禮義』。所謂『可以怨』，便是『喜怒哀樂發而皆中節』處。」〔註41〕朱子以爲二詩所寫之莊姜，其失位不得於莊公，應是可以怨之事，但是她雖怨卻能思古人以自屬無過，所以有《中庸》之德。

再如〈周頌・烈文〉詩「無競維人，四方其訓之。不顯維德，百辟其刑之。於乎！前王不忘。」《集傳》直接解說：

> 言莫強於人、莫顯於德，先王之德所以人不能忘者，用此道也。此戒飭而勸勉之也。《中庸》引「不顯惟德，百辟其刑之」，而曰：「故君子篤恭而天下平」。《大學》引「於乎！前王不忘」，而曰：「君子賢其賢而親其親，小人樂其樂而利其利，此以沒世不忘也。」

《中庸》33章引〈烈文〉詩後，朱子注曰：「此借引以爲幽深玄遠之意。承上文言天子有不顯之德而諸侯法之，則其德愈深而效愈遠矣。」〔註42〕《大學》三章引〈烈文〉詩後，朱子亦注曰：「此言前王所以新民者，止於至善，能使天下後世無一物不得其所，所以既沒世而人思慕之，愈久而不忘也。」〔註43〕朱子以《中庸》所申之德深效遠，與《大學》所言之盛德至善愈久不忘，兩義以說明詩人作此詩戒飭勸勉之意。這是朱子同用《大學》《中庸》爲其詩教思想架構的重要而明顯的範例。

（二）以格物窮理爲方法

1. 即辭工夫——格物

讀詩至終要感發善意、興起良心，乃是朱子讀詩之方法，更是目的。讀詩之次第，首先要沈潛理會，探求本文之義，專一熟讀，復又參看他家注解，比較所得。繼而再回歸本文精熟體味，諷誦其文，反復吟詠，玩味其義理。其間始終要持敬純一，無一毫私意邪思，虛心靜慮，乃能盡得義理，發現聖人之旨。終而感發善意，興起仁義良心。若能持敬實踐，使其善意得以落實，自然意誠而心正矣。如此，詩人性情之正，始感發轉化爲讀者性情之正，達

〔註40〕 詳參拙著《朱子詩教思想研究》（臺北：中國文化大學中國文學研究所博士論文，1998年），頁303～311。
〔註41〕 《朱子語類》，卷80，頁2070，木之錄。
〔註42〕 《四書集註》，《中庸章句》，頁30。
〔註43〕 《四書集註》，《大學章句》，頁5。

到存心養性之功，是爲朱子「學詩」之本旨。

2. 玩味義理 —— 窮理

朱子原本即認定詩中本具義理，因爲從《詩經》產生的背景及孔子整理經文的事實，認爲《詩》爲聖人之言，義理原本即具備其中，且篇篇詩辭皆有其「意思」。又從理學觀點，以爲詩中所記無論善惡，皆可以作爲明明德之教材，所以讀詩要細細索玩。

朱子以爲詩人受聖人感化，所以作詩不知覺中皆存善意，縱有惡言，亦有懲誡之效。 孔子整理《詩經》時，惡詩猶未刊去，蓋有以教人辨其是非，以趨於善。《語類》曾說：「聖人之言，在《春秋》《易》《書》無一字虛。至於《詩》，則發乎情，不同。」〔註 44〕雖然是「發乎情」，但因有聖人之言，所載自有存心養性之事。讀者讀之當可排除汙濁偏邪之氣，有助氣質之變化，達到涵養心性的目的。朱子在〈詩集傳序〉中說：「此詩之爲經，所以人事浹於下，天道備於上，而無一理之不具也。」

除了所謂聖人之言外，朱子認爲詩中必然篇篇有其意思，他說：

> 古人一篇詩，必有一篇意思，且要理會得這箇。如〈柏舟〉之詩，
> 只說到「靜言思之，不能奮飛」，〈綠衣〉之詩說「我思古人，實獲
> 我心」，此可謂「止乎禮義」。所謂「可以怨」，便是「喜怒哀樂發而
> 皆中節」處。〔註45〕

朱子所謂「意思」，當是指其道理、義理而言，讀〈柏舟〉、〈綠衣〉而知其「止於禮義」。

朱子論詩皆如此看，因此三百五篇無一不具義理，這是從讀詩者立場看詩的結果，詩辭或有好的意思，或有不好的意思，讀者經由感發起興，或生出善意，或受創而自警。這些「意思 」便是讀者「養心」的媒介或素材，所以朱子運用這種方式解詩，以實踐理學家涵養工夫。

（三）以道德倫常為內涵

《詩序》說：「詩者，志之所之也。在心爲志，發言爲詩。」〔註46〕漢儒以爲詩是爲言志而作。朱子對於「志」的體會有別於前代，學者王曉平曾說：「朱熹所謂的志，主要是就道德之修養而言的。〈詩集傳序〉說：『察之性情

〔註44〕《朱子語類》，卷81，頁2100，可學錄。
〔註45〕《朱子語類》，卷80，頁2070，木之錄。
〔註46〕同註38，《毛詩鄭箋》，頁1。

隱微之間，審之言行樞機之始』，涉及到心行方面的問題，最終要求詩歌成為統治者教化臣民與詩人自我修養的教材。」〔註 47〕王氏指出朱子將《詩經》視為一種自我修養的教材，因此解讀詩中之志時，便要從道德修養的方向上著力，這個說法頗能正確顯示朱子以勸善懲惡為主的詩教觀點。因此朱子對《詩經》的解讀所呈現的最大特色即在「明德」意義的闡明、「明明德」工夫的發揚與倫理綱常的鋪陳。

檢驗朱子《詩集傳》一書對此道德倫常的解釋趨向至為明顯，綜覽全書較為突出的論點，主要是君德與婦德二個要目，加上德化思想的論述，使三百篇統攝在以「德」為核心的詩教架構之中。

試以朱子強調君德之例觀察，朱子對君德的闡述，無論是修德的重要、修德的方法以及成德後的功能等皆有論述，觸及的範圍可說至為廣泛，論述也頗為深入，是朱子解說《詩經》的一個至為突出明顯的主題範疇。如言君德之重要說：有德始能永保祚命；修德合理才能得眾；修德才能維繫綱常不墜。言修德之方法說：道學與自修並進；戒慎恐懼；純一不已；小心持敬；不暴不作；剛柔並濟等。言修德之功能說：1. 內外相稱：即持敬修德，毫不間斷，則能寬廣自如、和易中節。2. 四方歸服；3. 國祚久長。

再以婦德之例觀察，朱子特別高舉貞靜之德的表現，此應是婦德至高之理想，強調在日用生活之中應加以實踐。《詩集傳》中所闡發的婦女之德，細考之，可得下列諸德：端莊敬一、貞信自守、勤儉敬孝、不嫉妒、無議非是、循序有常、無他適之志等。

除前述注重德化之教外，朱子說詩亦重倫常之發揮。他曾說：「先王以詩為教，使人興於善而戒其失，所以道夫婦之常，而成父子君臣之道也。」〔註 48〕因此他解詩亦喜從倫理道德著墨發揮，如釋〈邶‧柏舟〉詩曰：

> 所以雖為變風，而繼二南之後者以此。臣之不得於其君，子之不得於
> 其父，弟之不得於其兄，朋友之不相信，處之皆當以此為法。〔註 49〕

此〈柏舟〉之詩，朱子說：「婦人不得於其夫 ，宜其怨之深矣。」但是詩中

〔註 47〕 王曉平：〈朱熹勸善懲惡詩經說與詩歌論在日本的際遇〉，中國詩經學會編：《第二屆詩經國際學術研討會論文集》（北京：語文出版社，1996 年 8 月），頁 39。

〔註 48〕 〔元〕劉瑾：《詩傳通釋》（臺北：臺灣印書館，四庫全書本），〈詩傳綱領〉，頁 268。

〔註 49〕 《朱子語類》，卷 81，頁 2102，闕祖錄。

之怨卻「止乎禮義而中喜怒哀樂之節」〔註50〕，因此足以爲君臣、父子、兄弟與朋友等其他倫常之表率。此詩爲變風之首，雖是衰世之風，但朱子從倫理綱常之角度去體味，發現它在倫常上具有甚大的義意，所論於是旁及其他倫理之範疇，這種以夫婦爲五倫之首的看法，在《詩集傳》中特別明顯。由此可以看出倫常義理是朱子解詩的一大主題。

（四）以理學範疇為精髓

從朱子詩教內涵看來，以理學思想提出之命題有：言已發未發之中和義理者，如說《邶風‧柏舟》詩曰：「喜怒哀樂，但發之不過其則耳，亦豈可無？聖賢處憂患，只要不失其正。」〔註51〕；發明理氣離雜之辨者，如言〈二子乘舟〉詩曰：「宣姜生衛文公、宋桓夫人、許穆夫人、衛壽、朔，以此觀之，則人生自有秉彝，不係氣類。」〔註52〕這段話共舉五人，於《詩經》之中皆有不平凡的表現，所以說他們「不係氣類」；以「理欲」觀論詩者，如解〈常棣〉詩六、七章：「所謂『生於憂患，死於安樂』，那二章，正是遏人欲而存天理，須是恁地看。」〔註53〕。朱子以理學解釋詩義內涵，可說至爲普遍又具特色。

如〈大雅‧文王〉詩，因《詩序》於詩之曲折有所未盡，故朱子辯之曰：

> 所謂天之所以爲天者，理而已矣，理之所在，眾人之心而已矣。眾人之心是非向背若出於一，而無一毫私意雜於其間，則是理之自然，而天之所以爲天者，不外是矣。今天下之心既以文王爲歸矣，則天命將安往哉？〔註54〕

這段辯說，完全從「理」字出發，以之言人心、言天命之必然。所謂「是非向背若出於一」即是指人心本於理之意，人心歸向於至德純一之文王，當是理之自然而無一絲勉強。蓋天理在此也。〔註55〕

理學倡存天理，滅人欲，朱子詩教思想亦以此爲申述要點。如〈大雅‧

〔註50〕同前註。
〔註51〕《朱子語類》，卷81，頁2103，木之錄。
〔註52〕《朱子語類》，卷81，頁2106，燾錄。
〔註53〕《朱子語類》，卷81，頁2118，胡泳錄。
〔註54〕〔宋〕朱熹：《詩序辨說》（臺北：商務印書館，四庫全書本），頁35。
〔註55〕朱子說：「宇宙之間，一理而已。天得之而爲天，地得之而爲地。而凡生於天地之間者，又各得之以爲性。其張之爲三綱，其紀之爲五常。蓋皆此理之流行，無所適而不在。」《朱熹集》（成都：四川教育出版社，1996年10月），卷70，〈讀大紀〉。這個定義被朱子經常作爲解釋《詩經》的主軸。

皇矣〉詩五章，《詩集傳》曰：

> 人心有所畔援，有所歆羨，則溺於人欲之流，而不能以自濟。文王
> 無是二者，故獨能先知先覺，以造道之極至。蓋天實命之，而非人
> 力之所及也。是以密人不恭，敢違其命，而擅興師旅以侵阮而往至
> 於共，則赫怒整兵，而往遏其眾，以厚周家之福而答天下之心。蓋
> 亦因其可怒而怒之，初未嘗有所畔援歆羨也。此文王征伐之始也。

存心養性，便是明明德，而此明德，便是天理，天理則在日用之間。所以涵養工夫行之於日常，以正氣稟之偏、物欲之害。所以朱子說：「唯文王無氣稟物欲之偏蔽，故能有以勝之而無難也」。〔註56〕

（五）以養心無邪為目的

朱子說：「詩之立教如此，可以感發人之善心，可以懲創人之逸志。」〔註57〕言詩「立教」，其基礎在於「情性」之轉變導正。當讀者見詩之善者，因心能知覺，便能有感而發，心之虛靈本體有善無惡，如仁義禮智諸德，當其發而為情，則必中節合禮。所以詩之善者，讀之可使人行止合於禮義；若為邪淫之辭，則對照善體之性，必因詩中邪惡之行，而升起憎惡懲創之心，使己身有所警惕。

詩教的立教初衷，應是變化人之氣質，使情性無邪而正，朱子說：

> 《集注》說要使人得情性之正，情性是貼思，正是貼無邪，此如做
> 時文相似，只恁地貼方分曉，若好善惡惡皆出於正，便會無邪，若
> 果是正，自無虛僞，自無邪，若有時，也自入不得。〔註58〕

人心因氣稟之清濁，故有邪正，朱子認為讀詩「只是要正人心」〔註59〕，讓濁邪之氣排除，使情性歸於正，可見「正」乃是讀詩的目標，是最終的境界。所以讀詩即是做正心工夫，故《詩集傳》言「學詩之本」是在「養心」。

朱熹明指《詩經》有淫詩，解讀的工夫理路必從「心」的知覺思慮與主宰制約二端做起，復以居敬窮理作為知行相須的內外關聯工夫，一切的作為即在面對淫詩時所作的察識活動，察識的目的便是要時時提撕此心，以保持惺惺然的明覺狀態，最後才能使心湛然虛明之本體，持續涵養，使天地之性

〔註56〕《朱熹集》，卷15，〈經筵講義〉，頁582。
〔註57〕《朱子語類》，卷23，頁538，祖道錄。
〔註58〕《詩傳遺說》，卷3，頁16，葉賀孫錄。
〔註59〕《朱子語類》，卷23，頁538，道夫錄。

常駐其中。這境界便是朱熹主張的「思無邪」，他說：「『思無邪』，乃是要使讀詩人『思無邪』耳。讀三百篇詩，善為可法，惡為可誡，故使人『思無邪』也。」〔註60〕可見在朱熹讀詩的觀點中，內容無分善惡皆有其正面的作用。

朱熹主張好詩要不斷吟詠，以便興發良善之道心，使湛然之本體得以時時涵養；至於不好的詩如〈桑中〉〈鶉奔〉等詩，讀詩之人當要主動察識，在持敬純一之下，運用心之知覺與思慮，使虛靈之氣充灌全身，以喚起羞惡之情，一旦以仁性為本體的羞惡之心被激發起來，讀者之情性自然能歸於正，養心的目的也就達成了。

讀詩達成的「思無邪」結果，具體而言，即是「心與理一」的狀態。朱熹說：「心之全體湛然虛明，萬理具足。」〔註61〕理具於心主要是表現在與知覺不相離的狀態。朱熹說：「性只是理，情是流出運用處，心之知覺，即所以具此理而行此情者也。」〔註62〕所以在這種情形之下，理之為性，乃是作為支配思慮的內在道德依據。從讀詩的活動來說，心無時不在作道德判斷的工作，亦即透過對詩中內容的檢驗，省察自身主體的情態表現。這完全是因為心所本來具有的知覺運用在思維活動而起的作用。

四、二者詩教的相同特點

（一）對《詩經》具教化功能的看法相同

朱子曾說：「孔子生於其時，既不得位，無以行帝王勸懲黜惡之政，於是特舉其籍而討論之，去其重復，正其紛亂，而其善之不足以為法，惡之不足以為誡者，則亦刊而去之，以從簡約，示久遠，使夫學者即是而有考其得失，善者師之而惡者改焉。是以其政雖不足行於一時，而其教實被於萬世，是則詩之所以為教者然也。」〔註63〕這段話裡刪詩之說未的，但認為詩有教化的功能則頗能與孔子看法相契，也符合儒家經教的一貫主張。

就前文觀之，孔子與朱子皆認為詩教影響個人的心性德行，對於個人涵養之增厚，詩教有一定的作用。

〔註60〕《朱子語類》，卷23，頁539，璘錄。
〔註61〕《朱子語類》，卷5，頁94，端蒙錄。
〔註62〕《朱熹集》，卷55，〈答潘謙之〉，頁2754。
〔註63〕《朱熹集》卷76，頁3966。《詩傳遺說》也說：「孔子刪詩所以存，蓋欲見當時風俗厚薄，聖人亦以此教後人。」肯定孔子行詩教的用心，語見《詩傳遺說》卷3，頁14，周謨錄。

（二）對詩教溫柔敦厚的看法一致

孔子評〈關雎〉詩「樂而不淫，哀而不傷」，所稱許的是中和的詩風，在這種詩風影響之下，才會造就「溫柔敦厚」的詩教結果。朱子也認為詩人溫柔敦厚，必不作譏刺之詩。他說：「大率古人作詩，與今人作詩一般，其間亦自有感物道情，吟詠情性，幾時盡是譏刺他人？」〔註64〕因此，他又說：「『溫柔敦厚』，詩之教也。使篇篇皆是譏刺人，安得『溫柔敦厚』！」〔註65〕以朱子的看法，吟詠情性而不譏刺，便是溫厚的表現，這與孔子要求的中和表現是一致而不相違背的。

（三）肯定通經致用的功能

前文提到孔子以為誦詩可以達政與專對，朱子注該文說：「詩本人情，該物理，可以驗風俗之盛衰，見政治之得失，其言溫厚和平長於風論，故誦之者，必達於政而能言也。」〔註66〕朱子用「必」字來肯定《詩經》的致用之功。因此，朱子詩教特重德化與倫常的闡發，如君德與婦德的強調，及五倫之道的標舉。

（四）皆受時代背景影響詮解《詩經》以符詩教要求

孔子身處春秋賦詩時代，時常以斷章取義之法，解釋詩經的意義與論述其功能，如以〈魯頌・駉〉詩的「思無邪」說明三百篇之義；如以子路引〈衛風・抑〉詩之「如切如磋」為善說詩；又如說誦詩能達政專對以符當時詩教要求。

朱子則身處理學昌盛時代，常常以理學思想詮釋《詩經》的意義，如以天理人欲之範疇、大學中庸之思想、或格物致知之工夫解讀《詩經》之內容；又如提出「淫詩」說，以突顯理學修養論的功能。凡此皆是各受其所處時代之影響，而提出各自符應時代需要的詩教主張。

五、二者詩教的相異特點

（一）詩教理論的架構不同

孔子處在先秦，屬於唱導型角色，因此理論的建構自然未能體系化，其詩教主張在筆者初步形構下，只稍具模型：外在功能的「能力養成」裡，孔

〔註64〕 《朱子語類》，卷80，頁2076。
〔註65〕 《朱子語類》，卷80，頁2065。
〔註66〕 《四書集註》，《論語・子路》篇，卷七，頁88。

子特重「認知博物」與「達政專對」兩方面的能力；而個人內在作用的「情志陶冶」中，孔子尤其重視「興觀群怨」和「中和情志」的陶鎔；在「道德鍛鍊」方面，孔子指出「思無邪」與「事父事君」兩種具有代表性的品德養成，前者屬個人內在私德的涵養，後者乃倫理綱常的要求；至於詩教的成果即是培養「溫柔敦厚」的完滿人格。看來孔子的詩教理論還十分粗略。

　　朱子爲南宋理學大家，在歷代學者陸續建置的詩教理論基礎之上，開展出具有濃厚理學精神與完整綿密體系的詩教理論。從理論的中樞架構、工夫方法、內涵精髓、到完成目的，經過筆者初步的建構，可以看出這是一個成熟的理論體系。

（二）詩教理論的核心學理不同

　　孔子品評〈關雎〉詩時所提出的「樂而不淫，哀而不傷」，被後世學者解讀爲中庸之道的表現，對照漢儒以孔子名義提出的「溫柔敦厚」之說，二者頗能契合。所以，前文所言孔子詩評的「和」與「正」之內涵，應是中庸精神的濃縮，擴大來說，孔子詩教理倫的核心學理即是中庸。

　　朱子既爲理學集大成者，他所建構的詩教理論，自然會以理學作爲核心學理。由前文所述朱子詩教體系之內容看來，朱子運用理學範疇的方式幾乎是全面廣泛的舖陳，無論是《大學》《中庸》的詩教架構中，或是格物窮理的工夫當中，抑或是闡揚道德倫常的內涵裡頭，甚至最後的詩教目的，無一不在理學的籠罩滲透下，逐一完成。

（三）對《詩經》之辭看法不同

　　孔子認爲整部《詩經》皆是「思無邪」之作，雖是斷章取義之說，且後世學者無論是詮解爲「至情流溢，直寫衷曲」、或是「專一無雜念的妙用」，皆無出孔子視《詩經》之辭爲思無邪的範圍。

　　朱子則不然，視《詩經》非皆是思無邪之作，說：「孔子之稱思無邪也，以爲詩三百篇勸善懲惡，雖其要歸無不出於正，然未有若此言之約而盡耳，非以作詩之人所思皆無邪也。」〔註67〕他從理學觀點特意指出三百五篇之中至少有二十三首是淫奔之人所作的「淫詩」。〔註68〕所以他提示讀者應以理學

〔註67〕 《朱熹集》，卷70，頁3650。
〔註68〕 〔元〕馬端臨：《文獻通考》，卷178，〈經籍五〉之詩序條，舉24首，但其中〈出其東門〉一首爲惡淫奔者之詞，非朱子所謂之淫詩，故爲23首。

工夫讀詩，才能從懲創之中獲益。

（四）對「思無邪」詩教之對象認定有異

孔子認爲詩皆「思無邪」，其對象有兩種可能：一是如錢穆先生所說的作詩者，因爲詩乃爲言志而作，必然出於至情而直寫胸臆；另一則是如何定生先生所言專一無雜念的用詩者，因爲斷章取義以賦詩，與原詩詩旨已完全無涉，故可思無邪也。錢何二位說辭，前文已明白指出。這兩種可能的對象，皆與朱子之說不同。

朱子指出三百篇使人「思無邪」，所指對象即是讀詩者。《詩傳遺說》卷三就曾確指說：

> 問：詩三百一言以蔽之曰思無邪，不知如何蔽之以思無邪？曰：前輩多就詩人上說「思無邪」、「發乎情止乎禮義」，熹疑不然，不知教詩人如何得思無邪？謂如文王之詩稱頌盛德盛美處，皆吾所當法，如言邪僻失道之人，皆吾所當戒，是使讀詩者求無邪思。〔註69〕

這種使讀者求無邪之思的說法，符合理學修持涵養的理論。朱子以理學讀詩，終究要使讀詩者之心歸於正，即思無邪之義。

（五）對詩教結果的看法不同

《禮記·經解》指出孔子說：「其爲人也，溫柔敦厚，詩教也。」這話雖是漢儒之言，但不違孔子之中道思想，應是有據之辭。「溫柔敦厚」是讀詩者經過詩教影響之後產生的人格表現。

朱子則認爲詩教的結果應是產生「思無邪」的人格表現，思無邪之人乃是「無所思而不出於正，則日用雲爲，莫非天理之流行。」〔註70〕這種天理流行的表現，便是至善的人格。

六、二者詩教思想對現代詩歌教育的啓示

孔朱二位先儒對詩教的重視已如上文，處在今日現代化的社會，面對詩

〔註69〕 《詩傳遺說》，卷3，頁10、11，徐寓錄。《朱子語類》，卷23，亦嘗載曰：「三百之詩，所美者皆可以爲法，而所刺者皆可以爲戒，讀之者思無邪耳，作之者非一人，安能思無邪乎？只是要正人心。統而言之，三百篇只是一箇思無邪；析而言之，則一篇之中自有一箇思無邪。」見頁538，道夫錄。

〔註70〕 〔宋〕朱熹：《詩集傳》（臺北：臺灣商務印書館，四部叢刊本），卷20，〈魯頌·駉〉第4章。

教的問題，前賢的主張與智慧提供了深思的養分，從上文論述可獲得以下的啟示：

1. 重估古典詩歌教育在現代社會的價值

孔子與朱子運用前代的《詩經》進行教學，重視《詩經》的價值，而在現代多元價值的社會中，古典詩歌所蘊含的豐富文化資源，可以充實多元價值的內涵，提升現代社會人文精神的素養，所以重新評估古典詩歌的新價值，使古爲今用，應是相當重要的課題。

但是也應思考如何在現代制式的學制中，注入古典詩歌的教學，不致發生生硬的古今並存甚或衝突的現象，卻又能使學子獲得前人智慧的精髓，這也是從事教育工作者必須認眞面對解決的難題。

2. 重視古典詩歌教材現代化的必要性

其次，孔子將《詩經》儒學化，朱子則將之理學化，啓發今人重視古典詩歌之教材現代化問題，包括以現代社會價值系統重新注解古詩，付予古詩新生命。或以現代韻文重新改寫古詩，使古詩的內容得到新形式的包裝，以新瓶裝舊酒，讓年輕學子在新文學中學習篩選後的舊文化傳統之精華，避免失根現象出現。

3. 重建研讀古典詩歌的新方法

孔子與朱子從事《詩經》的教學，皆講究其誦讀方法，而啓發現代人思考接近古典詩歌的有效方式，可從二大方向著手，一是積極研發新式教學方法，以提升學習的興趣；一是多元管道的運用：如公車、建築物、多元媒體等，加強宣傳促銷，使古典詩歌能時時進入現代人的生活領域當中。

4. 詩歌研究與詩歌教育結合的強化

詩歌研究，包括古典詩與現代詩的研究，應與詩歌教學緊密結合，如同孔子與朱子將鑽研詩歌的結果應用到教學之中。研究者必得要與教學者在教育機制中有共同研討交流的設計，甚或教學者也可以成爲研究者，更能快速提升詩歌教學的水準。

5. 詩歌創作理論教學的新思考

由於孔子提出「思無邪」之說，引起思考詩歌內容是否須帶有教育的功能或使命，而創作時是否要內含教育性或生活性的主題與素材？這樣的思考是否會與文學創作產生某種程度的矛盾？這是身處廿一世紀的現代教育工作

者也應思考的問題。

6. 詩歌教材選材標準的思考

根據前項問題的延伸，孔子以《詩經》作教材是因其「思無邪」，而朱子以理學涵養工夫爲基礎，讀詩自然偏向道德性之體會，但今日詩歌教育的背景迥異於古代，教育工作者如何在選擇教材時，思考取材的標準，要提供何種詩歌教材給學習者研讀，而標準的擬定要包含哪些項目，依據何種學理進行選擇？

七、結　語

本文研究顯示無論是原始儒家的代表人物孔子，或是新儒家代表人物朱子，都對《詩經》作出了具有時代性的詩教主張。由於孔子所處的時代詩教理論尚未成形，孔子以教育者的身分提示學子研讀《詩經》的重要性，也指出《詩經》的內涵特色，更向學子說明《詩經》的妙用和功能，雖然其理論未成一嚴密的體系，但已略具規模。

朱子好讀儒家典籍，曾說：「非孔子、子思、孟、程之書不列於前，是夜覽觀，究其趣而反諸身，以求天理之所在。」〔註71〕喜讀聖人之書，以反省己身，來求索道理。因此對於孔子整理過的《詩經》，他非常重視，爲了發揚理學思想，他藉《詩經》來教育學子。他運用《大學》與《中庸》的內涵作爲詩教思想的骨幹，以理學範疇作爲詩教思想的內容，也以理學格致工夫作爲詩教的方法，這種詩教思想的體系已經嚴密成熟，可以說，朱子所建構的詩教系統已大別於孔子的架構，也與他的內涵有極大的差異，這一方面固然是時代思想使然，另一方面，卻不得不說是朱子自己的教育使命所促成。

孔朱兩大教育家，各自在自己的教育工作裡，進行詩歌教育的耕耘，發展自己的詩教特色，這種典範可以提供現代教育面對詩歌的教學時一些啓示，包括詩教在現代社會的價值重估，古典詩歌教材現代化的可行方式，古典詩歌教學方法的開創，研究與教學的結合模式，甚至可以認眞思考詩歌創作的教育使命問題，凡此種種，皆是研究先儒詩教思想時所帶來的思考。

（本文曾發表於國立彰化師範大學《國文學誌》第六期，2002 年 12 月，頁53～76。）

〔註71〕　《朱熹集》，卷24，頁1037。